Monika Feth

Teufelsengel

cbt

© Peter Godry

DIE AUTORIN

Monika Feth wurde 1951 in Hagen geboren, arbeitete nach ihrem literaturwissenschaftlichen Studium zunächst als Journalistin und begann dann, Bücher zu verfassen. Heute lebt sie in der Nähe von Köln, wo sie vielfach ausgezeichnete Bücher für Leser aller Altersgruppen schreibt. Der sensationelle Erfolg der »Erdbeerpflücker«-Thriller machte sie weit über die Grenzen des Jugendbuchs hinaus bekannt. Ihre Bücher wurden in über 20 Sprachen übersetzt.

Weitere lieferbare Titel bei cbt:

Der Erdbeerpflücker (30258)
Der Mädchenmaler (30193)
Der Scherbensammler (30339)
Der Schattengänger (30393)
Der Sommerfänger (30721)
Das blaue Mädchen (30207)
Fee – Schwestern bleiben wir immer (30010)
Nele oder Das zweite Gesicht (30045)

www.monikafeth-thriller.de

Die Presse zu »Teufelsengel«:
»Monika Feth hat faszinierende Figuren erfunden und schafft in diesem hochklassigen Psychothriller eine bis zuletzt fesselnde dichte Atmosphäre.«

Augsburger Allgemeine

»416 Seiten, die einen nicht loslassen.«

Berliner Morgenpost

Monika Feth

Teufelsengel

cbt

cbt
cbt ist der Jugendbuchverlag
in der Verlagsgruppe Random House

MIX
Papier aus verantwortungsvollen Quellen
FSC www.fsc.org FSC® C014496

Verlagsgruppe Random House FSC-DEU-0100
Das FSC®-zertifizierte Papier für dieses Buch
München Super Extra liefert Arctic Paper
Mochenwangen GmbH.

1. Auflage
Erstmals als Taschenbuch August 2011
Gesetzt nach den Regeln der Rechtschreibreform

Umschlagabbildung: plainpicture/Arcangel/
Anja Weber Decker
Umschlagkonzeption: init.büro für gestaltung, bielefeld
st · Herstellung: AnG
Satz: Uhl + Massopust, Aalen
Druck: GGP Media GmbH, Pößneck
ISBN: 978-3-570-30752-6
Printed in Germany

www.cbt-jugendbuch.de

Für Sally

Prolog

Sie hörte das feine, spitze Geräusch schon, noch bevor es ihre Ohren richtig erreicht hatte, und ihr wurde vor Entsetzen kalt.

Metall traf auf Metall.

Während sie gehetzt nach einem Versteck Ausschau hielt, presste sie die Hände vor den Mund, um sich bloß mit keinem Laut zu verraten. Als wäre das überhaupt noch von Bedeutung.

Wieder wurde ein Schlüssel in ein Schloss gesteckt, näher diesmal und überaus deutlich.

Wie laut ihr Atem in der Stille war! Sie lief ziellos im Zimmer umher, und ihre Angst wuchs mit jedem Schritt. Kein Versteck! Nirgends! Der Schrank, das Bett, die Vorhänge, mehr Möglichkeiten gab es nicht. Vor Anstrengung fing sie an zu keuchen.

Lieber Gott …

Sie warf sich auf den Boden, kroch unter das Bett und robbte gleich wieder darunter hervor. Zog verzweifelt die Schranktüren auf und machte sie wieder zu. Tränen ließen die Umrisse der Gegenstände vor ihren Augen verschwimmen.

Sie saß in der Falle.

Jetzt konnte sie die Schritte hören. Viele. Und sie waren unterwegs zu ihr.

Langsam wich sie zum Fenster zurück, öffnete es mit bebenden Händen und warf einen Blick in die Tiefe. Ein Schweißtropfen rann an ihrer Wirbelsäule hinunter.

Vor ihrer Tür machten die Schritte Halt.

Mit allerletzter Kraft schwang sie sich auf die Fensterbank, ohne die Klinke aus den Augen zu lassen. Lieber Gott, dachte sie. Gib mir den Mut zu springen …

Dann hörte sie den Schlüssel im Schloss.

1

Schmuddelbuch, Montag, 10. November

Gestern wurde aus dem Fühlinger See die Leiche eines zweiundzwanzigjährigen Mannes geborgen. Die Polizei geht von einem Fremdverschulden aus, machte aber, um die Ermittlungen nicht zu gefährden, keine weiteren Angaben. Dies wäre seit Mai bereits das vierte Gewaltverbrechen mit Todesfolge in Köln. Einen Zusammenhang der Todesfälle schließt die Polizei nach dem derzeitigen Kenntnisstand jedoch aus. *(Kölner Anzeiger)*

»Warum nicht, Greg?«

»Dafür gibt es tausend Gründe, Schätzchen.«

»Nenn mir drei!«

»Also gut. Erstens: Ich will nicht. Zweitens: Ich will nicht. Drittens: Ich will nicht. Und jetzt lass mich arbeiten.«

»Das ist nicht fair, Greg!«

Gregory Chaucer stützte die Ellbogen auf den Schreibtisch und vergrub die Finger im Haar. Dann hob er den Kopf und bedachte Romy mit einem milden Blick. »Seit wann, Mädchen, ist das Leben fair?«

»Ich weiß, dass ich recht habe, Greg.«

»Das ist ja das Schlimme. Du hast meistens recht.«

»Also gibst du mir grünes Licht?«

»Nein!« Gregory Chaucer beugte sich vor und griff nach dem Telefon. »Sonst noch was?«

Er konnte das gut, jemanden, der ihm auf die Nerven fiel, mit beleidigender Beiläufigkeit abservieren, und Romy hatte das schon oft am eigenen Leib zu spüren bekommen. Er guckte einen dann stur über den Rand seiner Lesebrille hinweg an, wobei sich seine Stirn in angestrengte Falten legte, was seinem Gesicht einen gleichermaßen erstaunten wie abwartenden Ausdruck verlieh. Diesmal, hatte Romy sich vorgenommen, würde sie sich davon nicht beeindrucken lassen.

»Und wenn ich dir verspreche, vorsichtig zu sein?«

»Das versprichst du mir doch dauernd.«

»Bitte, Greg. Du weißt, dass du dich auf meine Nase verlassen kannst.« Sie rührte sich nicht von der Stelle. »Vier Tote in einem halben Jahr, Greg. Du willst mir doch nicht erzählen, dass nichts dahintersteckt?«

»Ich will dir gar nichts erzählen, Romy. Ich will meine Ruhe haben, nichts weiter. Renitente Volontärinnen sind das Letzte, was ich im Augenblick brauche.«

»Renitent? Das kränkt mich jetzt aber wirklich, Greg.«

Gregory Chaucer stöhnte auf.

»Setz dich, Romy.«

Er hatte den Satz noch nicht ausgesprochen, als Romy schon auf dem Stuhl vor seinem Schreibtisch saß und ihn mit großen Augen anschaute.

»Also. Noch einmal. Was hast du vor?«

»Bloß ein bisschen herumstochern, Greg. Vier Tote! Das könnte die Geschichte meines Lebens werden.«

»Die Geschichte deines Lebens ...« Gregory Chaucer konnte sich ein Lächeln nicht verkneifen. »Wie alt bist du? Fünfzig?«

Romy beschloss, ihn mit seinen eigenen Waffen zu schlagen. »Nein. Achtzehn. Aber du hast mir immer gesagt, dass man zugreifen muss, wenn man eine Geschichte vor sich hat.«

»*Wenn*.«

»Das *ist* eine Geschichte, Greg. Ich hab das im Gefühl.«

Gregory Chaucer hatte Romy schon oft gepredigt, ein Journalist ohne den richtigen Riecher sei keinen Pfifferling wert. Genau da versuchte Romy ihn zu packen.

»Es geht um Mord, Romy, das ist ein verdammt heißes Eisen …«

»… das man schmieden muss, solange es heiß ist …«

»Du hast keine Erfahrung. Nimm wenigstens einen Kollegen mit.«

»Es ist *meine* Geschichte, Greg. Ich will die nicht teilen.«

Gregory Chaucer, deutsch-irischer Abstammung, seit dreißig Jahren im Zeitungsgeschäft und seit zehn Jahren Verleger und Chefredakteur des links-alternativen, zweiwöchentlich erscheinenden *KölnJournals*, hatte vier Tugenden auf sein Banner geschrieben: den richtigen Riecher, Neugier, Biss und eine ordentliche Portion Egoismus. Er selbst hatte sich mit mutigen, kompromisslosen Artikeln an die Spitze geschrieben und verlangte normalerweise auch von anderen, dass sie Zivilcourage und Ehrgeiz zeigten.

»Tut mir leid, Romy. Ich kann dir nicht …«

Sie stand auf und sah traurig auf ihn hinunter. »Okay, Greg.«

»Du wirst es ohne meine Erlaubnis tun«, sagte er.

»Was?«

»Du weißt genau, was ich meine.«

»Du lässt mir ja keine Wahl, Greg.«

Er seufzte. »Hau schon ab! Und pass auf dich auf!«

Das brauchte er ihr nicht zweimal zu sagen. Sie warf ihm eine Kusshand zu und war schon aus seinem Büro verschwunden.

*

Das *Alibi* war rappelvoll. Romy erkannte das eine oder andere Gesicht, aber sie hatte heute keine Lust, sich zu irgendjemandem an den Tisch zu setzen. Ganz hinten, bei der Garderobe, war noch ein Zweiertisch frei. Romy nahm ihn, obwohl sie es hasste, wenn die Ärmel fremder Mäntel und Jacken ihren Nacken streiften, sobald sie sich bewegte. Zudem war dies die absolut finsterste Ecke in diesem ohnehin sehr düsteren Café.

Aber sie würde halbwegs ungestört nachdenken können. Das gelang ihr in der Redaktion nur selten. Da war ein ständiges Kommen und Gehen, ein Klingeln von Telefonen und ein Summen von Stimmen. Da gab es keine ruhige Nische.

Irgendwann hatte Romy das *Alibi* für sich entdeckt, ein Bistro, das von einem schwulen Paar geleitet wurde, Giulio und Glen, die beide behaupteten, ihren ursprünglichen Taufnamen zu tragen und nicht auf Wohlklang geschielt zu haben. Doch das behaupteten sie von ihrer Haarfarbe auch, obwohl jeder sehen konnte, dass Siegfried und Roy dafür Pate gestanden hatten.

Man konnte im *Alibi* stundenlang vor einem einzigen Cappuccino sitzen, ohne zum Verzehr genötigt zu werden. Der Boden war schwarz lackiert, an den blutrot gestrichenen Wänden hingen verrückte Bilder, die zum Verkauf angeboten wurden, nackte, verdrehte, signalfarbene Leiber, in deren Haaren Vögel nisteten, aus deren Wimpern Blätter sprossen und zwischen deren Zehen Käfer und Hummeln hausten.

An einer Wand standen Bücherregale, vollgestopft mit zerlesenen, teilweise arg zerfledderten Kriminalromanen, die dem *Alibi* seinen Namen gegeben hatten. Es war erlaubt, sogar erwünscht, sich zu bedienen. Man konnte ein Buch mit nach Hause nehmen, um es zu Ende zu lesen, und später zurückbringen, durfte es jedoch auch behalten, sofern man es durch ein anderes ersetzte.

Die langbeinigen Mädchen, die hier servierten, blieben nie lange. Kaum hatte man sich an die eine gewöhnt, wurde sie auch schon von einer anderen abgelöst. Es waren Paradiesvögel, die sich für eine Weile niederließen, um dann in wärmere Gefilde weiterzufliegen.

Romy bestellte sich einen Cappuccino und ein Mineralwasser und packte ihren Laptop aus.

Gleich am ersten Tag bei der Zeitung hatte sie damit angefangen, regelmäßig ihre Gedanken und Beobachtungen zu notieren. Sie verfasste Texte zu allen möglichen Themen, manchmal ausgefeilt und so gut wie druckreif, manchmal unfertig oder auch nur in Form bloßer Gedankensplitter. Sie sammelte Zitate, Zeitungsausschnitte, Fotografien und Einkaufsquittungen, ohne zu wissen, wann und wofür und ob überhaupt sich das alles jemals verwenden lassen würde.

Meistens schrieb sie an ihrem Laptop. War sie ohne ihn unterwegs, was selten vorkam, benutzte sie eines der Notizbücher, die sie wie unter Zwang ständig kaufte und von denen sie das aktuelle immer mit sich herumschleppte. Bei Gesprächen verwendete sie gern das Diktiergerät, das sie sich vor Kurzem zugelegt hatte. Zur Not taten es aber auch Zettel, die sie später in das Notizbuch einklebte, genau wie die Zeitungsausschnitte, Fotografien und Quittungen.

Sie nannte diese Form des Tagebuchs, das ja streng genommen gar keines war, ihr *Schmuddelbuch*.

Jedes Mal, wenn sich die Tür öffnete, strömte kalte Luft

herein. Das Wetter hatte sich verändert. Die Temperatur war über Nacht um zehn Grad gefallen. Leichter Schneeregen ging aus dem braungrauen Himmel nieder. Die Häuser waren in Grau getaucht. Selbst das Licht der Autos wirkte schmutzig. Romy wickelte sich den Schal fester um den Hals und zog die Stulpen, die sie in den Wintermonaten meistens trug, ein Stück weiter über die Finger. Dann fing sie an zu schreiben.

Fühlinger See. Leiche: männlich, zweiundzwanzig Jahre alt.
Tatort aufsuchen. Informationen über das Opfer beschaffen.
Umfeld kennenlernen.
Vierter Mord.
Wer waren die früheren Opfer?

»Hi, Süße!«

Der Typ, der zu dieser Stimme gehörte, war Romy von ganzem Herzen zuwider, aber er arbeitete als Lokalredakteur beim *Kölner Anzeiger*, kannte Gott und die Welt und war einer von den Leuten, mit denen man es sich besser nicht verscherzte. Sein Kopf war eine Quelle nützlicher Informationen, und obwohl Romy sich dafür verabscheute, nutzte sie die Schwäche, die er anscheinend für sie hegte, gnadenlos aus.

»Hi, Ingo.« Das *Süße* wollte sie ihm heute durchgehen lassen, und dass er sich unaufgefordert zu ihr an den Tisch setzte, ebenfalls. Die Meldung über den Toten im Fühlinger See stammte aus seiner Feder oder vielmehr aus seinem Computer. Der Himmel hatte ihn im rechten Moment ins *Alibi* geschickt.

Er bestellte sich ein Käse-Schinken-Baguette und einen doppelten Espresso, sah der Bedienung lüstern hinterher, lehnte sich dann zurück und musterte Romy mit einem langen, forschenden Blick.

»Wollten wir nicht demnächst mal miteinander ausgehen?«

»Wollten wir das?«

Er versuchte es immer wieder. Und Romy wies ihn jedes Mal zurück.

»Erkenne ich da etwa einen ungewohnten Ausdruck von Milde in deinen Augen?«

»Muss an der schummrigen Beleuchtung liegen.« Romy rang sich zu einem Lächeln durch. »Du hast doch nicht vergessen, dass ich vergeben bin?«

Ingo schlug die Beine übereinander. Sein Gesicht, das vorher beinahe offen gewesen war, hatte sich wieder verschlossen und trug jetzt eine Maske von Arroganz und Überheblichkeit. Vielleicht war es aber auch gar keine Maske. Vielleicht war das sein wahres Gesicht. Romy hatte es noch nicht herausgefunden.

»Was willst du?«, fragte er.

»Ich?« Romy hob die Hände, ein Bild reiner Unschuld. »Wir plaudern doch bloß.«

»Ungewohnte Freundlichkeit ist alarmierend, Liebchen, vor allem bei dir.«

»Okay.« Romy wandte sich wieder ihrem Laptop zu. »Wir müssen ja nicht reden. Ich hab sowieso zu tun.«

Er beugte sich vor, um einen Blick auf das zu werfen, was Romy bereits getippt hatte, eine Todsünde unter Journalisten. Und wenn man noch so wenig im Leben respektierte – man schaute einem Kollegen bei der Arbeit nicht ungefragt über die Schulter, das war ein ungeschriebenes Gesetz. Und es galt selbst für junge Volontärinnen.

Romy schaltete den Laptop aus und klappte ihn zu. Sie überlegte sich gerade, wie sie Ingo möglichst geschickt auf den Toten aus dem See ansprechen könnte, als die Kellnerin das Baguette und den Espresso brachte.

Ingo begrapschte das Mädchen förmlich mit seinen Blicken, doch sein Interesse tropfte an ihr ab. Verärgert wandte er sich seinem Teller zu und fing an zu essen. Die Kruste des Baguettes, das warm serviert wurde, krachte unter seinen Zähnen. Krümel spritzten über den Tisch. Remoulade lief ihm in die Mundwinkel.

»Ich habe deine Meldung gelesen«, begann Romy. »Die über den Mann aus dem See.«

Ingo nickte, ließ sich aber beim Essen nicht stören.

»Die Polizei mauert ja ganz schön«, fuhr Romy fort.

Ingo wiegte den Kopf. Das blonde, strähnige Haar fiel ihm in die Augen. Er strich es mit fettglänzenden Fingern hinter die Ohren. Romy wusste, dass er Anfang dreißig war. Sie wäre von selbst nie darauf gekommen. Ingo Pangold gehörte zu diesen alterslosen Menschen, die mit zwanzig kaum anders aussehen als mit fünfzig.

»Wenn die nichts sagen wollen, dann halten die dicht«, tastete sie sich weiter vor. »Da nützen einem auch die besten Kontakte nichts.«

Seine grauen Augen wurden schmal. Einen Moment lang hörte er auf zu kauen. Dann schluckte er den Bissen herunter und spülte mit Espresso nach. Er feixte. »Guter Versuch. Wär fast drauf reingefallen.«

Mist!, dachte Romy. »Komm schon«, sagte sie schmeichelnd. »Ein bisschen was kannst du mir doch erzählen.«

Wieder verengten sich seine Augen. »Wieso interessiert dich der Fall?«

»Aus keinem bestimmten Grund«, wich Romy aus. »Der Typ war jung. Das lässt einen doch nicht kalt.«

»Scheiß drauf! Hinter was bist du her?«

Romy wusste, dass sie sein Vertrauen gewinnen musste. Sie winkte die Kellnerin herbei und bestellte sich ebenfalls ein Baguette. Gemeinsame Vorlieben hatten etwas Verbindendes, das war als Einstieg sicher nicht verkehrt. »Also gut«, sagte sie. »Ich recherchiere für einen Artikel über Wasserleichen.«

Er prustete Espresso über den Tisch.

»Über *Wasser*leichen?«

Romy tat beleidigt. Sie wischte sich die glitzernden Tröpfchen vom Pulli.

»Wo, bitte, ist denn da die Story?«

Die Story. In ihrem Beruf ging es immer nur darum. Das Leben eines guten Reporters war eine einzige Jagd danach. Nicht nach irgendeiner, sondern nach *der* Story.

»Wusstest du, dass achtzig Prozent aller Wasserleichen nicht älter geworden sind als fünfundzwanzig?«, improvisierte Romy. »Verstehst du? Junge Leute, Freitod, Mord, Unglücksfälle. Und alle haben mit Wasser zu tun. *Das* ist meine Story.«

Er würde herausfinden, dass sie ihn angelogen hatte, aber das würde hoffentlich noch eine Weile dauern. Jedenfalls nahm er ihr die Geschichte ab. Er entspannte sich, verlor sein Misstrauen und wischte sich mit seiner Serviette den Mund.

»Also gut«, sagte er mürrisch und säuberte sich schnalzend mit der Zunge die Zähne. »Ein bisschen was hab ich natürlich rausgefunden.«

Romy versuchte, nicht allzu interessiert auszusehen, als Ingo anfing, aus dem Nähkästchen zu plaudern.

*

Calypso trat aus dem Haus und zog schaudernd die Schultern zusammen. Gegen knackige, trockene Kälte hatte er nichts einzuwenden, aber Kälte und Nässe zusammen waren ihm ein Graus. Er warf einen Blick auf den dunklen Himmel, zog sich die Kapuze über den Kopf, ließ die Hände in den Ärmeln seiner Jacke verschwinden und trabte los. Schon nach ein paar Schritten waren seine Socken nass und seine Zehen fingen an, sich in Eiszapfen zu verwandeln. Er hätte Stiefel anziehen sollen, wusste aber nicht, ob er überhaupt noch welche besaß.

In der Kölner Bucht wurde es so gut wie nie richtig Winter. Die meisten Menschen, die hier lebten, hatten sich daran gewöhnt und waren deshalb auf Schneefälle nicht vorbereitet. Selbst harmloser Schneeregen konnte den Verkehr in der Stadt und auf den Autobahnen zum Erliegen bringen, weil viele nahezu panisch darauf reagierten.

Um mit den Kindern rodeln zu gehen, musste man normalerweise mit ihnen in die Eifel fahren oder rüber ins Bergische. In Köln verrotteten Tausende von Schlitten unbenutzt in den Kellern. Wahrscheinlich würde auch dieser Winter in Matsche und Smog verkümmern.

Seit das Rauchen in Restaurants und Cafés verboten war, standen selbst jetzt im November noch die Tische und Stühle draußen. Die Besitzer hatten Heizstrahler aufgestellt und boten warme Decken an, die bei Nässe jedoch weggeräumt wurden. Einige Hartgesottene saßen dennoch draußen, in ihre Mäntel und Jacken eingemummelt, eine Zigarette oder einen Zigarillo zwischen den blau gefrorenen Fingern.

Calypso warf einen Blick auf seine Armbanduhr. Kurz vor elf. Er hatte noch fast den ganzen Tag vor sich. Einen gestohlenen Tag, der eigentlich nicht ihm gehörte, sondern der Bank. So, wie die meisten seiner Tage der Bank gehörten. Wie er selbst der Bank gehörte, mit Haut und Haar.

So war das nämlich. Sie krallten sich ihre Mitarbeiter, klopften sie mürbe und stutzten sie zurecht, bis sie in ihr Schema passten. Übrig blieben Krawattenträger in knitterfreien Anzügen, mit sauber gefeilten Nägeln, gepflegtem Haar und einem unaufdringlichen Aftershave, die statt eines Ritterschwerts silberne Kugelschreiber schwangen und Zahlenkolonnen in Kästchen schrieben.

Zum Kotzen.

Die Banklehre war der letzte Versuch seiner Eltern, aus Calypso einen anständigen Menschen zu machen. »Da lernst du was fürs Leben«, hatte sein Vater ihm gesagt. »Was Reelles.« Calypso wusste, was sein Vater von ihm erwartete. Dass er endlich »zu Potte« kam, das »Schluderleben« aufgab, die »Rosinen im Kopf« vergaß und sich immer die eine Wahrheit vor Augen hielt: »Lehrjahre sind keine Herrenjahre.«

Seine Mutter mochte verstehen, dass Calypso auf der Suche war, dass er Verschiedenes ausprobieren musste, um zu erkennen, welcher Weg ihn zum Ziel führte und an welches Ziel er überhaupt gelangen wollte. Doch sie wagte es nicht, sich ihrem Mann zu widersetzen, denn wenn ihm die Argumente ausgingen, brüllte er sein Gegenüber nieder, und gegen beides war sie machtlos.

Heute gönnte Calypso sich einen freien Tag. Als der Wecker geklingelt hatte, war er noch einmal weggedöst, und als er die Augen zum zweiten Mal aufgemacht hatte, war ihm klar geworden, dass er es nur noch mit Hängen und Würgen schaffen würde, pünktlich zu sein. Doch dazu hatte seine Energie einfach nicht ausgereicht. Er hatte beschlossen, blauzumachen, und sich noch einmal umgedreht.

Er hasste die Banklehre.

Warum hatte er dann so ein schlechtes Gewissen?

Seine Schritte wurden länger. Er merkte, dass er plötzlich ein bestimmtes Ziel ansteuerte, das *Alibi*. Um diese Zeit war Romy meistens dort. Vielleicht konnten sie ein bisschen zusammensitzen und reden. Er hatte auf einmal solche Sehnsucht nach ihr, dass er am liebsten losgerannt wäre.

Calypso stapfte mit gesenktem Kopf voran. Der Schneeregen war mehr Schnee als Regen, und er mochte es nicht, wenn die kleinen Flocken prickelnd auf seiner Haut zerschmolzen oder sich auf seine Wimpern setzten. Außerdem fühlte er sich auf einmal wie auf dem Präsentierteller. Alle Leute schienen ihn anzustarren. Als wüssten sie, dass er im Grunde gar nicht hier sein dürfte.

Quatsch, dachte er. Reine Einbildung.

Die Bank lag in Junkersdorf. Es war äußerst unwahrscheinlich, dass er hier, im Belgischen Viertel, einem seiner Arbeitskollegen vor die Füße lief.

Calypso liebte die Gegend, in der er wohnte. Köln war bei weitem nicht die schönste aller Städte, aber es gab Ecken mit Flair, und das Belgische Viertel, das wegen seiner belgischen Straßennamen so hieß, gehörte mit Sicherheit dazu. Er war durch Zufall hier gelandet, als er ein Zimmer in einer Wohngemeinschaft gesucht hatte.

So war er an Tonja und Helen geraten.

Und so war er Romy begegnet, die im selben Haus wohnte, hoch oben unter dem Dach.

Es hatte eine Reihe von Mitbewerbern gegeben, aber er hatte sich von der ersten Sekunde an prächtig mit Tonja und Helen verstanden und sie sich mit ihm. Noch während der Besichtigung waren sie sich einig geworden.

Vier Wochen später war er eingezogen. Zeitgleich hatte er mit seiner Banklehre begonnen.

Mit zwanzig Jahren war er keineswegs der älteste Auszubildende. Doch alle in der Berufsschule kamen ihm jünger vor, manche wie halbe Kinder. Sie schnipsten Papierkügelchen durch die Gegend, spielten den Lehrern alberne Streiche, schickten mit geheimnisvoller Miene Zettelchen auf die Reise.

Sein unstetes Leben hatte Calypso Erfahrungen sammeln lassen, von denen diese Kindsköpfe keine Ahnung hatten. Ein knappes Jahr als ungelernter Arbeiter im Eisenwerk in Brühl. Viel Knete, weil er sich freiwillig für jeden Schichtdienst hatte einteilen lassen. Knete, die ihm allerdings zwischen den Fingern zerronnen war.

Ein weiteres Jahr unterwegs. England, Schottland, Italien.

Und nie auch nur einen Cent von seinen Eltern.

Die wollten wissen, in was sie investierten. Das Medizinstudium des Bruders beispielsweise war etwas, für das es sich lohnte, sich »krummzulegen«. Auch die jüngere Schwester stand vor einer vielversprechenden Laufbahn. Sie würde nach dem Abitur BWL studieren und später in die Firma des Vaters einsteigen.

»Die Welt steht dir offen.« Das war das Credo der Eltern. Und sie schienen nicht mal zu merken, wie mikroskopisch klein diese Welt war, in der sie sich bewegten.

Lauter vorgefertigte Pfade. Calypso konnte sich nicht vorstellen, sein Leben so vorauszuplanen. Er schaffte es ja nicht mal, sich das Leben überhaupt *vorzustellen*.

Als er kurz vor dem Abi die Schule hinwarf, um endlich wieder Luft zu kriegen, brach für seine Eltern die Welt zusammen, die sie ihm angeboten hatten.

Das erste Mädchen, in das er sich unterwegs verliebte, nannte ihn *Calypso*. Er schlüpfte in den neuen Namen wie in ein Kleidungsstück, das eigens für ihn geschneidert worden war, und zum ersten Mal fühlte er sich wohl in seiner Haut.

Wieso war er schließlich doch in dieser verdammten Bank gestrandet?

Aus Unachtsamkeit.

Weil er begriffen hatte, dass er immer noch nicht lebte, was er leben wollte. Und weil das, was ihm vorschwebte, so unklar war wie die Umrisse der Dinge hinter einem dampfbeschlagenen Saunafenster.

Genau an diesem Punkt hatte sein Vater zugeschlagen und seine Beziehungen spielen lassen.

Inzwischen ahnte Calypso, wohin er wollte. Aber er war ängstlich geworden. Wie oft konnte man aussteigen, ohne jedes Mal einen Teil von sich selbst zu verlieren?

Der Schneeregen hatte nachgelassen und Calypso streifte die Kapuze ab. Jeans und Sweatshirt, darin erkannte er sich. Die Anzüge und die gebürsteten Lederschuhe waren seine tägliche Verkleidung. Er atmete auf, wenn er sich abends endlich umziehen konnte.

Da war das *Alibi*. Er stieß die Tür auf. Es war knallvoll, jeder Tisch besetzt. Stimmenlärm schlug ihm entgegen. Es duftete nach Kaffee und Pizzabaguette. Ganz hinten an der Garderobe entdeckte er Romy. Sie saß an ihrem Laptop und schrieb.

Als sie aufsah, begegneten sich ihre Blicke über den weiten Raum hinweg. Romy begann vor Freude zu strahlen.

Ich liebe dich, dachte Calypso. Ich liebeliebeliebe dich.

Sie stand auf und schmiegte sich in seine Arme. Es störte sie nicht, dass seine Jacke nass war und ein bisschen nach Hund roch und ein bisschen nach dem Rauch aus den Schornsteinen draußen. Dann bog sie den Kopf zurück und schaute ihn an. »Solltest du nicht in der Bank sein?«

Er nickte und zog die Jacke aus. Setzte sich zu ihr an den Tisch. Lenkte sie mit einer Frage ab.

»Was schreibst du da?«

Ihre Augen leuchteten vor Begeisterung, doch sie vergaß nicht, sich misstrauisch umzusehen und vorsichtshalber die Stimme zu senken, als sie antwortete.

»Greg hat mir grünes Licht gegeben.«

»Für diesen Mord am See?«

Romy nickte. »Da steckt was drin, das spür ich.«

Calypso hatte noch nichts gegessen. Er bestellte sich ein Omelett und eine Cola.

Romys Faszination für dieses Thema knisterte zwischen ihnen.

»Ich bin gerade dabei, mir zu überlegen, wie ich vorgehen, wo ich anfangen soll. Meine ersten Informationen habe ich schon ergattert.«

Calypso fand ihr Tempo beeindruckend. Und ihre Fähigkeit, direkt auf das Ziel loszusteuern. Er beneidete sie um die Kompromisslosigkeit, mit der sie ihren Traum verfolgt hatte – für Zeitungen zu schreiben.

»Von Ingo«, fuhr sie fort. »Ich hatte das zweifelhafte Vergnügen, ein zweites Frühstück mit Mister Größenwahn einzunehmen.«

Zweifelhaft und *Größenwahn* waren genau die richtigen Worte. Calypso hatte sich ein paar Mal mit diesem Ingo Pangold unterhalten und danach das dringende Bedürfnis gehabt, sich die Hände abzuschrubben.

Ingo, ehemals Klatschreporter, war ein Ein-Mann-Unternehmen, erfolgsorientiert und konsequent. Er gab niemandem Auskunft, von dem er sich nicht einen Vorteil versprach, und legte jedem Steine in den Weg, den er als Konkurrenz empfand.

Seine Arbeiten waren perfekt recherchiert, aber kalt und ohne Herzblut geschrieben, und vor ein paar Jahren hatte eine renommierte Professorin für Geschichte, deren Privatleben er an die Öffentlichkeit gezerrt hatte, nach einem seiner Artikel einen Selbstmordversuch unternommen. Ingo Pangold hatte von ihrer heimlichen Lebensgefährtin erfahren und beide als lesbisch geoutet.

Romy hatte sich furchtbar darüber aufgeregt. Und nicht nur sie. Spätestens zu diesem Zeitpunkt war Ingo Pangold zum meistgehassten Mann der Szene geworden.

»Ein zweites Frühstück?«

Auch diese Seite an Romy war Calypso vertraut. Für eine wichtige Information nahm sie alles in Kauf, sogar ein Frühstück mit einem Kotzbrocken wie Pangold.

»Und das ist dir nicht gleich wieder hochgekommen?«

»Ich hab seinen Namen!«

Calypso schaute sie verständnislos an.

»Den des Ermordeten aus dem See.«

»Hättest du den nicht auch über die Bullen rauskriegen können?«

»Sag mal, Cal, in welcher Welt lebst du eigentlich? Ich bin eine popelige kleine Volontärin. Ich habe null Verbindungen. Glaubst du, die reißen sich darum, mir höflich Auskunft zu erteilen? Die Ermittlungen sind im vollen Gange. Da sind die stummer als Fische.«

»Ingo gegenüber nicht?«

»Der ist ein alter Hase und hat sich im Lauf der Jahre ein Netzwerk von Kontakten aufgebaut. Irgendeine undichte Stelle gibt es immer. Eine Hand wäscht die andere, so läuft das doch.«

Die Welt, die Romy da beschrieb, war tatsächlich nicht die Welt, in der Calypso lebte. In seiner Welt waren die Hierarchien klar umrissen. Man stieg nicht auf, weil man kreativ war oder originell, sondern weil man mit Zahlen und Fakten umgehen konnte. Natürlich spielten auch Fleiß und Beharrlichkeit eine Rolle, aber man landete nicht irgendeinen Coup, wie das in den Medien möglich war, und wurde dann dafür belohnt.

»Willst du nicht wissen, wie er heißt?«

Romys Augen funkelten.

»Wer?«

»Der Tote natürlich.«

Calypso war es eigentlich ziemlich schnuppe, wie er hieß, doch damit würde er bei Romy nicht durchkommen. Also nickte er.

»Thomas Dorau.«

Sie lachte ihn an.

War das alles? Ein Name? Und darüber freute sie sich so?

»Das ist aber noch nicht alles«, beantwortete sie seine Gedanken. »Er hatte eine Tätowierung am Handgelenk.«

Jetzt war ihr Blick triumphierend.

»Am Handgelenk? Komische Stelle für ein Tattoo.«

»Es kommt noch besser: Er hat sich nicht etwa einen Drachen in die Haut ritzen lassen, einen Adler, eine nackte Frau oder ein Herz mit dem Namen seiner Freundin darin.«

»Sondern?«

»Ein aufgeschlagenes Buch.«

»Da sag noch mal einer, die Leute würden nicht mehr lesen.«

»Ein aufgeschlagenes Buch, Cal!«

»Und?« Calypso hob die Schultern. »Was sagt uns das?«

»Spürst du das denn nicht?«

Er spürte nur, dass er hungrig war. Seine Blicke wanderten sehnsüchtig zur Küchentür.

»Dass Thomas Dorau den Traum vom eigenen Buch träumt?«

»Du machst dich über mich lustig.«

»Mach ich nicht. Sag mir, was es bedeutet.«

»Das Tattoo ist so ungewöhnlich und so … besonders, dass es für den Toten wesentlich mehr gewesen sein muss als ein bloßer Körperschmuck oder reiner Ausdruck von Sentimentalität. Ich werde das recherchieren. Aber eins weiß ich jetzt schon: Das ist *die* Geschichte. Und sie gehört mir. Ist das nicht Wahnsinn?«

Calypso lief das Wasser im Mund zusammen, denn er sah, wie die Kellnerin mit einem dampfenden Teller auf ihn zuschwebte. Und tatsächlich setzte sie ihn vor Calypso auf dem Tisch ab.

»Lass es dir schmecken«, sagte sie mit einer Stimme, in der unzählige Zigaretten ihre Spuren hinterlassen hatten.

Darauf konnte sie wetten. Er nahm den ersten Bissen und hätte fast gegrunzt vor Wohlbehagen.

»Übrigens«, sagte er mit vollem Mund, »ich werde die Banklehre schmeißen.«

2

Schmuddelbuch, Dienstag, 11. November

Lange mit Cal geredet. Bis draußen die ersten Motorengeräusche ertönten. Und dann die letzten beiden Stunden der Nacht tief und fest geschlafen. Fühl mich irgendwie abseits von allem. Hellhörig. Hellfühlig (gibt es das?). Hellsichtig. Die Geräusche sind nicht wie sonst, nicht so voll und prall. Sie sind wie eine Erinnerung an Geräusche, die man einmal gehört hat, früher.

Cal will Schauspieler werden.

Ich hab immer schon gewusst, dass er Talent hat. Wer liest schon freiwillig Dramen von Schiller und Kleist?

Mein Plan für heute: Rausfinden, wer die drei weiteren Toten dieses Sommers waren. Klingt einfach. Ist es aber nicht.

Romy hörte das Gurren der Tauben vor dem Küchenfenster. Es war ein junges Vogelpaar mit blaugrauem Gefieder und runden, glatten Köpfen, das sich auf den Fensterbänken, dem Dach und den Balkonen des Hauses eingerichtet hatte. Romy mochte ihre stillen, sanften Laute und ihren freundlichen Blick. Da konnten die Taubenhasser hundertmal behaupten, Tauben seien gefährliche Krankheitsüberträger, sozusagen die Ratten der Vogelwelt.

Cal war schon in der Bank. Romy musste erst um zehn in die Redaktion. Greg führte kein allzu strenges Regiment. Ihm war wichtig, dass die Artikel pünktlich abgeliefert wurden und überzeugten. Wann sie geschrieben wurden und wo, war ihm herzlich gleichgültig.

Während Romy frühstückte, warf sie einen Blick in den *Kölner Anzeiger*. Ingo hatte den Aufmacher für das Magazin geschrieben, eine tägliche Beilage mit Themen, die immer einen großen Zusammenhang hatten, diesmal die Mode: *Zum Sterben schön – Alltag eines Models*.

Gleich nach den ersten Sätzen hatte Ingo Romy an der Angel. Sie verschlang Wort für Wort. Als sie am Ende des Artikels angelangt war, empfand sie leises Bedauern. Sie hätte stundenlang weiterlesen können.

Da war Ingo ein ausgezeichnetes Porträt gelungen. Mit einer für ihn absolut untypischen Feinfühligkeit hatte er die Sehnsüchte des Models beschrieben und sie der Kälte des Modemarkts gegenübergestellt. Er hatte gezeigt, wie die einzelnen Räder ineinandergriffen, wie Agentur, Designer, Fotografen und Medien Einfluss nahmen auf ein Leben, das ein ehrgeiziges Mädchen sich lange erträumt hatte und das nun doch ganz anders war.

Ingo. Derselbe Mann, der keine Gelegenheit verstreichen ließ, um einen seiner frauenfeindlichen Sprüche abzusondern. Der Mann, der den Begriff *Macho* erst mit Leben füllte. Der sämtliche Frauen anmachte, die bei drei nicht auf den Bäumen waren. Ausgerechnet Ingo schrieb sensibel beobachtend über Modediktat und Schlankheitswahn.

Romy würde ihn später anrufen, um ihm zu gratulieren.

Sie trank noch eine Tasse Kaffee, verrieb einen Klecks Gel in ihrem streichholzkurzen blonden Haar, bis es struppig in alle Richtungen abstand, und schnappte sich ihre Tasche.

Im Treppenhaus begegnete ihr C.C., der sie mit einem freundlichen Lächeln grüßte. Er war Mitte siebzig und sah aus wie der junge Charlie Chaplin mit weißem Haar. Er hatte genau denselben eigentümlich watschelnden Gang.

C.C. kam und ging freundlich und still. Vielleicht kannte er den Spitznamen, den die Hausbewohner ihm gegeben hatten, denn seine Aufmachung war jedes Mal dieselbe, als wollte er ihre Erwartungen nicht enttäuschen: Anzug, Mantel, Aktentasche, Stockschirm und Hut. Sein Lächeln hatte oft etwas Spitzbübisches, Eingeweihtes.

Niemand wusste, wie er die Tage verbrachte. Keiner hatte bislang mehr als eine Handvoll Worte mit ihm gewechselt. Seine ganze Haltung signalisierte unmissverständlich den Wunsch, in Ruhe gelassen zu werden, und den respektierten sie alle.

Es war ein uraltes und ganz besonderes Haus mit besonderen Bewohnern, und Romy liebte es sehr. Sie hatte sich unter dem Dach eingerichtet, und die übrigen Hausbewohner waren ihre neue Familie. Das Leben hier war gut. Es ließ kaum Sehnsucht nach ihren Eltern aufkommen.

Und wenn sie Björn vermisste, rief sie ihn einfach an, und sie unterhielten sich eine Weile. Wenn das nicht ausreichte, verabredeten sie sich und trafen sich in Köln oder Bonn, wo er Informatik studierte.

Sie waren Zwillinge. Nachdem die Eltern ausgewandert waren, hatten die Geschwister sich darauf geeinigt, die Symbiose zu verlassen, in der sie ihre Kindheit verbracht hatten. Sie hatten das Bedürfnis gehabt, komplett neu anzufangen und ein Leben auf eigenen Füßen zu wagen. Für einen radikalen räumlichen Abstand jedoch hatte ihnen bisher der Mut gefehlt.

Aber Björn träumte schon länger von einem Umzug nach

Berlin, wo Maxim lebte, seine große Liebe. Romy durfte sich das gar nicht vorstellen. Björn war ein Teil von ihr. Ihn zu verlieren, wäre eine Katastrophe. Ohne ihn war sie nur halb. Sie hatte keine Ahnung, ob sie als halber Mensch überleben konnte.

Während sie die alten, grauweißschwarz gesprenkelten Steinstufen hinunterging, fragte sie sich, warum es ihr nichts ausgemacht hatte, ihre Eltern zu verlieren.

Weil ich sie nicht wirklich verloren habe, dachte sie.

Ihre Eltern hatten ein Vagabundenleben geführt und waren ständig umgezogen. Vom Rheinland nach Hessen, von Hessen ins Ruhrgebiet, von dort nach Nordfriesland und vom Meer in die Berge, nach Oberbayern. Für Romy und Björn hatte das permanente Schulwechsel bedeutet. Immer wieder waren sie in fremden Städten und Dörfern gelandet, wo die Leute Dialekte gesprochen hatten, die sie nicht verstanden.

Kaum hatten sie Freundschaften geschlossen, hatte der Vater eine neue Firma gegründet oder einen neuen Job angenommen, wurden wieder Koffer und Kisten gepackt, stand eines Morgens wieder der Möbelwagen vor der Tür.

Schließlich waren die Geschwister in ein Internat gesteckt worden, das von Augustinerinnen geleitet wurde. Die liberale Erziehung der Eltern war angesichts der Strenge der Nonnen zur Erinnerung verblasst. Die Zwillinge hatten sich verzweifelt aneinander festgehalten.

Bis heute.

Die Eltern hatten nicht bemerkt, wie unglücklich ihre Kinder waren. Sie waren zu beschäftigt gewesen. Geld war ins Haus geströmt und wieder hinausgeflossen. Man konnte das am neuen Hobby des Vaters erkennen. Er hatte angefangen, Oldtimer zu sammeln, die er in einer eigens zu diesem Zweck erbauten Halle aufbewahrte. Es wurden immer mehr.

Und dann kam der Gerichtsvollzieher und ließ einen nach dem andern abtransportieren.

Die unterschiedlichen Berufe des Vaters konnte Romy kaum alle aufzählen. Er hatte als Koch gearbeitet und als Teppichhändler, als Versicherungsvertreter, Vermögensberater und Immobilienmakler. Er hatte eine Firma für Gebäudereinigung besessen, hatte Software verkauft und einen Frisiersalon für Hunde aufgemacht.

Seine Frau hatte ihn tatkräftig unterstützt.

Im letzten Jahr dann waren sie nach Mallorca ausgewandert, wo sie in einer alten Finca am Meer eine Kunstgalerie eingerichtet hatten.

Möglich, dass sie morgen auf die Herstellung von Tubensenf oder Tiefkühlpizza umsteigen würden. Es war Romy gleichgültig. Sie mochte ihre Eltern, aber sie brauchte sie nicht unbedingt in ihrer Nähe. Ein Anruf ab und zu war ihr genug. Mehr als ein paar Worte zwischendurch hatte sie ohnehin nur äußerst selten von ihnen bekommen.

Romy und Björn hatten sich nie wirklich aufgelehnt. Sie hatten ja nichts anderes gekannt. Und trotz der Unfähigkeit ihrer Eltern, sich irgendwo endgültig niederzulassen und Verantwortung zu übernehmen, trotz ihrer Weigerung, ihren Kindern ein halbwegs normales Familienleben zu bieten, hatten sie doch auch ihre guten Seiten. Sie waren fröhlich und lebensbejahend, voller Einfälle und berstend vor Energie.

Eine Weile hatten sie versucht, ihre Kinder zu sich nach Mallorca zu locken, doch inzwischen hatten sie es aufgegeben. Sie versuchten zu akzeptieren, dass die Zwillinge anders waren als sie selbst. Dass sie eine Sehnsucht nach Beständigkeit verspürten.

Die letzten Stufen, und Romy war im Erdgeschoss angelangt. Sie schloss ihren Briefkasten auf, obwohl sie schon durch die gelochte Leiste am unteren Ende der verbeulten Blechtür erkennen konnte, dass er leer war.

Sie erhielten die Post nicht regelmäßig zu einer bestimmten Uhrzeit. Mal kam sie schon morgens um neun, mal gegen Mittag, und manchmal mussten die Hausbewohner bis zum späten Nachmittag warten. Das nervte Romy ziemlich oft, aber der Postbote wirkte immer so bemüht und abgehetzt, dass ihr Bedürfnis, sich zu beschweren, nie lange anhielt.

Romy verschloss den Briefkasten wieder und zog die schwere Haustür auf. Eiskalte Luft schlug ihr ins Gesicht. Sie blinzelte in den verhangenen Himmel, von dem ein paar einsame Schneeflocken herunterschwebten. Dann stülpte sie sich die Mütze über den Kopf, schlang sich den Schal fester um den Hals und schob die Wollstulpen über die Finger.

Wie gut, dass es bis zur Redaktion nicht weit war.

Sie dachte an den Toten aus dem See. Was für ein schreckliches Ende, bei dieser Kälte zu ertrinken.

*

Er streifte sich das Messgewand über.

Raschelnde Seide.

Schwarz.

Der November war seit jeher der Monat der Toten.

Auch sein Haar war schwarz. Einzig sein Gesicht und seine Hände waren hell.

Er sah sich gern so.

Todesengel, dachte er.

Und begann leise zu summen.

Eine wehmütige Melodie.

Das Leben war ein einziger Kampf. Gegen das Böse, das überall lauerte. In den schlechten Filmen, die Gewalt verherrlichten. In den Büchern, die die Wahrheit verschleierten. In den Bordellen der Städte und Dörfer. Den Bars und Striplokalen. In den Machtzentren der Welt. Auf den Straßen. In den Wohnungen und den Herzen der Menschen.

Der Teufel hatte sein Gift versprüht. Er hatte blühende Pflanzen ausgerupft und schweflige Ödnis hinterlassen. Er hatte den Menschen die Seele aus dem Leib gerissen und ihnen stattdessen einen Stein eingepflanzt.

Und niemand sah die Zeichen.

Dabei war die Zeit längst gekommen, dem unheiligen Treiben Einhalt zu gebieten.

Licht ins Dunkel zu bringen.

Dem Satan die gestohlenen Seelen zu entreißen.

»Ich bin gekommen, euch zu erretten«, murmelte er.

Die Last lag schwer auf seinen Schultern.

Er war der Fackelträger in finsterer Zeit. Aber würde er den Stürmen trotzen können?

Als er sich von seinem Spiegelbild abwandte, scheuerte seine Kleidung auf der Haut, und er unterdrückte ein Stöhnen.

Da lag sie noch, die Rute, mit der er sich gegeißelt hatte. Sie hatte ihm tief ins Fleisch geschnitten. Er würde sich um die Wunden kümmern müssen.

Später.

Nachdem er allen seinen Rücken gezeigt hatte.

»Herr«, sagte er. »Ich bin dein.«

Doch heute antwortete der Herr ihm nicht.

*

Pia tunkte die Bürste ins Wasser und schrubbte weiter. Der Küchenboden war mit groben Fliesen belegt, die das gesamte Farbspektrum warmer Braun- und Rosttöne abdeckten. Wie in einem dieser bretonischen Bauernhäuser, die man für die Ferien mieten konnte. Pia hatte als Kind einmal mit ihren Eltern einen Sommer in einem solchen Haus verbracht.

Damals. Als die Welt noch klar und geordnet war.

Als nichts ihr wirklich Angst machen konnte.

Als die Eltern noch Riesen waren und unbesiegbar. Als sie Pia noch beschützt und behütet hatten.

Pias Hände waren rot und fast schon ein bisschen angeschwollen. Sie reagierte allergisch auf Seifenlauge, doch sie durfte bei dieser Arbeit keine Gummihandschuhe tragen. Er hatte es ihr verboten.

Auf den Knien, hatte er befohlen. *Bis ich dir sage, dass du fertig bist.*

Wie lange schrubbte sie schon? Drei Stunden? Vier?

Sie hatte kein Gefühl mehr für die Zeit, die vergangen war.

Ihre Knie brannten. Ihr Rock war klatschnass.

Verdorben. Nie wieder würde sie ihn tragen können. Dabei war er der einzige noch halbwegs schöne, den sie besaß.

Sie hatte sich nicht umziehen dürfen.

Lerne Demut!

Ihre Nase lief. Sie hatte kein Taschentuch bei sich und wischte sich den Rotz mit dem Rocksaum ab. Jetzt war sowieso schon alles egal. Die Haare klebten ihr im Nacken. Tränen hatten kribbelnde Spuren auf ihren Wangen hinterlassen.

Sie wagte nicht, sich zu kratzen. Sie durfte nichts tun, was sie von der Arbeit abhielt.

Hier hatten die Wände Augen.

Lerne Gehorsam!

Deshalb hatte er sie zu sich geholt. Um ihr Gehorsam beizubringen. Und Demut. Und all die anderen Tugenden, die sie nicht besaß.

Dein Herz ist voller Eitelkeit.

Seine Stimme klang traurig, wenn er so etwas sagte. Und etwas schwang in ihr mit, das sie vor Furcht erbeben ließ. Es war unklug, ihn zu reizen und seinen Zorn auf sich zu ziehen.

Sie wusste bloß nicht, wie sie es vermeiden konnte.

Er verbot ihr, sich zu schminken. Er untersagte ihr, sich hübsch anzuziehen.

Du wirst lernen, eine Dienerin des Herrn zu sein.

Dienerin.

Pia kannte dieses Wort nur noch aus alten Büchern. Sie las leidenschaftlich gern. Deshalb hatte er ihr auch die meisten ihrer Bücher genommen

Hast du mich verstanden?

Ja, Vater.

Sie alle mussten ihn Vater nennen. Selbst diejenigen, die älter waren als er. Er war ihr Hirte. Er führte sie durch jedes noch so finstere Tal. Sie brauchten sich nicht zu fürchten.

Aber Pia fürchtete sich. Sie hatte eine Angst, so groß, dass sie sich ihr Ausmaß nicht einmal vorstellen konnte. Eine Angst, höher als der höchste Berg. Fest und massiv und unverrückbar.

Wie sollte sie die bewältigen?

Das war nicht immer so gewesen.

Anfangs hatte sie ihn sogar geliebt. Nein. Verehrt. Wenn er sie angeschaut hatte, war sie voller Freude gewesen. Ein einziges Lächeln, das ihr gegolten hatte, hatte sie durch den ganzen Tag begleitet.

Er hatte ihr schon lange kein Lächeln mehr geschenkt.

Ich bin unvollkommen, dachte sie.

Ihre Gedanken waren nicht, wie sie sein sollten. Sie waren anders als die Gedanken der andern.

Ich muss mich ändern.

Es war Sünde, die meisten Sätze mit *Ich* zu beginnen. Es

war Sünde, als Mitglied dieser Gemeinschaft nicht glücklich zu sein. Es war Sünde, die liebevolle Fürsorglichkeit des Vaters als einengend zu empfinden.

Pia hatte ja versucht, sich zu bessern. Hatte nicht mehr so viel Zeit mit ihren Büchern verbracht und sich stattdessen in die Lektüre der Bibel vertieft. Hatte die Freundschaften außerhalb der Gemeinschaft unter fadenscheinigen Vorwänden beendet. War fast nur noch in Begleitung eines Mitbruders oder einer Mitschwester zu den Vorlesungen gegangen.

Und schließlich hatte sie restlos alles aufgegeben und war hierher gezogen.

Pia gab sich alle Mühe, nicht zu heulen. Sie versuchte, sich auf ihre Arbeit zu konzentrieren. Wenn sie sich anstrengte, seine Erwartungen zu erfüllen, würde er sie vielleicht nicht zwingen, auch noch ihr Studium abzubrechen, damit sie Demut und Gehorsam lernte.

Erschrocken bemerkte sie, dass sie alle zu täuschen versuchte. Sie wollte unbedingt etwas behalten, das ihr selbst gehörte und das ihr wichtig war.

Ihr Studium, das sie letztes Jahr begonnen hatte.

Sie war nicht demütig und würde es niemals sein.

Oh Gott, dachte sie und schrubbte verzweifelt weiter.

Aber Gott schien sie vergessen zu haben.

*

Kriminalhauptkommissar Bert Melzig hielt den Obduktionsbericht in den Händen. Der Tod Thomas Doraus war durch Ertrinken eingetreten. Würgemale am Hals und Hämatome an Armen und Schultern deuteten darauf hin, dass er ertränkt worden war.

Bert hatte Mühe, das zu verdauen. Seine Augen hatten

wahrhaftig schon schreckliche Dinge gesehen, und er hatte Mordfälle aufgeklärt, die ihn wohl nie wieder loslassen würden. Doch das hier erschütterte ihn über die Maßen.

Er stellte sich die Hände vor, die den Kopf des Toten unter Wasser gedrückt hatten. Ihre Erbarmungslosigkeit. Ihre furchtbare Kraft.

Doktor Christina Henseler, die junge Rechtsmedizinerin, die die Leiche obduziert hatte, ging von mehreren Tätern aus. Das machte diesen Mord noch entsetzlicher. Das Opfer hatte nicht die geringste Chance gehabt, seinen Mördern zu entkommen.

Bert zog die Schultern zusammen, doch ihm wurde dadurch nicht wärmer.

Der Tod des jungen Mannes kam einer Hinrichtung gleich.

Es hatte allerdings ein Kampf stattgefunden. Thomas Dorau hatte sich verzweifelt gewehrt. Unter seinen Fingernägeln waren winzige Hautschuppen gefunden worden und ein einzelnes weißes Haar. Ein kleines Wunder, nachdem die Leiche mehrere Tage im Wasser getrieben hatte.

Thomas Dorau war in den Abendstunden des 6. November gestorben.

Bert legte den Obduktionsbericht auf den Schreibtisch, lehnte sich auf seinem Stuhl zurück und rieb sich mit beiden Händen über das Gesicht. Jedes einzelne Mordopfer kam ihm gefährlich nah. Der Schock bei ihrem Anblick kroch ihm unter die Haut und machte ihn für eine ganze Weile unberührbar. Eigentlich war er eine Zumutung für seine Umgebung, solange eine Ermittlung dauerte.

Er stand auf und ging zum Fenster. Er öffnete es weit und schaute hinaus in das Grau, das von winterlichem Weiß durchsetzt war.

Ohne wirklich einen Blick dafür zu haben.

Er hatte Lust zu laufen. Seit er in Köln lebte, tat er das täglich. Lief, lief und lief. Weg von allem. Weg von der Erinnerung. Weg von sich selbst.

Sein Körper hatte sich verändert. Er hatte Fett verloren und Muskeln aufgebaut. Das Laufen war zur Sucht geworden. Wie vor langer Zeit das Rauchen, das er sich mit Hilfe seines Freundes, Tennispartners und Arztes Nathan schließlich erfolgreich abgewöhnt hatte.

In letzter Zeit überfiel ihn der Drang zu laufen oft mitten in den alltäglichsten Situationen. In Besprechungen. Während einer Befragung. Es war schwierig, ihn zu unterdrücken. Was half, war Konzentration.

Thomas Dorau, dachte er. Was hast du getan, um so zu sterben?

Im Nachhinein versuchte er, die Mordopfer zu schützen. Wenn sie schon ihr Leben lassen mussten, so sollten sie doch zumindest ihre Würde bewahren. Er schirmte seine Fälle so lange und so gut es ging vor den Medien ab, achtete peinlich genau darauf, dass über das Privatleben der Toten nichts oder doch so wenig wie möglich nach außen drang.

Niemand sollte ihre Schwächen ins Licht der Öffentlichkeit zerren, niemand sie so wehrlos sehen.

Und niemand sollte den Tätern ein Forum bieten, auf dem sie sich selbst darstellen konnten.

»Wann hast du dir jemals so viele Gedanken über mich und die Kinder gemacht?«, hatte Margot ihn gefragt, wieder und wieder.

Er hatte ihr nicht begreiflich machen können, dass das eine mit dem andern nichts zu tun hatte, dass Beruf und Familie nicht vergleichbar waren. Und irgendwann hatte er nicht mehr das Bedürfnis gehabt, seiner Frau überhaupt noch irgendetwas zu erklären.

Sein Job hatte ihn seine Ehe gekostet, ihm die Kinder genommen, das Haus und letztlich auch seine alte Stelle. Er war zur Kripo Köln gewechselt und hatte eine Wohnung im Stadtteil Ehrenfeld gemietet.

Seit zwei Monaten und sieben Tagen lebte er nun allein, und dass sein Gehirn darüber so genau Buch führte, beunruhigte ihn. Es bedeutete, dass er von seiner neuen Situation noch immer überwältigt war.

Allerdings fehlte ihm die Zeit, darüber nachzudenken. Er musste sich an die Arbeitsweise in diesem Präsidium gewöhnen, die neuen Kollegen mit all ihren Eigenheiten kennenlernen, sich mit der Stadt vertraut machen, sich komplett neu organisieren. Das erforderte eine Menge Kraft.

Im Kreis seiner Kölner Kollegen kam er sich oft vor wie ein Landei, und im Grunde genommen war er das ja auch. Das Tempo hier war wesentlich höher. Davon abgesehen wurde aber auch in der Großstadt nur mit Wasser gekocht, und Bert war nicht der Typ, der sich von den äußeren Umständen hetzen ließ.

Es gab eine Reihe von Menschen, die ihm fehlten. Vielleicht würde er deshalb eines Tages beschließen, wieder aufs Land zurückzukehren, aber im Augenblick war er hier und das war gut so. Er vermied es, zurückzublicken, denn es brachte kein Glück, ein neues Leben im Schatten des alten zu beginnen.

Die Kälte war ihm in den Körper gekrochen. Er schloss das Fenster, kehrte zum Schreibtisch zurück und beugte sich wieder über den Bericht. Der Abgleich der DNA von Hautschuppen und Haar mit der DNA-Kartei des LKA und des BKA hatte kein positives Ergebnis gezeigt.

»Wär auch zu schön gewesen«, murmelte Bert.

Es gab inzwischen vier ungeklärte Morde, die alle in diesem Sommer in Köln verübt worden waren. Für jeden war ein eigenes Untersuchungsteam zusammengestellt worden. Bert leitete die Ermittlungen im Fall Thomas Dorau.

Seine Arbeit wurde scharf beobachtet. Man begegnete dem Neuen nicht gerade misstrauisch, aber doch mit Skepsis und Vorsicht. Und obwohl Bert genug über gruppenspezifische Verhaltensmuster wusste, war es etwas ganz anderes, wenn man selbst derjenige war, dem die allgemeine Neugier galt.

An einer Wand seines Büros hatte Bert seine Pinnwand angebracht. Sie gehörte zu seiner Arbeit wie der Schreibtisch und das Telefon, wie sein Kopf und seine Hände. Sie war eine Stütze für sein Gedächtnis und ein Quell der Inspiration.

Bislang war sie noch so gut wie leer. Doch das würde sich ändern. Schritt für Schritt würde er sich an die Wahrheit herantasten. Den Toten kennenlernen. Sein Leben aufrollen. Sein Umfeld beleuchten. Seine Geheimnisse aufstöbern. Sich seinen Träumen nähern und seinen geheimsten Gedanken.

Da draußen war ein Täter, den er finden musste. Und er würde ihn finden. Es war ein Versprechen, das er dem Toten gegeben hatte. Bisher hatte er noch jedes Versprechen gehalten.

3

Schmuddelbuch, Dienstag, 11. November

Den Großteil des Tages am Laptop gesessen und recherchiert. Zwischendurch Material für Gregs Jahresrückblick zusammengestellt, den ich viel lieber selbst schreiben würde. Aber ich kann froh sein, dass Greg mir überhaupt schon echte Aufgaben überträgt. Woanders haben Volontärinnen nicht so ein Glück. Da werden sie zu all den Terminen geschickt, die sonst keiner will.

Bei der Polizei angerufen und abgeblitzt.

Überlegt, mich mit Ingo zu verabreden. Idee als schändlich verworfen.

Informationen über Symbole gesammelt. Gepriesen sei das Internet! Es ist noch gar nicht lange her, da mussten Journalisten halbe Weltreisen unternehmen und sich durch staubige Archive wühlen, um an ihre Informationen zu gelangen. *Und ständig schlug einem einer die Tür vor der Nase zu* (O-Ton Greg).

Interessante Einzelheiten erfahren, aber nichts über aufgeklappte Bücher, erst recht nicht in Verbindung mit Tattoos und vor allem nicht mit solchen am Handgelenk, innen, genau über dem Puls.

Aber ich habe die Adresse des Toten herausgefunden …

Die Redaktion hatte sich schon geleert. Einzig Greg harrte noch an seinem Schreibtisch aus und telefonierte. Romy konnte ihn durch die Glasscheibe, die sein Büro begrenzte, sehen. Es war beruhigend, ihn dort zu wissen. Greg war zu einem stabilen Element in ihrem Leben geworden, eine Funktion, die ihr Vater nie ausfüllen wollte. Oder konnte.

Romy plinkerte die Tränen weg, die ihr in die Augen gestiegen waren. Das fehlte noch, dass sie hier saß und flennte. Es würde ihren schönen, innerhalb eines halben Jahrs mühsam erworbenen Ruf als jemand, der vor gar nichts Angst hatte und sich an jedes Thema wagte, mit einem Schlag ruinieren.

Ein kleines Lächeln stahl sich auf Romys Gesicht, arbeitete sich von ihren Mundwinkeln bis zu ihren Augen vor und vertiefte sich. Im Grunde war sie rettungslos optimistisch. Gleichgültig, wie mies sie sich fühlte – im nächsten Augenblick kam sie wieder auf die Füße, bereit, die Welt aus den Angeln zu heben.

Ihr Magen knurrte. Sie hatte den ganzen Tag über vollkommen vergessen, etwas zu sich zu nehmen. Das rächte sich jetzt. Ihr war vor Hunger fast schlecht.

Sie gähnte und streckte sich, dass ihre Gelenke knackten. Es hörte sich an, als wäre sie mindestens sechzig. Sie fuhr den Laptop herunter und packte ihre Sachen zusammen.

Ihr Schreibtisch stand in einer Ecke des Raums. Das hatte den Vorteil, dass sie von ihrem Platz aus alles überblicken konnte. Es hatte den weiteren Vorteil, dass sie selbst in dem Gewirr an Schreibtischen, technischen Geräten und Papier oft übersehen wurde.

Sie sehnte sich nach einem eigenen Büro. Und wenn es bloß ein winziger, fensterloser Verschlag wäre. Das ewige Rein und Raus und Hin und Her, das ständige Telefonklingeln, die vielen Stimmen, die Computergeräusche und das

Rattern der Faxgeräte machten sie verrückt. Wie sollte man da einen klaren Gedanken fassen?

Sie wusste, dass sie lernen musste, im dicksten Trubel die Nerven zu behalten und sich zu konzentrieren. Und manchmal gelang es ihr ja auch. Aber sie hatte diese Fähigkeit noch nicht so weit ausgebildet, dass sie sich darauf verlassen konnte.

Im Hinausgehen warf sie Greg eine Kusshand zu. Er grinste nicht, wie er das sonst immer tat, sondern winkte sie zu sich herein. Seufzend folgte Romy seiner Aufforderung.

Als sie sein Büro betrat, legte er gerade den Hörer auf.

»Gibt's was Neues?«, erkundigte er sich.

Romy schüttelte den Kopf.

»Das heißt?«

»Dass ich recherchiere.«

»Im Fall des Toten aus dem Fühlinger See?«

»Ja.«

»Schon weitergekommen?«

Er war hartnäckig heute. Normalerweise ließ er sie in Ruhe, wenn sie auf seine Fragen wortkarg reagierte.

»Nichts, was sich zu erzählen lohnte.«

Greg legte den Kopf schief. Dunkle Bartstoppeln schimmerten auf seinem Kinn und seinen Wangen. Seine Augenlider waren rot, wie entzündet. Er musste sehr müde sein. Vielleicht hatte er am Abend zuvor auch zu viel getrunken.

Romy vermutete, dass er ein Alkoholproblem hatte. Sie hatte Greg zwar noch nie betrunken erlebt, doch genau das war bei den Mengen, die er trank, verdächtig.

Vielleicht war er einsam. Er lebte allein.

»Ich bin ein Wolf«, hatte er Romy einmal anvertraut. »Ich brauche Weite und Stille.«

Dabei lebten Wölfe doch im Rudel. Aber das hatte Romy für sich behalten.

Greg war zweiundvierzig Jahre alt. Genau so alt wie ihr Vater.

Aber er war für sie da.

Er betrachtete sie mit einem letzten forschenden Blick und machte dann eine beiläufige Handbewegung. »Was ist? Willst du hier übernachten?«

Das wollte Romy definitiv nicht.

Auf dem Weg nach draußen wählte sie Cals Nummer. »Hallo, Süßer«, sprach sie auf seine Mailbox. »Ich komme jetzt nach Hause. Du hast nicht zufällig was gekocht? Ich hab einen Bärenhunger.«

Cal kochte nicht nur gut, sondern sogar gern. Seine Mitbewohnerinnen Tonja und Helen wussten das zu schätzen. Und Romy ebenfalls.

Der Abend war dunkel und kalt. Romy, deren Körper noch die Wärme der Redaktionsräume gespeichert hatte, fing an zu frieren. Jeder einzelne Muskel spannte sich an. Selbst ihre Kiefer verkrampften sich.

Schnatternd umrundete sie vereiste Pfützen und zusammengekehrte Blätterhaufen, wich schattenhaften Fahrradfahrern und einem einsamen Jogger aus und überholte Fußgänger, die sich tief in ihre Mäntel und Schals verkrochen hatten.

Zwei Nonnen kamen ihr entgegen, die Finger in schwarzen Wollhandschuhen versteckt, die Füße in derben, halbhohen Stiefeln. Augustinerinnen, ihren schwarzen, bis zu den Knöcheln reichenden Gewändern und den schwarzen Schleiern nach zu schließen. Genau die Sorte Nonne, die Romy während der Schulzeit das Leben schwer gemacht hatte.

Beide waren mittleren Alters. Beide schauten Romy ins Gesicht. Was erwarteten sie? Ein Lächeln?

Werdet ihr von mir nicht kriegen, dachte Romy.

Sie wusste, dass ihr Verhalten absurd war. Nur weil sie

unter den Ordensfrauen an ihrer Schule gelitten hatte, durfte sie nicht jede Schwester, die ihr hier draußen begegnete, verteufeln.

Eine Nonne verteufeln, dachte sie. Auch nicht schlecht.

Sie hob den Kopf und erwiderte den Blick der Frauen fest. Sie hatte die Schule hinter sich. Sie würde sich nicht mehr einschüchtern lassen.

Und dann war der Moment vorbei. Erst als sie sich dabei ertappte, wie sie tief Luft holte, merkte Romy, dass diese Begegnung ihr mehr abverlangt hatte, als sie sich eingestehen mochte. Etwas von ihr steckte noch immer in ihrer Internatszeit fest.

Auf einmal hatte sie beinah schmerzhaft Sehnsucht nach Cal. Nach seinen großen, warmen Händen. Seinem Lächeln. Und der Sicherheit, dass er Teil ihres neuen Lebens war.

*

Klein und verloren kam sie die Treppe heraufgestiegen. Die Arme vor dem Bauch verschränkt, als wolle sie so die Kälte abwehren. Ihr halbes Gesicht war unter Mütze und Schal verborgen. Auf den ersten Blick sah sie aus wie ein Kind.

Calypso breitete die Arme aus und zog sie an sich.

»Hast du meine Nachricht abgehört?«, fragte sie an seiner Schulter.

Er nickte.

»Und wo hattest du das Handy diesmal vertrödelt?«

»Im Bad«, antwortete er zerknirscht. »Ich war duschen und hab meine Klamotten draufgeworfen. Deshalb habe ich es auch nicht gehört.«

Er ließ sein Handy ständig irgendwo liegen und hatte dann Mühe, es wiederzufinden. Und das war ihm, wenn er ehrlich war, völlig egal. Es war ihm nur anderen gegenüber manchmal peinlich.

»Du bist ein Schussel«, sagte Romy zärtlich und vergrub die rotgefrorene Nase in seinem Haar.

Erst letzte Woche hatte der Filialleiter Calypso noch einmal eindringlich ermahnt, sich endlich die Haare kürzer schneiden zu lassen.

Unsere Kunden wollen Vertrauen zu unseren Angestellten haben.

Seit wann, hatte Calypso sich gefragt, endete das Vertrauen eines Menschen drei Zentimeter über dem Ohrläppchen seines Gegenübers?

Er hatte zuvor nie über sein Haar nachgedacht. Irgendwie mochte er es so, wie es war. Es hatte die Farbe von feuchtem Sand, war etwa kinnlang und leicht gelockt. Calypso schnitt es selbst. Bisher hatte er noch keinen Frisörsalon von innen gesehen und er dachte auch nicht daran, das zu ändern.

Er nahm Romy bei der Hand und zog sie in die Küche, wo es duftete wie bei Riccardo, der ein kleines italienisches Lokal um die Ecke hatte, in dem Tonja manchmal jobbte, wenn ihr Geld zur Neige ging.

»Hmm.« Romy schnupperte.

Sie liebte Spaghetti mit Schafskäse und Rucola, und weil Calypso schon geahnt hatte, dass sie nach der Arbeit vorbeikommen würde, hatte er beschlossen, ihr eine Freude zu bereiten, und alles Notwendige dafür eingekauft.

Zehn Minuten später saßen sie am Küchentisch. Tonja, die für die Uni an einem Referat über die *Dreigroschenoper* schrieb und kaum noch einen anderen Gedanken im Kopf hatte. Helen, die eine Tragetasche voller reduzierter Klamotten und Tücher aus dem Esoterikladen mitgebracht hatte, in dem sie als Verkäuferin arbeitete, und die beim Essen ein

Teil nach dem andern hervorzog und begutachtete. Romy, die jeden Bissen sichtlich genoss. Und Calypso, der sich im Stillen überlegte, welches der beste Moment war, um die Bombe in der Bank hochgehen zu lassen.

Nach einer Weile, in der man nur das Geklapper der Gabeln auf den Tellern gehört hatte, redeten sie plötzlich alle auf einmal los.

Sie lachten und der Bann war gebrochen.

Draußen tanzten vereinzelte Schneeflocken vor den schwarzen Fensterscheiben. Calypso sah ihnen dabei zu. Und dann erstarrten für einen Moment die Wahrnehmungen in seinem Kopf, und es war, als würde sich dieser eine Augenblick für immer in sein Gehirn einbrennen.

Die Küche. Das Licht der Lampe. Die Mädchen.

Ihre Stimmen.

Das Gefühl von Behaglichkeit.

Dann war der Augenblick vorüber.

Ein fast vergessenes Gefühl regte sich in Calypso.

Angst.

Unbestimmt, aber deshalb nicht weniger verstörend.

Er lachte ein wenig zu laut und trank sein Glas in einem Zug leer.

Dann war auch dieser Augenblick vorbei, und Calypso spürte, wie ihm der Wein zu Kopf stieg. Für jemanden, der Alkohol nicht gut vertrug, war Trinken ziemlich gefährlich.

*

Pia hatte den Abend in ihrem Zimmer verbracht, einem kleinen Raum, in dem nur wenige Möbel standen, ein Bett, ein Schrank, ein Tisch mit einem Stuhl und ein Sessel. Es gab nur einen einzigen Luxusgegenstand und das war eine Tiffany-Lampe auf der Fensterbank. Sie spendete ein schönes, tröstliches Licht.

So sahen Gästezimmer aus.

Aber Pia fühlte sich nicht als Gast.

Und Vero war kein Gastgeber.

Sie nannte ihn in Gedanken immer bei seinem Vornamen. Obwohl es nicht sein richtiger war. Vero bedeutete *wahr*. Er hatte sich den Namen selbst gegeben.

Weil ich der Verkünder der Wahrheit bin.

Er wohnte in der Kirche.

In der Kirche!

Das Erzbistum Köln hatte beschlossen, sich von einigen Gotteshäusern zu trennen und sie auf dem freien Markt anzubieten. Sie wurden entsegnet und waren dann nicht länger Häuser Gottes.

In einer Kapelle in Marsdorf wurden jetzt sogar Gartenmöbel verkauft.

Pia verstand das nicht. Wie konnte man in einem Haus, das Gott zu Ehren erbaut worden war, Geschäfte treiben? Jesus hätte den Händler und die Kunden hinausgejagt, wie er das schon einmal getan hatte, damals, im Tempel in Jerusalem.

Am liebsten war es dem Bistum, wenn eine christliche Vereinigung eine solche Kirche erwarb. So wie in Veros Fall.

Schon damals hatte Vero hier, in dem zur Kirche gehörenden Kloster, gelebt. Er hatte die Gemeinschaft bereits gegründet, und die ersten Gläubigen hatten sich um ihn versammelt, aber alles hatte sich noch mehr oder weniger im Entstehungsprozess befunden.

Die Getreuen.

Pia hatte oft über diesen Namen nachgedacht. Er war wie ein Krake, der seine Arme in sämtliche Richtungen streckte.

Der Name bedeutete, dass die Mitglieder der Gemeinschaft ihrem Glauben treu blieben.

Dass sie der Bruderschaft treu blieben.

Dass sie Vero als ihrem geistigen Führer treu blieben.

Vor allem aber, dass sie Gott treu blieben.

Ihren Glauben lebten wie echte Christen.

Wie unsere Brüder und Schwestern der Urzeit.

Der Name bedeutete, dass die Mitglieder der Gemeinschaft nach ihren Wurzeln suchten und ihr Handeln danach ausrichteten.

Wir brauchen keine Prunkbauten. Wir brauchen keinen Reichtum. Wir brauchen nicht die falschen Götzen dieser Zeit. Wir brauchen nichts als Gottes Wort.

Wenn Vero so etwas sagte, dann begriff Pia instinktiv, was er meinte. Später, wenn sie wieder allein war, eingebunden in ihren Alltag, waren die Definitionen nicht mehr so einfach.

Was genau waren die *Götzen dieser Zeit*?

Schöne Kleider? Gute Noten? Das Verlangen, beliebt zu sein? Das Streben nach Erfolg? Gesellschaftliches Ansehen?

Und der Reichtum, von dem Vero da sprach? Wo fing er an?

Schon bei einem Armband, einem Ring, einer Kette? Oder erst beim Auto der Luxusklasse? Einer Penthousewohnung hoch über den Dächern der Stadt?

Klar war ihr nur, was sich hinter Gottes Wort verbarg.

Gottes Wort konnte sie in der Bibel finden.

Im Anfang war das Wort, und das Wort war bei Gott, und das Wort war Gott.

Pia hatte sich erst an die bildhafte Sprache gewöhnen müssen. Oft erreichten die Sätze eher ihr Gefühl als ihren Verstand. Und sie stellte fest, dass sie unterschiedlich ausgelegt werden konnten. Das verwirrte sie.

Trotzdem las sie die Geschichten in der Bibel gern.

Ging in ihnen spazieren.

Weg von hier. Weg von allem, was sie bedrückte.

Die Bibel war eines der wenigen Bücher, die sie noch besaß. Abgesehen von denen, die sie unbedingt für ihr Studium brauchte.

Konzentriere dich auf das Wesentliche.

Natürlich hatte Vero damit recht. Sie schwelgte zu gern in Romanen, versank mit wohligem Gruseln in Krimis und Psychothrillern. Deshalb hatte er ihr die meisten weggenommen.

Die paar, die übrig geblieben waren, reichten ihr nicht aus. Sie hatte einen Heißhunger auf Worte. Den hatte sie schon immer gehabt. Sie hatte sich das Lesen mit knapp vier Jahren selbst beigebracht und verschlang bereits Romane, als ihre Freundinnen sich noch an den ersten kurzen Geschichten versuchten.

Wenn sie aufrichtig war, dann musste sie sich eingestehen, dass sie sich inzwischen nach allem verzehrte, was von der Welt da draußen erzählte. In der sie nicht mehr zu Hause war, selbst wenn sie ihr Zimmer noch nicht gekündigt hatte. Der Welt, die sie nur noch hin und wieder besuchte.

Pia war müde. Sie lag im Bett, konnte sich jedoch nicht dazu aufraffen, das Licht zu löschen. Im Dunkeln fraßen ihre Gedanken sie auf. Da verwandelten sie sich in Ungeheuer der Nacht, vor denen nichts sicher war.

Nur das Licht hielt sie zurück.

Es war sanft. Und gut. Manchmal schlief Pia sogar dabei ein.

Doch bestimmt gehörte Energieverschwendung ebenfalls zu dem falschen Luxus, dem man abschwören musste.

Pia wollte nicht grübeln. Dann würde sie überhaupt keinen Schlaf mehr finden. Vorsichtig ließ sie die Gedanken treiben.

Sie alle kannten die Geschichte. Wie das Kloster aufgelöst werden sollte, um die Kirche zum Verkauf anbieten zu können.

»Das Bistum beschloss, die Ordensbrüder auf unterschiedliche Klöster zu verteilen«, erzählte Vero manchmal, wenn Gäste da waren, die sich für die Gemeinschaft interessierten. »Es wurde keine Rücksicht darauf genommen, dass die Mönche sich im Kloster heimisch fühlten und dass Freundschaften zwischen ihnen entstanden waren. Die Entscheidung fiel am runden Tisch. Einfach so. Ohne ein einziges Gespräch mit den Betroffenen.«

Vero war darüber schrecklich in Zorn geraten.

Seine noch ziemlich überschaubare, jedoch gut betuchte Gruppe der *Getreuen* hatte Kirche und Kloster erworben, und Vero hatte unter seinen Mitbrüdern zwölf bestimmt, die bei ihm bleiben sollten.

Sie wurden seine Jünger.

Wie in der Bibel.

Auf diese Weise war die *Bruderschaft* entstanden.

Die zwölf Mönche lebten weiterhin im Kloster. Vero jedoch, um dem Herrn so nah wie möglich zu sein, baute sich einige Räume im Seitenschiff der Kirche aus.

»Ich schütze das Haus des Herrn mit meinem Leben«, sagte er gern, und die Gäste betrachteten ihn mit leuchtenden Augen.

So, wie Pia ihn auch einmal angeschaut hatte.

Vor einer halben Ewigkeit (so kam es ihr vor). Als Vero sie unter allen anderen auserwählt hatte. Um sie auf eine Zukunft vorzubereiten, in der sie eine große Verantwortung übernehmen sollte.

»Du wirst mich in die Schlacht begleiten«, hatte er ihr erklärt. »Du wirst an meiner Seite kämpfen, dem Wort des Herrn Respekt verschaffen und sein Reich vorbereiten. Schon bald wird unsere Kirche die einzige sein.«

Die einzige?

Pia hatte ihn nicht verstanden, aber Vero war nicht deutlicher geworden.

»Lerne, dulde und gehorche«, hatte er verlangt.

Und sie zum Stillschweigen verpflichtet.

Rasch hatte sie zum inneren Kreis der *Getreuen* gehört, und sie war stolz darauf gewesen, obwohl es Sünde war, Stolz zu empfinden.

Der innere Kreis bestand aus etwa zwanzig Personen, von denen einige wenige fest in einem abgelegenen Trakt des Gästehauses lebten und wechselnde Aufgaben erfüllten. Pia hatte keine Ahnung, ob es unter ihnen noch andere gab, die Vero für eine geheimnisvolle Aufgabe auserwählt hatte. Sie nahm es an, war sich aber nicht sicher.

Das Klostergelände mit seinen zahlreichen Gebäuden bot bequem Platz für die Ordensbrüder, die im Haupthaus wohnten, und für etwa hundert Gäste. Die Mitglieder des inneren Kreises waren für Haus und Küche zuständig, pflegten den Park und den Garten und gingen den Brüdern bei der Organisation und dem Ablauf der Seminare und Tagungen zur Hand.

Sie erledigten ihre Arbeit gewissenhaft und unauffällig und mieden den näheren Kontakt zu den Gästen.

Der innere Kreis ist da, aber man bemerkt ihn nicht. Er ist das unsichtbare Grundgerüst, auf dem die ganze Gemeinschaft ruht.

Die Gemeinschaft selbst war inzwischen zu sehr gewachsen und zu weit verstreut, um noch räumlich an das Kloster gebunden zu sein. Die Mitglieder, die in der Nähe lebten, besuchten bisweilen den Gottesdienst, andere reisten hin und wieder für ein paar Tage an, um Ruhe zu finden. Doch meistens waren es fremde Gäste, die an den Tagungen teilnahmen, ein stilles Wochenende im Gebet hier verbringen wollten oder einfach nur das Bedürfnis hatten, sich einen Eindruck von der Gemeinschaft der *Getreuen* zu verschaffen.

Was den aus den Ordensbrüdern bestehenden Kern, den inneren Kreis und die Gemeinschaft selbst miteinander verband, war der gemeinsame Glaube und ihre Hingabe an Vero und seine Lehre.

Doch da gab es Pia, die Widerborstige. Die Aufrührerische. Die Unbelehrbare.

Pia, die gezähmt werden musste.

Der Stachel im Fleisch der Gemeinschaft.

Das Eitergeschwür.

Pia, in deren Bekehrung Vero seine ganze Hoffnung gesetzt hatte.

Sie war bereit, alles zu tun, um ihn nicht zu enttäuschen. *Aber sie konnte nicht aufhören zu fragen.*

Warum wollte Gott Demut?

Warum wollte er, dass ein Mensch in seinem Glauben sich selbst aufgab?

Warum wollte er, dass Pias Wille gebrochen wurde?

Wie der von Sally.

Auch Sally hatte nicht dem Ideal eines gläubigen Menschen entsprochen. Auch sie hatte Veros Unwillen hervorgerufen. Sally, das wilde Mädchen mit den Blutergüssen an den Armen und den tiefen Schatten unter den Augen.

Sally hatte schon lange hier gelebt. Über ein Jahr.

Und jetzt war sie nicht mehr da.

Pia hatte nach ihr gefragt, obwohl das gegen die Regel verstieß. Doch niemand schien zu wissen, wo sie steckte. Es war, als hätte der Erdboden sie verschluckt.

Vielleicht ahnte jemand, was mit ihr los war, aber dann wäre Pia bestimmt die Letzte gewesen, der man es anvertraut hätte. Sie war noch nicht so lange dabei wie die andern, half mal hier aus und mal dort, hatte noch keine festen Pflichten.

Pia zog sich die Bettdecke über den Kopf. Wie sie es als Kind getan hatte, wenn die Welt verschwinden sollte. Nur dass es nicht mehr funktionierte.

Da müsste man schon selbst verschwinden, dachte sie, und mit diesem Gedanken schlief sie ein, ohne vorher das Licht auszumachen. Der Schlaf hüllte sie in seine Schleier. Er pflanzte ihr Träume hinter die Stirn und ließ sie vergessen.

Sie fühlte nicht einmal mehr das Pochen in ihren aufgedunsenen, misshandelten Händen.

*

Es war mitten in der Nacht. Immer noch fielen vereinzelte, dünne Schneeflocken aus dem schwarzen Himmel. Es war vollkommen still.

Romy wusste kaum, wie sie hierhergekommen war.

Doch nun stand sie hier.

Sie schwor sich, beim nächsten Mal nicht mitzutrinken. Schon nach einem halben Glas Wein kippte sie aus den Latschen.

Ein Mietshaus mit fünf Stockwerken. Eine der scheußlichen Bausünden aus der Nachkriegszeit, als das zerbombte Köln schnell wiederaufgebaut werden musste. Eingeschlossen von anderen Bausünden.

Kein Fenster erleuchtet. In der ganzen Straße nicht.

Romy trat auf den Hauseingang zu, stieg die drei Stufen

hoch und beugte sich zu den Namensschildern neben den Klingelknöpfen vor. Aber sie konnte nichts entziffern.

Mist!

Sie durchwühlte ihre Taschen, obwohl sie wusste, dass es vergeblich war. Natürlich hatte sie kein Feuerzeug dabei und keine Streichhölzer, denn übers Gelegenheitsrauchen war sie nie hinausgekommen, und sie hatte auch nicht vor, richtig mit dem Rauchen anzufangen.

Eine Stimme schreckte sie auf. Ein Lallen. Ein Johlen. Ein Lachen. Und dann ein Fluch.

Der Betrunkene kam aus der Dunkelheit. Er trat in den Lichtkreis der Laterne, schwankte und trank aus einer Flasche, die er dann mit großer Geste wegwarf. Sie zersprang klirrend. Das Geräusch hallte in der Nacht.

Romy hörte das Schlurfen der Schuhe auf dem schneebestäubten Pflaster. Und das Singen des Betrunkenen, das erstaunlich leise war.

»Duuu wisseine grooosse Liiiebe. Diiir gööörtein gaasses Heees.«

Als er Romy erblickte, blieb er stehen.

»Sswei Fragen«, nuschelte er. »Wee bissu unwas masse hie?«

»Ich bin Romy«, sagte Romy und war froh, dass ihr Gehirn noch so weit funktionierte, dass sie ihren Namen nicht vergessen hatte. »Haben Sie ein Feuerzeug?«

»Abba jaaa.« Er fingerte ein Feuerzeug aus den Tiefen seiner Jacke und hielt es Romy hochkonzentriert hin, um nicht das Gleichgewicht zu verlieren.

Der Schein der Flamme flackerte über die Namensschilder. *Backer. Traute. Wiedmann* … und da, ganz oben, *Dorau*.

»Vielen Dank.« Romy drehte sich nach dem Betrunkenen um. Doch der war schon weitergegangen. Er hielt sich kerzengerade und machte keinen Lärm.

Romy steckte das Feuerzeug ein. Erst jetzt merkte sie, wie erschöpft sie war. Ihre Augäpfel waren vor Müdigkeit wie ausgetrocknet. Es war äußerst unangenehm. Zeitweilig sah sie alles wie durch trübes Glas.

Die Schritte des Betrunkenen verklangen in einem Nebel, der wahrscheinlich echt war und kein Ergebnis ihres Linsenproblems. Romy war plötzlich unbehaglich zumute.

Blödsinn, mitten in der Nacht hierherzukommen, dachte sie. Immer noch wirbelte der Alkohol in ihrem Kopf herum. Sie stand nicht sicher auf ihren Füßen, und sie hatte den Eindruck zu schielen. Als hätten sich ihre Sehnerven ineinander verknotet.

Sie drehte sich um sich selbst und schaute sich um. Wie kam sie am besten nach Hause?

Romy entschied sich für eine Richtung, stopfte die Hände in die Taschen ihrer Jacke und marschierte los. Die Kälte brachte wieder Klarheit in ihren Kopf. Allerdings nicht so viel, dass sie sich an ihr Fahrrad erinnert hätte.

Erst als sie eine Stunde später den Schlüssel ins Schloss steckte, um die Haustür aufzuschließen, fiel ihr wieder ein, dass sie es an Thomas Doraus Haus vergessen hatte.

Leise fluchend stieg sie die Treppen hinauf. An Cals Wohnungstür blieb sie stehen und lauschte. Es juckte sie in den Fingern, zu klingeln, doch sie beherrschte sich. Cal musste früh wieder raus, während sie länger schlafen konnte.

»Träum süß«, murmelte sie und schickte ihm einen Kuss durch die Tür.

Lächelnd wandte sie sich wieder der Treppe zu, schwankte ein wenig, hielt sich am Geländer fest und stolperte oben müde in ihre Wohnung.

Bevor sie sich auszog, wählte sie Ingos Handynummer.

»Hi, Ingo«, sprach sie auf die Mailbox. »Ich bin ein bisschen … beschwipst, aber das macht nichts. Weil … ich hab deinen Artikel gelesen. Den über die Modelszene … mir fällt gerade die Headline nicht ein … du weißt schon. Gran-di-os, Ingo. Das wollte ich dir nur eben sagen. Schlaf gut …«

Und dann streifte sie die Klamotten ab, sank auf das Bett und dachte an Cal, der zwei Stockwerke unter ihr ebenfalls in seinem Bett lag. Und sie sehnte sich ein bisschen nach ihm und spürte verwundert etwas Nasses über ihre Wange rollen.

Sie leckte es auf.

Es war salzig.

Sie gähnte, zog die Bettdecke ans Kinn und schlief ein.

4

Schmuddelbuch, Mittwoch, 12. November

Ich habe den Diebstahl nicht angezeigt. Das hat in einer Stadt wie Köln keinen Sinn. Die meisten Verfahren werden nach sechs Wochen wieder eingestellt. Das Fahrrad war alt und klapprig. Aber es war mein allererstes. Deshalb ist es sowieso unersetzlich.

Vorm Frühjahr werde ich mir kein neues anschaffen. Cal besitzt zwei. Eins davon will er mir überlassen, solange ich es brauche.

Den Vormittag mit Recherchen verbracht:

Am 27. Mai wurde die erste Tote gefunden. Mona Fries. Achtunddreißig Jahre alt. Spaziergänger entdeckten die Leiche im Stadtwald, notdürftig verborgen im Unterholz und bedeckt mit zusammengescharrtem altem Laub und abgebrochenen Tannenzweigen. Mona Fries wurde mit ihrem eigenen Halstuch erdrosselt.

Am 5. Juli stolperte im Stadtteil Sülz ein Student im Hinterhof der Diskothek *Rainbow* über die zweite Tote. Alice Kaufmann. Sie war achtzehn Jahre alt, als ihr die Kehle durchgeschnitten wurde. Der Täter hat sich nicht die Mühe gemacht, ihre Leiche zu verstecken. Er hat sie bei den Müllcontainern liegen lassen.

Am 29. August fand eine alte Dame im Kaufhof-Parkhaus

in der Pipinstraße den dritten Toten. Ingmar Berentz. Sechzig Jahre alt, seit vier Jahren Frührentner. Er war mehrmals überfahren worden.

Am 9. November dann Thomas Dorau, der aus dem Fühlinger See gefischt wurde. Zweiundzwanzig Jahre alt. Ein Tattoo am Handgelenk. (An welchem? Spielt das eine Rolle?)

Ich sitze hier und brüte über meinen Notizen und suche das Bindeglied.

Viel zu früh ...

Ich stehe ja noch ganz am Anfang und weiß praktisch NICHTS.

Pressekonferenzen hatte Bert Melzig noch nie gemocht. Ihm war selbstverständlich klar, dass die Öffentlichkeit ein Recht auf Informationen hatte, aber er war schon zu häufig mit Journalisten aneinandergeraten, und sie machten ihm das Leben oft mehr als nötig schwer.

Gierig schnappten sie nach jedem Hinweis, versuchten, Deals mit ihm auszuhandeln, hingen ständig am Telefon und stahlen ihm die Zeit, aber wenn die Ermittlungen schleppend vorangingen, hauten sie ihn mit Inbrunst in die Pfanne.

Bert hatte ihnen die wesentlichen Fakten mitgeteilt und stellte sich nun ihren Fragen.

»Und Sie sehen noch immer keinen Zusammenhang zwischen den Gewaltverbrechen des letzten halben Jahres?«

»Nein. Wir haben die sichergestellte DNA nicht nur mit den DNA-Karteien des LKA und des BKA abgeglichen, sondern auch mit der DNA der übrigen Fälle. Es wurden keine Übereinstimmungen festgestellt.«

»Also kein Serientäter?«

Wie leicht sie es sich machten. Bert hatte schon vor langer

Zeit gelernt, dass so gut wie nichts sicher war. Dass alles sich ändern und jederzeit alles auf den Kopf stellen konnte.

»Im Augenblick gibt es dafür keine Anhaltspunkte. Nein.«

Eine junge Frau am Fenster fiel ihm auf. Anders als ihre Kollegen, machte sie sich keine Notizen. Sie saß da, beinah unbewegt, und sah ihn an. Ihre blonden Haare waren kurz geschnitten und standen ihr zerwuschelt vom Kopf ab. Sie hatte ein schmales, junges Gesicht und auffallend große Augen. Von Weitem hätte man sie für ein Kind halten können.

»Sie sagen, Thomas Dorau wurde ertränkt. War der Fundort auch der Tatort?«

Das war Ingo Pangold. Seine Fragen erweckten bei Bert immer den Eindruck eines Angriffs. Er hätte dieses Empfinden nicht begründen können. Manchmal lag es an der Formulierung der Frage, manchmal an der Betonung und manchmal schlicht am arroganten, fast schon unterkühlten Auftreten des Journalisten.

»Ja.«

Bert ärgerte sich über sich selbst. Warum konnte er nicht damit aufhören, alles persönlich zu nehmen? Wieso konnte er nicht einfach das Frage-und-Antwort-Spiel hinter sich bringen und endlich wieder an die Arbeit gehen? Um Ingo Pangold zu provozieren, beließ er es bei dieser einsilbigen Antwort.

»Sicher?«

Klar, dass ein Mann wie Pangold es auf eine Konfrontation ankommen ließ. So einer sollte in die Politik gehen, dachte Bert. Er würde auf jeder Talkshowcouch eine gute Figur machen.

»Bei dem Wasser in den Lungen des Toten handelt es sich eindeutig um Wasser aus dem Fühlinger See.«

Bert wandte den Blick demonstrativ von Ingo Pangold ab.

Er hasste es, sich bei Vorurteilen zu ertappen. Dieser Kerl war ihm von der ersten Sekunde an unsympathisch gewesen.

Der Journalist grinste. Als hätte er einen Sieg errungen.

Idiot, dachte Bert.

»Können Sie uns etwas mehr über die Tätowierung erzählen?«

Die Frage kam von einem jungen Mann in der ersten Reihe, der selbst ein Tattoo trug, zwei chinesische Schriftzeichen in Schwarz und Rot, links am Hals, vom Hemdkragen halb verdeckt.

»Leider nein. Sie verstehen, dass wir unsere Ermittlungsarbeit nicht erschweren dürfen, und dies ist so ein Punkt, über den ich noch nicht sprechen möchte.«

Ingo Pangold grinste noch breiter, und Bert fragte sich, ob dieser Mann wieder einmal mehr wusste als seine Kollegen. Er war sich sicher, dass Pangold über zweifelhafte Verbindungen zur Polizei verfügte.

»Ein aufgeschlagenes Buch ist nicht gerade der Burner unter den Tattoos.«

Einige Journalisten lachten, aber Ingo Pangold teilte ihre Heiterkeit nicht. Herausfordernd blickte er Bert in die Augen.

Was weiß er?, fragte sich Bert. Weiß er noch mehr oder blufft er bloß?

»Möglich«, sagte er.

»Das heißt«, meldete sich eine Journalistin, die sich, was die Schärfe ihrer Bemerkungen betraf, locker mit ihrem Kollegen Pangold messen konnte, »das heißt, dass Sie noch immer im Trüben fischen.«

Eine äußerst passende Formulierung im Fall eines Ertrunkenen, dachte Bert. Aber für ihr Feingefühl werden die Leute schließlich nicht bezahlt.

»Das würde ich so nicht sagen.«

Er lehnte sich auf seinem Stuhl zurück und betrachtete die Gesichter, von denen er einige heute zum ersten Mal sah. Der Chef hatte sich kurz vor der Pressekonferenz entschuldigen lassen. Der wusste mit seiner Zeit besseres anzufangen.

Was tue ich hier eigentlich? Wieso gebe ich mich als Zielscheibe für die Profilierungsversuche dieser Leute her?

Da meldete sich die junge Frau mit den kurzen Haaren zu Wort. Sie konnte nicht älter als Anfang zwanzig sein. Ein Greenhorn, dachte Bert. Er war gespannt auf ihre Stimme.

»Mein Name ist Romy Berner«, stellte sie sich vor, und ihre Stimme war hell und klar und unerschrocken. »Ich schreibe für das *KölnJournal*. Mich würde interessieren, was für ein Mensch Thomas Dorau gewesen ist.«

Mit einer solchen Frage hatte Bert schon lange nicht mehr gerechnet. Es geschahen offenbar doch noch Zeichen und Wunder.

Im Kreis der Journalisten machte sich Unruhe breit. Wahrscheinlich fragten sich manche, ob jetzt ein Ausflug in die Psychologie folgen würde. Andere schienen Romy Berner zu belächeln. Anscheinend befand sie sich noch in der Ausbildung und wurde nicht für voll genommen.

»Er war Musiker«, erklärte Bert. »Spielte Saxofon in einer Band.«

»Muss man die kennen?«, fragte jemand aus dem Hintergrund.

Bert würde sich die Gesichter und die dazugehörenden Namen mit der Zeit einprägen. Und erfahren, welche Gedanken in den einzelnen Köpfen steckten. Viele Sichtweisen würden ihm nicht gefallen. Doch das war auch nicht nötig.

»Die Band besteht aus lauter jungen Leuten«, sagte er. »Und wenn sie durch den Tod ihres Saxofonisten jetzt nicht auseinanderbricht, hat sie jede Chance der Welt, nach oben zu kommen.«

Danach meldete sich niemand mehr. Bert schaute auf seine Armbanduhr und wechselte einen Blick mit dem Polizeisprecher, der die ganze Zeit in irgendwelchen Papieren geblättert hatte. Anscheinend empfand er auch jetzt nicht das Bedürfnis, sich einzumischen. Bert nickte ihm zu und beendete die Pressekonferenz.

Die Journalisten verließen den Raum. Manche unterhielten sich miteinander, andere hatten es eilig und hasteten hinaus. Die junge Frau wartete, bis alle draußen waren. Dann kam sie langsam auf Bert zu.

Romy Berner, dachte er. Ihren Namen hatte er behalten.

»Ich weiß jetzt, dass Thomas Dorau Musiker war«, sagte sie. »Aber was für ein Mensch ist er gewesen?«

Wieder gelang es ihr, Bert zu überraschen. Er sah dem Pressesprecher nach, der zum Fahrstuhl schlenderte. Ja. Diese junge Frau stellte die richtigen Fragen. Auch wenn Bert sie nicht beantworten konnte, weil er noch nicht so weit war.

»Irgendetwas hat ihn zum Opfer gemacht«, sagte er. »Aber er hat um sein Leben gekämpft.«

Romy Berner nickte. »Ich danke Ihnen.«

Sie streckte die Hand aus und verblüffte Bert ein letztes Mal mit ihrem festen Händedruck und einem forschenden Blick tief in seine Augen.

Dann ging sie hinaus. Ihr Schritt war leicht, fast beschwingt.

Bert blickte ihr nach. Er fragte sich, warum er auf einmal so beunruhigt war.

*

Die schwere hölzerne Flügeltür fiel krachend ins Schloss. Zornig eilte Vero über den spiegelnden roten Granitboden zum Klosterkapitel, dem offiziellen Versammlungsraum, wo ihn seine Mitbrüder bereits erwarteten. Einige standen an den Fenstern, andere saßen an dem langen, blank polierten Tisch, die meisten waren in Gespräche vertieft.

Dieses Mädchen trieb ihn zur Weißglut! Nicht genug, dass Sally ihm seit Monaten das Leben schwer machte, nun auch noch Pia.

Würden die Prüfungen denn niemals ein Ende finden?

Vero hatte Pia in sein Büro zitiert, doch sie war zur vereinbarten Zeit nicht erschienen.

Nicht erschienen!

Er hatte nach ihr geschickt, aber sie war nicht in ihrem Zimmer gewesen.

Vero hasste es, wenn sich jemand seinem Willen widersetzte. Es brachte ihn dermaßen in Rage, dass ihm schwindlig wurde.

Ein Mädchen. Und sie bot ihm die Stirn!

Er hatte versucht, sich ins Gebet zu vertiefen, und es war ihm nach einer Weile auch gelungen, doch er hatte sich noch immer nicht in den Griff bekommen.

Unbeherrscht warf er die Unterlagen auf den Tisch und nahm auf seinem Stuhl Platz. Augenblicklich erstarb jegliches Gemurmel. Seine Mitbrüder rückten ihre Stühle zurecht, setzten sich und schauten ihn verunsichert an.

Vero faltete die Hände und senkte den Kopf. Die andern taten es ihm nach. Sie begannen jede Versammlung mit einigen Minuten innerer Einkehr.

Schließlich hob Vero den Kopf. Er räusperte sich.

»Unsere Gästezahlen sind rückläufig, und das nicht erst seit gestern. Bruder Erik? Bruder Rafael?«

Bruder Erik, zu dessen Aufgabenbereich die Organisation der Tagungen und Seminare gehörte, bekam einen roten Kopf. Bruder Rafael, der für die Anwerbung und Unterbringung von Gästen zuständig war, blinzelte alarmiert.

»Wir leben in einer… schwierigen Zeit«, ergriff Bruder Erik stotternd das Wort. »Die Menschen geben ihr Geld lieber für… absolut lebensnotwendige Dinge aus. Da werden kulturelle und religiöse Veranstaltungen als Erstes… gestrichen.«

Er blickte sich hilfesuchend um.

Einzig Bruder Rafael hatte zu seinen Worten genickt. »Bruder Erik hat recht«, bestätigte er. »Sämtliche Werbeaktionen laufen momentan ins Leere. Es ist zum Verzweifeln.«

Vero kniff die Augen zusammen. Bullshit, dachte er. Wie konnten sie es wagen, ihm derart hanebüchene Ausreden vorzusetzen.

»UND WARUM MACHEN WIR DEN MENSCHEN DANN NICHT KLAR, DASS UNSERE GEMEINSCHAFT LEBENSNOTWENDIG *IST*?«

Bruder Erik rutschte unbehaglich auf seinem Stuhl hin und her. Bruder Rafael kritzelte hektisch in sein Notizbuch.

Vero atmete langsam ein und aus und zählte bis zehn. Sein aufbrausendes Temperament war eine schwere Bürde. Und es konnte unangenehme Folgen haben. Es gab Brüder, die bei einem einzigen lauten Wort anfingen zu zittern wie Espenlaub.

Memmen, dachte Vero abfällig. Dabei brauchen wir mutige Krieger, um das Reich des Herrn zu verteidigen.

Doch dazu musste es erst einmal erneuert werden.

Die Kirche war tot.

Die Christen selbst hatten sie getötet.

Es war Veros heilige Pflicht, sie aus den Trümmern wiederauferstehen zu lassen.

Aber dafür brauchte er Hilfe.

Zu welchem Zweck hatte er seine Mitbrüder ausgewählt? Warum hatte er seine Visionen mit ihnen geteilt? Wozu waren sie nütze, wenn es ihnen nicht gelang, den wahren Glauben in die Welt hinauszutragen?

»Ich stimme dem Vater zu«, mischte sich Bruder Darius ein. »Wir müssen unsere Anstrengungen verdoppeln und verdreifachen.«

Bruder Darius war ein Kriecher. Seine Schleimspur führte vom Kloster aus direkt vor die Pforte des Himmelreichs, wo er sich eine angemessene Vergeltung seiner guten Taten erhoffte. Er schlug sich immer auf die Seite des Starken.

In jeder Gruppe, hatte Vero festgestellt, gab es einen, der niemals eine eigene Meinung äußerte, sondern sich feige darauf beschränkte, die Äußerungen der andern unverbindlich zusammenzufassen. Der jedoch so tat, als habe er damit etwas unerhört Neues zu der Diskussion beigetragen.

So einer war Bruder Darius.

Er war Vero schon länger ein Dorn im Auge. Am liebsten hätte er sich seiner entledigt, doch ihm war bewusst, dass es Seilschaften unter den Mitbrüdern gab, an denen man besser nicht rührte. Aus einer winzigen Unzufriedenheit konnte rasch eine Palastrevolution erwachsen.

Die konnte er nun wirklich nicht brauchen. Es reichte schon, wenn es Unruheherde innerhalb der Gemeinschaft gab. Auf seine Mitbrüder, auf jeden einzelnen von ihnen, musste er sich hundertprozentig verlassen können.

Bruder Matteo ergriff jetzt das Wort, ohne auf Bruder Darius einzugehen. Er war für die Finanzen zuständig.

»Die Haupteinnahmen fließen doch von unseren Mitgliedern herein«, sagte er. »Da könnten wir noch viel mehr herausholen.«

Als ginge es hier um Geld! Davon hatten sie wahrlich genug. Sie hatten schon etliche ihrer verstorbenen Mitglieder beerbt und inzwischen ein beträchtliches Vermögen angehäuft. Es ging um ganz andere Dinge, und die Kurzsichtigkeit seiner Mitbrüder enttäuschte Vero über die Maßen.

»Geld ist nützlich«, sagte er. »Es verschafft uns Möglichkeiten zur Einflussnahme. Es hält uns den Rücken frei und gewährt uns die Zeit, die wir brauchen, um unsere Vision zu realisieren.«

Er erhob sich und ließ seinen Blick bedeutungsvoll über die ihm zugewandten Gesichter schweifen.

»Aber hauptsächlich geht es doch um die Kirche Christi. Den Willen des Herrn. Wir haben eine Aufgabe und müssen sie erfüllen. Vergesst das nicht, meine Brüder. Wir müssen neue Mitstreiter rekrutieren für unseren gemeinsamen Kampf, und jeder Gast ist ein potenzielles neues Mitglied unserer Gemeinschaft.«

Einige senkten beschämt den Kopf. Andere wichen seinem Blick verlegen aus. Und dann gab es welche, in deren Augen er ihn aufflackern sah, den Idealismus, den sie brauchten wie das täglich Brot.

»Wir werden unsere Kirche wieder stark machen«, versprach er. »Wir werden sie von jeglichem Firlefanz befreien und zu ihrem eigentlichen Kern vordringen. Dem Glauben. Wir brauchen diesen aufgeblähten Apparat nicht, die Machtspiele der Kardinäle, die Eitelkeit der Erzbischöfe.«

Die Brüder nickten.

»Wir brauchen unseren Glauben und unsere Demut. Wir dienen dem Herrn und wollen die Welt besser machen. Und um das zu erreichen, müssen wir die falschen Werte sprengen.«

Langsam, dachte Vero. Er musste sich bremsen. Selbst

seine Brüder waren noch nicht reif für das wahre Ausmaß seiner Vision.

Für ihre ganze Schönheit und ihre Erhabenheit.

Sie waren noch weit davon entfernt, echte Gotteskrieger zu sein, die für ein radikal fundamentalistisches Christentum sogar ihr Leben wagten.

Sein Blick fiel auf die gegenüberliegende Wand. Sie war mit einem riesigen Wandgemälde verziert. Dem Abendmahl. Einer getreuen Kopie des Meisterwerks von Leonardo da Vinci.

Nur die Köpfe waren verändert worden.

Das Bild zeigte nicht Jesus, sondern Vero und seine Jünger.

Vero lächelte. Er streckte den Arm aus und deutete auf die Wand.

»Das sind wir, meine Brüder. Und wir befinden uns in der Nachfolge unseres Herrn. Alles, was sich ins Schlechte verkehrt hat, werden wir wieder ins Gute rücken. Wir werden das Vermächtnis unseres Herrn erfüllen. Sein Reich komme!«

»Sein Reich komme!«, antworteten die Mitbrüder wie aus einem Mund.

Vero nahm wieder Platz. Er fühlte sich leer und ausgebrannt.

Wie viel Kraft die Wahrheit kostete.

Aber sie war es wert. Auch wenn es erst die halbe war.

»Und nun zu etwas anderem«, sagte er. »Wir haben ein neues Sorgenkind.«

*

Pia irrte durch die Flure der Uni. Sie wich den Blicken der andern aus, so lange, bis sie sich unsichtbar fühlte.

Es war verstörend, unsichtbar zu sein. Aber sie hatte keine Wahl. Sie konnte niemanden ansehen. Nicht jetzt.

Sie war nicht zu dem Gespräch mit Vero gegangen. Sie hatte ihn versetzt. Das würde sie nie wiedergutmachen können. Er würde sie dafür bestrafen. Doch daran wollte sie im Augenblick nicht denken.

Alles hier war ihr wohltuend vertraut. Sie hielt sich gern in den Räumen der Uni auf. Es roch nach Büchern, nach Wissen, nach Menschen, denen beides wichtig war.

Die Bücher…

Pia hatte nicht gewusst, dass man sich nach Büchern sehnen konnte. Dass allein ihr Anblick sie einmal so glücklich machen würde.

Als sie sich für Philosophie als Studienfach entschieden hatte, waren ihre Eltern nicht gerade begeistert gewesen. Sie hatten sich Sorgen gemacht und sich gefragt, ob ihre Tochter in der heutigen Zeit, in der alles so schwierig geworden war, mit diesem Studienfach einen Beruf finden würde.

Pia hatte ihnen zuliebe noch Geschichte dazugenommen. Das hatte die Eltern beruhigt. Mit Philosophie und Geschichte zusammen konnte sie wenigstens Lehrerin werden.

An ihre Zukunft hatte Pia noch keinen Gedanken verschwendet. Das alles würde sich fügen, davon war sie überzeugt. Wichtig war das Hier. Das Jetzt.

Und jetzt fand sie es faszinierend, ihre Tage mit Denken zu verbringen. Denn genau das war Philosophie.

Die Gestalt und das Wesen der Dinge zu begreifen suchen.

Fragen stellen.

Antworten finden.

Sie fühlte, wie sehr sie das vermisst hatte in den letzten Wochen im Kloster. Als hätte man eines ihrer Organe entfernt, ohne das sie allenfalls dahinvegetieren, jedoch nicht leben konnte.

Pia machte auf dem Absatz kehrt und verließ die Uni fluchtartig. Es tat zu weh, hier zu sein und sich von allem abgeschnitten zu fühlen.

Es war kalt und ungemütlich. Schon nach wenigen Minuten spürte sie ihre Zehen kaum noch. Der Mittelfinger ihrer rechten Hand war weiß und taub, wie abgestorben.

Leichenfinger, dachte sie.

Manchmal passte alles zusammen.

Sie schob die Hände in die Ärmel ihrer Jacke und lief weiter. Immer geradeaus. Immer ihrem weißen Atem nach.

Als hätte sie ein Ziel.

*

Romy hatte den Artikel über die Pressekonferenz geschrieben und legte ihn Greg vor. Der überflog ihn und nickte zufrieden.

»Du lernst schnell«, sagte er. »Nichts daran auszusetzen.«

Ihm fiel kein Zacken aus der Krone, wenn er mal ein Lob aussprach. Romy mochte das an ihm. Sie mochte fast alles an Greg. Sie hatten eine gemeinsame Ebene, auf der sie gut miteinander auskamen.

Diese Ebene hieß Intuition.

Sie erahnten oft, was der andere dachte. Manchmal sprachen sie denselben Gedanken gleichzeitig aus. Da fiel es kaum ins Gewicht, dass mehr als zwanzig Jahre zwischen ihnen lagen. Greg war geistig so jung, dass man sein Alter überhaupt nicht spürte.

»Wie hat dir Bert Melzig gefallen?« Greg hatte schon mehrmals mit dem neuen Kommissar zu tun gehabt.

»Er redet anders als seine Kollegen, nicht in diesen ewigen platten … äh …«

»Worthülsen?«, kam Greg ihr zu Hilfe.

»Genau. Er kommt mir wie ein … ein Anwalt der Mordopfer vor. Als wollte er ihnen den Seelenfrieden zurückgeben, indem er ihre Mörder überführt.«

Greg lächelte zu ihren Worten, und Romy wusste, er empfand ähnlich wie sie.

»Aber er scheint die Presse nicht zu mögen«, fuhr sie fort. »Er ist ziemlich zugeknöpft, geht mit einigen fast schon ruppig um.«

»Magst *du* die Presse denn?« Greg lehnte sich in seinem knarrenden Ledersessel zurück und schlug die Beine übereinander. »Ich meine unsere lieben Kollegen da draußen. Du hast sie ja schon mehrmals in Aktion erlebt.«

»Sie kommen mir manchmal vor wie eine Hundemeute bei der Fuchsjagd«, sagte Romy, die Fuchsjagden nur aus den alten Agatha-Christie-Filmen kannte. »Für eine gute Geschichte würden sie glatt ihre Seele verkaufen.«

Greg nickte. Es gab einen unausgesprochenen Ehrenkodex beim *KölnJournal*. Man tat seine Arbeit so professionell und so anständig wie möglich. Man hielt sich an die Wahrheit, respektierte seine Informanten und ging für eine Sensationsmeldung nicht über Leichen. Wer dagegen verstieß, hielt sich nicht lange in dieser Redaktion.

»Wie haben sie dich behandelt?«, fragte Greg.

»Sie lassen mich nicht mitspielen, belächeln meine Fragen und zerreißen sich das Maul darüber, dass du mir tatsächlich schon Termine anvertraust.«

»Nur so lernst du dein Handwerk.«

Romy stieß sich von der Schreibtischkante ab, gegen die sie sich gelehnt hatte, nahm ihren Artikel und winkte Greg von der Tür aus noch einmal zu.

Normalerweise unterhielt sie sich gern mit ihm. Aber heute hatte sie noch alle Hände voll zu tun. Sie hatte die Anschriften der Opfer recherchiert und musste nun zusammenstellen, was sie über sie in Erfahrung gebracht hatte.

Beim *KölnJournal* hatten bisher unterschiedliche Kollegen über die Morde berichtet. Bestimmt wären sie bereit gewesen, Fragen zu beantworten, aber Romy wollte keine schlafenden Hunde wecken. Zum ersten Mal seit Beginn ihres Volontariats hielt sie eine richtige Story in den Händen, und was für eine. Sie war nicht bereit, sie sich von irgendwem wegschnappen zu lassen.

Zurück an ihrem Schreibtisch, nahm sie sich ihr Schmuddelbuch vor und überflog noch einmal, was sie zuletzt notiert hatte.

27. Mai: Mona Fries, achtunddreißig Jahre. Fundort Stadtwald. Mit ihrem eigenen Halstuch erdrosselt.
5. Juli: Alice Kaufmann, achtzehn Jahre. Fundort Sülz, Hinterhof der Diskothek *Rainbow*. Kehle durchgeschnitten.
29. August: Ingmar Berentz, sechzig Jahre. Fundort Kaufhof-Parkhaus Pipinstraße. Mehrfach überfahren worden.
9. November: Thomas Dorau, zweiundzwanzig Jahre. Fundort Fühlinger See. Tattoo am Handgelenk.

Sie wusste noch immer nicht wesentlich mehr, hatte jedoch inzwischen zumindest herausgefunden, wo die Mordopfer gewohnt hatten. Wenn sie hier fertig war, wollte sie bei einer der Adressen anfangen und sich dort umsehen.

Das Zauberwort aus ihren Notizen war *Bindeglied*.

Wenn die Morde Taten eines Serienmörders waren, musste es etwas geben, das die Toten miteinander verband. Um Sexualdelikte handelte es sich anscheinend nicht. Nach allem, was Romy wusste, war keines der Opfer vergewaltigt worden.

Und wenn die Morde selbst dem Täter einen Kick verschafft haben? Handelt es sich dann nicht auch eigentlich um Sexualverbrechen?

Sie hatte zu wenig Ahnung von solchen Dingen. Gregs anfängliche Einwände gegen ihren Alleingang waren berechtigt. Vielleicht war die Geschichte ein paar Nummern zu groß für sie.

Sie ging in ihren Gedanken wieder einen Schritt zurück.

Wenn es sich nicht um Sexualmorde handelte, was konnte dann das verbindende Element der einzelnen Taten sein?

Köln.

Alle Opfer wurden in dieser Stadt ermordet.

Mona Fries: Stadtwald.
Alice Kaufmann: Sülz.
Ingmar Berentz: Innenstadt (Pipinstraße).
Thomas Dorau: Fühlinger See.

»Hallooo, meine Süßen!«

Romy wurde von der fröhlichen Stimme und dem darauf folgenden Tumult aus ihren Überlegungen aufgeschreckt. Eine Redakteurin, die ein Baby bekommen hatte und nun ein Jahr Elternzeit in Anspruch nahm, war mitsamt Nachwuchs und einem Riesentablett Kuchen zu Besuch gekommen, und alle sprangen auf und beugten sich über den Kinderwagen, aus dem bald darauf ein Geräusch erklang, das Romy an das nächtliche Geschrei liebestoller Katzen erinnerte.

An Arbeit war für die nächsten ein, zwei Stunden nicht mehr zu denken. Also packte Romy ihre Sachen zusammen, gab der jungen Mutter, die sie erst ein einziges Mal gesehen hatte, kurz die Hand und schlich sich davon.

Für solche Fälle war das *Alibi* ein treuer Zufluchtsort.

Wenig später saß sie an einem Tisch am Fenster, vor sich den Laptop und einen großen Becher heißer Schokolade, und machte weiter, wo sie in der Redaktion aufgehört hatte.

Die Fundorte der Leichen ergaben kein Muster, wie Romy als eingefleischter Krimifan es sich gewünscht hätte. Die Verbindungslinien zwischen ihnen zeichneten kein geheimnisumwittertes Symbol, das drohend über Köln schwebte. Wäre das Rätsel so leicht zu lösen, dachte Romy, hätte die Polizei es längst getan.

Dasselbe galt für die Stadtteile, in denen die Opfer gelebt hatten.

Mona Fries: Weidenpesch.
Alice Kaufmann: Lövenich.
Ingmar Berentz: Innenstadt.
Thomas Dorau: Ehrenfeld.

Auch zwischen den Wohnungen und den Fundorten der Leichen konnte Romy keinen Zusammenhang erkennen.

Sie notierte sich noch einmal, wann die Leichen aufgefunden worden waren.

27. Mai.
5. Juli.
29. August.
9. November.

Selbst bei längerem Betrachten entdeckte sie keinen gemeinsamen Nenner.

Sie hatte Filme gesehen, in denen Mörder mit den Orten und Daten spielten und auf diese Weise die Ermittler herausforderten. Manchmal ließen sie Gegenstände zurück, die der Polizei einen Hinweis gaben, zu verschlüsselt allerdings, um sie mit der Nase auf die Wahrheit zu stoßen. Oder sie nahmen ihren Opfern einen Fetisch ab (Schmuck vielleicht, ein Kleidungsstück, eine Haarsträhne oder ein Foto), der ihnen dabei helfen sollte, sich ihr Verbrechen bei Bedarf immer wieder in Erinnerung zu rufen.

Auch so etwas konnte ein Muster ergeben.

Doch das würde die Polizei nicht ausposaunen. Sie würde diese Informationen so lange wie möglich unter Verschluss halten.

Romy seufzte. Wenn sie doch nur ein paar Hinweise mehr zur Verfügung hätte!

Sie sah sich nach der Serviererin um und machte ihr ein Zeichen. Wenig später stellte das Mädchen ihr einen neuen dampfenden Becher auf den Tisch. Die Schokolade im *Alibi* wurde nicht aus klebrig süßem Instantpulver hergestellt, sondern aus herbem Kakao mit echter Schokolade. Romy war süchtig danach.

Sie nahm einen Schluck, leckte sich den Schaum von der Oberlippe und beugte sich wieder über ihre Notizen.

Das Alter der Mordopfer (Mona Fries: 38, Alice Kaufmann: 18, Ingmar Berentz: 60, Thomas Dorau: 22) schien kein System zu ergeben. Eher schon das Geschlecht der Toten: weiblich, weiblich, männlich, männlich.

Aber welche Bedeutung konnte die Doppelung haben?

Allmählich brummte ihr der Schädel. Ihre Gedanken fuhren Karussell. Es hatte keinen Sinn, hier sitzen zu bleiben und weiterzugrübeln.

Romy trank aus, winkte der Kellnerin, zahlte und packte

ihre Sachen zusammen. Dann ging sie in die Tiefgarage, um ihren Wagen zu holen. Sie nahm ihn nur an den Tagen mit zur Arbeit, an denen sie wusste, dass sie unterwegs sein würde.

Auf dem Weg durch die Tiefgarage pfiff sie leise vor sich hin. Sie hielt sich nicht gern hier unten auf. Das viel zu laute Klappern ihrer Absätze hallte hohl von den schmuddeligen weißen Wänden wider, und wie immer hatte sie den Eindruck, jemand folge ihr in einigem Abstand, obwohl sie niemanden sah. Als sie endlich in ihrem Fiesta saß, drückte sie hastig die Zentralverriegelung.

Gleich zu Anfang ihres Volontariats hatte sie sich von ihren Eltern ein transportables Navigationsgerät gewünscht und es auch postwendend bekommen. Sozusagen als verspätetes Abschiedsgeschenk. Und das äußerst symbolisch. Die Eltern wanderten aus und hinterließen ihrer Tochter ein Mittel, um sich allein in der Welt zurechtzufinden.

Romy grinste. Sie befestigte das Navi in der Halterung und programmierte ihr Ziel ein.

Köln. Lövenich. Lahnstraße.

Die Anschrift von Alice Kaufmann.

Sie liebte es, unterwegs zu sein. Dieses Kribbeln im Bauch zu spüren, das sich immer dann meldete, wenn sie spürte, dass sie im Begriff war, einen Schritt weiterzukommen.

Es hatte angefangen zu schneien. Die Flocken waren mickrig, aber sie blieben liegen. Auf der Fahrbahn bildete sich ganz allmählich ein weißgrauer Film.

Nicht mehr lange, und die Straßen wären verstopft. Doch das war Romy egal.

Sie war unterwegs. Zu einer Geschichte.

War es nicht das, worauf es ankam?

5

Schmuddelbuch, Mittwoch, 12. November, Diktafon

Es ist vierzehn Uhr fünf. Ich befinde mich in Köln Lövenich und parke in der Lahnstraße, schräg gegenüber von dem Haus, in dem Alice Kaufmann gelebt hat. Ich benutze mein Diktiergerät, um alles möglichst genau zu dokumentieren.

Warum beginne ich mit Alice Kaufmann?

Sie ist mir als Erste in den Kopf gekommen.

Vielleicht, weil sie genauso alt war wie ich.

Wenig los hier. Zwei Frauen, die ihre Hunde ausführen. Ein kleiner Junge, der einsam auf rutschigen Treppenstufen spielt. Dann und wann ein langsam fahrender Wagen, der Abgaswolken in die kalte Luft bläst.

Hier also hat Alice gewohnt.

Ein schlichtes Reihenhaus. Ordentlicher Vorgarten. Die Mülltonnen hinter einer frisch gezimmerten Holzwand verborgen.

Spießig.

Neugierige Nachbarn. Gardinen, hinter denen verräterisch die hellen Kreise von Gesichtern schimmern. Hier passt jeder auf jeden auf.

Und trotzdem konnte Alice so mirnichtsdirnichts sterben.

Alice. Ein schöner Name.

Mir ist schlecht vor Aufregung. Soll ich einfach klingeln? Guten Tag. Ich komme vom *KölnJournal* und möchte mit Ihnen über Ihre tote Tochter sprechen.

Kann ich das tun?

Muss man den Eltern nicht ihre Ruhe lassen? Ihre Trauer respektieren? Es ist schließlich erst vier Monate her.

Guten Tag. Mein herzliches Beileid. Ich bin Romy Berner …

Ich könnte mich auch als Freundin ihrer Tochter ausgeben.

Oh Mann, mir ist kotzübel.

Calypso trat auf die Straße und sog tief die kalte Luft ein. Er beugte sich vor und schüttelte die Haare aus. Mit beiden Händen zerstrubbelte er sie, bis er sich wieder wie ein Mensch fühlte.

Ab jetzt kein Gel und kein Wachs mehr. Kein Hinter-die-Ohren-Streichen. Keine Anmache vom Filialleiter. Kein Zähnezusammenbeißen. Kein Duckmäusern. Keine schlechten Träume.

Er war frei.

Der Bankchef war ein Freund von Calypsos Vater. Er residierte hinter einer peinlich aufgeräumten Schreibtischlandschaft und hatte ein Verhältnis mit seiner Vorzimmerdame, die aussah wie ein Rauschgoldengel über vierzig.

Calypsos Vater hatte »alle Hebel in Bewegung gesetzt«, um seinem Sohn diesen Ausbildungsplatz zu beschaffen. Er war »über seinen Schatten gesprungen« und hatte seinen Freund bei einem Treffen der Rotarier um diesen Gefallen gebeten. Und es war ihm »weiß Gott nicht leichtgefallen«.

Und nun war Calypso in das streng bewachte Territorium des Chefs eingedrungen, hatte den Vorzimmerterrier keines Blickes gewürdigt und war an ihm vorbei zur Tür marschiert.

Der Chef beendete gerade ein Telefongespräch. Unwillig schaute er auf. »Was kann ich für Sie …«

Und da hatte Calypso ihm den Kram vor die Füße geworfen.

FREI!

Wie viele Hoffnungen und Erleichterungen schwangen in diesen paar Buchstaben mit.

Die Schneeflocken waren dicker geworden. Sie tänzelten durch die graue Luft und dämpften die Geräusche. Für eine Sekunde oder zwei hatte Calypso das Gefühl, in einen Stummfilm geraten zu sein.

In dieser kurzen Zeitspanne wurde ihm klar, dass er schaffen konnte, was immer er wollte.

Er nahm sich nicht die Zeit, zuerst nach Hause zu gehen, um sich umzuziehen. Er löste seine Krawatte und stopfte sie in die Tasche seiner Jacke. Während er losrannte, um die Straßenbahn zu erwischen, fragte er sich, warum er sich die Informationen, die er benötigte, nicht einfach übers Internet besorgte. Daran hatte er nicht ein einziges Mal gedacht.

Weil es nur der halbe Spaß gewesen wäre.

Schließlich stand er vor seinem Ziel.

Grauer Verputz. Spiegelnde Fensterscheiben. Eine Art Villa. Oder ein Gutshof. Mit einer breit gemauerten Treppe, die mit stolzer Behäbigkeit zum Eingang hinaufführte. Die beiden steinernen Löwen auf der Brüstung und die von Laternen gesäumte Zufahrt verströmten einen Touch Hollywood, der Calypso kurz schmunzeln ließ, bevor die Aufregung ihn wieder packte.

Er wäre genauso aufgewühlt gewesen, wenn das Haus am Chlodwigplatz gestanden hätte. Ebenso außer sich. Es hätte ein Stockwerk in einem heruntergekommenen Mietshaus sein können. Es wäre Calypso egal gewesen.

Vierzehn Treppenstufen.

Zweimal sieben.

Plötzlich war alles symbolträchtig.

Sieben. Die heilige Zahl.

Calypso stieß die Tür auf und betrat eine Halle, die nicht auf Hochglanz poliert, nicht im Mindesten elegant oder stylisch war, eher schon ein bisschen schäbig. Stumpfer, milchiger Marmor auf dem Boden. Einfache Kunstdrucke an der gegenüberliegenden Wand. Ein alter Tisch vor einem Regal voller Bücher und DVDs.

Von der hohen Decke hing ein riesiger, prunkvoller Kronleuchter herab, dessen Hunderte gläserner Tropfen im Licht der Glühbirnen funkelten. Eine gewaltige rotbraune Holztreppe wand sich ins erste Stockwerk hinauf.

Als Nächstes entdeckte Calypso die großen goldgerahmten Fotografien rechts und links an den Wänden. Es waren Porträts von Schauspielern. Calypso kannte fast alle.

»Was kann ich für Sie tun?«, hörte er eine Männerstimme.

Calypso drehte den Kopf. Wie ein kleiner Junge hatte er in der Mitte des Foyers gestanden und sich staunend umgesehen, hungrig jedes Detail aufsaugend. Der Mann hinter dem Tisch war seiner Aufmerksamkeit dabei völlig entgangen.

»Entschuldigen Sie. Ich hab nur … ich bin einfach …«

Der Mann war etwa Anfang dreißig. Er hatte ein tief gebräuntes Gesicht, das von den wüsten Narben einer überstandenen Akne zerklüftet war. Seine Nase war platt und krumm, als wäre sie schon mehrmals gebrochen worden. Das strahlende Lächeln, mit dem er Calypso entgegensah, wirkte zunächst irgendwie fehl am Platz, doch dann entfaltete es eine enorm ansteckende Wirkung.

»Schau dich nur um«, sagte er. »Wir sind wahnsinnig stolz auf dieses Haus. Das Büro in der City haben wir beibehalten. Es gibt dort auch noch Räume, die wir nutzen. Doch der

Hauptbetrieb findet seit ein paar Jahren hier statt, in diesem prächtigen Ambiente.«

Calypso traute sich kaum zu atmen. Er hatte das Gefühl, auf Zehenspitzen gehen zu müssen. Man begegnete nicht jeden Tag seinem Traum.

»Und wenn du damit fertig bist, dann sag mir einfach, wie ich dir weiterhelfen kann.«

»Ich möchte Schauspieler werden«, hörte Calypso sich selbst sagen, ohne auch nur eine Sekunde zu überlegen und als wäre es das selbstverständlichste Anliegen auf der Welt. »Wann findet das nächste Vorsprechen statt?«

*

Die Frau, die durch den Türspalt spähte, war klein und zierlich. Sie hatte kupferrotes, krauses Haar und eine Million winterblasser Sommersprossen. Ihre Augen waren grün und müde und misstrauisch.

»Guten Tag, Frau Kaufmann. Mein Name ist Romy Berner. Ich komme wegen Alice …«

Die Tür schwang auf, und das Misstrauen zog sich aus den grünen Augen zurück. Frau Kaufmann hielt immer noch vorsichtig die Klinke umfasst, bereit, die Tür jederzeit wieder zuzuschlagen, doch alles an ihr signalisierte Bereitschaft, sich auf den unerwarteten Besuch einzulassen.

Romy brachte es nicht fertig, mit den Gefühlen dieser Frau zu spielen. Sie beschloss, ihr sofort zu sagen, warum sie hier war.

»Ich mache eine Ausbildung beim *KölnJournal* und würde mich gern mit Ihnen über Ihre Tochter unterhalten. Über ihren … Tod … und … ihr Leben.«

Es war ihr selten so schwergefallen, Worte zu finden.

Frau Kaufmann fragte nicht nach. Sie erkundigte sich nicht nach dem Grund des Interesses. Sie starrte Romy bloß in die Augen. So intensiv, dass sie mehrere Sekunden lang nicht ein einziges Mal zwinkerte.

»Es tut mir leid, dass Ihre Tochter … ich meine … ich möchte Ihnen mein herzliches Beileid aussprechen.«

Frau Kaufmann trat einen Schritt zurück und ließ Romy herein. Sie wirkte wie aus einem tiefen Schlaf erwacht. Immer noch starrte sie Romy an. Dann wandte sie den Blick ab, schloss die Tür und streckte Romy die Hand hin.

»Verzeihen Sie meine Unhöflichkeit«, sagte sie mit ausdrucksloser Stimme. »Aber Sie … sind unserer Alice sehr ähnlich.«

Die Äußerung ließ Romy schaudern. Sie bemühte sich, ihr Unbehagen nicht zu zeigen.

»Darf ich Ihnen die Jacke abnehmen?«

Romy streifte ihre Jacke ab und beobachtete, wie Frau Kaufmann sie verstohlen und beinah liebevoll glatt strich, bevor sie sie an die Garderobe hängte.

Bald darauf saßen sie in einem warmen, aufgeräumten Wohnzimmer, Romy in einem Sessel und Frau Kaufmann auf dem Sofa, jede ein Glas Wasser vor sich auf dem blitzblanken Glastisch. Frau Kaufmann knetete ihre Finger. Ständig sah sie umher, als wollte sie sich vergewissern, dass auch alles an seinem Platz stand.

Über dem Esstisch hing eine gerahmte Fotografie an der Wand, die ein lachendes, glücklich wirkendes Mädchen zeigte.

»Das ist Alice«, sagte Frau Kaufmann.

Romy nickte und lächelte.

»Sie war ein anständiges Mädchen.« Frau Kaufmann presste mit der rechten Hand die Finger ihrer linken so heftig zusammen, dass es Romy allein beim Hingucken wehtat. »Sie hat uns immer nur Freude gemacht.«

Als wäre sie dazu auf der Welt gewesen, dachte Romy, anständig zu sein und ihren Eltern Freude zu bereiten. Sie empfand Bedauern für das Mädchen, obwohl sie es nicht gekannt hatte.

Sie bedauerte aber auch die verhärmte Frau, die ihr gegenübersaß und ihre Finger nicht in Ruhe lassen konnte.

Was hatte der Mörder dieser Familie angetan.

»Alice war unser einziges Kind«, erzählte Frau Kaufmann. »Sie hat eine Leere hinterlassen, die nichts auf der Welt füllen kann.«

Romy zog ihr Diktiergerät aus der Tasche. »Erlauben Sie mir …«

Frau Kaufmann nickte. Romy schaltete das Diktafon auf *record* und legte es auf den Tisch.

»Was wollen Sie wissen?«, fragte Frau Kaufmann.

Romy hatte sich einige Fragen notiert, aber sie beschloss, ihre Notizen nicht aus der Tasche zu ziehen. Es kam ihr auf einmal unpassend vor, einer Mutter, deren Tochter auf so schreckliche Weise ums Leben gekommen war, vorgefertigte Fragen zu stellen.

»Ich möchte wissen, was für ein Mensch Alice gewesen ist.«

Die Frage zauberte den Hauch eines Lächelns auf das Gesicht der Frau. »Alice hat leidenschaftlich gern getanzt. Schon mit vier Jahren wollte sie Tänzerin werden. Wir haben ihr dann auch Ballettunterricht ermöglicht. Ihre Lehrerin fand, dass sie Talent hatte. Aber unsere Tochter hat diese Form des Tanzens mit sechzehn wieder aufgegeben.«

Das Lächeln war verschwunden. Die grünen Augen blickten Romy voller Ratlosigkeit an.

»Diese Form?«

»Sie hat angefangen, sich für Standardtänze zu interessieren, und jede freie Minute in der Tanzschule verbracht. Schließlich hat der Besitzer ihr eine Stelle als Assistentin angeboten.«

»Um Tanzlehrerin zu werden?«

»Zuerst sollte Alice ihr Abitur machen. Darauf hat mein Mann großen Wert gelegt, dass sie ihre Bildung nicht vernachlässigt.«

Ihr Mann, dachte Romy. Ihre Tochter. Und wo blieb in dieser Familie die Frau mit den meerjungfraugrünen Augen? Was hatte *sie* richtig gefunden?

Ein schmerzlicher Zug hatte sich auf das Gesicht der Frau gelegt. »Mein Mann war sehr streng in der Erziehung«, erklärte sie. »Er fand, dass man die Zügel fest in der Hand behalten musste bei einem Mädchen wie Alice.«

Romy sah Frau Kaufmann fragend an. Was sollte das heißen, ein Mädchen wie Alice? Was meinte sie mit *Zügel*?

»Alice war … träumerisch. Und leicht zu beeinflussen. Sie glaubte den Menschen mehr als sich selbst.«

»Welchen Menschen?«, fragte Romy vorsichtig.

Frau Kaufmann blickte zum Fenster, hinter dem ein schmaler dunkler Garten im Winterschlaf lag. Im schwarzen Skelett blattloser Bäume hing eine vergessene Schaukel.

»Sie glaubte jedem Menschen«, antwortete sie. »Alice war wie ein Wesen aus einer anderen Welt. Sie kannte keine bösen Gedanken.«

»Wie ist sie als Kind gewesen?«, fragte Romy.

»Im Kindergarten haben die Erzieherinnen sie oft in der Spielecke vergessen. Man hörte und sah sie nicht. Alice war da … und gleichzeitig ganz woanders.«

»Kam sie damit zurecht?«

Frau Kaufmann schüttelte verwundert den Kopf. Als hätte sie die Antwort auf diese Frage selbst eben erst entdeckt.

»Die Welt ist ihr immer fremd geblieben.«

Und dann fing sie an zu weinen. Verzweifelt und still.

Romy störte sie nicht. Leise stand sie auf, ging zur Terrassentür und schaute hinaus in den Himmel, der fast braun geworden war.

Als sie eine Hand auf ihrer Schulter spürte, drehte sie sich um.

»Möchten Sie ihr Zimmer sehen?«

*

Menschen strömten an Pia vorbei. Sie lachten und schwatzten oder waren in Eile. Pia trieb mit in dem Strom. Sie war inzwischen in einem Einkaufscenter gelandet. Die gleichen Markengeschäfte wie in jedem Center, die gleichen Waren in den Auslagen, die gleichen Sonderangebote. Die gleichen Gerüche überall, die gleiche Stimmung. Die gleichen Leute.

Nicht mal der Lärmpegel war ein anderer.

Pia erkannte alles wieder und fühlte sich aufgehoben und sicher. Sie hätte nur gern mehr Ruhe gehabt. Um nachzudenken.

Hier findet mich keiner, dachte sie. Hier kann mir keiner was tun.

Allmählich entspannte sie sich.

In einem Eiscafé suchte sie sich einen Tisch, an dem sie relativ ungestört sitzen konnte, mit Blick in den Raum, der von den Stimmen und Geräuschen vibrierte. Sie bestellte sich einen Cappuccino bei dem spindeldürren Kellner, der sie kaum wahrzunehmen schien, so sehr war er mit dem Scanner beschäftigt, mit dem er ihre Bestellung einlas.

Pia lehnte sich auf dem pink- und kiwifarben gestreiften Plastikstuhl zurück und fing an nachzudenken.

Warum war sie nicht zu dem Gespräch mit Vero gegangen?

Nicht weil sie plötzlich den Mut gefunden hatte, Nein zu sagen. Sie hatte das Treffen schlichtweg vergessen. Oder vielmehr verdrängt. Sie hatte es in den hintersten Winkel ihres Kopfs geschoben und aus ihrem Bewusstsein gelöscht.

Veros Interesse an ihren Gedanken und Gefühlen war ihr unheimlich. Erbarmungslos zerrten seine Fragen an ihr, kehrten ihr Innerstes nach außen.

Bis sie sich selbst nicht mehr kannte.

Sie fürchtete sich davor, falsche Antworten zu geben. Sein Misstrauen zu erregen. Ihn zu enttäuschen. Oder seinen Zorn auf sich zu ziehen.

Alles konnte sie ertragen, nur nicht, Veros Liebe zu verlieren.

Wie sollte sie das erklären? Und dann noch jemandem wie Vero selbst, der ihr intellektuell haushoch überlegen war? Der jeden ihrer Einwände, jeden ihrer Erklärungsversuche in Sekundenschnelle zerpflücken konnte?

Auseinandersetzungen waren ihr immer schon peinlich gewesen. Sie hatte ständig das Gefühl, sich für ihre bloße Anwesenheit entschuldigen zu müssen. Sie hatte nur noch nicht begriffen, warum.

Eine angepasste Kindheit in einem angepassten Elternhaus. Wenige Bücher, wenig Bildung, wenig Wissen. Ihre Eltern hatten einen Höllenrespekt vor jedem, der auf der gesellschaftlichen Leiter auch nur eine Sprosse über ihnen stand, und das war praktisch die halbe Welt.

Konnte das der Grund sein für Pias Hemmungen?

Vero gegenüber fühlte sie sich oft wie eine Kakerlake, die sich mit plumpen Bewegungen in Sicherheit zu bringen versucht. Nicht wert, dass jemand einen zweiten Blick auf sie warf. Abscheuerregend.

Es wäre für Vero so einfach, sie zu zertreten.

Der Cappuccino war heiß und stark. Der Milchschaum schmeckte sahnig, so köstlich, dass Pia kurz die Augen schloss. Dann betrachtete sie das Mittelstück des gigantischen Weihnachtsbaums, der in der Eingangshalle des Centers vom Erdgeschoss bis in die zweite Etage ragte und dort beinah die Decke berührte. Er war mit bunten Kugeln und Päckchen geschmückt und ließ eine Flut von Kindheitserinnerungen auf Pia einstürmen.

Sie hatte ein so starkes Bedürfnis, ihre Mutter anzurufen, dass sie die Finger fest ineinander verschränken musste, um nicht nach ihrem Handy zu greifen.

Vollkommene Lösung aus alten Bindungen. Das war Veros Bedingung gewesen. Nur wenn sie sich von ihrer Vergangenheit lossagte, war ihr innere Freiheit möglich.

Sie hatte Veros Forderungen erfüllt, eine nach der anderen. Es gab keine alten Freunde mehr und es gelang ihr kaum noch, sich die Gesichter der Eltern vorzustellen.

Warum empfand sie dann nicht das Gefühl von Befreiung, das Vero ihr versprochen hatte? Wieso hatte sie den Eindruck, etwas Falsches zu tun? Etwas ganz Wesentliches zu vernachlässigen?

Ruf sie an, drängte eine Stimme in ihrem Kopf. *Sie wartet darauf. Sie macht sich furchtbare Sorgen.*

Immer wieder kam Pia mit dieser Stimme in Konflikt. Sie wollte und wollte sie nicht in Ruhe lassen. Ständig mischte sie sich ein.

Deine Eltern haben Fehler gemacht, sagte die Stimme. *Jeder macht Fehler. Aber das haben sie nicht verdient.*

Ehe Pia es noch richtig begriff, hatte sie das Handy aus

der Tasche gekramt und die Nummer gewählt. Sie zitterte am ganzen Körper.

»Pia? Kind!«

Die Stimme ihrer Mutter war voller Tränen. Voller Erleichterung. Voller Liebe. Es schnürte Pia die Kehle zu.

»Wie schön, dass du dich meldest.«

Die Sehnsucht in diesen paar Worten war kaum auszuhalten. Pia drückte das Gespräch weg. Sie richtete den Blick auf einen Nikolaus, der vor *Hussel* Position bezogen hatte und die Kinder mit kleinen Tafeln Schokolade beschenkte, setzte sich gerade hin und rang nach Luft.

»Mama«, flüsterte sie. »Ich hab dich lieb.«

*

Bert Melzig stieß die Tür des kleinen Ladens auf und wurde vom melodischen Klingeln dreier Glöckchen über seinem Kopf empfangen. *Tattoos und Piercings* stand in rot züngelnder Flammenschrift auf der schmierigen Schaufensterscheibe, doch es gab hier auch Gothic-Zubehör zu kaufen, das volle Programm. Kopfschmuck, Ketten, Gürtelschnallen. Voodoopuppen. Pendel. Totenkopfuhren, Sargdosen und Handyhalter aus Fledermausflügeln.

Die Luft hier drinnen war stickig und überheizt und roch nach Staub und Metall und Kaffee, der irgendwo auf einer Wärmeplatte am Leben erhalten wurde.

Hinter einem raschelnden Vorhang kam ein Mann hervor, zwischen dreißig und vierzig, drahtig, mit strähnigem, blondem, kinnlangem Haar. Schuppen waren auf seine Schultern gerieselt und hoben sich vom Schwarz seines Pullis ab wie frisch gefallener Schnee.

Der Mann blieb vor Bert stehen. Er stützte sich auf der

Glastheke ab, unter der Paletten angelaufener Silberringe darauf warteten, endlich mal gründlich geputzt zu werden, und sah ihn fragend an.

Keine Begrüßung. Kein Wort.

Okay, dachte Bert. Das kann ich auch. Schweigend zog er das Foto aus seiner Brieftasche und legte es auf die Theke. Es zeigte das Tattoo, das Thomas Dorau am Handgelenk getragen hatte.

Der Mann warf einen kurzen Blick darauf und hob dann den Kopf. Mürrisch. Unwillig. Und eine Spur gelangweilt.

»Ja. Und?«

»Kriminalpolizei.« Bert hielt ihm seinen Dienstausweis unter die Nase. »Sagt Ihnen die Tätowierung etwas?«

»Sollte sie das?«

Allmählich verlor Bert die Geduld. »Wir können das Gespräch auch im Präsidium fortsetzen, wenn Ihnen das lieber ist.«

Das Verhalten des Mannes veränderte sich schlagartig. Er nahm das Foto in die Hand, um es genauer zu betrachten.

Bert wartete.

»Nie gesehen. Kann mich auch nicht erinnern, schon mal irgendwo über was Ähnliches gestolpert zu sein.«

»Wer könnte die Tätowierung denn ausgeführt haben? Bestimmt hat doch jeder Ihrer Kollegen seine eigene Handschrift, die man wiedererkennen kann.«

»Sie haben ja keine Ahnung, was sich mittlerweile alles in dieser Branche rumtreibt.« Der Mann legte den Kopf schief. »Sieht wie eine saubere Arbeit aus, was natürlich täuschen kann. Ich meine, um das wirklich beurteilen zu können, müsste ich das Original vor mir haben.«

»Das Original befindet sich am Handgelenk eines Toten.«

Bert hatte schon so manchen erbleichen sehen, doch bei

diesem Mann verlief der Prozess geradezu spektakulär. Von einer Sekunde auf die andere zog sich sämtliche Farbe aus seinem Gesicht zurück. Die ungesunde Blässe seiner Haut nahm schließlich noch einen leichten Stich ins Grünliche an.

»Keine Angst«, beruhigte Bert ihn. »Ich habe nicht vor, Sie in die Gerichtsmedizin zu schleifen.«

Diese Versicherung reichte aus, um einen Hauch Farbe auf Wangen und Nasenspitze seines Gegenübers zurückkehren zu lassen.

»Können Sie mir denn vielleicht mit dem Motiv weiterhelfen? Es scheint ja nicht allzu verbreitet zu sein.«

Der Mann bückte sich und zog einen Prospekt unter der Theke hervor. Er blätterte bis zum zweiten Drittel, drehte den Prospekt um und schob ihn Bert hin.

Berts Blick fiel auf eine hölzerne Schatulle, deren Deckel die Form eines aufgeschlagenen Buchs hatte. Es gab noch weitere Schatullen dieser Art. Andere Deckel waren mit Drachen, Särgen oder Skeletten verziert.

»Und so was wird gekauft?«, fragte Bert ungläubig.

»Und ob.« Der Mann blinzelte. »Ich kann mir aber vorstellen, dass das für jemand wie Sie nicht nachvollziehbar ist.«

Bert beschloss, ihm sein *jemand wie Sie* nicht krummzunehmen. Nach den Startschwierigkeiten gab der Mann sich jetzt wirklich alle Mühe, ihm behilflich zu sein.

Es gab Schatullen aus Holz und aus Zinn, wie er Bert erklärte. Es gab sie rund und eckig. Groß und klein. »Ich kann sie auch in Silber, Gold oder Elfenbein beschaffen.«

»Was mich interessiert, ist Folgendes«, kam Bert auf sein Anliegen zurück. »Die meisten dieser Sachen spielen ja mit Symbolen. Welche Bedeutung könnte Ihrer Meinung nach das Tattoo des Toten haben?«

Wieder bückte sich der Mann. Diesmal holte er ein dickes Lexikon unter der Theke hervor. Er legte es auf die Glasplatte, schlug es auf und seufzte.

»Schauen Sie. Es gibt im Grunde alles. Schlangen, Rosen, Sterne, Schmetterlinge, Buchstaben in sämtlichen Variationen. Es würde Stunden dauern, sämtliche Motive aufzuzählen. Was es nicht gibt, kann man selber entwerfen oder entwerfen lassen. Das Tätowieren ist eine Kunst, die sich kontinuierlich weiterentwickelt. Und wie jede Kunst ist sie natürlich auch Trends und Strömungen unterworfen.«

Bert steckte das Foto wieder ein. Er war hier an der falschen Adresse.

»Ich selbst habe noch kein Buch gestochen«, sagte der Mann. »Ich wüsste, wenn ich ehrlich bin, auch nicht, was dieses Motiv symbolisieren sollte. Außer … Bildung, klar. Aber wer trägt so was schon als Schmuck mit sich rum? Tut mir leid, ich kann Ihnen wirklich nicht weiterhelfen.«

Bert bedankte sich und trat wieder auf die Straße hinaus. Draußen schlug er den Mantelkragen hoch und warf einen Blick auf seinen Plan. Er hatte sich vorgenommen, zuerst die Tätowierer in Ehrenfeld abzuklappern, dem Viertel, in dem Thomas Dorau gelebt hatte, genau wie er selbst.

Die Wahrscheinlichkeit, auf diese Weise denjenigen zu finden, der das Tattoo gemacht hatte, war verschwindend klein. Thomas Dorau war schließlich Musiker gewesen und mit seiner Band kreuz und quer durch Deutschland getingelt.

Bert hatte bereits mit den Bandmitgliedern gesprochen. Niemand konnte sich an den Zeitpunkt erinnern, an dem ihr Saxofonist sich das Tattoo zugelegt hatte.

»Er hat es nicht groß rumgezeigt«, hatte der Sänger der Band erklärt. »Ich hab es irgendwann mal zufällig entdeckt und ihn drauf angesprochen, aber er hatte keinen Bock, drüber zu reden. Er war überhaupt sehr zurückhaltend, ein ziemlicher Eigenbrötler.«

Die drei übrigen Bandmitglieder hatten das bestätigt.

»Er hat es sich aber garantiert nicht auf einer Tournee machen lassen«, hatte der Schlagzeuger gesagt. »Da hängen wir nämlich immer alle zusammen rum.«

Bert konnte sich lebhaft vorstellen, wie das ablief. Überall in ihrem Übungskeller standen randvolle Aschenbecher, und die leeren Bierdosen konnte man kaum zählen. Wer wollte da seine Hand dafür ins Feuer legen, dass sie alle wirklich ständig zusammen gewesen waren?

Jeder von ihnen war tätowiert. Sie hatten Bert ihre Tattoos gezeigt. An den Armen, auf dem Rücken, den Schultern. Das Übliche, großflächig und bunt, martialisch, furchterregend, wie Ausschnitte aus einem furiosen Actionfilm.

Das Tattoo des Toten wirkte dagegen freundlich und harmlos wie ein Kindergeburtstag.

Wenn er es sich in Köln zugelegt hatte, dann am ehesten in seinem Wohnviertel, wo er sich auskannte und wusste, welcher Laden sauber war.

Bert hatte sich zu dem Motiv des Tattoos Gedanken gemacht. In erster Linie verband auch er es mit Wissen. Zusätzlich hatte er eine Reihe von Begriffen und Redensarten damit assoziiert.

Gesetzbuch.

Das goldene Buch.

Ein Buch mit sieben Siegeln.

Wie ein offenes Buch.

Buch des Lebens.

Das Buch der Bücher.

Hatte Thomas Dorau geschrieben? Songs? Gedichte? Arbeitete er an einem Roman?

In seiner kleinen Wohnung hatte nichts darauf hingedeutet. Anscheinend hatte der Tote nicht einmal Tagebuch geführt. Und auch die Band hatte nichts dergleichen erwähnt.

Zwei Zimmer, Küche, Bad, insgesamt knapp vierzig Quadratmeter. Offiziell hatte Thomas Dorau Musikwissenschaft und Kunstgeschichte an der Uni Köln studiert, doch dort war er seit Monaten nicht mehr gesehen worden.

Bert nahm sich vor, sich noch einmal in der Wohnung umzuschauen Nichts sagte so viel über einen Menschen aus wie die Umgebung, die er sich selbst geschaffen hatte. Und vielleicht hatte er ja beim ersten Mal auch etwas übersehen.

Die Mutter des Toten hatte er noch nicht befragen können. Sie hatte nach der Nachricht vom Tod ihres Jungen einen schweren Schock erlitten und lag im Krankenhaus. Einen Vater gab es nicht. Der war vor Jahren tödlich verunglückt.

Es existierte noch eine Exfreundin, die jedoch offenbar gerade durch Neuseeland trampte und nicht erreichbar war. Sie hatte allerdings angekündigt, in der ersten Novemberhälfte zurückzukommen.

Obwohl erst drei Tage seit dem Auffinden der Leiche vergangen waren, hatte Bert den Eindruck, ins Stocken geraten zu sein. Nichts schien im Fluss, alles verlief langsam und zäh.

Weil ich noch keinen einzigen Anhaltspunkt habe, dachte er. Weil nichts greifbar ist außer einem kleinen, unscheinbaren Tattoo, das niemand einordnen kann.

So war es immer am Anfang eines Falls. Das war normal. Alles ergab sich aus dem allerersten Puzzleteilchen.

Er vergaß es bloß regelmäßig.

Seine früheren Kollegen hätten ihn daran erinnert. *Du weißt doch, wie es abläuft, Bert.* Und damit wäre es gut gewesen. Er hätte an andere Fälle zurückgedacht, den Kollegen recht gegeben, seine Selbstzweifel richtig eingeordnet. Nach Dienstschluss hätten sie ein Bier zusammen getrunken und sich zum hundertsten Mal gefragt, warum jeder von ihnen immer wieder aufs Neue um jedes Fitzelchen Sicherheit kämpfen musste.

Hier in Köln war er noch nicht richtig angekommen. Es gab keinen, der ihm auf die Schulter klopfte, wenn er zweifelte, an seiner Arbeit, an sich selbst oder an der Welt.

Bert überquerte die Vogelsanger Straße. Stieß die nächste Ladentür auf. Und wurde wieder vom Geläut kleiner Glöckchen empfangen. Den ganzen Tag schon hatte er ein Déjà-vu nach dem andern.

Er zog das Foto heraus und sagte seinen Spruch auf. Tippelschritte, dachte er müde. Es ging und ging einfach nicht voran. Aber das nahm er ohne Murren in Kauf. Solange er nur irgendwann irgendwo ankam.

6

Schmuddelbuch, Donnerstag, 13. November

Kann nicht schlafen. Vermisse Cal. Ausgerechnet heute ist er noch unterwegs.

Ich kriege Alice nicht aus dem Kopf. Und nicht ihre Mutter, die mir mit monotoner Stimme von ihr erzählt hat.

Ab und zu hatte ich das unheimliche Gefühl, dass sie ihre Tochter in mir gesehen hat. Obwohl das Mädchen äußerlich ein ganz anderer Typ war als ich. Ob Alice und ich uns verstanden hätten, wenn wir einander zufällig irgendwo begegnet wären?

Alice.

Ihr Zimmer.

Bücher. Schreibzeug. Pflanzen. Gerahmte Fotos.

Sie hat gemalt. Im Stil der Naiven, ein bisschen wie Henri Rousseau. Die Menschen mitten in der Bewegung festgehalten. Die Blätter der Dschungelpflanzen so plastisch, dass man meint, in die Leinwand greifen und sie anfassen zu können.

Und über beinah jedem Bild spannt sich ein blauer Himmel mit einer strahlenden Sonne.

Überall im Raum verstreut gesammelte Schätze. Ein breiter Fingerring aus buntem Muranoglas im Bücherregal. Auf der Fensterbank ein großer, vollkommen klarer Bergkristall.

Ein getöpferter blauer Vogel auf dem Schreibtisch. Ein goldenes Ginkgoblatt, in Acryl gegossen, auf einem Stapel Briefe und Ansichtskarten.

»Sie hat schöne Dinge gemocht«, hat ihre Mutter gesagt.

Als wäre diese Erklärung nötig gewesen. Das ganze Zimmer war ja in Schönheit getaucht.

Überall sonst im Haus war die Einrichtung schmucklos und karg. Es hingen nur Drucke an den Wänden. Im Wohnzimmer, im Flur, auch im Schlafzimmer, dessen Tür einen Spaltbreit offen stand.

Kein einziges Bild, das Alice gemalt hatte.

»Werden Sie wiederkommen?«, fragte Frau Kaufmann mich, als ich ihr die Hand gab, um mich zu verabschieden. Es war ein Flehen in ihrer Stimme, das mich schlucken ließ.

»Wenn ich darf.«

Alices Mutter nickte. Sie drückte ihr Taschentuch gegen den Mund.

Ich drehte mich um und ging.

Über Nacht war das Klostertor zu. Pia hätte an der Pforte klingeln müssen, um eingelassen zu werden, denn sie besaß keinen Schlüssel. Doch daran wagte sie nicht mal zu denken. Zwar kam sie mit Bruder Calvin, der die Aufgaben eines Hausmeisters und Pförtners erfüllte, ganz gut zurecht, aber Bruder Calvin fürchtete sich vor Vero fast so sehr wie sie.

Er traute sich nicht, ihm in die Augen zu sehen, und fing schon an zu schwitzen, wenn er auf dem Hof an ihm vorbeigehen musste. Seit Pia das beobachtet hatte, war sie Bruder Calvin innerlich ein kleines Stück nähergekommen. Sie hatten eine Gemeinsamkeit, auch wenn Bruder Calvin nicht ahnte, dass sie über seine Schwäche Bescheid wusste.

Aber gerade weil Bruder Calvin Angst vor Vero hatte, war er umso eifriger bemüht, es ihm recht zu machen. Pias Abwesenheit musste sich inzwischen längst herumgesprochen haben. Bruder Calvin hätte sich deshalb niemals getraut, sie einzulassen, ohne seinen Abt darüber zu informieren.

Kurz nach Mitternacht. Es gelang ihr nur noch mit Anstrengung, die Füße zu heben. Und die Augen offen zu halten. Sie war den Tränen nahe.

Fast hatte sie Sehnsucht nach dem Kloster. Sie sah es vor sich. Die dicken Mauern mit der Nacht verschmolzen, gesprenkelt mit Vierecken aus Licht, die wie Augen waren. Einige der Brüder blieben lange auf. Bis in die frühen Morgenstunden waren die Fenster ihrer Zellen erleuchtet.

Vero selbst schien nie zu schlafen. Manchmal, wenn Pia in der Nacht aufwachte und sich ans Fenster stellte, um in den Garten zu schauen, erblickte sie seinen Schatten zwischen den Bäumen, wie er umherlief, den Kopf gebeugt, die Hände auf dem Rücken verschränkt oder in den weiten Ärmeln seiner Kutte verborgen.

Er trug die Kutte nicht ständig, und Pia hätte nicht sagen können, welcher Vero schrecklicher war – der im Ordensgewand oder der in weltlicher Kleidung.

Nach Mitternacht. Da gab es keine Möglichkeit mehr, sich bemerkbar zu machen, *hi, hier bin ich, sorry, dass ich mich verspätet habe, ach, und übrigens: Wie geht's denn so, hab ich was verpasst?* Nicht, nachdem sie das Gespräch mit Vero verpatzt, nicht, nachdem sie sich den ganzen Tag herumgetrieben hatte.

Aber ihr fehlte allmählich die Kraft, noch länger durch die Straßen zu irren. Es war bitterkalt. Ihre Finger und Zehen waren gefühllos geworden, und vielleicht würden ihre Nasenspitze und die Ohrläppchen bei der nächsten Berührung mit einem hellen Klingen zerbrechen.

Ein paar Nachtschwärmer begegneten ihr, angeheitert und ausgelassen. Ein Fahrradfahrer mit Aktentasche, der Schlangenlinien fuhr. Der eine oder andere Unglückliche auf dem Weg zurück in seine Einsamkeit.

Pia drehte sich um.

Seit vier, fünf Stunden wurde sie von einem Hund begleitet. Er hatte struppiges, schmutzig weißes Fell und ein Gesicht wie eine Maske, schwarz und weiß, exakt in der Mitte geteilt. Ein Streuner. Eine Wald- und Wiesenmischung. Die Sorte Hund, die im Zirkus für die lustigen Nummern zuständig ist. Die Sorte, die jedes Kinderherz schneller schlagen lässt. Die niemals sesshaft wird.

Pia war dankbar für den kleinen Kerl. Mit einem drohenden Knurren aus tiefster Kehle schaffte er ihr die Typen vom Hals, die sie belästigen wollten. Und er leistete ihr Gesellschaft, das vor allem.

Sie hatte ihm den Namen *Snoop* gegeben, weil sie fand, dass er wenigstens einen Namen haben sollte, wenn er schon kein Zuhause besaß, und weil er aussah wie einer, der so heißt. Dann hatte sie ihm ihr rotes Dreieckstuch mit den weißen Sternen umgebunden. Es war wie ein Versprechen gewesen, dass er bei ihr bleiben durfte, so lange er wollte.

Er hatte es sich gutmütig gefallen lassen.

Es war, als hätten sie all die Wochen aufeinander gewartet. Als könnte jeder den anderen sein Elend vergessen lassen.

Snoop schaute Pia unverwandt an. Das rührte sie.

Wenigstens einer, der sich um sie sorgte.

Eine leise Regung in ihrer Erinnerung, in ihrem von Kälte, Hunger und Durst geschwächten Gehirn sagte ihr, dass sie sich irrte. Dass es zwei Menschen gab, denen es nicht gleichgültig war, ob sie lebte oder tot war.

Ihre Mutter. Und ihren Vater.

Doch auch der Weg zu ihnen war versperrt. Man konnte nicht alles hinter sich lassen und dann reumütig und kleinlaut zurückgekrochen kommen. Pia musste das hier zu Ende bringen, ihr Leben wieder in die Hand nehmen und einen neuen Anfang machen.

Zu Ende bringen?

Das Leben in die Hand nehmen?

Sie hatte es doch in Veros Hände gelegt, ihr Leben, und das war eine Entscheidung für immer gewesen. Niemals würde er zulassen, dass sie zu ihren Eltern zurückkehrte. Nie.

Ich gelobe absoluten Gehorsam.

Ich gelobe, vollständig mit meiner Vergangenheit zu brechen.

Ich gelobe.

Pia lebte noch nicht lange genug in Köln, um die ganze Stadt zu kennen. Deshalb konnte sie im Moment auch den Park nicht einordnen, der sich zu ihrer Linken erstreckte. Snoop rannte los, er flog beinah über die weite Schneedecke, die in der Kälte der Nacht bläulich schimmerte. Er bellte, knurrte, fiepte und grunzte und wälzte sich glücklich hin und her.

Als er zu Pia zurückkam, war er klatschnass. Und dünn wie eine Ratte.

Schlafen, dachte Pia sehnsüchtig, während sie sich weiterschleppte. Sie spürte die Müdigkeit in jeder Faser ihres Körpers.

Sie verließen den Park am anderen Ende und nahmen ihre Wanderung durch die Straßen wieder auf.

»Soll ich dir was vorsingen, Snoop?«

Der Hund gab ihren Blick treuherzig zurück. Pia fing an zu summen. Es war ein altes Kinderlied, doch sie hatte den Text vergessen.

Die beiden Tränen, die ihr über die Wangen rollten, blieben zitternd an ihrem Kinn hängen und fielen dann runter. Ganz sacht.

*

Vero kniete vor dem Kreuz in seinem Schlafraum. Es war ein imposantes Kreuz, das die halbe Wand einnahm. Ein bayrischer Künstler hatte es angefertigt. Der Corpus des Gekreuzigten war stark abstrahiert. Vero liebte die zurückgenommene Ästhetik dieser Arbeit, und er betete gern davor.

Seine Knie brannten. Jeder einzelne Muskel in seinem Körper schmerzte.

Aber sein Kopf war klar.

Er versuchte, sich nicht in Gedanken an Pia zu verlieren. So sehr er sich jedoch auf die Gebete konzentrierte, der Zorn schwelte tief in seinem Innern, bereit, beim kleinsten Zeichen nachlassender Aufmerksamkeit zu explodieren.

Reichte es nicht, dass er um Sallys Seele kämpfte? Sie zu halten versuchte? Und doch zu verlieren schien?

Musste er nun auch noch Pia vorm Schlimmsten bewahren?

Vero presste die Lippen zusammen, um nicht aus lauter Wut zu schreien.

Die Dunkelheit vorm Fenster war wie eine Mauer, die ihn einschloss und vor der Welt verbarg. Und das war gut so. Wenn er nicht sicher sein konnte, die Kontrolle über seine Emotionen zu behalten, war es besser, den Menschen nicht unter die Augen zu treten.

Oh Herr in deiner Güte, hab Erbarmen mit deinem unwürdigen Diener. Schenke mir Kraft für meine Mission. Lass mich dein Wort über die Erde verbreiten.

UND SATAN EINHALT GEBIETEN!

Der Herr war da, wenn Vero ihn brauchte. Er war spürbar in allen Dingen. Und manchmal antwortete er.

In Veros Kopf.

Vero hatte längst aufgegeben, das Geheimnis ergründen zu wollen. Der Mensch war weniger als ein Staubkorn im Universum. Er war ein Nichts vor den Augen des Herrn. Wie sollte er da die Herrlichkeit Gottes begreifen?

Herr, ich habe dir mein Leben geweiht. Erlaube mir, dir in aller Demut den Weg in die Herzen der Menschen zu bereiten.

Die katholische Kirche hatte sich in Veros Augen disqualifiziert. Sie hatte über die Jahrhunderte zu viele, zu bedeutende Fehler gemacht und war in einem Formalismus erstarrt, der jeden Funken von Inspiration im Keim erstickte.

Sie war mutiert zu einem sich selbst verschlingenden Verwaltungsmoloch.

Das war nicht die Kirche, die Jesus gefallen hätte.

Und die Gläubigen? Ein heftiges Geschiebe und Gezerre hinter den Kulissen. Posten, die verteilt und wieder genommen wurden. Machtspiele im kleinen Kirchenvorstand und im großen Rom.

Wie pflegte Veros Großvater immer zu sagen?

Der eine ist dem annern sin Deubel.

Ob der alte Mann geahnt hatte, wie nah er der Wahrheit gekommen war?

Vero hatte die Religionen der Welt studiert. Er hatte die Ähnlichkeiten gesehen und die Unterschiede. Er hatte die Jahrhunderte minutiös durchkämmt und die Erkenntnis gewonnen, dass der christliche Glaube hochgradig gefährdet war.

Und eingetauscht wurde gegen die besänftigende Kraft von Ritualen.

Vero beugte sich vor, bis seine Stirn den Boden berührte. Er fühlte das Holz, das die Kälte des Zimmers gespeichert hatte. Langsam und sacht schlug er mit der Stirn auf den Boden.

Anfangs tat es nicht weh. Er fühlte den Rhythmus der Stöße. Hörte ihren Klang.

Dann steigerte er das Tempo. Schlug heftiger auf den Boden auf.

Er bestrafte sich für die Schuld der Menschen.

Die Sünden der Welt.

Jesus hatte sein Leben für die Menschheit gegeben. Was waren da ein paar Tropfen Blut?

Sally, ich bete für dich.

Pia, ich vergebe dir.

Sally …

Als er zur Seite kippte, schwand sein Bewusstsein.

Er fiel bis in den Schlund der Hölle.

*

Romy frühstückte in ihrer kleinen Küche, während draußen das Taubenpaar auf der Fensterbank saß, nah beieinander und rundgeplustert gegen die Kälte. Ab und zu wandte eines der Tiere den Kopf, warf einen wachsamen Blick ins Zimmer und verkroch sich wieder in seinem Gefieder.

Cal schlief noch tief und fest.

Er war in der Nacht gegen zwei nach Hause gekommen, hatte Romy aus ihren trüben Gedanken um Alice gerissen und ihr von seinem Besuch in der Schauspielschule erzählt, voller Begeisterung und mit leuchtenden Augen. Romy bewunderte ihn für seinen Mut. Sie wusste, dass seine Entscheidung richtig war.

Nachdem er sich für das nächste Vorsprechen angemeldet hatte, das schon am Wochenende im Rahmen eines mehrtägigen Workshops stattfinden sollte, war er, blöde vor lauter Glück, durch die Gegend gelaufen. Den Rest des Tages hatte er mit Freunden herumgehangen, und als er bei Romy an die Tür geklopft hatte, war er in einer Art Rauschzustand gewesen. Ohne Alkohol. Einfach so.

Bis zum frühen Morgen hatte er von seinen Plänen erzählt. Im Geiste war er schon mit Brad Pitt befreundet, besaß ein Anwesen neben Kiefer Sutherland und war die ultimative Sensation Hollywoods.

»Aber am liebsten möchte ich auf der Bühne stehen«, hatte er gegen Morgen in Romys Ohr gemurmelt, trunken vor Zärtlichkeit und ungezählten Worten. »Du sitzt im Publikum, und ich bringe dich zum Weinen. Und zum Lachen«, hatte er leise hinzugefügt und an ihrem Ohrläppchen geknabbert.

Und dann war er eingeschlafen, die Hand besitzergreifend auf Romys Hüfte, und Romy hatte ihn lange betrachtet und sich dann an ihn geschmiegt. Sie hatte die Decke hochgezogen und auf Cals Atemzüge gelauscht.

Jetzt war sie müde und sehnte sich danach, wieder zu ihm ins Bett zu schlüpfen. Aber sie musste sich beeilen. Sie hatte sich vorgenommen, noch einmal bei Alices Mutter vorbeizuschauen, bevor sie in die Redaktion fuhr. Sie konnte sich nicht erklären, warum das für sie so wichtig war, denn sie hatte das Zimmer des Mädchens ja bereits gesehen, sie folgte einfach ihrem Instinkt.

Als sie aufstand, flogen die Tauben erschrocken davon.

Romy räumte Teller und Tasse in die schmale Single-Spülmaschine, die zu dieser Wohnung gehörte (ein Luxus, den sie zu schätzen gelernt hatte), putzte sich die Zähne, verrieb eine Portion Gel in ihrem Haar, schnappte sich ihre Sachen und sprang die Treppen hinunter, immer zwei Stufen auf einmal nehmend.

Auf der letzten Stufe im Erdgeschoss saß die fünfjährige Joy und zog ihre Schneestiefel an. Die Tür zur Wohnung stand offen, und Romy hörte Gabriel zwischen hastigem Geschirrklappern rufen, Joy solle sich beeilen.

Gabriel lebte allein mit seiner Tochter. Seine Frau war ausgezogen, als Joy ein Jahr alt gewesen war. Sie hatte sich seitdem nie mehr gemeldet, und Gabriel wusste noch heute nicht, warum sie ihn und Joy verlassen hatte.

»Hi, Joy«, sagte Romy und hockte sich neben das Mädchen. »Kindergartenstress?«

Joy nickte. Sie versuchte angestrengt, den rechten Fuß in den linken Stiefel zu stecken.

Romy hielt ihr den anderen Stiefel hin, beiläufig, damit Joy sich nicht bevormundet fühlte.

»Thanks«, sagte Joy und nestelte am Reißverschluss. »Das ist Englisch und heißt Danke.«

»Wow! Du sprichst das aus wie eine echte englische Lady.«

Beide Füße waren nun in den dafür vorgesehenen Stiefeln untergebracht. Gabriel steckte den Kopf aus der Tür, um zu sehen, mit wem seine Tochter sich unterhielt. Als er Romy erblickte, winkte er ihr lächelnd zu und zog sich wieder zurück.

Joy stand auf und schlang Romy die Arme um den Hals. »Kannst du nicht meinen Papa heiraten?«, flüsterte sie ihr ins Ohr. »Dann können wir immer spielen.«

»Können wir das nicht auch so?«, flüsterte Romy zurück. »Cal wär bestimmt sehr traurig, wenn ich deinen Papa heiraten würde.«

Joy nickte bedächtig. »Hab ich bloß vergessen«, sagte sie. »Cal ist lieb.«

Romy drückte ihr einen Kuss auf das engelsblonde Haar, das

so gar nicht zu dem pfiffigen Mädchen passen wollte. Dann rappelte sie sich aus ihrer verkrampften Haltung auf und fluchte. »Kacke! Mein Fuß ist eingeschlafen.«

»Füße können doch gar nicht schlafen«, erklärte Joy ernsthaft. »Die haben ja keine Augen zum Zumachen. Und Kacke darf man nicht sagen.«

Romy antwortete nicht. Stöhnend versuchte sie, den Fuß aufzusetzen, und zuckte mit schmerzverzerrtem Gesicht zusammen.

»Hallo, Fuß!«, rief Joy kichernd. »Aufwachen!«

»Mach dich nur lustig über mich«, knurrte Romy.

»Bist du bald fertig?«, ertönte Gabriels Stimme aus der Wohnung.

»Jaaaha!« Joy zupfte Romy an der Jacke. »Du, Romy?«

»Was?«

Das Kribbeln ließ nach, wenigstens ein bisschen.

»Wenn ich aus dem Kindergarten komme, ist der kleine Hund dann noch hier?«

»Welcher Hund?«

»Der da draußen.« Joy deutete auf die Tür zum Hof. »Der das schöne Tuch umhat.«

»Was für ein Tuch?«

»Das mit den Sternen drauf.«

Romy humpelte zur Hintertür. Joy hatte eine blühende Phantasie. In ihrem Zimmer baumelten sprechende Spinnen von der Decke. In ihrem Schrank hauste ein verstoßener Riese. Und in ihrem Bücherregal lebte eine afrikanische Buchstabenfamilie.

Gabriel behauptete nie, es gebe diese Gestalten nicht. Und wenn einer von Joys Albträumen ihn in der Nacht weckte, warf er das jeweilige Gespenst oder Monster kurzerhand aus dem Fenster, damit seine Tochter beruhigt wieder einschlafen konnte.

Romy liebte Gabriel dafür.

Sie machte die Tür auf und betrat den Hof.

Neben einem Hund mit einem rot-weißen Dreieckstuch um den Hals, der Romy aufmerksam entgegenblickte, saß ein Mädchen an die Hausmauer gelehnt, den Kopf zur Seite geneigt, das Kinn auf die Brust gesunken. Sie schlief so tief, dass sie Romys Schritte nicht hörte.

Die Temperatur lag um den Gefrierpunkt, und wenn das Mädchen sich auch in die Plane gewickelt hatte, mit der die Gartenmöbel in den Wintermonaten abgedeckt wurden, schlotterte Romy allein bei dem Gedanken daran, hier draußen auf dem eiskalten Boden zu sitzen.

Sie ging in die Hocke und hielt dem Hund die Hand hin. Er schnupperte und wedelte freundlich mit dem Schwanz.

Das Mädchen musste seine Bewegung gespürt haben, denn es hob verwirrt den Kopf.

»Hi.« Romy lächelte. »Ich bin Romy.«

Das Mädchen rappelte sich mit steifen Gliedern auf und schüttelte sich ein paar verirrte Schneeflocken von der Jacke.

»Ich will dich nicht vertreiben«, sagte Romy und erhob sich ebenfalls. »Aber du kannst erfrieren, wenn du bei dieser Kälte hier draußen schläfst.«

Das Mädchen spähte zur Tür, als wollte es abschätzen, wie groß die Chancen waren, in einem Satz an Romy vorbeizukommen und zu verschwinden. Doch aus dem Hausflur konnte man jetzt die Stimmen von Gabriel und Joy hören, die darüber stritten, warum fünfjährige Mädchen nicht selbst entscheiden durften, ob sie in den Kindergarten gehen wollten oder nicht.

»Ich heiße Pia«, sagte das Mädchen leise. »Normalerweise übernachte ich nicht draußen. Entschuldigung.«

»Schon okay.« Romy deutete mit einer Kopfbewegung nach oben. »Ich wohne unterm Dach. Willst du dich in meiner Küche ein bisschen aufwärmen? Ein Frühstück kriegst du auch, wenn du willst.«

Unschlüssig betrachtete Pia den Hund. Dann nickte sie.

Ihre Hände waren blaugefroren.

Als sie ins Haus gingen, waren Joy und ihr Vater verschwunden. Gabriels Argumente hatten sich wohl durchgesetzt.

Die Haustür war nur angelehnt. Sie schloss manchmal nicht richtig, und Romy wusste jetzt, wie das Mädchen ins Haus gelangt war. Sie drückte sie zu.

»Warum bist du denn nicht im Flur geblieben?«, fragte sie. »Da hättest du es wärmer gehabt.«

Doch dann fiel ihr Blick auf die überall abgestellten Fahrräder, über die sich der Hausbesitzer immer so aufregte. Sie ließen nur einen schmalen Pfad zum Durchgehen frei.

»Unter der Plane war es gar nicht so übel.«

Pia betrat Romys Wohnung mit hochgezogenen Schultern. Als traue sie niemandem und als wäre sie immer noch auf der Hut.

»Möchtest du duschen?«, fragte Romy.

Pia schüttelte den Kopf. Sie stand am Küchenfenster und wärmte sich die Hände an dem glucksenden Heizkörper, der dringend mal wieder entlüftet werden musste. Irgendwo in der Nähe gurrten die Tauben, und der Hund stellte sich auf die Hinterbeine und verrenkte sich den Hals nach ihnen.

Das zauberte ein kleines Lächeln auf Pias Gesicht. Sie war hübsch mit diesem Lächeln. Doch darunter lag eine Traurigkeit, die Romy beinah körperlich spüren konnte.

»Hast du Hunger?«, fragte sie. »Möchtest du etwas Warmes trinken?«

Pia nickte, und Romy setzte Teewasser auf und stellte Brot und Käse auf den Tisch. Für den Hund fand sie noch ein Ende Fleischwurst im Kühlschrank, das sie ihm in kleine Häppchen schnitt.

»Ich habe ihn Snoop genannt«, sagte Pia und biss hungrig in ihr Käsebrot.

Snoop, dachte Romy. Der Name passt zu ihm. Sie wollte das eben aussprechen, als Cal in die Küche kam. Er trug die zerknautschten Sachen vom Vortag. Die Haare hingen ihm wirr um den Kopf und er gähnte zum Steinerweichen.

»Oh«, sagte er und blieb verlegen stehen.

»Das ist Pia«, erklärte Romy. »Wir haben uns eben … getroffen. Und das, Pia, ist mein Freund Cal. Was haltet ihr von einem gemeinsamen Frühstück?«

Cal brummelte ein lahmes *Hallo*, goss sich ein Glas Orangensaft ein und ließ die Situation auf sich wirken. Dann fasste er einen Entschluss und setzte sich zu Pia an den Tisch.

»Ich muss los«, sagte Romy erleichtert und gab ihm einen schwesterlichen Kuss auf die Wange. »Kommt ihr allein zurecht?«

»Logisch«, sagte Cal.

Pia nickte.

»Tschüs, mein Kleiner.« Romy stellte Snoop eine Schale mit Wasser hin. An der Tür drehte sie sich noch einmal zu Pia um. »Bleib, so lange du willst.«

»Danke«, antwortete Pia und senkte den Kopf, doch Romy hatte die Tränen in ihren Augen schon gesehen.

Wenig später war sie auf dem Weg zu Frau Kaufmann. Sie war gespannt auf das, was Cal ihr am Abend erzählen würde. Vielleicht konnte sie etwas daraus machen.

Auf der Straße. Ein Mädchen und ihr Hund.

Greg würde das Thema mit Kusshand nehmen.

*

Calypso wurde morgens gern in aller Ruhe wach, ohne sich mitten in diesem Prozess einem wildfremden Menschen gegenüberzusehen. Romy wusste das, doch es war typisch für sie, dass sie darauf keine Rücksicht nahm.

Schwamm drüber.

Aber er konnte dieses Mädchen doch unmöglich hier allein lassen. Eine Unbekannte, die Romy mit ihrem ausgeprägten Helfersyndrom wieder irgendwo aufgegabelt hatte. Er würde sie mit zu sich nach unten nehmen müssen.

Dabei hatte er nicht die geringste Lust dazu. Er musste sich auf das Vorsprechen vorbereiten, einen passenden Text aussuchen, ihn üben und auswendig lernen, da konnte er nicht noch zwischendurch den Babysitter spielen.

Pia war ungeschminkt, ihr halblanges Haar ungekämmt. Über ihre linke Wange zog sich ein Schmutzstreifen. Ihr schwarzer Pulli war ihr zu groß, als wollte sie sich in ihm verstecken. Ihre Jeans hatten dringend eine Wäsche nötig.

Trotzdem bemerkte Calypso, wie hübsch sie war. In ihren Augen verbarg sich etwas, das zweifellos jeden Mann anzog, ein unterdrücktes Leuchten, ein zurückgehaltenes, nur angedeutetes Versprechen …

»Kann ich mal ins Bad?«

Ihre dunkle, ruhige Stimme riss ihn aus seinen Gedanken, und er merkte, dass er eine ganze Weile nicht mehr mit dem Mädchen gesprochen hatte.

»Klar.«

Er zeigte ihr das Badezimmer, kehrte an den Küchentisch zurück und dachte darüber nach, wieso Romy ihn eigentlich so unbekümmert mit einem fremden Mädchen allein ließ. Es ärgerte ihn, dass sie keine Eifersucht empfand. War es für sie nicht einmal *vorstellbar*, dass er sich in eine andere verlieben könnte?

Als Pia sich wieder zu ihm setzte, traute er seinen Augen nicht. Sie hatte sich das Gesicht gewaschen und die Haare gekämmt. Ihre Wimpern waren getuscht, die Lippen glänzten in einem warmen Rot und auf ihren Wangen lag ein Schimmer von Puder.

»Ich konnte nicht widerstehen«, entschuldigte sie sich mit einem entwaffnenden Lächeln. »Die Sachen standen so verführerisch da herum, und obwohl ich eigentlich … ich hab das so lange nicht mehr getan.«

Schweigend saßen sie bei der nächsten Tasse Tee, während Snoop vor der Heizung auf dem Boden lag und die Tauben auf der Fensterbank belauerte.

Calypso musste eine Entscheidung treffen.

»Ich wohne in einer WG im zweiten Stock«, sagte er. »Wenn du dich noch ein bisschen ausruhen möchtest, kannst du gern mit in unsere Wohnung kommen.«

Pia schien immer noch erschöpft und verfroren zu sein. Sein Angebot ließ sie vor Freude erröten. Doch dann ging ein Ruck durch ihren Körper und ihre Miene verfinsterte sich.

»Vielen Dank«, sagte sie so leise, dass Calypso sie kaum verstehen konnte. »Aber ich kann nicht immerzu weglaufen.«

Verständnislos sah Calypso sie an.

»Ich kann dir das jetzt nicht erklären«, sagte sie. »Vielleicht später mal. Irgendwann. Wenn alles … vorbei ist.«

Sie stand auf und ging in die kleine Diele. Als sie zurückkam, hatte sie ihre Jacke an.

Snoop bellte, sprang auf und blieb schwanzwedelnd vor ihr stehen. Mit seinem Tuch sah er irgendwie verwegen aus, wie der Hund eines Piraten.

Calypso begleitete die beiden zur Tür.

»Willst du nicht doch lieber …«

Pia drehte sich zu ihm um. Sie streckte ihm lächelnd die

Hand hin. Dann überlegte sie es sich anders, stellte sich auf die Zehenspitzen und küsste ihn auf die Wange.

»Danke, Cal. Vielen Dank für alles.«

Calypso sah ihr nach, wie sie die Treppe hinunterging. Er hörte Snoop voller Vorfreude hecheln. Dann fiel unten die Haustür ins Schloss.

Ein kalter Lufthauch kam heraufgeweht und ließ Calypso frösteln.

7

Schmuddelbuch, Donnerstag, 13. November, Diktafon

Ich befinde mich in Alices Zimmer. Allein. Ihre Mutter ist unten in der Küche.

»Schauen Sie sich ruhig um«, hat sie gesagt. »Ich glaube, Alice hätte nichts dagegen.«

Journalisten sind Voyeure.

Sonst könnten sie ihren Job nicht machen.

Behauptet Cal.

Cal ist extrem.

Ich weiß nicht, wo ich anfangen, wonach ich suchen soll. Stehe in der Mitte des Zimmers und drehe mich um mich selbst. Und sehe all die Spuren, die Alice hinterlassen hat.

Was glaubst du, Cal, zu welcher Art Journalistin werde ich einmal gehören?

Jeden einzelnen verdammten Tattooladen hatte Bert Melzig abgeklappert. Er hatte eine Menge über die Kunst des Tätowierens erfahren. Und über ihren Missbrauch. Über all die Scharlatane und schwarzen Schafe, die es in dieser wie in jeder Branche gab. Er war den unterschiedlichsten Typen begegnet und jeder nur vorstellbaren Form von Tattoo.

Doch er hatte nichts über das Motiv herausgefunden, für

das Thomas Dorau sich entschieden hatte, und es hatte sich niemand zu dieser Arbeit bekannt.

Das Foto, das er in jedem Laden und jedem Studio herumgezeigt hatte, war den Strapazen nicht gewachsen gewesen. Es hatte Knicke und Eselsohren und war fleckig und abgegriffen.

Bert hatte es an das eine Ende seiner Pinnwand geheftet und ließ nun den Blick prüfend über das Material gleiten, das er bisher zusammengetragen hatte.

Aufnahmen der Leiche und ihres Fundorts. Fotos vom noch lebenden Thomas Dorau. Eine stark vergrößerte Aufnahme seines Tattoos. Ein Stadtplan von Köln, auf dem Bert den Wohnort des Toten mit einem roten und den Fundort der Leiche mit einem gelben Edding markiert hatte.

Am anderen Ende der Pinnwand hatte er Namen und Daten der übrigen Mordopfer befestigt und zwar in der Reihenfolge ihres Todes. Mona Fries. Alice Kaufmann. Ingmar Berentz. Auf einem zweiten, wesentlich kleineren Stadtplan hatte er auch ihre Wohnorte und die Fundorte der Leichen rot und gelb markiert.

Es gab keinen zwingenden Grund, einen Zusammenhang der Morde anzunehmen, im Gegenteil. Dadurch, dass bei jedem Mordopfer eine andere DNA sichergestellt worden war, hatte sich der Gedanke an einen Serienmörder von selbst erledigt.

Die einzelnen Mordkommissionen tauschten Informationen untereinander aus. Es gab gemeinsame Besprechungen. Aber letztlich arbeitete doch jede für sich. Aus diesem Grund hatte schon so mancher Kollege einen misstrauischen Seitenblick auf Berts Pinnwand geworfen.

Bert hatte keine Erklärungen dazu abgegeben. Er kam niemandem ins Gehege, mischte sich nicht ein, überschritt keine

Grenzen, provozierte nicht. Und deshalb dachte er nicht daran, sich für seine Arbeitsweise zu rechtfertigen.

Abgesehen davon, dass alle Morde in Köln verübt wurden, gab es keinen gemeinsamen Nenner. Keinen Berührungspunkt, der einen hätte stutzen lassen.

Trotzdem sagte Berts Instinkt, dass da etwas war. Dass die Morde nicht unabhängig voneinander geschehen waren.

Jeder Serientäter hatte seine eigene Handschrift. Das wusste Bert aus jahrelanger Erfahrung. Er wusste aber auch, dass es Täter gab, die ihre Handschrift akribisch verwischten. Die falsche Spuren legten, die Gewohnheiten und Eigenarten anderer Täter imitierten und Katz und Maus mit den Ermittlern spielten.

Warum sollte das nicht auch hier der Fall sein?

Bert hatte diese Vermutung bei einer Morgenbesprechung geäußert und nichts als große Lustlosigkeit und allgemeines Gähnen damit ausgelöst.

Gut, hatte er gedacht. Dann eben nicht.

Er war daran gewöhnt, seine Wege abseits der üblichen Routen zu gehen. Auch allein zu arbeiten. Gegen die Regel. Anders.

Er würde sich hier nicht umkrempeln lassen.

Sein Blick begegnete dem des noch lebenden Thomas Dorau. Auf dem Foto stand der junge Mann bis zu den Knien im Wasser, tropfnass, eine Taucherbrille lässig in der Hand. Mit strahlendem Lachen blickte er in die Kamera.

Und direkt in Berts Augen.

Die ersten Befragungen hatten ergeben, dass der Tote ein ausgezeichneter Schwimmer mit dem Zeug zu einer Profikarriere gewesen war. Er hatte eine Zeitlang als Rettungsschwimmer auf Borkum gearbeitet, bevor er schließlich nach Köln gezogen war, um ein Studium anzufangen.

Und so einer ließ sich ertränken?

Thomas Dorau war einsdreiundachtzig groß gewesen. Er hatte den athletischen Körperbau eines geübten Schwimmers gehabt. In seinem Blut waren keinerlei Substanzen gefunden worden, die ihn wehrlos gemacht haben könnten. Die zahlreichen Hämatome deuteten klar darauf hin, dass ein Kampf stattgefunden hatte.

Die Gerichtsmedizinerin ging von mehreren Tätern aus. Ein solcher Fall war Bert noch nicht untergekommen, aber es gab genügend Beispiele für Morde, die von mehreren Personen ausgeübt wurden.

Bandenmorde. Ritualmorde. Sogenannte Ehrenmorde.

Allerdings war Thomas Dorau mit so etwas nicht in Verbindung zu bringen.

Noch nicht, dachte Bert.

Er setzte nach wie vor große Hoffnung auf die Entschlüsselung der Tätowierung.

Noch immer hatte er die Mutter des Toten nicht befragen können. Verwandtschaft gab es kaum. Der Tote hatte keine Geschwister gehabt.

Zudem war er anscheinend ein Mensch ohne enge soziale Kontakte gewesen, der sich auf seine Musik konzentriert hatte.

»Die Arbeit und die Auftritte mit uns lagen ihm schon am Herzen«, hatte der Sänger der Band erklärt, »aber viel wichtiger war ihm die Musik selbst, das Komponieren. Darin ging er vollkommen auf. Das äußere Drumherum war für ihn zweitrangig. Er schielte auch nicht auf den Erfolg.«

Schwimmen und Musik.

Leidenschaftlich.

Beides.

Wieso hatte Bert den Eindruck, dass das nicht zusammenpasste?

Weil du aus Vorurteilen bestehst, dachte er. Wasser und Musik harmonieren doch wunderbar.

Bert nahm sich vor, heute noch einmal einen Vorstoß im Krankenhaus zu machen, um die Mutter des Toten aufzusuchen.

Jeder noch so winzige Hinweis war ihm willkommen.

*

Natürlich war das Zimmer damals von der Polizei durchsucht worden. Doch daran erinnerte heute nichts mehr. Frau Kaufmann hatte es wieder in Ordnung gebracht.

»Alles ist genau so, wie es war, als Alice noch lebte«, hatte sie Romy erklärt, als diese sie bat, sich das Zimmer noch einmal ansehen zu dürfen.

Tatsächlich wirkte der Raum, als sei seine Bewohnerin nur mal kurz hinausgegangen. Sogar ein Paar Turnschuhe stand noch griffbereit neben dem Schrank, abgenutzt und ausgeleiert, die Sorte Lieblingsschuhe, die man bei jedem Menschen findet.

Alice war jetzt seit gut vier Monaten tot, aber ihre Mutter schien sie noch immer nicht gehen lassen zu können. Indem sie die Erinnerung an ihre Tochter lebendig hielt, blieb auch das Mädchen am Leben.

Hier. Zwischen diesen Wänden.

»Vielleicht fällt Ihnen ja doch noch etwas auf, das helfen kann, den Mann zu finden, der ihr das angetan hat.«

Wenn es ein Mann gewesen ist, hatte Romy gedacht, aber sie hatte es nicht ausgesprochen.

Sie hatte sich mit den Fakten der Fälle vertraut gemacht und herausgefunden, dass Alice definitiv nicht vergewaltigt worden war. Es hatte sie erleichtert. Wenigstens das war dem Mädchen erspart geblieben.

Ihr Blick fiel auf eine Fotografie in einem silbernen Rahmen, der auf einer hellgrün gestrichenen Kommode stand. Alice mit zehn oder elf beim Ballettunterricht. Weiße Strumpfhose, schwarzes Trikot, das rechte Bein angewinkelt, die Arme hoch über den Kopf erhoben, die Hände grazil in der Luft.

Und ein unendlich stolzes Lächeln auf den Lippen.

Auf einem anderen Foto war Alice mit ihrem letzten Freund zu sehen. Sie waren nicht mehr zusammen gewesen, als Alice ermordet wurde.

»Alice traf ihn immer seltener. Und dann machte sie Schluss«, hatte Frau Kaufmann erzählt. »Mein Mann und ich haben das damals sehr bedauert. Wir mochten den jungen Mann.«

Tobias Kamenz.

Romy hatte sich seinen Namen und die Anschrift notiert.

Das Zimmer war romantisch und verspielt und noch stark in der Kindheit verhaftet. Bis auf die ausdrucksstarken Bilder, die Romy erneut gefangen nahmen.

Ein schmales, schlichtes Holzkreuz über dem Kopfende des Betts. Ein Goldkettchen mit Kreuz am Hals der kleinen Ballerina auf dem Foto. Dieselbe Kette am Hals der Alice, die neben ihrem Freund in die Kamera lacht.

Im Regal neben den anderen Büchern eine Bibel und ein Buch über die Weltreligionen. Etliche Kunstbände.

Etwas war sonderbar. Dass es nämlich kaum Schminkzeug gab. Keinen Spiegel. Nichts, was darauf schließen ließ, dass dieses Mädchen, das sich so gern mit Schönem umgab, auf sein Äußeres bedacht gewesen war.

Romy öffnete den Kleiderschrank und runzelte verwundert die Stirn. Kein einziges helles oder buntes Kleidungsstück. Überwiegend Schwarz und Grau und wenn überhaupt andere Farben, dann in ihrer dunkelsten Schattierung. Nachtblau. Rostrot. Tannengrün.

Ebenso überraschend wie die düstere Farbpalette waren die Kleidungsstücke an sich. Romy fand nur Hosen und Pullis. Es gab keine Röcke, keine Kleider und keine Blusen.

Unisex, dachte Romy, die selbst gern Hosen trug, die meisten davon schlabberig, bequem und modern. Diese hier jedoch waren geschnitten wie Businesshosen, streng, zeitlos. Zu beinah jedem Anlass passend.

Außer zum Wohlfühlen, dachte Romy.

Aber Alice war doch Assistentin in einer Tanzschule gewesen.

Wo waren ihre Röcke?

Das Weibliche?

Die verführerische Note?

Alles ist genau so, wie es war, als Alice noch lebte.

Als Nächstes bemerkte Romy die sterile Ordnung in dem Schrank. War sie das Werk von Frau Kaufmann oder hatte tatsächlich Alice sämtliche T-Shirts und Slips so exakt gefaltet?

Je länger Romy sich umschaute, desto mehr Widersprüche fielen ihr auf und desto weniger greifbar wurde das tote Mädchen für sie.

Der Inhalt dieses Schranks passte nicht zu dem Zimmer.

Seltsam, dachte Romy und kniff die Augen zusammen. Ihr war noch etwas aufgefallen. Nirgendwo hatte sie Schmuck gesehen. Der Muranoring zählte nicht, der lag nicht umsonst im Regal. Vielleicht war er eine Erinnerung, vielleicht diente er bloß zur Dekoration, aber Romy war sich sicher, dass Alice ihn nicht getragen hatte.

Alice hatte schöne Dinge gemocht, die Bilder, die sie gemalt hatte, zeugten von ihrer Freude an Farbe und Form, wieso gab es dann hier kein hübsches Tuch, keine Haarspange, kein einziges modisches Accessoire?

»Ihr Lieblingsplatz war der Pavillon«, sagte da Frau Kaufmann hinter ihr und hob beschwichtigend die Hand, als Romy erschrocken zu ihr herumfuhr. Sie hielt ihr einen Becher hin, aus dem köstlicher Kaffeeduft strömte. »Möchten Sie ihn sehen?«

Romy nahm den Becher und nickte. Sie trank einen Schluck und folgte Frau Kaufmann mit dem Kaffee in der Hand die Treppe hinunter, sorgfältig darauf achtend, nichts zu verschütten.

Im Garten roch es nach Winter und nach dem Rauch, der aus den Schornsteinen stieg. Der Rasen hatte sich mit Nässe vollgesogen. Unter den Tannen, die das Grundstück auf der einen Seite begrenzten, lag noch ein kümmerlicher Rest von Schnee. Es war absolut still. Man hörte nur die schmatzenden Schritte auf dem Gras.

Der Holzpavillon musste irgendwann einmal strahlend weiß gewesen sein und bestimmt hatte er zauberhaft ausgesehen. Inzwischen hatte sich die Farbe in einen unentschlossenen Gelbton verwandelt und blätterte an vielen Stellen ab. Die unteren Bretter hatten Grünspan angesetzt. Einige waren beschädigt und mussten dringend ausgetauscht werden.

Der verlassene Zufluchtsort einer Prinzessin.

Verwunschen.

Efeu und ausgeblühte Kletterrosen rankten an der Holzfassade entlang und hingen wie Vorhänge an den Fenstern hinunter. Auf einem prächtigen Spinnengewebe unter der Regenrinne glitzerte die Feuchtigkeit der vergangenen Tage.

Ein märchenhafter Ort. Kein Wunder, dass Alice ihn geliebt hatte.

Frau Kaufmann schloss die Tür auf, die sich nur ruckelnd

öffnen ließ und dabei einen Ton von sich gab, der wie ein lang gezogenes Stöhnen klang.

»Verzeihen Sie, wenn ich Sie wieder allein lasse, aber ich schaffe es einfach nicht, diesen Raum zu betreten. Vielleicht, weil Alice mir immer das Gefühl gegeben hat, hier ein Eindringling zu sein.«

Romy nickte. Sie verstand jetzt, warum der Pavillon so verlassen wirkte.

Er war minimalistisch eingerichtet. Ein schwarzer Liegesessel, auf dem zusammengefaltet eine rote Wolldecke lag, eine Leselampe mit zwei Armen aus Chrom, die je eine milchige Glaskugel hielten, ein weißer Schreibtisch und davor ein Stuhl.

Alice war hier so stark spürbar, dass Romy meinte, sie berühren zu können, wenn sie nur die Hand ausstreckte.

Bücher lagen auf dem Schreibtisch. Ein Stapel unbeschriebenen Papiers. In einem Tontopf steckten eine Schere, ein Lineal und mehrere Stifte.

Ein Fernglas hing neben einem der Fenster.

Romy lehnte sich an die runde Holzwand und trank ihren Kaffee, der stark war und süß, genau nach ihrem Geschmack. Dabei hatte Frau Kaufmann gar nicht gefragt, wie sie ihn haben wollte.

Romy kannte den Grund. Sie hätte jede Wette darauf abgeschlossen. Auch Alice hatte den Kaffee so getrunken.

Auf einmal war sie froh, ihre dicke Jacke anzuhaben.

Das Licht spielte mit den Schatten.

Romy hörte sich selbst atmen.

Das hier, daran gab es für sie keinen Zweifel, war für Alice ein Ort des Glücks gewesen. Hier war sie für sich gewesen, allein mit dem Garten und dem Stück Himmel, das sich darüber wölbte.

Romy stieß sich von der Wand ab. Es war Zeit, wieder zum Haus zurückzugehen. Doch einmal noch musste sie alle Einzelheiten des Raums in sich aufnehmen.

Sie sah jetzt den Staub auf dem Schreibtisch. Die Schmutzstreifen auf den Fensterscheiben. Die toten Fliegen auf dem Boden. Halb hatte sie sich schon umgedreht, als sie irritiert innehielt.

Ihr war bereits aufgefallen, dass die Fugen zwischen den Bodendielen unterschiedlich breit waren. Von draußen hereingetragene Steinchen hatten sich dort festgesetzt und kleine Stücke von Rindenmulch. Aus einer der Fugen beim Schreibtisch jedoch blitzte etwas anderes hervor, hell, winzig, kaum zu erkennen.

Neugierig machte Romy kehrt.

Es schien eine Stofffaser zu sein. Romy zupfte vorsichtig daran, fühlte jedoch einen Widerstand.

Eine Erinnerung zuckte durch ihren Kopf. An den Speicher eines der unzähligen Häuser ihrer Kindheit. Dort hatten Björn und sie sich ein geheimes Versteck eingerichtet, verborgen hinter einem losen Wandpaneel.

Und plötzlich wusste sie mit absoluter Sicherheit, was sie finden würde, wenn es ihr gelang, die Diele zu lösen.

Mit einem Kribbeln im Bauch sah sie sich nach einem geeigneten Werkzeug um. Und da war es. Ein Brieföffner, der zwischen den Büchern auf dem Schreibtisch lag.

Sekunden später hob Romy behutsam ein mit Blumenornamenten verziertes, in ein Baumwolltuch eingeschlagenes Tagebuch aus dem Versteck hervor. Und dann sah sie Frau Kaufmann über den Rasen kommen.

Romy überlegte nicht. Mit fliegenden Fingern drückte sie die Diele wieder fest, stopfte sich das Buch in den Hosenbund und zurrte den Reißverschluss ihrer Jacke zu. Sie legte den Brieföffner auf den Schreibtisch zurück. Ein letzter Blick.

Alles in Ordnung.

Mit klopfendem Herzen sah sie Frau Kaufmann entgegen.

Sie war keinen Deut besser als Ingo.

Aber sie hatte einen Anfang gefunden.

*

Vero hatte die ganze Nacht kein Auge zugetan. Jetzt war er müde und erschöpft. Seine Nerven lagen blank.

Er hatte noch nichts zu sich genommen, sein Zimmer noch nicht verlassen. Er hatte gefastet, gebetet und meditiert.

Die Meditation hatte ihm Bilder gezeigt, bei deren Anblick ihm das Blut gefroren war. Feuer. Fratzen. Schutt und Asche. Die Apokalypse.

Dann, endlich, Nebel, der das Grauen gnädig verhüllte.

Die Verantwortung, die auf seinen Schultern lastete, war ungeheuerlich. Wie konnte ein einzelner, sündiger Mensch sie tragen? Tag um Tag und Jahr um Jahr?

Er durfte keinen derer, die ihm anvertraut waren, mehr verlieren. Zu viele hatte Satan ihm schon genommen.

Zu dir, Herr, erhebe ich meine Seele. Mein Gott, auf dich vertraue ich. Lass mich nicht scheitern! Lass meine Feinde nicht triumphieren! Denn niemand, der auf dich hofft, wird zuschanden. Zuschanden wird, wer dir schnöde die Treue bricht.

Und was war Pia im Begriff zu tun? Wollte sie dem Herrn die Treue brechen?

War sie davongelaufen?

Hatte sie dem Kloster und dem Glauben den Rücken gekehrt?

Mea culpa, dachte er. Meine Schuld. Ich hätte das vorhersehen, hätte sie aufhalten müssen. Ich habe die Zeichen nicht erkannt.

Er legte sich auf den Boden und streckte die Arme zur Seite. Die Kälte kroch ihm unter die Haut. Er ertrug es, ohne mit der Wimper zu zucken.

Herr, führe sie zurück zu mir.

*

Frustriert blickte Gregory Chaucer durch die Glaswand auf das hektische Treiben in der Redaktion. An manchen Tagen sehnte er sich dorthin zurück. Ihm fehlte das alles. Das Durcheinander. Das Miteinander. Das Gegeneinander. Die Termine und wie aus ihnen Texte entstanden. Er hatte das Gefühl, überhaupt nicht mehr vom Telefon wegzukommen und nur noch zu organisieren und zu koordinieren.

Romy Berner hatte frischen Wind in seinen Alltag gebracht. Er war selten einem so jungen Menschen mit einer solchen Begabung begegnet. Es bereitete ihm fast Beklemmungen, sich vorzustellen, wie gut sie erst am Ende ihrer Ausbildung sein würde.

Sie hatte sich nicht auf die übliche Weise beworben, keine Unterlagen geschickt, kein Abschlusszeugnis und keinen Lebenslauf. Irgendwie hatte sie sich an sämtlichen Schreibtischen vorbeigemogelt und plötzlich vor ihm gestanden.

»Bitte bringen Sie mir das Schreiben bei!«

So etwas war ihm noch nie passiert.

Eine Woche später hatte sie beim *KölnJournal* angefangen. Zunächst als freie Mitarbeiterin, dann als Volontärin.

Gregory forderte sie.

Traute ihr viel zu viel zu.

Das jedenfalls war die Ansicht der meisten Kollegen. Dabei bewältigte das Mädchen schon jetzt beinah das Arbeitspensum einer Reporterin.

In stillen Stunden fragte sich Gregory, ob Romy so viel Freiheit vertrug. So viele Erwartungen und so viel Druck. Er sagte sich dann, dass sie nur eines nicht aushalten würde, und das war, gebremst zu werden.

Bewies sie ihm das nicht jeden Tag?

Irgendwann war ein seltsamer Gedanke in seinen Kopf gelangt.

Sie wird fortführen, was du begonnen hast.

Gregory hatte den Gedanken augenblicklich in den hintersten Winkel seines Gehirns verbannt. Er war noch nicht mal fünfzig. Das war entschieden zu früh, um sich mit seinem geistigen Vermächtnis zu beschäftigen.

Romy war die Tochter, die er sich gewünscht hätte, wenn er je bereit gewesen wäre, sein Leben mit einer Frau zu teilen. Doch dazu war es nie gekommen. Seine Bindungsangst war geradezu sprichwörtlich. Sie hatte jede Beziehung im Keim erstickt.

Inzwischen hatte er sich in seinem Leben als Single dauerhaft eingerichtet. Er konnte tun und lassen, was er wollte, war niemandem Rechenschaft schuldig. Er verdiente eine Menge Geld und gab eine Menge aus.

War beruflich an seinem Ziel angelangt.

Stillstand …

Er schaute auf seine Armbanduhr. Romy überspannte den Bogen wieder mal. Sie sollte sich wenigstens der Form halber häufiger in der Redaktion blicken lassen.

Damit das Getuschel aufhörte.

Es gab Kollegen, die insgeheim Buch führten, das war so sicher wie das Amen in der Kirche.

Mach keinen Fehler, Mädchen, dachte Gregory. Bring mich nicht in eine Lage, in der ich meine Hand nicht länger über dich halten kann.

Sie war in ihre Story eingetaucht.

Sie recherchierte, war fleißig.

Doch weil sie das Thema unter Verschluss halten wollte, wusste das niemand. Und deshalb gab es böses Blut.

Es ist doch immer dasselbe, dachte Gregory. Die alten Hasen wollen den jungen Hüpfern zeigen, wo es langgeht, und wehe, die Jungen wissen es besser.

Wenn Romy recht hatte und tatsächlich einer Story auf der Spur war, einer Story, so heiß wie keine andere in den vergangenen Monaten, dann wäre das ein kleiner Skandal. Er würde sie sämtliche Sympathien kosten, die sie noch besaß. Und das für lange Zeit.

In diesem Moment sah er Romy die Redaktion betreten und an ihren Schreibtisch gehen. Unbefangen grüßte sie nach rechts und links, ohne mehr als ein knappes Nicken hier und ein flüchtiges Lächeln dort zu ernten.

Gregory seufzte. Er verspürte das Bedürfnis, jegliches Unheil von ihr fernzuhalten, doch dazu war er nicht imstande. Also machte er ein strenges Gesicht und winkte sie zu sich ins Büro.

Er würde ihr ein paar Aufgaben übertragen, um des lieben Friedens willen. Er würde sich ihren Unmut zuziehen und eine weitere unerquickliche Diskussion mit ihr provozieren. Aber so funktionierte das eben.

Romy musste sich an die Spielregeln halten.

Genau wie er.

Genau wie sie alle.

*

Kein Schneefall mehr. Der Himmel hing aber noch voller Wolken. Snoop schnüffelte auf dem Gehsteig hin und her, folgte unsichtbaren Spuren, lief voraus oder blieb zurück und kam dann voller Begeisterung wieder angerannt.

Und wenn er doch ein Zuhause hatte? Wenn ihn jemand vermisste?

Halbherzig hatte Pia versucht, ihn wegzuschicken, aber er hatte es nicht begriffen oder nicht begreifen wollen. Er hatte ihr die Hand geleckt und war geblieben. Pia war froh darüber. Sie hatte sich schon jetzt so sehr an ihn gewöhnt, dass sie sich kaum vorstellen konnte, wieder ohne ihn zu sein.

Er machte ihr Mut. Und den brauchte sie nötiger als alles andere.

Sie hatte kaum Geld bei sich und musste den Weg zum Kloster deshalb zu Fuß zurücklegen. Das störte sie nicht, denn solange sie lief, konnte sie nachdenken. Sie wusste noch immer nicht, was sie tun sollte.

Wie viele Gespräche hatte sie im Kopf schon mit Vero geführt. Wie viele Varianten hatte sie sich überlegt. Doch keine wollte passen.

Ich darf mich nicht so klein machen, dachte sie. Vero verabscheut Duckmäuser. Er will aufrechte Menschen um sich haben. Denk an Bruder Darius. Der kriegt kein Bein mehr auf die Erde. Er ist bei Vero unten durch.

Bruder Darius war durch seine Kutte geschützt. Vero konnte ihn verachten, er konnte angewidert auf ihn herabsehen, aber er würde ihn nicht verstoßen. Pia jedoch besaß keinen solchen Schutz. Wenn es Vero gefiel, konnte er sie wie eine lästige Fliege verscheuchen.

Pia schluckte. So sehr Vero sie auch in Angst und Schrecken versetzte, bei der Vorstellung, aus seiner Nähe verbannt zu werden, überkam sie das heulende Elend. Wie sollte sie leben ohne ihn? Ohne seinen Schutz und die Wahrhaftigkeit seiner Worte? Ohne seine Visionen und seine Kraft?

Verzeih mir, Vater …

Ich bin wieder da …

Bitte, Vater, hör mich an …

Oder sie warf sich ihm einfach zu Füßen. Ohne Worte. Ohne den Versuch, etwas zu erklären, das sie nicht erklären konnte.

Vater, ich weiß nicht, was mit mir los ist.

Es rauschte in ihren Ohren. Sie bekam keinen klaren Gedanken mehr zu fassen. Wie sollte sie Vero nur unter die Augen treten?

Sie wusste, welche Macht er hatte. Sie wusste, was er ihr antun konnte.

Hilf mir, Vater, ich habe gesündigt.

Aber hatte sie das denn überhaupt? Gesündigt?

War es Sünde, sein Gewissen zu befragen? Ab und zu gern allein zu sein? Um nachzudenken? Oder einfach nur so?

War es Sünde, wenn es sie nach Freiheit verlangte? Denn die brauchte sie. Die Freiheit, sie selbst zu sein und nach ihrem Gewissen zu handeln.

IchIchIch, dachte Pia verzweifelt. Würde sie es denn nie lernen, demütig zu sein und ihr Ego zu vergessen?

Vater, deine Tochter ist zurückgekehrt und bittet dich um Gnade.

Ihre Schritte wurden langsamer. Sie konnte die Spitze des Kirchturms schon erkennen. Ihr wurde schlecht.

Vater, ich …

8

Schmuddelbuch, Donnerstag, 13. November

Wie konnte ich das tun? Ein Tagebuch stehlen. Noch dazu das Tagebuch einer Toten.

Ich störe die Totenruhe.

Warum? Um Alices Tod zu rächen? Ihren Mörder zu finden?

Wieso übergebe ich das Tagebuch dann nicht der Polizei?

Oder Alices Eltern?

Mach dir nichts vor, Romy. Du wirst das Tagebuch lesen, weil du eine Geschichte vor der Nase hast, nach der sich jeder Journalist die Finger lecken würde.

Beschämend.

Aber ich kann nicht mehr zurück …

Die Frau, die da auf dem unbequemen Stuhl saß und zum Fenster hinausschaute, zeigte mit keiner Regung, dass sie sein Eintreten bemerkt hatte. Bert blieb am Tisch stehen und hoffte, sie werde ihn ansehen.

Doch ihr Blick blieb scheinbar unbeteiligt auf die Kronen der Bäume gerichtet, die das Krankenhaus umschlossen, eine blattlose, bizarre Kulisse vor dem tiefhängenden Grau des Himmels.

»Mein Name ist Melzig«, begann Bert. »Kriminalpolizei.

Frau Dorau, ich möchte Ihnen mein herzliches Beileid aussprechen.«

Um den Mund der Frau zuckte es, kaum wahrnehmbar.

Es gab Tage, an denen Bert es bereute, Polizist geworden zu sein. Seufzend ließ er sich auf dem freien Stuhl nieder.

Man hatte Frau Dorau in einem Einbettzimmer untergebracht. Bisher hatte sie noch kein Wort von sich gegeben, nicht einmal den Schwestern und Ärzten gegenüber. Bert hatte wenig Hoffnung, dass es ausgerechnet ihm gelingen würde, ihr Schweigen zu brechen.

Sie atmete so flach, dass ihr Brustkorb sich kaum hob und senkte. Ihr Gesicht war grau und ausdruckslos. Auf ihren blassen, spröden Lippen hatte sich Schorf gebildet. Die Farbe ihrer Augen konnte Bert im Profil nicht erkennen.

»Ich bin schon so lange Polizist«, sagte er. »Aber ich werde mich niemals an den Tod gewöhnen.«

Draußen auf dem Flur ertönte das fröhliche Lachen eines Kindes, gefolgt von der belustigten Stimme eines Mannes. Wie weit war das vom Schmerz dieser Frau entfernt.

»Ich würde Sie so gern in Ruhe lassen, Frau Dorau, und Ihre Trauer nicht stören. Aber ich möchte herausfinden, wer Ihren Sohn getötet hat. Sie könnten mir dabei helfen.«

Sie blinzelte. Zwei dünne Tränen rollten über ihre Wangen.

Draußen vor dem Fenster war es unheimlich still.

Die Beisetzung würde morgen stattfinden. Die Ärzte hatten Bedenken, ihrer Patientin die Teilnahme zu gestatten. Bert fand es bedenklicher, sie ihr zu verweigern. Doch er hatte es sich längst abgewöhnt, den Ärzten Ratschläge zu erteilen.

Frau Dorau hatte ihren toten Sohn nicht gesehen. Ein Freund der Familie hatte ihn identifiziert. Das war nicht gut. Möglicherweise würde sie nun niemals wirklich glauben, dass ihr Sohn gestorben war.

Man musste verschiedene Stadien der Trauer durchleben, um den Tod eines geliebten Menschen annehmen zu können. Bert fragte sich, wie diese Frau das bewältigen sollte. Sie schien vollständig in sich selbst abgetaucht, unfähig, in die Welt zurückzukehren.

Er kniff die Augen zusammen und konzentrierte sich auf das winterliche Bild vor dem Fenster. Ein Krähenschwarm ließ sich auf den kahlen Zweigen nieder. Ihr Krächzen erinnerte Bert an Urlaube an der Nordsee, damals, als die Kinder noch klein gewesen waren und die Liebe zwischen Margot und ihm noch nicht verkümmert.

Und ans Alleinsein, an das er sich mühsam gewöhnte.

Fast war er eins geworden mit diesem Zimmer, dem Ausblick und der Frau an seiner Seite, als sie zu sprechen begann.

»Er hatte Probleme«, sagte sie leise. »Und schreckliche Angst.«

Bert saß absolut reglos, um sie bloß nicht wieder verstummen zu lassen. Er wagte nicht einmal, den Kopf nach ihr zu drehen.

»Und ich konnte ihm nicht helfen.«

*

Ingmar Berentz hatte allein in einer Wohnung am Chlodwigplatz gelebt. Wegen einer Mehlallergie hatte sich der Bäckermeister frühzeitig pensionieren lassen müssen. Damit war er schlecht zurechtgekommen.

Das war alles, was Romy über ihn wusste.

Sie betrachtete das von Abgasen geschwärzte Mietshaus, bevor sie sich ihm langsam näherte. Es stand in einem Meer von Straßenlärm und war in seiner Hässlichkeit fast schon wieder schön.

Acht billige Namensschilder, acht abgegriffene Klingelknöpfe. Nässeflecken am Mauerwerk und zu Romys Füßen, auf der obersten der drei Treppenstufen, eine eingetrocknete Substanz, die verdächtig nach Erbrochenem aussah.

Romy unterdrückte einen Würgereiz, als ihr der Geruch von Urin in die Nase stieg. Nach kurzem Zögern klingelte sie bei *Sylvia Kaster* im Erdgeschoss.

Die Frau, die ihr aufmachte, war ein wandelnder Widerspruch. Sie trug einen braunen Altfrauenrock mit schiefem Saum und eine pinkfarbene Bluse, die über den vollen Brüsten spannte. An ihren Füßen steckten ausgelatschte Pantoffeln in Leopardenoptik, und der rote Lack auf ihren kurzen Fingernägeln splitterte an den Spitzen ab. Ihre Haare jedoch waren frisch blondiert und penibel frisiert, und sie hatte sich sorgfältig geschminkt.

Sie hörte sich an, was Romy zu sagen hatte, warf einen unschlüssigen Blick zurück in ihre Wohnung und bat Romy dann widerstrebend herein. Sie bot ihr Platz auf einer riesigen Rundcouch in einem unaufgeräumten Wohnzimmer an und begann zu erzählen.

»Ich konnte den Berentz gut leiden«, sagte sie. »Er war einer dieser Männer, die vom Aussterben bedroht sind. Hat einem die Tür aufgehalten, war höflich und hat immer ein freundliches Wort für jeden gehabt.«

»Lebte er allein?«

Frau Kaster nickte. »Dabei war er so ein feiner Mensch. Das konnte man schon an seinem Gesicht erkennen. Es war nicht so … grob, die Züge nicht so … verwaschen wie bei den meisten Männern in seinem Alter.«

Romy fand diese Betrachtungsweise interessant, vor allem, weil Frau Kaster nicht viel jünger sein konnte als der Mann, über den sie hier redeten.

»Er hatte Stil, verstehen Sie? Wenn er vom Einkaufen kam, lag immer ein Strauß Blumen in seinem Korb. Ich bitte Sie – welcher Mann kauft sich schon selber Blumen?«

Stil war das, was dieser Wohnung fehlte. Die Einrichtung wirkte lieblos zusammengewürfelt, die Wände waren schmucklos und nackt. Ein Blumenstrauß hätte hier Wunder gewirkt.

Frau Kaster zündete sich eine Zigarette an. Sie nahm einen kräftigen Zug, inhalierte, hustete und wedelte den Rauch mit der freien Hand auseinander.

»Gut, das Zeug bringt einen um. Aber was hat's dem Berentz geholfen, dass er Nichtraucher gewesen ist?«

Während sie rauchte, unterzog sie ihre Fingernägel einer gründlichen Inspektion. Romy machte nicht den Fehler, eine weitere Frage zu stellen. Konsequentes Schweigen brachte die Leute am schnellsten zum Plaudern.

»Ach ja.« Frau Kaster drückte den Zigarettenstummel aus, indem sie ihn wie eine lästige Fliege zerquetschte. »Da war noch etwas. Der Berentz hat ziemlich komisch geredet.«

»Komisch? Hatte er einen Sprachfehler?«

»Nein.« Frau Kaster schüttelte unwirsch den Kopf. »Er benutzte dauernd Sprichwörter und so.«

Romy runzelte fragend die Stirn.

»Sprüche eben. Aus der Bibel. *Friede sei mit euch* und *Lasset die Kindlein zu mir kommen* und was weiß ich nicht alles. Ich meine, ich beschäftige mich ja schon lange nicht mehr damit, aber manches kam mir noch bekannt vor. Komisch, wie einen die Erziehung prägt, finden Sie nicht?«

Romy dachte an Alices Goldkettchen. Auch sie selbst hatte einmal ein Kreuz an einer Kette besessen, eines aus Silber, mit lauter Glitzersteinchen besetzt. Sie hatte es ständig getragen. Dann, irgendwann, war es verloren gegangen.

Und mit ihm ihr Zutrauen in Religionen.

Niemals, dachte Romy, würde ich mein Kind in ein Internat stecken. Erst recht nicht in eine Klosterschule.

»Der Berentz war so einer, der die linke Backe hinhielt, wenn ihm jemand einen Schlag auf die rechte verpasste. Er… oh mein Gott!« Frau Kaster starrte Romy fassungslos an. Ihr fiel wohl wieder ein, dass Ingmar Berentz eines gewaltsamen Todes gestorben war. »So hab ich das nicht gemeint. Ich… oh, wie entsetzlich!«

Romy hätte ihr gern die Schuldgefühle genommen, sie wusste bloß nicht, wie.

»Einmal«, sagte Frau Kaster leise, »einmal hat er mir einen Korb Obst runtergebracht. Das war, als ich die Grippe hatte. Irgendwie hat er's gemerkt. Und reagiert.« Sie griff nach einer neuen Zigarette. »Die andern hier im Haus würden nicht mal mitkriegen, wenn einer tot in der Wohnung…«

»Scheint wirklich ein netter Typ gewesen zu sein«, sagte Romy rasch, bevor die Frau sich wieder in Selbstanklagen ergehen konnte.

»Das war er.« Sylvia Kaster zündete die Zigarette nicht an. Sie hielt sie achtlos in der Hand. »Verdammt noch mal, das war er. Und ich hoffe von Herzen, die finden das Schwein, das ihm das angetan hat.«

Sie hatte jetzt Tränen in den Augen. Sackte in sich zusammen. Vergaß Romy. Vergaß die Zigarette. War nicht mehr da.

Romy packte das Diktiergerät ein und verließ leise die Wohnung.

*

Calypso empfand ein nagendes Unbehagen, sooft er von den Büchern aufschaute, die er um sich herum auf dem Teppich verteilt hatte. Seit Stunden suchte er nun nach einem geeigneten Text für das Vorsprechen. Man hatte ihm gesagt, es gebe da keine Vorschriften, er dürfe sich frei entscheiden.

Im Augenblick wäre er für eine Vorschrift allerdings äußerst dankbar gewesen. Es war mühsam, so herumzustochern. Kaum hatte er sich für einen Text entschieden, wurde er unsicher, verwarf ihn wieder und fing von vorne an. Seine ganze Zukunft konnte von der Wahl des richtigen Textes abhängen.

Ihm war kalt. Die Heizung lief auf vollen Touren, aber in der ganzen Wohnung zog es wie in einer Bahnhofshalle. Wenn man die Hand an einen der alten Holzfensterrahmen hielt, spürte man die Luftströmung deutlich.

Calypso hatte bei den Klassikern angefangen, dann jedoch überlegt, dass es ihm vielleicht einen Pluspunkt einbringen würde, wenn er die üblichen Trampelpfade mal verließ.

Obwohl die alten Dichter etwas hatten.

Kein Schnee mehr draußen, nur schneidende, trostlose Kälte. In Gedanken sah Calypso Pia in den Straßen umherirren, den kleinen Snoop an ihrer Seite. Was wusste er über sie? Nichts. Sie hatte sich mit ihm unterhalten, ohne das Mindeste von sich preiszugeben.

Wieder ging ihm ihr sonderbares Verhalten durch den Kopf.

Danke, Cal. Vielen Dank für alles.

Dabei hatte er ihr doch nur angeboten, sich in seiner Wohnung auszuruhen.

Ich kann nicht immerzu weglaufen.

Das klang nach großer Tragödie. Calypso war immer skeptisch, wenn jemand so dramatisch daherkam.

Und wenn er sich für ein Stück von Canetti entschied? Oder lieber Elfriede Jelinek?

Es dürfe auch Prosa sein, hatte der Typ in der Schauspielschule gesagt.

»Cal?«

»Komm rein!«

Tonja stieß die Tür mit dem Fuß auf. Sie balancierte ein Tablett mit zwei Bechern Kaffee und einem Teller Kuchen herein.

»Ich dachte, ich muntere dich mal ein bisschen auf«, sagte sie und stellte das Tablett auf einer freien Stelle des Teppichs ab. Dann verschob sie zwei Bücherstapel und setzte sich Calypso im Schneidersitz gegenüber.

Kaffeeduft breitete sich im Zimmer aus, und Calypso merkte, wie sich sein Magen vor Verlangen zusammenzog. Er hatte seit dem Frühstück nichts mehr gegessen.

»Und?«, fragte Tonja, während sie sich mit Heißhunger über eine Zitronenrolle hermachte. »Kannst du deinen Text schon?«

Calypso lächelte gequält. Er schwankte zwischen Kirschstreusel und Apfelkuchen. Offenbar brachte er es überhaupt nicht mehr fertig, eine Entscheidung zu treffen.

»Woran hapert's denn?«

Tonja war in allem sehr direkt. Calypso schätzte das an ihr. Wenn Romy nicht gewesen wäre, dachte er manchmal, dann hätte er sich garantiert in Tonja verliebt.

Mit fast einundzwanzig musste sie noch immer ihren Personalausweis vorzeigen, wenn sie in einen Film über achtzehn gehen wollte. Sie hatte ein rundes Gesicht mit großen braunen Augen, trug das dunkelblonde Haar meistens zu einem wippenden Pferdeschwanz gebunden, und ihre Hände waren so klein, dass ihr Anblick unweigerlich Beschützerinstinkte weckte.

»Machst du Witze? An Entschlusskraft. Wie immer.« Calypso zählte ab. »Ene, mene, miste, es rappelt in der Kiste. Ene, mene, meck, und du bist weg.«

Die Wahl war auf den Kirschstreusel gefallen. Calypso zögerte und griff nach dem Apfelkuchen.

»Warum nimmst du nicht die *Dreigroschenoper*? Da sind ein paar tolle Stellen drin. Und Brecht kommt immer gut.«

Ich kann nicht immerzu weglaufen.

Was, zum Henker, hatte Pia damit gemeint? War sie weggelaufen? Und dann von Romy aufgegabelt worden? Und wenn ja, wovor war sie weggelaufen?

Sie hatte nicht ausgesehen wie jemand, der Probleme mit seinen Eltern hatte. Sie hatte nicht mal ausgesehen wie eine, die überhaupt Eltern besaß.

Dieses Mädchen war Calypso ein Rätsel.

»… das Original von John Gay? Kann ich dir ausleihen, wenn du willst.«

»Entschuldige. Was hast du gesagt?«

»Vergiss es.« Tonja leckte sich die Finger ab und widmete sich ihrem Kaffee. »Mit dir kann man erst wieder reden, wenn du diesen Workshop und das Vorsprechen hinter dir hast. Wann fängt das noch mal an? Freitag?«

Calypso nickte. Dann fuhr er zusammen.

Freitag!

Das war ja schon morgen! Und er hatte noch keine Textstelle rausgesucht. Vom Auswendiglernen ganz zu schweigen. Unangenehme Erinnerungen an seine Schulzeit kamen in ihm hoch. Sogar beim Vorlesen hatte er sich verhaspelt.

Und warum wollte er dann unbedingt Schauspieler werden?

Um … weil … Mann, war ihm flau.

»Zischst du jetzt bitte wieder ab?«, fragte er und warf Tonja eine Kusshand zu.

Tonja fing seinen Kuss auf und drückte ihn ans Herz. Mit einem schiefen Grinsen schnappte sie sich das Tablett und verschwand.

Calypso machte die Augen zu und beschloss, sie erst wieder zu öffnen, wenn er sich entschieden hatte. Und weil seine

Lider vor Anspannung zuckten und er das nicht lange aushielt, entschied er sich schnell.

Oscar Wilde.

Er würde ihnen *Das Bildnis des Dorian Gray* um die Ohren hauen.

Erleichtert raffte er die Bücher zusammen und stopfte sie ins Regal zurück. Dann legte er sich mit dem Roman aufs Bett und schlug die erste Seite auf.

Der schwere Duft der Rosen zog durch das Atelier … Mitten im Raum stand auf einer Staffelei das lebensgroße Porträt eines ungewöhnlich schönen jungen Mannes …

Wenig später hatte er sich in die Handlung vertieft. Er war nicht für jedes Mädchen verantwortlich, das da draußen auf der Straße herumlief. Er konnte nicht die Last der andern tragen. Nicht jetzt, wo seine eigene schwer genug war.

Ich drehte mich halb um und sah Dorian Gray zum ersten Mal. Als sich unsere Blicke trafen, fühlte ich, dass ich blass wurde. Ich hatte die merkwürdige Empfindung eines Schreckens …

Der erste Schritt war getan.

Calypso fühlte sein Herz pochen. Sein Körper schüttete Adrenalin aus.

Er war auf dem richtigen Weg.

*

Pia war so erschöpft, dass ihr die Tränen kamen. Snoop, der ihre Niedergeschlagenheit spürte, wich nicht von ihrer Seite. Alle paar Sekunden blickte er zu ihr auf mit diesem sanften Blick, in dem all seine Zuneigung lag und sein ganzes Vertrauen.

Sie hatte noch immer nicht den Mut aufgebracht, Vero unter die Augen zu treten. War weitergelaufen, weiter und weiter. Längst achtete sie nicht mehr auf Straßenschilder oder andere Hinweise. Es war ihr egal, wo sie sich befanden.

Du kannst zu deinen Eltern fahren. Du kannst trampen, dann brauchst du kein Geld.

Pia schüttelte den Kopf. Unmöglich. Das wäre so, als würde sie einen Gedanken nicht zu Ende denken. Sie war doch ein vernunftbegabtes Wesen. Sie studierte Philosophie. Nichts anderes hatte sie je gewollt.

Es gab kein Problem, das man mit dem Verstand nicht lösen konnte.

Und die Liebe?

Denn dass es Liebe war, was sie mit Vero verband, wusste sie so genau, wie sie wusste, dass er ihre Gefühle nicht erwiderte, nicht erwidern konnte.

Nicht auf die Art, wie sie für ihn fühlte.

Sie liebte Vero nicht, wie sie im letzten Schuljahr Jan geliebt hatte. Die Gefühle für Jan verblassten neben denen für Vero zu einem silbrigen, flüchtigen Band in ihrer Erinnerung, beinah schon vergessen.

Jan war Wasser gewesen. Vero war Feuer. Von Jans Blick hatte Pia sich getröstet gefühlt. In Veros Augen verbrannte sie.

Sie war eine selbstbewusste junge Frau. Aber sie hatte das Bedürfnis, Vero zu dienen.

Sie besaß einen klaren, scharfen Verstand. Aber sie wollte Veros Worten glauben, ohne sie zu prüfen.

Sie begehrte gegen Unrecht auf und gegen Gewalt. Aber sie ließ sich widerstandslos von Vero bestrafen.

Sie wollte glücklich sein und watete durch Verzweiflung.

Als sie sich endlich wieder in der Gegend auskannte, war sie am Melatenfriedhof angelangt. Pia mochte Friedhöfe, besonders wenn sie alt waren und von hohen Bäumen beschattet wurden.

Nichts konnte die tiefe Stille der Toten stören.

Nach den ersten Schritten auf den menschenleeren Wegen nahm Pia den brausenden Verkehr auf der Aachener Straße kaum noch wahr.

Dies war ein Ort neben der Zeit. Hier galten andere Regeln.

Ehrfürchtig betrachtete Pia die alten Grabmäler, las Namen und studierte Inschriften, während Snoop neugierig an Moos und Efeu schnüffelte. Wind kam auf, so schneidend, dass es ihr den Atem verschlug.

Die Einsamkeit zwischen den Gräbern war vollkommen.

Eingerollte Blätter trieben raschelnd vorbei. Und drohten bei der leisesten Berührung zu zerbrechen.

Die ganze Welt zu Eis gefroren.

In den roten Grablampen brannten die Kerzen. Für jeden Toten eine Flamme. Ein kleines, flackerndes Weiterleben.

Mittlerweile war Pia so müde, dass sie über ihre eigenen Füße stolperte. Sie war froh über die Bank, die neben einer der Grabstellen stand, und sank erleichtert darauf nieder.

Emily Markus, geborene Klattens, lautete die Inschrift auf dem grünen Stein, *Geb. 13. November 1930. Gest. 18. Mai 2004.*

»Herzlichen Glückwunsch zum Geburtstag, Emily«, sagte Pia leise.

Bald spürte sie die Kälte nicht mehr und nicht den scharfen Wind. Das gedämpfte Rauschen des Verkehrs auf der Aachener Straße und dem Melatengürtel war verstummt. Das Licht schien sich zurückzuziehen.

Einen Moment ausruhen, dachte Pia. Nur einen kleinen, winzigen Moment.

9

Schmuddelbuch, Donnerstag, 13. November

Vielleicht bin ich altmodisch, na und? Ich bin ein gläubiger Mensch und werde meinen Glauben nicht verstecken. Sollen sie doch drüber lachen! Sollen sie doch!

Wie froh ich bin, wenn ich endlich das Abi habe. Die Schule ist ein einziges Spießrutenlaufen.

Sie kommen sich so einzigartig vor, dabei sind sie alle gleich. Sie merken es nur nicht. Ihre Art, sich anzuziehen, ihre Art, sich zu schminken, ihre Art, sich zu bewegen. Sogar ihre Träume sind gleich. Farblos, gewöhnlich und ohne Kraft.

Ich sage nicht, dass ich besser bin als sie. Ich bin nur anders.

Und ich bin unglücklich. Das vor allem. (Alices Tagebuch)

Frau Dorau wusste nicht, welche Probleme ihr Sohn gehabt hatte. Sie konnte sich auch seine Angst nicht erklären. Sie hatte nur bemerkt, wie sehr er sich verändert hatte.

»Sonst hat er mich jeden zweiten Tag angerufen«, sagte sie. »Und seit … etwa einem halben Jahr meldete er sich so gut wie nie.«

Sie sprach langsam und stockend. Als bereitete es ihr Mühe, sich zu konzentrieren und Worte zu finden. Ab und zu weinte sie, lautlos und in sich gekehrt. Bert spürte, dass er einen Menschen vor sich hatte, der unter der Wucht seiner Gefühle zusammengebrochen war.

Er drängte sie nicht. Stellte kaum Zwischenfragen, hörte einfach zu. Frau Dorau redete wie zu sich selbst. Womöglich wurde ihr nicht einmal bewusst, dass sie zu Bert sprach. Manchmal bezog sie ihn formal in ihre Worte ein, doch als Person schien sie ihn überhaupt nicht wahrzunehmen.

»Er hat mit seiner Freundin Schluss gemacht. Obwohl sie so eine nette junge Frau ist. Ich ... kann es nicht verstehen.«

»Corinna Wagner?«, Bert nickte.

»Ja. Corinna Wagner. Ein geradezu pathetischer Name, nicht wahr?«

Ein kleines Lächeln umspielte ihre Lippen. Oder eher der Versuch eines Lächelns. Auf halbem Weg blieb es stecken.

»Dabei war sie alles andere als das. Sehr verständnisvoll, sehr reif für ihr Alter. Sie ist zweiundzwanzig, genau wie ... wie Thomas.«

Wieder fing sie an zu weinen. Sie behielt das Taschentuch in der Hand, steckte es nicht in den Ärmel ihres Pullovers zurück. Es war völlig durchnässt, doch das schien sie nicht zu kümmern.

»Corinna hat seine ständigen Auftritte toleriert, seine Tourneen mit der Band. Sie hat niemals ein böses Wort über seine Musik verloren, ihn nie zu einem Spinner erklärt, der einer Schimäre nachjagte, wie das so viele andere getan haben. Das Mädchen hat treu zu ihm gehalten. Und dann, eines Tages, aus heiterem Himmel, schickt er sie weg. Verstehen Sie das?«

Es war eine rhetorische Frage, die keine Antwort erwartete. Deshalb schwieg Bert. Es war das einzige Geschenk, das er dieser Frau machen konnte. Schweigen und Zuhören.

»*Ich* habe es *nicht* verstanden. Und Corinna ebenso wenig. In drei Monaten hat das arme Mädchen fast zehn Kilo abgenommen. Aber Thomas war nicht zu einem Gespräch bereit, nicht mit ihr und nicht mit mir, obwohl ich so gern zwischen den beiden vermittelt hätte.«

Sie wischte sich noch einmal über die Augen und verstaute das Taschentuch in ihrem linken Ärmel. Gab sich einen Ruck. Hob entschlossen den Kopf.

Um der Welt die Stirn zu bieten. Und ihrem Unglück.

Doch das würde ihr nicht gelingen. Haltung verminderte den Trauerschmerz nicht. Sie gab ihm nur ein anderes Profil.

»Ich werde meinen Sohn auf seinem letzten Weg begleiten«, sagte Frau Dorau. »Und wenn die Ärzte sich querstellen, werde ich mich selbst entlassen. Ich weiß sowieso nicht, was ich hier soll. Zugrunde gehen kann ich auch zu Hause.«

»Frau Dorau …«

Sie blickte aus dem Fenster. Wie in Stein gegossen.

Bert spürte, dass sie kein Wort mehr sagen würde. Er stand auf und griff nach seinem Mantel, den er über das Fußende des Betts gelegt hatte.

Zum Abschied berührte er sacht ihre Schulter und verließ die Frau, die sich innerlich darauf vorbereitete, ihren einzigen Sohn zu Grabe zu tragen.

*

Es war schrecklich kalt. Romy konnte sich nicht erinnern, jemals einen so frostigen November erlebt zu haben. Die Pfützen auf den Wegen waren kleine schmutzige Spiegel. Die Teiche in den Gärten lagen unter einer Decke aus Eis. Nicht mehr lange, und die Kinder würden gefahrlos über Weiher und Seen schlittern können.

Romy hatte ihre Arbeit in der Redaktion erledigt. Endlich. Langweilige Materialsammlung für Greg, diesmal zum Thema

Wirtschaftskrise und Kultur. Greg bestand darauf, dass sie ihren Alltagstrott beibehielt.

»Ein guter Journalist muss fähig sein, in mehreren Töpfen gleichzeitig zu rühren«, hatte er ihr zum x-ten Mal eingeschärft und zur Bekräftigung seiner Worte den Zeigefinger erhoben.

Romy sträubte sich nicht, wenn er ihr Arbeiten übertrug. Sie war hier, um zu lernen, und Multitasking gehörte ganz einfach dazu. Aber heute hatte Greg es wirklich übertrieben. Seit sie von ihrem Gespräch mit Sylvia Kaster zurück war, hatte er ihr keine freie Minute gegönnt.

Sie stellte den Kragen ihrer Jacke hoch und zog sich den Schal fester um den Hals. Ihre Augen tränten, und wenn sie durch den Mund einatmete, fing sich die eisige Luft schmerzhaft in ihren Lungen.

Scheißwetter für eine Beerdigung, dachte sie.

Greg hatte ihrem Wunsch entsprochen, morgen an der Beisetzung Thomas Doraus teilnehmen zu dürfen. Allerdings hatte er sie dazu verdonnert, anschließend auch darüber zu schreiben. Romy war noch nie auf einer Beerdigung gewesen. In ihrem Innern hatte sich ein Unbehagen breitgemacht, das sie vergeblich zu ignorieren versuchte.

Sie war heute mit der Bahn unterwegs gewesen und jetzt auf dem Weg nach Hause, um ihren Wagen zu holen und es ein bisschen wärmer und gemütlicher zu haben. Nachdem Greg sie schließlich hochzufrieden entlassen hatte, war ihr noch genügend Zeit für ihre eigenen Recherchen geblieben, und so hatte sie sich vorgenommen, kurz nach Weidenpesch zu fahren.

Dort hatte Mona Fries gelebt, das erste Mordopfer, das im Mai im Stadtwald gefunden worden war. Sie hatte in der Torgaustraße gewohnt, einen Steinwurf von der Pferderennbahn entfernt. Romy hatte keinen Plan, hatte nicht überlegt, wie sie vorgehen wollte. Sie hatte beschlossen, es einfach auf sich zukommen zu lassen.

Während sie durch die Kälte stiefelte, dachte sie über Alices Tagebuch nach, das sorgfältig verstaut in ihrer Tasche steckte. Sie hatte niemandem davon erzählt. Auch Greg nicht, der manchmal ziemlich den Moralapostel raushängen ließ.

Sie kam sich vor wie ein Kind, das einen Zauberkasten aus dem Spielzeugladen hat mitgehen lassen und den es trotz aller Gewissensbisse erst zurückbringt, nachdem es herausgefunden hat, welch eine Welt an Wundern er enthält.

Romy schloss die Haustür auf, ging die Treppe hoch und klingelte bei Cal.

Manchmal, wenn sie sich mehrere Stunden nicht gesehen hatten, kam sein Anblick ihr merkwürdig fremd vor. Gleichzeitig war Cal ihr geradezu unheimlich vertraut. So ähnlich hatte sie empfunden, als sie vor Jahren die Lieblingspuppe ihrer Kindheit auf dem Dachboden der Eltern ausgegraben hatte.

Cals dunkelblondes Haar. Sein schmales Gesicht. Das Grau seiner Augen, das sich bei Sonnenschein in ein nahezu unverschämtes Blau verwandelte.

Sein Lächeln.

Und das Verlangen in seinem Blick.

Er nahm sie in die Arme. Seine Lippen wanderten über ihr Kinn.

»Na, ihr Turteltäubchen?«

In Tonjas Stimme glitzerte der Spott.

Romy wusste, dass sie ihr zuvorgekommen war. Dass Tonja selbst ein Auge auf Cal geworfen hatte. Man spürte es an der Art, wie sie Cal betrachtete. Wie sie mit ihm sprach.

Und daran, wie sie Romy begegnete. Herzlich, freundschaftlich, aber irgendwie mit angezogener Handbremse.

Sie liegt immer noch auf der Lauer, dachte Romy. Ein falscher Schritt von mir, und sie wird ihn sich krallen.

Und Cal? Würde er sich krallen lassen?

Sein Atem strich flüsternd über Romys Wange.

Würde er?

Nein. Nicht Cal.

Nicht, solange Romys bloße Anwesenheit eine solche Zärtlichkeit in seine Augen zaubern konnte. Nicht, solange sein Blick sich vor Begehren so verdunkelte.

»Ich sollte dich doch abhören«, sagte sie zu ihm. »Jetzt hätte ich ein bisschen Zeit.«

»Oh.« Cal ließ sie los. »Tonja wollte das gerade ...«

»Schon okay.« Romy griff nach der Türklinke. »Ich hab sowieso noch was vor.«

»Recherchen?«

»Genau.«

Cals Lippen wurden schmal. Romy wusste, dass er Angst um sie hatte. Er hätte sie lieber in der Kulturredaktion gesehen, gut aufgehoben zwischen Theater, Kino und Kunst statt zwischen Totschlag und Mord. Wo sie zur Eröffnung von Vernissagen gehen und stapelweise Bücher besprechen würde.

Kein Verbrechen.

Keine Verbrecher.

Keine Gefahr.

Romy lächelte. Sie hatten schon so oft darüber gesprochen, sich so oft deswegen gestritten. Im Grunde brauchte Cal jemanden, der sie niemals sein würde. Ein Mädchen, das sich ganz und gar auf ihn konzentrierte, bei dem sich alles andere an den Rand ihres Gesichtsfelds schob.

Cal brauchte sein Gegenstück. Den einzigen Menschen, mit dem er vollständig wäre. So, wie jeder sein Gegenstück brauchte.

Aber war sie das? Sein Gegenstück?

Und war er ihres?

Cal, dachte sie, verlang von mir, was du willst, aber mach dich nicht zum Mittelpunkt meines Lebens.

Er beugte sich zu ihr hinunter und gab ihr einen Kuss. Einen, der nichts forderte und nichts versprach. Weil er nämlich mit den Gedanken längst woanders war, bei seinem Goethe oder Schiller oder Keller oder Eichendorff.

Tonja war schon in sein Zimmer vorausgegangen.

»Kommst du heute Abend noch vorbei?«, fragte Cal.

Romy nickte, obwohl das Begehren aus seinen Augen verschwunden war.

Erst auf der Treppe fiel ihr ein, dass sie sich gar nicht erkundigt hatte, welchen Text er für sein Vorsprechen ausgewählt hatte.

*

Vero stand in Pias Zimmer und sah sich schweigend um.

Das Bett gemacht. Alles sorgfältig aufgeräumt.

Keine Spuren.

Keine Schwingungen.

Sein Zorn regte sich. Doch jetzt war nicht die Zeit dafür. Er stellte sich ans Fenster und schaute hinaus.

Was er sah, war trügerischer Frieden. Die stillen Gebäude. Die schwarzen Bäume, die noch immer behutsam eine dünne Schneeschicht auf ihren Zweigen trugen. Der dichte, drückende Himmel.

Vero wandte sich um.

Trügerisch. Wie dieses Zimmer. Wie Pia, die ihm Läuterung vorspielte, wo nur Auflehnung war.

Er legte die Handflächen vor der Brust zusammen, die Finger nach oben gerichtet, und hob die Ellbogen an. Senkte den Kopf, bis sein Kinn die Fingerspitzen berührte.

Atmete.

Gütiger Gott, steh mir bei! Wenn ein Schaf in die Irre gegangen ist, muss der Hirte sich aufmachen, es zu suchen. Und wenn er es gefunden hat, muss er es zurückführen zu seiner Herde. Ich habe meine Brüder ausgeschickt, um deine Tochter zu suchen, doch sie sind mit leeren Händen heimgekehrt.

Es hatte keinen Sinn. Er konnte nicht beten.

Hatte er das Mädchen zu hart angefasst?

Zweifler mussten gebrochen werden, doch man musste aufpassen, dass der Zweifelnde nicht zerbrach. Zerbrochene Menschen waren tot.

Die Gebrochenen aber taten, was man von ihnen verlangte.

Er hatte sich eingeredet, Pia auf den rechten Weg führen zu können. Er hatte versucht, ihren Kopf zu reinigen von all den zersetzenden Gedanken. Er hatte ihr so oft erklärt, die wahre Freiheit liege im Gehorsam.

Und nun hatte sie sich ihm entzogen.

Gott! Du hast das zugelassen! WARUM?

Veros Herzschlag raste. Er knirschte mit den Zähnen. Wie blind er gewesen war. Er hätte die Anzeichen erkennen müssen. Auch bei Sally hatte es so angefangen. Zweifel, Auflehnung, Verrat.

Zweifel.

Er hämmerte mit den Fäusten auf die Wand ein.

Auflehnung.

Verrat.

Der Laut, der aus seiner Kehle drang, verwandelte sich in ein schmerzhaftes Schluchzen. Und er konnte nicht aufhören, zuzuschlagen, wieder, wieder und immer wieder. Bis seine Fäuste die Wand rot gefärbt hatten.

Flüssiges Feuer in seinen Händen. Der Schmerz füllte seinen Körper vollständig aus.

Vero atmete ein paar Mal tief durch.

Wurde wieder er selbst.

Er verließ das Zimmer und knallte die Tür zu. Auf dem Flur griff er mit noch zittrigen Fingern nach seinem Handy und wählte Bruder Calvins Nummer. Er sollte sich einen Eimer Farbe schnappen und die Schweinerei da drinnen beseitigen.

Dann würde man weitersehen.

*

Das Eckhaus in der Torgaustraße war schmucklos und unauffällig, hatte keinen Charme und hinterließ keinen Eindruck. Der Verputz war in einem Ton zwischen Ocker und Altrosa gestrichen und tat Romy in den Augen weh.

Vier Stockwerke und das Dachgeschoss. Kaum Grünzeug auf den Fensterbänken. Kein Schmuck an den Fensterscheiben. Niemand, der hinausschaute.

Mona Fries hatte im zweiten Stock gewohnt. Sie war geschieden und kinderlos gewesen. Vor einiger Zeit hatte sie ihren Job als Dolmetscherin verloren und sich seitdem als Übersetzerin von Sachbüchern über Wasser gehalten. So viel hatte Romy über sie herausgefunden.

Das Schild, auf dem ihr Name gestanden hatte, war erneuert und mit einem anderen Namen versehen worden. Die Lücke, die durch ihren Tod entstanden war, hatte sich innerhalb kürzester Zeit wieder geschlossen.

Während Romy noch überlegte, ob und wo sie klingeln sollte, öffnete sich die Tür, und ein Typ in ihrem Alter trat heraus. Er trug einen Parka und eine Wollmütze, die er sich tief ins Gesicht gezogen hatte.

»Hi«, sagte Romy. »Hast du mal kurz Zeit?«

»Kommt drauf an.« Er stieß die Hände in die Taschen seines Parkas und blieb stehen.

»Ich arbeite beim *KölnJournal*«, sagte Romy, »und ich hätte ein paar Fragen zu Mona Fries. Hast du sie gekannt?«

»Klar.« Er schob sich einen Kaugummi in den Mund. »Sie hat doch über uns gewohnt.«

»Ich würde dich gern zu einem Kaffee einladen.« Romy schaute sich um. »Falls es hier in der Nähe ein Café gibt.«

»Um die Ecke ist eine Eisdiele.« Er sah auf seine Armbanduhr. »Eine halbe Stunde? Dann muss ich weg.«

»Okay.« Romy streckte ihm die Hand hin. »Ich bin Romy.«

»Andy.«

Eine gepflegte Gegend. Nicht mal Kindergeschrei. Bratenduft aus einem der Fenster im Erdgeschoss. Am Schlesischen Platz die Salvator-Kirche, abweisend kühl. Keine Menschenseele begegnete ihnen.

»Scheißwetter!«

Andy legte ein Tempo vor, dass Romy Mühe hatte, mitzuhalten. Sie fing an zu schnaufen und ärgerte sich darüber. Nach dem *Scheißwetter* sagte ihr Begleiter kein Wort mehr, und Romy hatte nicht genug Luft in den Lungen, um das Schweigen zu brechen.

Die Eisdiele in der Neusser Straße war klein und unscheinbar, als hätte sie sich rein zufällig vom Land in die Großstadt verirrt, aber Romy war so froh über die Wärme und den Duft von Kaffee und frischen Waffeln, dass sie glückselig auf dem erstbesten Stuhl niedersank.

Außer ihnen gab es nur noch einen anderen Gast, einen alten Mann, der an einem von Illustrierten bedeckten Tisch Bier trank und in einem Sportmagazin las.

Die Serviererin fragte nach ihren Wünschen. Romy entschied sich für einen Cappuccino, Andy für eine Cola. Abwartend lehnte er sich auf seinem Stuhl zurück.

Während die Kellnerin die Bestellung an ihre Kollegin hinter der Theke weitergab, legte Romy ihr Diktiergerät auf den Tisch.

»Hast du was dagegen, wenn es mitläuft?«

Andy schüttelte den Kopf, abwesend, als wäre er damit beschäftigt, schon mal seine Gedanken zu ordnen. Und als die Kellnerin ihm seine Cola gebracht und Romy den Cappuccino hingestellt hatte, fing er unaufgefordert an zu erzählen.

»Mona war fast vierzig, aber sie sah unheimlich jung aus. Zuerst hat ihr Mann noch bei ihr gewohnt, doch der ist dann ausgezogen. Vor einem Jahr oder so, keine Ahnung. Ich zieh mein Ding durch, die andern sind mir egal. Jedenfalls die Leute aus unserm Haus. Bis auf Mona. Die war was Besonderes.«

Romy war fasziniert von der Wandlung des wortkargen, mürrischen Typen in eine mitteilsame Plaudertasche. Aber nicht lange, denn plötzlich verstummte Andy und musterte sie unverhohlen.

»Warum interessierst du dich für sie? Es kratzt doch sonst keinen mehr. Nicht mal die Bullen. Die haben ihren Tod einfach abgehakt.«

»Ich nicht.«

Er nickte. Anscheinend war ihm das Antwort genug.

»Mona hat mir in Englisch geholfen. Sie war Übersetzerin. Ich hab Englisch im Leistungskurs, und sie hat meine Facharbeit durchgeguckt. Sie war ’ne Klassefrau, das kannst du mir glauben.«

Er zog die Mütze vom Kopf und starrte finster darauf nieder.

»Sie sah toll aus. Und sie … merkte immer, wenn ich nicht gut drauf war.«

Romy bemerkte Tränen in seinen Augen. Trauerte so ein Hausbewohner?

»Verdammt!« Er zerknüllte die Mütze und strich sie wieder glatt, zupfte und zerrte sie krumm und schief. »Ich bring den Scheißkerl um, wenn ich ihn zwischen die Finger kriege!«

»Du hast sie sehr gemocht…«

»Ich hätte alles für sie getan.« Andy wich Romys Blick aus. »Alles.«

Die beiden Kellnerinnen, die sich an der Theke auf Italienisch unterhielten, lachten über irgendwas. Der alte Mann blätterte raschelnd um. Eine Ambulanz raste mit Blaulicht vorbei.

»Und Mona?«, fragte Romy. »Wie stand sie zu dir?«

Andys Finger, die mit dem halb leeren Colaglas gespielt hatten, versteiften sich. Und dann ging es blitzschnell. Das Glas kippte um und zerbrach mit einem knirschenden Geräusch, die Cola ergoss sich über den Tisch.

Die Kellnerin eilte mit einem Lappen herbei. »Dio mio«, sagte sie erschrocken. »Bist du verletzt?«

»Nichts passiert.« Andy hielt ihr zum Beweis die Hand hin. »Bloß ein Kratzer.«

Sie brachte ihm vorsichtshalber doch ein Pflaster, und Andy klebte es brav auf seinen Handballen. Die Scherben wurden aufgekehrt, die verschüttete Cola durch eine frische ausgetauscht.

»Mona war der einzige Mensch, dem ich wirklich wichtig gewesen bin«, sagte Andy leise und wie zu sich selbst.

»Hatte sie sich irgendwie verändert?«, fragte Romy vorsichtig. »Ist dir in letzter Zeit irgendwas… Ungewöhnliches aufgefallen?«

Er antwortete prompt. »Sie war auf einmal ständig unterwegs. War fast den ganzen Tag weg und oft auch abends.« Vorsichtig umfasste er das Colaglas mit der unverletzten Hand. »Und noch was war komisch. Sie hat ihr ganzes Leben vor mir ausgebreitet, hat mir von ihrer Kindheit, ihrer Ehe, ihrem Beruf erzählt. Und von heute auf morgen machte sie ein Geheimnis aus allem.«

»Hast du sie darauf angesprochen?«

»Klar.«

»Wie hat sie reagiert?«

»Sie hat mich angelächelt. Und geschwiegen.«

Andy stürzte die Cola in einem Zug hinunter. Das hatte etwas zutiefst Verzweifeltes. Romy sah ihm nachdenklich dabei zu. Hatte Mona sich mit ihrem Mörder getroffen? Hatte sie ein Verhältnis mit ihm gehabt? Hatte er sie aus dem Weg geräumt, nachdem die Affäre öffentlich geworden war? Oder bevor sie es werden konnte?

Andy setzte das leere Glas ab, wischte sich den Mund und schüttelte den Kopf.

»Vergiss es. Sie hatte keinen andern. Das hätte sie mir gesagt.«

»Kannst du Gedanken lesen?«

»Ich hab ja selber in die Richtung gedacht. Aber ich bin ganz sicher, dass es nicht so war. Mona hätte meine Gefühle niemals verletzt. Sie hätte mir gesagt, wenn es keinen Sinn mehr gehabt hätte zwischen uns.«

Ratlos sah Romy auf die Straße hinaus, auf die sich die Dämmerung senkte. Zwei Frauen huschten am Fenster vorbei, geduckt, verfroren, wie gejagt von dem Wind, der aufgekommen war.

»Mona ist im Stadtwald gefunden worden«, sagte sie leise, »und der Fundort war auch der Tatort, das habe ich recherchiert. Anscheinend kann sich aber keiner erklären, was sie dort zu suchen hatte. Sie war keine Joggerin, oder?«

»Nein. Vielleicht ist sie einfach im Stadtwald spazieren gegangen.«

Er hatte recht. Viele Kölner gingen im Stadtwald spazieren. Erst wenn ein Verbrechen ins Spiel kam, fing man an, hinter allem ein Motiv zu suchen.

»Hat denn die Polizei …«

»Die Bullen? Die haben eine Zeitlang sogar mich im Visier gehabt.«

»Dich?«

»Sie konnten sich unsere Beziehung nicht erklären. Aber das gelingt mir ja selber nicht.«

Er sah auf seine Uhr, erhob sich widerstrebend.

»Tut mir leid, ich muss los.«

Romy schaute ihm nach, wie er auf die Straße trat, die Mütze überstreifte, die Hände in den Taschen seines Parkas vergrub. Und aus ihrem Sichtfeld verschwand.

»Zahlen bitte!«

Romy wurde den Verdacht nicht los, dass die Geheimnisse, von denen Andy gesprochen hatte, Mona schließlich das Leben gekostet hatten. Sie schaltete das Diktiergerät aus und zog schaudernd die Schultern zusammen.

10

Schmuddelbuch, Donnerstag, 13. November

In meinem Wagen. Frustriert. Vielleicht habe ich mir zu viel vorgenommen. Einem Fuchs wie Ingo kann ich das Wasser eben doch nicht reichen. Er kennt die richtigen Leute und stellt die richtigen Fragen, während ich mich Schritt für Schritt vortaste und mich dabei auf etwas so Schwammiges wie meinen Instinkt verlasse.

Mona Fries hat hier gelebt. Sie hat, wie ich, in dieser Eisdiele gesessen. Die Toilette benutzt. Und die derben Sprüche gelesen, die sich da quer über die Wände ziehen.

Vielleicht hat sie einen davon sogar selbst geschrieben.

Was weiß ich über sie? Dass sie sich nicht unterkriegen ließ (hat ihren Job verloren, sich aber als Übersetzerin durchgeboxt). Dass sie feinfühlig war. Dass ihre Ehe gescheitert ist. Dass sie toll aussah und einen wie Andy so faszinieren konnte, dass er alles für sie getan hätte.

Und was weiß ich über Andy? Kann es nicht sein, dass er eifersüchtig gewesen ist? Dass er sie bei einem Spaziergang im Stadtwald zur Rede gestellt hat, weil sie plötzlich so wenig Zeit für ihn hatte?

Aber hätte die Polizei das nicht herausgefunden? Wo sie ihn sowieso schon in Verdacht hatte?

Und wenn alles, was Andy erzählt hat, nur seinem Wunsch-

denken entspricht? Was an diesem Jungen soll eine fast vierzigjährige Frau so bezaubert haben, dass sie bereit war, den enormen Altersunterschied zu ignorieren?

Ein hartnäckiges Winseln aus der Ferne.

Pia wehrte sich. Sie wollte dem Sog nachgeben. Tiefer in den Schlaf sinken. Nichts sehen, nichts hören, nichts fühlen.

Etwas fuhr nass und rau über ihr Gesicht.

Nicht. Lass mich.

Die Augen so schwer.

Wieder dieses Winseln. Eine kleine, weiche Bewegung an ihrer Hand. Ein Stoß an ihrem Arm. Ein Drängen.

Pia wollte den Arm wegziehen, aber sie konnte sich nicht bewegen.

Das Nasse jetzt hechelnd an ihrem Hals. Von irgendwoher drang ein Rauschen an ihre Ohren. Pia erinnerte sich. Feierabendverkehr. Friedhof.

Sie saß immer noch auf der Bank.

Neben ihr gebärdete sich Snoop wie toll.

Es war dunkel geworden. Die roten Grablichter leuchteten überall.

Snoop zerrte knurrend an ihrem Ärmel. Er sprang von der Bank, lief ein Stück den Weg entlang, schaute sich um, bellte auffordernd.

Pia schaffte es nicht, sich zu regen. Snoop kam wieder angerannt. Mit einem Satz war er neben ihr und sprang sie an. Sein Bellen hallte in ihren Ohren.

Schmerzhaft kehrte das Leben in Pias erstarrten Körper zurück.

Warum hast du mich nicht schlafen lassen?

Angeblich war Erfrieren ein schöner Tod. Und wirklich

hatte ihr nichts mehr wehgetan, nichts mehr gefehlt. Sie hatte keine Kälte gespürt und keine Angst.

Mit steifen, zerbrechlichen Gliedern erhob sie sich.

Schwankte.

Die ersten, gebückten Schritte waren die einer uralten Frau. Dann gelang es ihr, sich gerade aufzurichten.

Es ließ sich nicht ewig aufschieben. Sie musste zurück. Sie war froh, dass Snoop an ihrer Seite war.

*

Bert konnte den Anblick seines leeren Kühlschranks nicht mehr ertragen und beschloss, auf dem Heimweg noch eben einzukaufen. Als er den Einkaufswagen durch die Gänge schob, hüpfte ein struppiger schwarzer Vogel unter dem Regal mit den Nudeln hervor und verschwand unter einem der Tische in der Obstabteilung.

Bert informierte eine Verkäuferin.

»Ach, der.« Sie winkte lächelnd ab. »Der kommt jeden Tag. Den kriegt man ums Verrecken nicht gefangen.«

Margot hätte auf dem Absatz kehrtgemacht und nie wieder hier eingekauft. Bert sah das lockerer. Warum sollte man dem armen Tier nicht ein bisschen Wärme gönnen? Der Winter würde noch lange genug dauern.

Er registrierte, dass er sich länger als nötig im Laden aufhielt, ertappte sich dabei, dass er bei jeder Ware, die er in die Hand nahm, minutiös die Angaben auf der Verpackung studierte.

Du hast Schiss vorm Nachhausekommen, gestand er sich ein.

Er mochte gar nicht an seine einsame Wohnung denken, in der ihm immer kalt war, gleichgültig, wie weit er die Heizung auch aufdrehen mochte. Er weigerte sich, zu akzeptieren, was sein Kopf längst klar erkannt hatte – dass dieses Phänomen nämlich psychische Ursachen hatte.

An der Kasse fing er ein Gespräch mit der Kassiererin an, die äußerst widerwillig darauf einging und nur wortkarge Antworten gab. Sie hatte bald Feierabend und musste vielleicht selbst noch einkaufen, bevor sie die Kasse schloss.

Hoffnungsvoll drehte Bert sich zur Brottheke um, wo man an einem Stehtisch Kaffee trinken konnte. Doch auch dort wurde schon alles für den Geschäftsschluss vorbereitet. Glastheke und Brotmaschine waren gereinigt, Milch und Zucker vom Tisch verschwunden. Es gab also keinen Grund mehr, weiter herumzutrödeln.

Bert räumte die Einkäufe in den Kofferraum seines Wagens und blickte fröstelnd über den sonst so vollen Parkplatz, über den der Wind eine aufgeblähte Plastiktüte jagte.

Er hatte sich noch nie so allein gefühlt.

Ohne nachzudenken, zog er sein Handy aus der Tasche und wählte die Nummer, die vor gar nicht so langer Zeit auch seine eigene Telefonnummer gewesen war.

»Melzig?« Margot meldete sich immer mit einem klagend fragenden Unterton in der Stimme.

»Ich bin's.«

Ihre Antwort war ein beredtes Schweigen.

»Wie geht es euch?«

Sie antwortete nicht. Bert hörte ein Rascheln und dann die Stimme seiner Tochter.

»Papa!«

Bert schluckte und plinkerte das Nasse in seinen Augen weg. »Wie geht es dir, Häschen?«

»Wann kommst du wieder nach Hause?«

Bert holte tief und zitternd Luft. Immer wieder stellte seine

Tochter ihm diese Frage. Sie kämpfte um das verlorene Familienleben, diesen geschützten Raum, in dem sie ihre Kindheit verbracht hatte.

Er beschloss, bei der Wahrheit zu bleiben. »Ich weiß es nicht, Liebes.«

Ein Rauschen, ein Knacken, dann die Stimme seines Sohnes.

»Hallo, Dad.«

Wie erwachsen er klang. Und wie sehr er sich um Fassung bemühte. Das konnte leicht darüber hinwegtäuschen, dass er erst zehn Jahre alt war. Und eine panische Angst davor hatte, seinen Vater zu verlieren.

»Alles in Ordnung bei dir, Junior?«

Sie waren in der Vater-Sohn-Phase, in der sie sich unterhielten, als müssten sie einen Haufen Männerprobleme bewältigen und als gehe ihnen das leicht von der Hand, weil das Vertrauen zwischen ihnen groß genug war.

»Meine Fußballschuhe lösen sich auf.«

»Kann man sie noch reparieren?«

»Vielleicht. Mal sehen.«

»Sonst … wenn du neue brauchst …«

Hektisches, verwackeltes Atmen.

»Gib mir das Telefon wieder!« (Tochter).

»Zieh Leine!« (Sohn).

»Papa!« (Tochter).

»Blöde Kuh!« (Sohn).

Heulen (Tochter).

»Ist jetzt endlich RUHE!« (Margot).

Dann war die Verbindung unterbrochen.

Bert versuchte es erneut.

»Du stiftest nur Unruhe«, sagte Margot. »Es wäre mir lieber, wenn du nicht so oft anrufen würdest. Hinterher habe ich jedes Mal Mühe, die Wogen wieder zu glätten. Du ahnst ja gar nicht, was hier los ist.«

So viele Sätze hintereinander hatte Margot schon lange nicht mehr gesprochen. Nicht mehr, seit sie mit dem Streiten aufgehört hatten, weil ihnen die Luft ausgegangen war.

»Aber ich kann mich doch nicht …«

Sie hatten vereinbart, dass Bert die Kinder jedes zweite Wochenende sehen durfte. Aber es reichte nicht. Er ging vor die Hunde, wenn er nicht wenigstens ab und zu ihre Stimmen hörte.

»… in Luft auflösen. Ich kann doch meine Kinder nicht …«

»Deine Kinder!«

Margot spuckte ihm die Worte vor die Füße. In den wenigen Silben lagen die Vorwürfe eines langen gemeinsamen Lebens.

Deine Kinder? Dass ich nicht lache! Wann hast du dich denn mal um sie gekümmert? Was für ein erbärmlicher Vater bist du ihnen denn all die Jahre gewesen? Bert hatte jeden einzelnen Vorwurf noch im Kopf.

Die Magenschmerzen überfielen ihn ganz unvermittelt. Er krümmte sich. Unterdrückte ein Stöhnen. Als er das Handy wieder ans Ohr hielt, war die Verbindung unterbrochen.

*

Vero stand da wie eine Statue des Erzengels Michael.

Unbewegt. Kalter Marmor.

Er würdigte den Hund, der neugierig an seiner Kutte schnüffelte, keines Blickes. Er reagierte auch nicht darauf, dass Snoop sich schließlich rückwärts wieder an Pias Seite schlich.

Er stand da und sah Pia in die Augen.

Sein Blick erfasste alles, ihre Gedanken, ihre Gefühle und die Geschehnisse der vergangenen Nacht.

Pia wehrte sich nicht. Sie hatte vor einiger Zeit beschlossen, ihm und seinen Ideen zu gehören. Da gab es kein Zurück. Die letzten Stunden hatten es ihr gezeigt.

Seelenfänger, so nannte Vero sich gern. Und manchmal *Seelenfischer*. Tatsächlich hatte er seine Netze ausgeworfen und Pias Herz gefangen.

Sie wusste nicht mehr, ob sie noch an etwas so Flüchtiges wie eine Seele glaubte. Sie wusste nicht mal mehr, ob sie überhaupt an etwas glaubte. Konnte man die Fähigkeit zum Glauben verlieren? Oder hatte sie diese Fähigkeit nie besessen?

Veros Blick war überwältigend. Er ließ Pia zu einem kleinen, wehrlosen Etwas schrumpfen. Er berührte ihr Innerstes.

Die Zeit blieb stehen.

Bitte hör nicht auf, mich zu sehen, dachte Pia. Wenn du aufhörst, mich zu sehen, dann werde ich mich in Luft auflösen. Und nicht mehr sein.

Sie hatte solche Angst vor dem Nichts, zu dem er sie machen konnte.

Snoop, der zu ihren Füßen saß, knurrte leise.

»Schick ihn weg!«, befahl Vero.

Pia erschrak. Sie sollte Snoop wegschicken? Warum? Wohin? Und wie?

»Ich … kann nicht«, flüsterte sie.

»Du sollst ihn wegschicken!«

»Bitte … ich …«

Langsam kam Vero auf sie zu.

»Vater …«

Snoop legte die Ohren an, schoss nach vorn und verbiss sich in Veros Gewand.

Ohne ein Wort schnappte Vero ihn sich. Mit festem Griff hielt er den zappelnden, sich windenden, wie irre knurrenden Snoop im Nacken gepackt und trug ihn hinaus.

Pia wollte hinterher, aber sie konnte sich nicht von der Stelle rühren.

»Ich habe auf dich gewartet«, sagte Vero, als er wieder zurück war, und streckte die Hand nach ihr aus. »Lass uns beten.«

*

Romy lag wach und fand keinen Schlaf. Sie lauschte auf Cals Atemzüge, die tief und regelmäßig waren. Mondlicht floss ins Zimmer und gab den Gegenständen ein anderes Gesicht.

Das kleine Stück Welt vorm Fenster war wie in Silber getaucht.

Romy schloss die Augen und versuchte, an etwas besonders Angenehmes zu denken. Das war ein erprobtes Mittel, um ganz allmählich in den Schlaf zu sinken. Doch ihr fiel nichts Angenehmes ein. Ihre Gedanken kreisten unentwegt um die Morde.

Ihre Lider zitterten vor Anspannung, also machte Romy die Augen wieder auf. Cal hatte das schönste Zimmer der Wohngemeinschaft. Es war über zwanzig Quadratmeter groß und besaß einen Erker mit drei Fenstern.

Er liebte es, umzuräumen. Mal stand sein Schreibtisch im Erker, mal das Sofa, mal das Bett. Zurzeit war es das Bett, und Romys Blick fiel direkt auf den Himmel, über den dünne Wolken zogen, die ab und zu den Mond verschleierten und sich mit seinem kalten Licht vollsaugten.

Tiefe Dunkelheit wäre ihr lieber gewesen als dieses bläuliche, ferne Licht, das ihr bis ins Mark drang und sie einsam und wehrlos machte. Sie drehte sich zu Cal um und schmiegte sich an seinen festen, warmen Rücken.

Eine halbe Stunde später wusste sie, dass es zwecklos war, weiter auf Schlaf zu hoffen. Sie rollte sich vorsichtig aus dem Bett, schlüpfte in ihre Kleider und stahl sich auf Zehenspitzen davon.

Cal hasste es, wenn sie mitten in der Nacht verschwand.

»Wenn ich neben einem Mädchen einschlafe, möchte ich auch neben ihr aufwachen«, sagte er, wenn es wieder passiert war. Und es passierte ziemlich oft.

Erst als Romy schon im Treppenhaus war, fiel ihr ein, dass sie ihm keine Nachricht hinterlassen hatte. Das würde Cal noch ärgerlicher machen, doch sie konnte es nicht ändern.

In ihrer Wohnung ließ sie die Rollos herunter und machte in jedem Zimmer Licht. Dann legte sie eine CD von Rosenstolz ein, drehte den Ton so leise, dass sie C.C. nicht aufweckte, der unter ihr im dritten Stock wohnte, und setzte Teewasser auf.

Es war kurz nach zwei. In den gegenüberliegenden Häusern war kein einziges Fenster mehr erleuchtet.

Romys Wohnung war nicht besonders groß. Sie hatte lauter schräge Wände und gemütliche Dachgaubenfenster, unter denen eine Brüstung entlanglief, die Romy als Fensterbank nutzte. Die beiden Zimmer und die Küche gingen ineinander über. Nur im Badezimmer gab es eine Tür.

Romy hatte die Wohnung gesehen und sich auf Anhieb in sie verliebt. Und obwohl sich das Haus, so nah am Brüsseler Platz, in einer äußerst begehrten Wohngegend befand, war die Miete erschwinglich. Das lag daran, dass der Zustand der Wohnung dem allgemeinen Standard schon lange nicht mehr entsprach.

Das Haus hätte einen frischen Anstrich vertragen können, innen und außen. Die Treppenstufen waren ausgetreten und schadhaft, die Fenster schlecht isoliert. Der Wasserdruck war kümmerlich, und wenn Romy Herd und Waschmaschine gleichzeitig einschaltete, flog die Sicherung raus.

Das alles konnte dem Charme des Hauses jedoch nichts anhaben.

Romy zog den Teebeutel aus dem Becher und setzte sich mit Alices Tagebuch in ihr Arbeitszimmer. Als sie es aufschlug, flatterte es in ihrem Magen, als sei ein Vogel darin gefangen.

Die Welt ist ihr immer fremd geblieben, hörte sie Frau Kaufmann sagen.

Aber Alice hatte es doch geliebt zu tanzen. Sie wollte Tanzlehrerin werden. Besuchte Discos. Verhielt sich so ein Mensch, der sich fremd fühlt in der Welt?

Urwaldgrüne Augen. Triste Klamotten. Eine pedantische Ordnung in ihrem Schrank. Der zauberhafte Pavillon mit seinen klaren Linien. Glaube und Tanz.

Lauter Widersprüche.

Die kleine, sparsame Tagebuchschrift fügte sich da nahtlos ein.

Ich hab genauso Angst wie du, sang Rosenstolz.

Der Text der Songs mischte sich mit Alices Tagebuchnotizen und Romys Gedanken. Und plötzlich konnte Romy das alles nicht mehr voneinander unterscheiden.

Ich denk mir für dich einen Himmel aus (Rosenstolz).

Er hat mir die Sterne versprochen (Alice).

Romy legte den Kopf zurück und schloss die Augen. Sie war hundemüde und schmerzhaft wach. Ihre Gedanken waren klar und scharf. Kristallsplitter. Lichtblitze. Nicht zu fassen, nicht zu halten.

Rosenstolz sang von Vergeblichkeit. Diese dünne, zerbrechliche Frauenstimme, bei der Romy immer Angst hatte, sie würde beim nächsten Ton versagen, genau wie die Liebe, die sie besang, und die Welt.

Irgendwann hörte Romy die Musik nicht mehr. Da war sie ganz bei Alice, vergaß ihren Tod, vergaß, dass dieses Tagebuch eigentlich in die Hände der Polizei gehörte. Mit jedem Wort wurde das Mädchen lebendiger.

Manche Dinge darf man nicht niederschreiben, sonst werden sie wahr. Oder sie finden nicht statt. Je nachdem. Vor allem über die Liebe darf man nicht schreiben, denn sie ist scheu und kann sich von jetzt auf gleich in Luft auflösen.

Deshalb schreibe ich nicht über dich, Liebster. Ich tu so, als gäb es dich gar nicht.

Anfangs war noch von der Schule die Rede, vom Alltag zu Hause. Von Schwierigkeiten mit den Eltern. Familienfesten. Streitigkeiten. Von ihrem Freund Tobias.

Und vom Tanzen.

Dann verengte sich der Fokus unmerklich. Alice wurde vage. Sie nannte die Dinge nicht mehr beim Namen. Die Trennung von Tobias erwähnte sie mit keinem Wort.

Sie war unglücklich, das konnte man deutlich spüren, und auf manchen Seiten fanden sich eingetrocknete Nässeflecken, die wohl von ihren Tränen stammten, aber an keiner Stelle verriet Alice, warum sie so unglücklich war.

Wo es doch einen *Liebsten* gab.

Den sie allerdings kein zweites Mal erwähnte.

Als Romy sich in Cal verliebt hatte, war ihr das Herz übergelaufen vor Glück, und ihre Hormone hatten verrücktgespielt. Sie hatte seinen Namen nicht oft genug aussprechen können und jede Gelegenheit dazu genutzt, die sich bot.

Alice, dachte sie. Was war los mit dir?

Im letzten Drittel kam zu ihrem Unglücklichsein etwas anderes hinzu. Angst. Doch auch darüber breitete Alice ihre Schleier aus.

Diese Angst in mir.

Ich kann das Entsetzen auf der Zunge schmecken.

Erschrecke vor den Schatten. Kann meinen fiebrigen Herzschlag hören.

Und dann brach das Tagebuch ab, völlig unerwartet und mitten im Satz.

Kann nicht mehr weinen. Hab keine Tränen mehr. Und keine Fragen. Nur eine noch: Was wird …

Gänsehaut kroch Romy über den Nacken. Ihr war so kalt, dass sie zitterte. Rosenstolz war verstummt. Sie hatte es nicht bemerkt.

Sie sind unserer Alice sehr ähnlich.

Vielleicht war sie das wirklich. Sie schien sogar die Angst des Mädchens zu teilen.

*

Vero drehte den Schlüssel im Schloss und entfernte sich. Pia lauschte seinen Schritten, bis sie nicht mehr zu hören waren. Sie war so erleichtert, dass ihr die Tränen kamen.

Noch nie hatte sie solche Angst vor ihm gehabt. Kerzengerade hatte er in der Kirche neben ihr gekniet, den Blick unverwandt auf den Gekreuzigten gerichtet. Seine Stimme war gewesen wie immer, tief und sicher.

Doch etwas an ihm hatte Pia vor Furcht erstarren lassen. Seine ungewöhnliche Ruhe vielleicht und dass er ihr keine Vorwürfe machte, ihre Abwesenheit nicht mal erwähnte.

Die Gebete verhießen nichts Gutes. Es war von Schuld die Rede, von abtrünnigen Seelen und von Reue.

Und lehre uns, das Kreuz zu tragen, wie du es einst getan hast, Herr.

Nimm unsere Demut an.

Erlöse uns von unseren Sünden.

Pia wollte kein Kreuz tragen. Sie wollte nicht demütig sein. Und war man denn schon eine Sünderin, nur weil man einen Tag und eine Nacht außerhalb des Klosters verbrachte?

NEIN, schrie es in ihr.

Doch über ihre Lippen kam kein Ton.

NEIN! Sie wand sich neben Vero, zu Füßen des Altars, auf den kalten, steinalten Fliesen.

Doch sie bewegte sich nicht.

Nein ...

Sie wollte nicht beten, nicht in diesem Moment und nicht auf Befehl. Vero zwang ihre Hände zusammen und hielt sie fest.

Vater im Himmel, steh uns bei.

Gib deine Kinder nicht auf, wenn sie in die Irre gehen.

Pia wollte sich die Ohren mit den Fingern verstopfen, aber Vero hielt ihre Hände wie ein Schraubstock umklammert. Sie schloss die Augen und versuchte, sich ein weites Schneefeld vorzustellen, das im Sonnenlicht funkelte.

Und darauf fortzugehen.

Doch sie schaffte es nicht, Veros Worte mit ihren Gedanken auszulöschen.

ER WAR IN IHREM KOPF!

Was würde er ihr noch antun, wenn er sogar das fertigbrachte?

Pia kehrte ihre Gedanken nach innen. Sie kroch in sich hinein und kauerte sich im Dunkeln zusammen. Von fern hörte sie Vero beten. Als hätte das gar nichts mit ihr zu tun.

Sie atmete auf.

Seine Hände packten sie und rissen sie hoch, und Pia kam schwankend auf die Füße. Ihre Knie brannten, ihr Kopf dröhnte. Stolpernd ließ sie sich von Vero aus der Kirche ziehen, über den Hof, den Flur und dann in ihr Zimmer stoßen.

»Bete!«, hatte er gesagt, bevor er ihr Zimmer verließ.

Da saß sie jetzt, im Dunkeln auf dem Bett, und leckte sich die Tränen aus den Mundwinkeln. Ein Aufschub für unbestimmte Zeit.

Und dann?

Welche Strafe würde Vero sich für sie ausdenken?

Dass er die Tür zugesperrt hatte, war ein rein symbolischer Akt gewesen, denn ihr Zimmer lag im Erdgeschoss, und es wäre Pia ein Leichtes gewesen, aus dem Fenster zu klettern und zu verschwinden. Aber sie würde nicht weglaufen, nicht, nachdem sie sich entschieden hatte, zurückzukommen.

Vero wusste das.

Pia hörte ein leises Scharren und Kratzen am Fenster und erhob sich mühsam. Noch nie im Leben war sie so erschöpft gewesen. Schwerfällig öffnete sie das Fenster.

Ein Satz und Snoop war im Zimmer. Er fiepte und knurrte und leckte ihr die Hände, strich um ihre Beine, stöhnte vor Glück.

»Pschsch!«

Pia hielt ihm die Schnauze zu. Sie hatte keine Ahnung, wie sie den Hund vor Vero verbergen sollte, aber um nichts in der Welt hätte sie ihn wieder weggeschickt.

11

Schmuddelbuch, Freitag, 14. November

Stress mit Cal. So hat er sich unsere Beziehung nicht vorgestellt, hat er gesagt, und dass er es leid ist, jeden Morgen allein im Bett aufzuwachen.

Ich war gerade mit dem Frühstück fertig, da stand er vor meiner Tür und hat seinen Frust über mir ausgekippt. Ohne Luft zu holen, ohne zu fragen, warum ich überhaupt weggegangen bin. Ich hab ihn stehen lassen, bin in die Küche zurück, hab meinen Tee ausgetrunken, das Geschirr weggeräumt und meine Tasche gepackt.

Als ich zur Tür rauswollte, stand er immer noch da wie ein Fels in der Brandung. Doch dann ist er wütend geworden, und der Fels hat Sprünge gekriegt und ist von ihm abgebröckelt.

Geh doch!, hat er mir nachgebrüllt.

Ich war so sauer, dass ich mich nicht mehr erinnern konnte, wo ich meinen Wagen geparkt hatte. Fluchend hab ich nach ihm gesucht.

Eine Frau mit Hund kam mir entgegen. Sie drückte sich fast an die Hauswand, um bloß nicht zu nah an mir vorbei zu müssen. Den Hund hielt sie ängstlich kurz. Ich wollte sie gerade scheißfreundlich grüßen, da klingelte mein Handy.

Was ist los?, fragte mein Bruder, der immer gleich merkt, wenn mich etwas bedrückt.

Ich erzählte ihm, was los war, und Björn lachte leise und behauptete, das wäre normal und eigentlich überhaupt kein richtiger Streit gewesen und ob ich nicht endlich aus meinem Wolkenkuckucksheim auf den Boden der Tatsachen zurückkehren wollte.

Ich hab auch gerade Krach mit Maxim, sagte er. *Das geht sogar am Telefon. Dazu braucht man sich nicht mal gegenüberzustehen.* Ich konnte hören, wie verletzt seine Stimme klang, wie der Schmerz darin hockte, bereit, sich an ihm festzubeißen.

Maxim hat eine Affäre. Mit einer Frau.

Ich mag den Begriff *Affäre* nicht. Er klingt so nach Daily Soap. Doch es war das Wort *Frau*, das mich umhaute.

Kannst du mir sagen, wie ich gegen eine Frau kämpfen soll?, fragte mein Bruder. Er fing leise an zu weinen, und ich weinte mit.

Soll ich nach Köln kommen?, fragte Björn.

Mein Auto hatte ich inzwischen gefunden.

Oder ich nach Bonn?

Wir beschlossen, dass jeder von uns in der Lage war, sein Problem zunächst mal allein anzupacken, und versprachen uns, bald wieder miteinander zu telefonieren.

Love you, sagte mein Bruder.

Dito, antwortete ich.

Ein Lächeln war in unseren Stimmen.

Im Rückspiegel sah ich mein Gesicht, fleckig und nass, die Wimperntusche verlaufen. Ich richtete mich einigermaßen wieder her und fuhr los. Auf der Beerdigung, sagte ich mir, würde mein verheultes Gesicht gar nicht auffallen.

Jetzt sitze ich immer noch im Auto. Ich habe abseits geparkt, auf einem Feldweg, weil ich nicht dazugehöre. Inzwischen ist das ganze Feld mit Autos gesäumt. Türen schlagen. Menschen steigen aus, zupfen sich die Kleidung zurecht.

Thomas Dorau wird nicht in Köln beerdigt, wo er studiert hat, sondern in Erftstadt, wo seine Mutter lebt und schon sein Vater beigesetzt wurde. Plattes Land, so weit das Auge reicht, dabei ist es nur ein Katzensprung bis Köln.

Ich bin nervös. Fühl mich beklommen und fehl am Platz.

*

Vero hatte die ganze Nacht gebetet und auf ein Zeichen gehofft. Doch Gott war stumm geblieben.

Die Mitbrüder hatten ihr Tagwerk begonnen. Erst am Abend würden sie sich zu einer Besprechung zusammenfinden. Wichtige Entscheidungen wurden meistens von allen gemeinsam getroffen. Nur so konnte eine Bruderschaft wie ihre funktionieren. Nur so konnte Vero sich der Solidarität aller sicher sein.

Halbwegs sicher, korrigierte er sich, denn zu großes Vertrauen war immer ein Zeichen mangelnder Intelligenz oder verkümmerter Phantasie. Er hatte schon zu viel erlebt, um nicht zu wissen, dass er sich auf keinen wirklich verlassen konnte, außer auf sich selbst.

Vero fragte sich, was Pia draußen erlebt haben mochte. Welchen Menschen war sie begegnet? Was hatte sie ihnen erzählt?

Absolute Ergebenheit. Das war der Anspruch, der das Leben im inneren Kreis der Gemeinschaft bestimmte. Es bedeutete auch, Stillschweigen über alles zu bewahren, was hinter den Mauern des Klosters geschah.

Die Welt war ein feindlicher Ort. Es gab viele, denen die *Getreuen* ein Dorn im Auge waren. Sie warteten nur auf eine Möglichkeit, ihnen zu schaden. Die Angriffe kamen hauptsächlich aus den eigenen Reihen, vielmehr aus den vormals eigenen Reihen, denn inzwischen war Vero mit seiner Gemeinschaft weit davon entfernt.

Bislang hatte er großen Wert darauf gelegt, keine Abspaltung von der Kirche zu riskieren. Noch brauchte er sie. Es hatte zweifellos Vorteile, wenn man unter dem schützenden Dach des Vatikans schalten und walten konnte. Doch es fiel ihm immer schwerer, seine gegensätzlichen Anschauungen und Überzeugungen mit den ihren zu vereinbaren.

Die Tugenden, die Jesus einst gepredigt hatte, wie Demut, Nächstenliebe oder Wahrhaftigkeit, waren zu bloßen Formeln verkommen, die niemand mehr fühlte, schmeckte, roch.

Es gab eine weitere Tugend, die Vero sich auf sein Banner geschrieben hatte.

Geduld.

Seine Zeit würde kommen. Dann würde er zuschlagen und all die falschen Götzen zertrümmern. Bis dahin hatte er genug damit zu tun, in seinem eigenen Haus für Ordnung zu sorgen.

Er verlangte Gehorsam und Disziplin von denen, die ihm anvertraut waren.

Und er besaß die Strenge, sich beides zu verschaffen.

Seufzend streifte er sich das Messgewand über und strich die Stola glatt. Es war wieder so weit. Sally hatte sich ein wenig erholt und war für den nächsten Schritt bereit.

Es kostete Vero allen Mut, sich dem Bösen entgegenzustellen. Mit ganzer Kraft um das Mädchen zu ringen, das sich allmählich aufzugeben drohte.

Das Böse war überall. Vero war ihm in den unterschiedlichsten Gestalten begegnet. Und dem, der Herr über sie alle war.

Luzifer.

Der Zeitgeist hatte die Kirche überrollt und uraltes Wissen

ausgelöscht. Viele Priester hielten den Teufel lediglich für ein Symbol. Sie ahnten ja nicht, wie sie ihm mit ihrer Ignoranz den Weg bereiteten.

Vero wusste es besser. Tag für Tag musste er den schleichenden Verfall eines Mädchens beobachten, auf das Luzifer Anspruch erhoben hatte.

Tag für Tag kämpfte er dagegen an.

Noch einmal überprüfte er, ob er an alles gedacht hatte. Buch, Weihwasser, Kreuz und Rosenkranz. Die Waffen, die er dringend benötigte. Er würde alles tun, um den Kampf um Sally zu gewinnen.

Und keinesfalls würde er es zulassen, dass auch Pia in die Hände Satans fiel.

*

Beerdigungen wurden für Bert langsam zur Routine. Dennoch empfand er es jedes Mal als erschütternd, wie sang- und klanglos ein Mensch von der Erde verschwand. Eine Messe oder eine Trauerfeier, ein paar Worte über den Toten, der Gang zum Grab, ein letztes Gebet.

Und dann der Leichenschmaus.

In Schweden, hatte Bert gehört, nahm früher der Verstorbene an seiner eigenen Totenfeier teil. Man setzte ihn auf einen Stuhl, band ihn an der Rückenlehne fest, und dann aß und trank man in seiner Gegenwart.

Schaudernd richtete Bert seine Aufmerksamkeit wieder auf das Geschehen. Er stand ein Stück abseits und beobachtete, wie ein Trauergast nach dem andern an das Grab trat, um Erde oder eine der bereitgestellten Rosen auf den Sarg zu werfen.

Thomas Doraus Band hatte in der Trauerhalle zwei ihrer

Stücke gespielt. Wie ein Schmerz war der erste, gleißend helle Ton der elektrischen Gitarre in die Stille gefahren. Er hatte sich ins Trommelfell gebohrt und für einen Moment jede andere Regung ausgelöscht.

Abschied.

In einem Rollstuhl hatte die Mutter des Toten das Krankenhaus für einige Stunden verlassen dürfen. Schmal und zerbrechlich saß sie da, die Beine von einer dicken Decke verhüllt, die Hände kraftlos im Schoß. Sie wurde von ihrem Bruder geschoben, der ihr bestürzend ähnlich sah.

Die junge Frau, die nicht von ihrer Seite wich, musste Corinna Wagner sein, die ehemalige Freundin des Toten, die bis jetzt unauffindbar gewesen war. Sie verbarg sich in einem weiten schwarzen Mantel und trug eine große Sonnenbrille, unter der sie sich immer wieder die Augen wischte.

Ein paar Gräber weiter entdeckte Bert einen gelangweilt wirkenden Ingo Pangold, der pausenlos telefonierte. Und irgendwo musste auch diese junge Volontärin vom *KölnJournal* stecken. Sie war Bert vor der Trauerhalle über den Weg gelaufen und dann in der Menge verschwunden.

Wieso nur wurde er das Gefühl nicht los, dass sie ihm absichtlich aus dem Weg gegangen war?

Lass das, dachte er. Allmählich wirst du paranoid.

Er wurde von einem jungen Kollegen begleitet, der Aufnahmen machen wollte. Irgendwo auf dem Weg von der Trauerhalle zum Grab hatten sie sich aus den Augen verloren. Vielleicht gelang ihm ja das eine wichtige Bild, das die Ermittlungen weiterbringen würde.

Aufmerksam studierte Bert die verfrorenen Gesichter. Auf den meisten sah er ehrliche Betroffenheit. Trotzdem konnte jedes Gesicht einem der Täter gehören, die hier waren, um der Vollendung ihres *Werks* beizuwohnen.

Noch nie war Bert auf diese Weise jemandem auf die Spur gekommen, aber erhöhte das nicht die Wahrscheinlichkeit, dass es endlich einmal passieren könnte?

Der Friedhof leerte sich. Bert bemerkte jetzt die beiden Totengräber, die in einiger Entfernung rauchend zusammenstanden und darauf warteten, mit ihrer Arbeit beginnen zu können.

Wie er erfahren hatte, sollte es diesmal keinen Leichenschmaus geben. Frau Dorau musste ins Krankenhaus zurück. Vielleicht würde Corinna Wagner sie begleiten. Bert hatte beschlossen, den Schmerz der jungen Frau zu respektieren und sie nicht ausgerechnet heute zu befragen.

Auf dem Weg zu seinem Wagen entdeckte er Romy Berner. Ihr kurz geschnittenes blondes Haar leuchtete förmlich inmitten all der dunklen Gestalten, die zu ihren Autos strömten. An ihrer Seite ging Corinna Wagner.

»Himmelsakrament!«, fluchte Bert und beschleunigte seine Schritte.

Doch die jungen Frauen, die bereits einen beträchtlichen Vorsprung hatten, stiegen in einen knallroten Fiesta, der sich in die Schlange der Wagen einreihte und zügig Richtung Hauptstraße fuhr.

Verärgert hielt Bert nach seinem Kollegen Ausschau. Er hatte es gleich gewusst. Diese Romy Berner würde ihm ins Handwerk pfuschen. Sie hatte gerade damit angefangen.

»Herr Kommissar!«

Unwillig drehte Bert sich um und sah Ingo Pangold auf sich zukommen.

»Haben Sie einen Moment Zeit für mich?«

Auch das noch. Aber Bert musste ohnehin auf den Kollegen warten. Da konnte er ruhig ein wenig Pressepflege betreiben.

»Aber gern«, sagte er mit einem freundlichen Lächeln.

Um Romy Berner würde er sich später kümmern.

*

Snoop verhielt sich so ruhig, als ahnte er, in welchen Schwierigkeiten Pia steckte. Er hatte sich auf ihrem Bett zusammengerollt und beobachtete sie aus halb geschlossenen Augen, den Kopf auf den Vorderpfoten. Pia lief in dem kleinen Zimmer auf und ab. Sie konnte sich auf keinen Gedanken konzentrieren.

Was sollte sie tun?

Was *konnte* sie tun?

Natürlich hätte sie immer noch durchs Fenster verschwinden können. Doch wenn sie jemals das Kloster verlassen würde, dann nicht heimlich, wie eine Diebin, sondern mit erhobenem Kopf. Das hatte sie sich geschworen.

Noch nie war es vorgekommen, dass jemand aus dem inneren Kreis die Gemeinschaft der *Getreuen* verlassen hatte. Vero wurde nicht müde, das zu wiederholen.

Allerdings hatten sie einige verloren.

An den Tod.

Oder, in Veros Worten, *an die Hölle*.

Mona und Alice. Ingmar. Und vor wenigen Tagen Thomas.

Thomas war Pia in den vergangenen Monaten ans Herz gewachsen. Sie hatte seine Musik gemocht. Seine Stimme. Seine Freundlichkeit. Und seine unerschöpfliche Phantasie. Im Sommer waren sie schwimmen gewesen.

Im Fühlinger See.

Wo er dann gestorben war.

Nie wieder würde sie in einem See schwimmen können.

Vier aus ihrer Mitte waren tot. Sie alle waren ermordet worden.

Die Polizei schloss aus, dass ein Serienmörder die Taten begangen hatte. Also musste es unterschiedliche Täter geben.

Zuerst hatte Pia trotzdem an einen Zusammenhang der Morde geglaubt. Sagte Vero nicht immer wieder, dass es da draußen von Feinden der *Getreuen* wimmelte? Konnte es nicht sein, dass es unter denen welche gab, die aus lauter Hass zu Mördern geworden waren?

Doch dann hatte Pia ihre Meinung geändert. Mona, Alice, Ingmar und Thomas hatten zwar zum inneren Kreis gehört, aber nicht im Kloster gelebt. Religiös motivierte Mörder hätten sich andere Opfer gesucht.

Einen der Brüder. Oder sogar Vero selbst.

Und wenn die Mörder… und wenn sie aus dem Kloster kamen?

Diesem Gedanken war Pia jedes Mal ausgewichen, denn wenn sie ihn zuließ, wem konnte sie dann noch trauen?

Die Mächte der Finsternis schrecken auch vor Mord nicht zurück.

So hatte Vero es ausgedrückt.

Die Mächte der Finsternis.

Pia hatte den Teufel und die Dämonen immer als ein Bild verstanden. Ein Bild des Bösen. Sie hatte es nicht für möglich gehalten, dass jemand wirklich an sie glaubte.

Doch Vero glaubte an sie.

Satan. Luzifer. Beelzebub.

In die Welt gefallen, um den Menschen mit sich in die Verdammnis zu reißen.

Das Böse lauert uns in mannigfaltigen Verkleidungen auf. Es überfällt uns, wenn wir es am wenigsten erwarten, und es verdirbt uns, ohne dass wir es merken. Ist es aber erst in uns, dann werden wir es nicht mehr los.

Ein Gleichnis, hatte Pia gedacht, wenn sie Vero so reden

hörte. Nie hätte sie vermutet, dass er den leibhaftigen Teufel meinte.

Inzwischen wusste sie, dass sie sich geirrt hatte. Inzwischen sah sie die überlebensgroßen Skulpturen der Erzengel Michael, Gabriel und Raphael, die die Empfangshalle des Gästehauses zierten und den Eintretenden sozusagen unter ihre Fittiche nahmen, mit anderen Augen.

Überhaupt war ihr in letzter Zeit aufgefallen, wie oft Vero Gut und Böse mit Engeln und Dämonen gleichsetzte. Dabei hatte sie schon lange nicht mehr an Engel gedacht, nicht mehr, seit sie als Kind an ihren ganz persönlichen Schutzengel geglaubt hatte.

Der war irgendwann still und leise verschwunden.

Und nun sagte ihr etwas, dass sie ihren Schutzengel schleunigst bitten sollte, zu ihr zurückzukehren.

Snoop sah sie mit sorgenvoller Miene an. Pia setzte sich zu ihm aufs Bett. Als sie ihn hinter den Ohren kraulte, schloss er seufzend die Augen.

»Keine Angst«, versprach sie ihm. »Ich pass auf dich auf.«

Dabei war es der kleine Kerl, der ihr Halt gab. Selbst jetzt.

Pia stand wieder auf, wanderte im Zimmer umher, ihren Gedanken ausgeliefert. Glaubte Vero wirklich und wahrhaftig daran, dass es der Teufel war, der Mona, Alice, Ingmar und Thomas getötet hatte?

»Und wieso dann ausgerechnet diese vier?«

Snoop öffnete träge ein Auge. Und machte es wieder zu.

»Vero sagt, der Teufel sucht sich immer die schwächsten Stellen, um zuzuschlagen.«

Diesmal reagierte Snoop nicht. Er war eingeschlafen. Und recht hatte er, dass er sich ihr Gerede nicht länger anhören wollte.

Engel. Dämonen.

Zum Teufel damit, dachte Pia und musste grinsen.

Ihr Magen knurrte laut und vernehmlich. Vielleicht war es Teil ihrer Strafe, dass sie nichts zu essen bekam. Vero selbst fastete regelmäßig. Alle heiligen Männer fasteten.

Ihre Strafe …

Pia verschränkte die Arme vor dem Bauch, damit sie den Hunger nicht so spürte. Und das Schlingern der Angst. Vero würde sich bei ihrer Bestrafung ganz sicher nicht auf das Fasten beschränken.

*

Corinna Wagner. Ein Name wie ein Pseudonym, dachte Romy und musterte die junge Frau neben sich auf dem Beifahrersitz verstohlen. Das halbe Gesicht war unter einer überdimensionalen Sonnenbrille verborgen, die sie auch dann nicht abnahm, als sie sich die Tränen abwischte.

Seit sie losgefahren waren, weinte Corinna still vor sich hin. Noch auf dem Friedhof hatte Romy sie um ein Gespräch gebeten, und Corinna hatte nach kurzem Zögern zugestimmt.

»In einem Café?«, hatte Romy vorgeschlagen.

Corinna hatte genickt.

»Wo würdest du denn am liebsten …«

»Egal wo«, hatte Corinna sie unterbrochen. »Hauptsache, du bringst mich weg von hier.«

Romy kannte sich in Erftstadt nicht aus. Auf der Fahrt durch Lechenich kamen sie an einer Eisdiele vorbei, doch Corinna wirkte noch nicht ansprechbar. Also fuhr Romy weiter.

Zwischen Lechenich und Liblar bog sie auf die Autobahn Richtung Köln ab. Ein paar Kilometer bis zum Rasthof Ville. Vielleicht eignete sich so ein anonymer Durchgangsort, an dem sich niemand länger aufhielt als nötig und an dem sich keiner für Corinnas Tränen interessieren würde, am besten für ihr Gespräch.

Corinna stimmte mit einem Nicken zu, und Romy verließ die Autobahn. Wenig später saßen sie sich im Rasthof bei einer heißen Schokolade gegenüber.

Romy war bis auf die Knochen ausgekühlt. Selbst in der Trauerhalle hatte sie gefroren, weil ständig Nachzügler die Tür aufgerissen und einen eisigen Luftschwall hereingelassen hatten.

»Was willst du wissen?«

Corinna nahm die Sonnenbrille ab und blinzelte im hellen Licht der Lampen. Ihre Augen waren fast zugeschwollen. Die Wimperntusche hatte sich aufgelöst und unter dem ständigen Reiben großflächig über die Wangen verteilt.

Ihr Aussehen schien Corinna nicht zu kümmern. Sie hielt den Becher mit beiden Händen umklammert und nippte vorsichtig an der Schokolade. Ihre Finger waren lang und so schmal, dass die Gelenkknochen deutlich hervortraten. Sie trug keinen Schmuck, bis auf einen silbernen Ring mit einem altmodisch gefassten Rubin von der Größe und Form eines Sonnenblumenkerns.

»Den hat Thomas mir geschenkt«, erklärte Corinna, die Romys Blick bemerkt hatte. »Er war so etwas wie ein Versprechen.«

Und dann hat Thomas sein Versprechen nicht gehalten, dachte Romy. Er hat die Beziehung aufgelöst und der Traum von der gemeinsamen Zukunft ist zerplatzt.

»Ich werde ihn niemals ablegen«, sagte Corinna und neue Tränen tropften in ihre Schokolade. »In meinem ganzen Leben nicht.«

Wie redete man mit jemandem, der soeben die Liebe seines Lebens begraben hatte?

»Nein«, sagte Corinna, als hätte Romy ihr eine Frage gestellt. »Es hat keine Anzeichen gegeben. Nichts hat darauf hingedeutet, dass Thomas mich verlassen würde. Ich war wie vor den Kopf geschlagen.«

»Hattet ihr danach noch Kontakt?«, fragte Romy. »Seid ihr Freunde geblieben?«

»Wir haben uns ab und zu noch gesehen, aber eine Freundschaft war nicht mehr möglich. Er hat dichtgemacht, hat mir nichts mehr erzählt, hat umgekehrt auch nichts mehr von mir wissen wollen.« Sie stellte den Becher ab und schaute durch die schmutzige Fensterscheibe auf den Parkplatz hinaus.

»Aber man geht doch nicht hin und macht mir nichts, dir nichts mit der Freundin Schluss.«

Corinna rührte mit einer beinah trotzigen Verzweiflung in ihrem fast leeren Becher. Ihr Gesicht war wie aus Porzellan. Um die Mundwinkel zogen sich zwei hauchfeine Falten.

»Er hatte kaum noch Zeit für mich. War dauernd unterwegs, auch ohne die Band. Zuerst hab ich gedacht, er hätte eine andere. Aber dann wär ihm doch das Herz übergelaufen vor Glück, verstehst du? Das Gegenteil war der Fall. Etwas hat ihn gequält, doch er hat mir nicht verraten, was das war.«

»Du bist ihm nicht irgendwann mal … gefolgt?«

Corinna warf Romy einen überraschten Blick zu. »Du meinst, ob ich ihm hinterherspioniert habe?« Angewidert kräuselte sie die Lippen. »Nee. Wir haben uns gegenseitig vertraut. Immer.« Sie setzte die Sonnenbrille wieder auf, schob ihren Stuhl zurück und ging zur Toilette.

Romy schaltete das Diktiergerät aus und schaute sich um. Reisende, allein und in Gesellschaft. Sie aßen und tranken oder saßen einfach nur da. Romy nahm den Geruch der Speisen wahr, den Duft der Parfüms und Aftershaves, das Besteckgeklapper und das Klirren der Tassen auf den Untertellern.

Nichts Ungewöhnliches.

Doch etwas störte sie. Etwas rumorte in ihrem Unterbewusstsein.

Erst als sie wieder im Wagen saßen, wusste sie, was es war.

Auch Mona Fries war vor ihrem Tod ständig unterwegs gewesen. Auch sie hatte ein Geheimnis gehütet, das sie Andy nicht anvertraut hatte.

Ein Geheimnis.

Wie bei Alice. Wer war der Liebste, über den sie nicht mal in ihrem Tagebuch hatte schreiben wollen? Und warum war sie so unglücklich gewesen?

Ein Geheimnis.

Endlich gab es einen gemeinsamen Nenner.

*

Bert hatte die Fotos von der Beisetzung Thomas Doraus auf seinem Rechner und studierte sie zusammen mit dem jungen Kollegen, der sie gemacht hatte. Rick Holterbach war in Köln aufgewachsen und hatte die Stadt nur für die Dauer seines Studiums verlassen. Er kannte Hinz und Kunz und war ein wandelndes Telefonbuch.

Sie waren beide für den Mordfall Dorau eingeteilt und würden in der nächsten Zeit eng zusammenarbeiten. Deshalb hatte Bert zugestimmt, als Rick ihm bei einem abendlichen Bier relativ schnell das Du anbot. »Der Kölner an sich ist nicht so förmlich«, hatte Rick gesagt und sein Bierglas gehoben.

»Der Kölner an sich«, hatte Bert erwidert und ebenfalls sein Glas gehoben, »scheint mir eine ziemlich eigene Spezies zu sein.«

»Worauf du einen lassen kannst.«

Das, hatte Bert schmunzelnd gedacht, ist der Anfang einer wunderbaren Freundschaft. Er hatte sein Glas in einem Zug geleert.

Daran musste er jetzt denken, als er Rick zuhörte, der ihm die Namen der Leute nannte, die er auf den Bildern erkannte. Natürlich waren auch Gesichter darunter, die Rick gar nichts sagten. Zwischen Erftstadt und Köln lagen Welten.

»Es ist zum Verrücktwerden«, fluchte Rick und ruinierte seine mit viel Gel gestylte Frisur, indem er sich mit den Fingern durch die Haare fuhr, bis sie ihm wie ein Stachelkranz vom Kopf abstanden. »Ein Mensch kann doch nicht von der Bildfläche verschwinden, ohne zumindest eine Irritation zu hinterlassen.«

Es gelang Rick immer wieder, Bert zu überraschen. Seine Gedankengänge waren bisweilen beeindruckend klar. Und oft sprach Rick aus, was Bert selbst im Kopf herumspukte.

»Ich meine – wenn ich einen Stein aus dem Wasser hebe, dann erzeugt das doch Wellen«, fuhr Rick fort. »Aber Thomas Dorau … Scheiße. Das war das falsche Bild. Oh Mann …«

Ricks Impulsivität stand ein ausgeprägtes Feingefühl gegenüber. Er konnte fluchen wie ein Bierkutscher, aber er merkte sofort, wenn Äußerungen in Schieflage gerieten. Bert begann Gefallen an diesem Kollegen zu finden.

Der Tote stellte sie tatsächlich vor ein Rätsel. Sie hatten die Nachbarschaft abgeklappert, sowohl in Erftstadt, wo Thomas Dorau bis zu seinem Abitur gelebt, als auch in Ehrenfeld, wo er zuletzt gewohnt hatte. Sie hatten Familienangehörige befragt und Kommilitonen, hatten mit der Band gesprochen und natürlich mit der Mutter des Opfers. Einzig Corinna Wagners Befragung stand noch aus.

Die Ausbeute war mager. Der Tote habe sich in den vergangenen Monaten sehr zurückgezogen. Das berichtete jeder der

Befragten. Er sei jedoch auch vorher nie ein Draufgänger gewesen, erklärten die Familienmitglieder.

Die Band brachte den Tod ihres Saxofonisten mit Konkurrenzdruck und Neid in Verbindung, konnte aber keinen konkreten Verdacht äußern. »Den Thommy, den hat jemand aus dem Weg geräumt«, wiederholte der Sänger halsstarrig. »Den hat jemand plattgemacht, der ihm den Erfolg missgönnt hat.«

Tatsächlich befand sich die Band im Aufwind, das hatte ihr Agent bestätigt. »Die erste Stufe ist erreicht. Die Jungs werden wahrgenommen und kräftig gebucht. Noch ein bisschen Geduld, dann findet der nächste Sprung statt – aus den Provinzdiskos in die Nobelschuppen der angesagten Städte. Ein großes Label hat ernsthaftes Interesse, und wenn der Vertrag zustande kommt, dann ist die halbe Schlacht gewonnen.«

Bert hatte das Gefühl, diesem Typ Mann bereits in tausend Gestalten begegnet zu sein. Er lachte zu oft und zu laut, und sein betont joviales Gehabe löste in Bert das Bedürfnis aus, sich nach dem Gespräch die Hände zu waschen.

Ein Telefonat mit Borkum hatte erbracht, dass Thomas Dorau ein ausgezeichneter Rettungsschwimmer gewesen war, dazu kollegial und freundlich, bei den Kollegen beliebt und geschätzt.

Wie ein Kiesel, dachte Bert, rund und glatt geschliffen, ohne Ecken und Kanten. Aber so ist niemand. So kann niemand sein.

Wenigstens hatten sie inzwischen den Mann ausfindig gemacht, der Thomas Dorau das Tattoo gestochen hatte. Ein kleiner, feingliedriger Mittvierziger mit der Stimme eines Joe Cocker und den Augen des jungen Paul Newman. Er konnte sich nicht an den Toten erinnern, wohl aber an das Motiv.

»Ein aufgeklapptes Buch. Ich hab damals gedacht, dass ein

Geheimnis oder so was dahinterstecken muss. Ein Buch, ich bitte Sie.«

Er hielt in seinem Büro penibel Ordnung und konnte Bert das exakte Datum der Behandlung nennen. Thomas Dorau hatte sich das Tattoo am 2. Mai stechen lassen, ziemlich genau ein halbes Jahr vor seinem Tod. Etwa um diese Zeit hatte sich, laut Aussage seiner Mutter, sein Verhalten geändert, hatte er sich zurückgezogen und kaum noch bei ihr gemeldet.

Und wenn das Tattoo mit seinem Rückzug zu tun hatte? Und der Rückzug mit seiner Ermordung?

»Das Tattoo«, überlegte Bert laut. »Warum ein Buch? Der Tote liebte Musik. Er war ein exzellenter Schwimmer. Wäre da nicht ein Saxofon als Motiv naheliegender gewesen? Oder eine Notenfolge? Oder meinetwegen auch Wasser in irgendeiner Form?«

»Der Tätowierer hat keine Meinung dazu gehabt?«, fragte Rick, der bei dem Gespräch nicht dabei gewesen war.

Bert schüttelte den Kopf. »Er hat nur ein paar Vermutungen angestellt, auf die wir auch schon gekommen waren.«

»Wissen«, rekapitulierte Rick. »Geheimnis. Bibel. Gesetzessammlung. Lexikon. Welt der Bücher. Zauberbuch … Vielleicht war dieser Thomas Dorau einfach ein schräger Vogel mit merkwürdigen Vorlieben, und wir zerbrechen uns völlig sinnlos den Kopf.«

»Alles hat seinen Sinn«, widersprach Bert. »Und wenn es noch so unsinnig erscheinen mag. Wir müssen nur … anders an die Sache herangehen.«

»Anders.«

»Ja. Unvoreingenommen, verstehst du?«

»Das Tattoo zunächst mal unabhängig von dem Mord betrachten.«

»Genau. Da ist ein junger Musiker, der sich ein aufgeschlagenes Buch aufs Handgelenk tätowieren lässt. Wieso ein Buch? Wieso aufgeschlagen? Und wieso ausgerechnet an dieser Stelle des Handgelenks?«

»Weil da das Leben pulsiert?«

»Und weil das Buch für ihn das Leben ist.«

»Aber welches Buch kann eine so große Bedeutung haben?«

»Das Buch der Bücher.«

»Die Bibel.« Rick nickte. »Von allem, was wir uns überlegt haben, die wahrscheinlichste Möglichkeit. Und das bedeutet, dass Thomas Dorau plötzlich Gott entdeckt hat?«

»Warum nicht?«

»Und der holt ihn ein halbes Jahr später zu sich in sein Reich?«

Ricks Stimme triefte vor Spott. Er schien mit Religion und Glauben nicht viel am Hut zu haben. Bei Bert war es nicht anders. Sein Alltag brachte ihn mit so haarsträubenden Verbrechen in Berührung, dass er nicht mehr fähig war, einen gütigen Gott hinter alldem zu vermuten.

»Er kann schon lange religiös gewesen sein und sich irgendwann zu diesem Tattoo entschlossen haben.«

»Keiner der Befragten hat von einer besonders tiefen Gläubigkeit des Toten berichtet«, wandte Rick ein.

»Stimmt. Wir sollten davon ausgehen, dass eine, wie immer auch geartete, Gottesbegegnung mit der Entscheidung für die Tätowierung zusammenhängt.«

»Gottesbegegnung«, murmelte Rick und klopfte mit dem Ende seines Kugelschreibers auf Berts Schreibtisch. »Gottesbegegnung. Gehörte der Tote überhaupt einer bestimmten Religion an?«

Bert blätterte in seinen Unterlagen. Als er wieder aufschaute, begegnete er Ricks belustigtem Blick. *Wozu brauchst du eigentlich einen PC?*

»Er war katholisch, ist jedoch mit siebzehn aus der Kirche ausgetreten.«

Bert sah in Ricks Augen seinen eigenen, eben erwachten Jagdinstinkt aufflackern.

»Und kauft dann an der Ecke vom Karstadt den *Wachtturm* und wird Mitglied bei den Zeugen Jehovas?«

»So etwa stelle ich es mir vor.«

»Das bedeutet wieder tagelanges Klinkenputzen.« Rick stöhnte, doch die Begeisterung in seinen Augen strafte sein Stöhnen Lügen.

Sie waren weitergekommen. Endlich. Und Berts Gefühl sagte ihm, dass sie sich nicht auf eine Sackgasse zu bewegten.

12

Schmuddelbuch, Freitag, 14. November

Greg ein paar Zeilen über die Beerdigung abgeliefert, kaum mehr als Randnotizen. Der Mord ist schon fast aus den Köpfen verschwunden. Die Halbwertszeit für Gewaltverbrechen beschleunigt sich rapide.

Anruf von Ingo. Er fragte mich mit einem süffisanten Grinsen in der Stimme, warum und wohin ich heute morgen so schnell verschwunden sei. Wahrscheinlich hat er mich mit Corinna gesehen …

Hab mich aus dem Gespräch gemogelt. Manchmal halte ich Ingo nicht aus.

Wieso heißt Friedhof eigentlich Friedhof? Wer sucht hier seinen Frieden? Die Toten? Oder die Hinterbliebenen?

Greg ist gereizt. Das hat er manchmal. Kommen Männer auch in die Wechseljahre? ☺

Trotzdem hat er mir erlaubt, noch einmal abzuschwirren, um zu recherchieren. Ich werde auf dem Weg kurz bei Cal vorbeischauen. Heute Abend fängt sein Workshop an. Da muss ich ihm doch Glück wünschen.

»Wer ist dafür?« Vero blickte in die Runde und beobachtete befriedigt, wie sich eine Hand nach der andern hob.

»Dagegen?«

Zwei Mitbrüder meldeten sich, zögernd, wie Vero bemerkte, aber dennoch entschlossen. Bruder Arno und Bruder Matteo, der Jüngste und der Älteste unter ihnen, eine sonderbare Konstellation.

»Enthaltungen?«

Keine. Damit war klar, dass die Mehrheit Veros Entscheidung in Bezug auf Sally unterstützte. Nicht, dass er daran gezweifelt hätte. Ihm war noch nie wirklicher Widerstand begegnet.

Er löste die Versammlung auf und verließ den Raum als Erster. Bruder Matteo war inzwischen achtzig Jahre alt. Er war einer von der gütigen, freundlichen, verständnisvollen Sorte, immer für seine Schäfchen da, stets hilfsbereit. Negative Gefühle schien er nicht zu kennen. Nie hatte Vero ein böses Wort aus seinem Mund gehört.

Ihm nahm er nicht übel, dass er gegen den Vorschlag gestimmt hatte. Er hatte es nicht anders erwartet.

Bruder Arno allerdings bereitete ihm allmählich Kopfzerbrechen. Ende zwanzig, auf den ersten Blick eher hässlich, auf den zweiten jedoch auf eine verborgene, geradezu aufregende Weise attraktiv, eine Stimme wie Samt und mehr Charisma im kleinen Finger, als andere in einem ganzen Leben ausstrahlten. So einen hätte Vero gern auf seiner Seite gewusst.

Aber Bruder Arno misstraute Hierarchien, lehnte die Notwendigkeit strikter Führung ab und palaverte von Freiheit, Gleichheit und Brüderlichkeit. Dabei gehörte er als Mitglied der Bruderschaft doch selbst der Elite an, die einmal das Heft in die Hand nehmen würde.

Arno war Künstler. Vielleicht lag es daran, dass er Mühe hatte, sich einzuordnen. Unterzuordnen. Seine Fotografien hatten eine Reihe wichtiger Kunstpreise abgeräumt. Sie wurden bundesweit ausgestellt, hatten mittlerweile auch das Interesse amerikanischer Galeristen geweckt und brachten der Gemeinschaft ein nicht zu verachtendes Zubrot ein.

Jemand wie Arno, der eine zunehmend stärkere Rolle in der Öffentlichkeit spielen würde, war für die Bruderschaft von unschätzbarem Wert. Er stellte den Kontakt zur Kulturszene und zu den Medien her, und wenn sie dort erst Fuß gefasst hätten, wäre ihr Siegeszug nicht mehr aufzuhalten.

Du kleiner Scheißer, dachte Vero, während er mit langen Schritten über die Flure eilte. Leg dich nur weiter mit mir an. Irgendwann werde ich dir die Rechnung dafür präsentieren und dann gnade dir Gott.

Er war so aufgebracht, dass er am liebsten Kleinholz aus den kostbaren alten Möbeln gemacht hätte, die seinen Weg säumten. Reiß dich zusammen, befahl er sich selbst. Reiß dich zusammen, bis du allein bist.

Seine Zeit würde kommen, und dann würde er sich diesen Judas vorknöpfen. Bis dahin musste er die Geduld behalten und Arno an der langen Leine laufen lassen.

»Steh mir bei, Herr«, murmelte er. »Lass mich nicht scheitern an den Aufgaben, die du mir auferlegt hast.«

Eine seiner Aufgaben war es, das Wort Gottes zu verkünden. Eine weitere bestand darin, neue Brüder und Schwestern für die Sache des Herrn zu gewinnen. Eine dritte verlangte von ihm, die Gläubigen zusammenzuhalten und Verirrte zurückzuholen. Und das mit allen Mitteln.

Die schwerste Aufgabe jedoch war die Auseinandersetzung mit Satan. Dennoch würde er ihm die Stirn bieten, solange er noch einen Funken Kraft in sich spürte. Er würde um jede einzelne Seele mit ihm kämpfen.

*

Calypso zog die Wohnungstür zu und ihm war zumute, als wäre es ein Abschied für immer. Etwas Neues hatte angefangen, und während er die Treppen hinunterlief, die vollgepackte Sporttasche über die Schulter gehängt, wurde ihm von Stufe zu Stufe leichter ums Herz.

Eben noch hatte er mit seinem Vater telefoniert, der gerade darüber informiert worden war, dass Calypso die Banklehre geschmissen hatte. Er hatte seinen Vater toben lassen, ohne ihn zu unterbrechen. Hatte den Hörer ein Stück vom Ohr abgehalten und sich vorgestellt, wie seinem Vater Schaum aus dem Mund trat.

»WIE OFT HABE ICH DIR …«

Ihm war aufgefallen, dass die Fenster geputzt werden mussten. Er hasste Fensterputzen. Aber er hasste auch blindes Glas.

»WAS GLAUBST DU EIGENTLICH, WER DU BIST?«

Er liebte den Blick in das Grün der Akazie, deren Krone bis zu seinem Erker reichte. Er liebte sogar den Blick auf ihre winterkahlen Äste.

»JETZT IST ENDGÜLTIG SCHLUSS MIT …«

Man müsste sich eine Putzfrau leisten können, dachte Calypso. Und dann fiel ihm ein, dass er demnächst vielleicht selbst eine Putzstelle brauchte, um seine Schauspielausbildung zu finanzieren. Der Unterricht war eigens so gelegt, dass den Schülern Nebenjobs möglich waren.

»… KEINEN FUSS MEHR IN DIESES HAUS SETZEN, SOLANGE DU NICHT …«

Calypso liebte alles hier. Das Zimmer, die Wohnung, das Haus. Helen und Tonja. Und vor allem das Mädchen unter dem Dach.

»HÖRST DU? KEINEN MÜDEN CENT UND ERWARTE BLOSS NICHT …«

Seine Gedanken kehrten zu dem Mann zurück, der ihn

durchs Telefon anbrüllte. Dem er schon lange nichts mehr zu sagen hatte.

»SCHMINK DIR DAS GEFÄLLIGST …«

Ein feiner Schmerz meldete sich in Calypsos Magen, als er an seine Mutter dachte und an seine Schwester.

»… ERST WENN DU ZUR BESINNUNG GEKOMMEN BIST!«

Sie waren niemals solidarisch mit ihm gewesen. Sie hatten sich zu gehorsamen Schachfiguren des Hausherrn und Ernährers machen lassen.

Scheiß drauf, dachte Calypso und presste das Handy, aus dem immer noch die Schimpftirade des Vaters drang, ans Ohr.

»Du kannst mich mal«, sagte er laut und deutlich. Und genoss die verblüffte Stille.

»Wie bitte?«

»Mach's gut, Vater«, sagte Calypso und drückte das Gespräch weg.

Er hatte seinen Vater nie zuvor *Vater* genannt.

Und nun fiel all das von seinen Schultern ab. Stufe um Stufe.

Ein ganzes Wochenende sollte der Workshop dauern. Die Teilnahme daran und das erfolgreiche Vorsprechen waren die Voraussetzung für einen Ausbildungsplatz in der Schauspielschule. Aber zunächst mal musste Calypso seine Nervosität in den Griff bekommen. Er würde auf vierzehn andere Teilnehmer treffen. Sie alle würden während des Workshops in der Schauspielschule wohnen.

In der Straßenbahn ließ Calypso sich auf einen Platz am Fenster fallen, klemmte sich die Tasche zwischen die Beine und schaute hinaus. Ihm war vor Aufregung schlecht.

Er nestelte das Handy aus der Jackentasche. »Hi, Süße«, sagte er leise, als Romy sich gemeldet hatte. »Bist du mir noch böse?«

»Ein bisschen.«

»Und wenn ich mich für mein bescheuertes Verhalten entschuldige?«

»Dann verzeihe ich dir auf der Stelle.«

»Ich war ein Idiot.«

»Stimmt. Und wo bist du gerade? Ich wollte nämlich kurz vorbeikommen, um dir für den Workshop …«

»Tut mir leid, Romy, aber ich hab's zu Hause nicht mehr ausgehalten. Ich sitze mit Sack und Pack in der Straßenbahn.«

»Jetzt schon?«

»Lieber zu früh als zu spät.« Calypso schluckte. »Ich hab tierisches Lampenfieber.«

»Was ist wirklich los, Cal?«

Sie hatte einen sechsten Sinn für das, was schiefging in seinem Leben.

»Mein Vater hat angerufen.«

»Was hat er gesagt?«

»Lass mich überlegen.« Calypso machte eine kleine Pause. »Ich glaube, er sagte: Bla. Blabla. Blablabla.« Wieder legte er eine Pause ein. »Ja. Sowas in der Art.«

Romy lachte. Calypso konnte gar nicht genug kriegen von ihrem Lachen. Am liebsten hätte er ihr ständig Witze erzählt, bloß um sie zum Lachen zu bringen.

»Ich wünsch dir Glück«, sagte sie. »Hau ihnen deinen Dorian Gray um die Ohren, dass es knallt.«

»Mach ich.«

»Ich hab dich lieb, Cal.«

»Und ich dich erst.«

Doch da hatte sie das Gespräch schon beendet.

*

Tobias Kamenz hatte höchst widerwillig einem Treffen zugestimmt und schließlich das Café in der Neumarkt Passage vorgeschlagen, weil er neben dem Studium halbtags in einem Büro gleich um die Ecke jobbte. Romy war zwanzig Minuten vor der vereinbarten Zeit am Neumarkt angekommen, hatte ein bisschen in der Buchhandlung nebenan gestöbert und sich dann im Café einen Cappuccino bestellt.

Sie hatten versäumt, ein Erkennungszeichen auszumachen, aber als Tobias das Café betrat, erkannte sie ihn. Er sah genauso aus wie auf dem Foto mit Alice. In der Tür blieb er stehen und schaute sich suchend um. Romy machte ihn mit einem Winken auf sich aufmerksam.

»Hallo«, sagte Alices ehemaliger Freund. »Ich bin Tobias.«

»Magst du auch einen Cappuccino?«, fragte Romy. »Ich lade dich ein.«

Tobias war zurückhaltend, fast abweisend. Er verrührte den Milchschaum, bis nichts mehr von ihm übrig war. Dann sah er Romy in die Augen. »Was willst du?«

»Die Wahrheit.« Romy wich seinem forschenden Blick nicht aus.

»Wieso interessiert dich die Wahrheit?«

»Meinst du im Allgemeinen oder in diesem speziellen Fall?«

»In diesem … speziellen Fall.«

»Eigentlich wollte ich nur Material für eine Story sammeln. Dann hat Frau Kaufmann mir Alices Zimmer gezeigt. Ich hab ihre Sachen gesehen und bin im Pavillon gewesen.« Wo ich ihr Tagebuch hab mitgehen lassen, dachte Romy und schämte sich vor sich selbst. »Irgendwie ist das plötzlich sehr persönlich geworden, und ich möchte herausfinden, warum Alice sterben musste und warum auf diese furchtbare Art und Weise.«

»Und dann?«

»Ich verstehe deine Frage nicht.«

Ungeduldig legte Tobias den Kaffeelöffel ab. »Was passiert, nachdem du es herausgefunden hast?«

»Dann schreibe ich darüber.«

»Es geht also doch nur um deinen Artikel?«

Romy bemerkte verwundert, dass die Situation sich verkehrt hatte. Sie hatte Tobias befragen wollen, und nun war er es, der die Fragen stellte.

»Würdest du mir glauben, wenn ich dir sage, es geht mir auch um Alice?«

Er verzog den Mund, als bereite ihm Romys Frage Schmerzen.

»Es stimmt aber«, sagte Romy. »Es geht mir auch um sie. Und um … die andern. Ich glaube, dass Alices Mörder schon vorher gemordet hat und danach wieder.«

»Die Polizei glaubt nicht an einen Serienmörder.«

»Nein.«

»Aber du bist schlauer.«

»Nein.« Allmählich ärgerte Romy sich über diesen Kerl. Sie versuchte, es nicht zu zeigen. »Aber ich vertraue meinen Instinkten. Und die haben sich selten geirrt.«

Er trank, setzte die Tasse ab und leckte sich die Lippen. Diese unschuldige Geste passte so gar nicht zu seinem aggressiven Verhalten.

»Warum hast du unserem Treffen zugestimmt?«, fragte Romy.

Tobias zuckte mit den Schultern.

»Ich habe so viele Fragen.« Romy hatte keine Alternative. Sie konnte versuchen, ein Gespräch anzukurbeln, oder aufstehen und gehen. »Zum Beispiel würde ich gern wissen, wie Alice gewesen ist.«

Lange saß er schweigend da. Romy machte sich schon darauf gefasst, dass er die ganze Geschichte abblasen würde, als er sich räusperte und zu reden begann.

»Alice im Wunderland. Das war sie. Ein Mädchen, das nicht in… das hier passte.« Er machte eine Bewegung mit den Händen, die das Café einschloss, die Gäste, die Straße draußen, die gesamte Stadt. »Alice war… anders. Sie war… zu gut, und wenn es noch so kitschig klingt. Ich hatte sie überhaupt nicht verdient.«

»Seid ihr glücklich gewesen?« Romy dachte an Alices Tagebuch. *Ich bin unglücklich. Das vor allem.*

Tobias senkte den Blick, und Romy spürte, dass sie einen empfindlichen Punkt getroffen hatte. Er schüttelte den Kopf. »Ich begreife es heute noch nicht«, sagte er leise. »Sie hat von einem Tag auf den andern Schluss gemacht.«

»Aus welchem Grund?«

»Ich weiß es nicht!«

Er sagte das so laut, dass die Leute sich nach ihnen umdrehten. Romy wurde rot vor Verlegenheit und ärgerte sich darüber. Seit wann spielte die Meinung der Leute für sie eine Rolle?

»Sie trug eine Goldkette mit einem kleinen Kreuz«, sagte sie. »Anscheinend von Kindheit an.«

Tobias nickte. »Alice war gläubig. Sie ging jeden Sonntag in die Kirche. Mich hat das nicht gestört, auch wenn mir Religion nichts bedeutet. Alice war keins von den geistlosen Schafen, die sonntags aus Gewohnheit in die Kirche trotten. Sie lebte das richtig. Ich habe sie nie etwas Böses über irgendwen sagen hören.«

»Niemals?« Das konnte Romy von sich selbst nicht behaupten. Sie zog leidenschaftlich gern über andere her, am liebsten mit Björn, der ein begnadetes Klatschmaul war. Wie hatte Ingo in seinem Artikel über die Modebranche geschrieben? *Klatsch und Tratsch sind das Salz in der Suppe.*

»Nie. Nicht mal über ihre Mitschüler, und das Zusammensein mit denen war für sie wahrhaftig kein Zuckerschlecken.«

»Wieso?«

»Besondere Menschen erzeugen Neidgefühle.«

»Sie können ihre Umgebung aber auch faszinieren.«

Tobias lächelte. »Das passierte, wenn Alice tanzte. Aber in der Schule tanzt man leider nicht.«

Sie schwiegen eine Weile und betrachteten das Gewusel auf der Straße und an den Büchertischen hinter den Glasscheiben.

»Ich hab mir das Hirn zermartert«, brach Tobias unerwartet das Schweigen. »Mir fällt kein Grund ein, warum irgendwer den Wunsch gehabt haben sollte, Alice zu töten. Und dann noch auf diese bestialische Weise.«

»Kann es eine symbolische Bedeutung haben, dass er ihr die Kehle …« Romy brachte es nicht fertig, es auszusprechen. »Ich meine … wollte man sie vielleicht zum Schweigen bringen?«

Tobias sackte förmlich in sich zusammen. Er war ganz grau im Gesicht. »Ich hatte in letzter Zeit oft das Gefühl, dass sie mir etwas verschwieg«, sagte er so leise, dass Romy ihn kaum verstehen konnte. »Ich hab gedacht, sie hätte einen andern.«

Er hat mir die Sterne versprochen.

»Sie hat sich anders angezogen. Lauter dunkle Klamotten. Nicht von heute auf morgen, sondern so schleichend, dass es mir erst bewusst geworden ist, als es keine bunten Sachen mehr in ihrem Kleiderschrank gab. Sie hat auch aufgehört, sich zu schminken. Alice war nie der Typ Mädchen, der sich das Gesicht zugekleistert hat, aber sie benutzte nicht mal mehr Lippenstift. Als hätte ihr einer vorgeschrieben, wie sie sich zu verhalten hatte.«

Der geheimnisvolle Unbekannte, dachte Romy. Sie musste sich zusammenreißen, um ihre Aufregung nicht zu zeigen.

Ein Geheimnis.

Wie bei Thomas Dorau und Mona Fries.

Ich tu so, als gäb es dich gar nicht.

Alice hatte mit Tobias Schluss gemacht. Thomas Dorau hatte sich von Corinna getrennt. Mona Fries hatte sich von Andy zurückgezogen. Wie hatte Tobias das eben formuliert? *Als hätte ihr einer vorgeschrieben, wie sie sich zu verhalten hatte.*

Und wenn da tatsächlich jemand war, der die Drehbücher schrieb? Der die Opfer wie Marionetten hatte tanzen lassen? Der dasselbe tödliche Spiel gerade mit jemand anderem trieb?

»Sie hat Angst gehabt«, hörte Romy Tobias erzählen. »Aber sie hat sich mir nicht anvertraut. Da bröckelte unsere Beziehung schon. Da war längst alles vorbei.«

Diese Angst in mir.

Ich kann das Entsetzen auf der Zunge schmecken.

»Manchmal konnte ich die Gänsehaut auf ihren Armen sehen. Hören, wie ihr der Atem stockte. Aber kein Wort. Nicht ein einziges. Wenn ich sie gefragt habe, was los ist, hat sie mich nur angesehen und geschwiegen.«

»Hast du eine Vermutung?«

Er schüttelte den Kopf. »Und das ist das Allerschlimmste für mich. Vielleicht hatte sie Angst vor ihrem Mörder. Und ich konnte ihr nicht helfen.«

Romy legte ihm die Hand auf den Arm. Tobias zuckte zusammen, zog den Arm jedoch nicht weg. »Dich trifft sicherlich keine Schuld.«

Erschüttert beobachtete sie, wie er anfing zu weinen. Sie blieb bei ihm sitzen. Still und reglos wie er.

*

Als Pia die Schritte auf dem Flur hörte, sprang sie auf, hob Snoop vom Bett, öffnete leise die Schranktür und setzte ihn in das Fach mit ihren Pullovern.

»Pschsch.« Sie strich ihm noch einmal über den struppigen Kopf. »Bleib schön hier drin. Und keinen Muckser, ja?«

Snoop, unsanft aus dem Tiefschlaf gerissen, rollte sich auf ihrem Lieblingspulli zusammen und schlief sofort wieder ein.

Vero kam herein und das Zimmer schrumpfte. Er sagte kein Wort. Pia versuchte, seinem Blick standzuhalten, doch das war ihr noch nie gelungen.

»Komm«, sagte Vero.

Durch die beginnende Dämmerung führte er sie über den Hof, ohne mit ihr zu sprechen, ohne sie zu berühren, fast so, als wäre sie gar nicht da.

Ihre Schuhsohlen machten auf dem alten Steinfußboden der Kirche kein Geräusch. Pia räusperte sich leise, nur um etwas zu hören.

Vor dem Altar blieb Vero stehen. Er hob den Kopf und schaute dem Gekreuzigten in die brechenden Augen.

»Lass uns beten«, sagte er und kniete sich hin.

Pia tat es ihm nach. Sie faltete die Hände vor der Brust und senkte den Kopf, um sich ins Gebet zu vertiefen. So knieten sie, bis Pia ihre Gliedmaßen nicht mehr spürte.

Bitte, lieber Gott, hilf mir, meine Strafe auszuhalten.

Doch insgeheim hoffte sie, dass dieses lange Knien und Beten ausreichen würde, um ihre Schuld auszulöschen.

Dass Vero sie nicht noch schlimmer strafen würde.

Sie warf einen vorsichtigen Blick auf sein Gesicht. Es war streng und verschlossen. Und sie wusste, sie würde nicht so einfach davonkommen.

Diesmal nicht.

Pia holte tief Luft. Sie hatte schreckliche Angst.

13

Schmuddelbuch, Samstag, 15. November

Ich kann nicht schlafen. Die Vorstellung, dass Cal woanders ist, hält mich wach. Der schwarze Himmel ist so klar, dass man jeden einzelnen Stern erkennen kann. Wie in Walt-Disney-Filmen, in denen die Sterne wie frisch geputzt über hübsch angemalten Häusern funkeln.

Alice hat oft in der Nacht geschrieben.

Ich liebe es, wenn alles ringsherum schläft und nur ich bin wach. Es ist dann, als hätte ich alles unter Kontrolle.

Dabei hatte Alice gar nichts unter Kontrolle. Alles schien ihr zu entgleiten.

Ich weiß nicht mehr, wer ich bin. Alice, das ist bloß noch ein Name aus einer Geschichte, und das Wunderland hat sich in eine Mondlandschaft verwandelt, in der nichts gedeiht, in der alles farblos und kalt ist und tot.

Mindestens fünfmal habe ich mir die Aufnahmen der Gespräche angehört. Frau Kaufmann. Andy. Sylvia Kaster. Tobias Kamenz. Corinna Wagner.

Fünf Namen. Fünf Geschichten.

Vielleicht haben sie nichts miteinander zu tun.

Haben sie doch, sagt etwas in mir, *ganz bestimmt.*

Aber ich kann es nicht beweisen. Noch nicht.

Sie hatten die ganze Nacht gebetet. Seite an Seite. Einige Male hatte Vero gespürt, wie das Mädchen neben ihm schwankte, doch sie hatte sich von allein wieder gefangen.

Wie nah sie sich gewesen waren. Und wie weit voneinander entfernt. Denn es hatte sich eine Kluft zwischen ihnen aufgetan. Vor Wochen schon.

Vero liebte alle, die ihm anvertraut waren. Doch die Irrgänger liebte er am meisten.

So nannte er sie.

Irrgänger.

Weil sie wie Irrlichter waren. Faszinierend und gefährlich. Sie konnten einen leicht in den Abgrund ziehen.

Die Irrgänger waren die ewig Suchenden, ewig Fragenden. Die Zweifelnden. Gott könnte sich ihnen in einer überdeutlichen Vision offenbaren – ihr Glaube stünde dennoch auf wackligen Füßen.

Es gab sie immer mal wieder im inneren Kreis der Gemeinschaft. Sie waren Prüfungen, die der Herr Vero und seinen Mitbrüdern schickte.

Und nun Pia.

Vero hatte neben ihr ausgeharrt. Stunde um Stunde. Die Nacht hatte sich herabgesenkt und sie eingehüllt, dunkel, machtvoll und still.

»Spürst du das Besondere dieses Augenblicks?«, hatte er leise gefragt.

»Ja«, hatte Pia geflüstert.

Aber Vero traute ihren Worten nicht mehr.

Etwas hatte ihr Herz und ihre Gedanken vergiftet.

Jemand.

Vero kannte seinen Namen.

Es war immer das Böse, das in das Gute eindrang. Das Kranke, das alles Gesunde zerstörte.

Weiche, Satan!, hatte er gedacht.

Kalter Schweiß war ihm auf die Stirn getreten. Gleichzeitig schien in seinen Eingeweiden ein Feuer zu brennen.

Lass ab von diesem Mädchen. Lass ab von mir.

Stunden waren vergangen. Er hatte nicht mehr gewusst, ob Pia neben ihm noch betete oder ob sie kniend schlief. Sie hielt die Augen geschlossen. Das Kinn war ihr auf die Brust gesunken.

Wie Jesus in der Nacht vor seinem Tod hatte Vero sich allein gelassen gefühlt von Gott und den Menschen.

Das hatte ihn zornig gemacht.

Er hatte sich tiefer über seine gefalteten Hände gebeugt. Nein. Er war nicht bereit für eine weitere Prüfung. Er war noch geschwächt von der jetzigen. Sie raubte ihm alle Kraft und zeichnete ihn für immer.

Vero hatte Pia an den Schultern gerüttelt.

»Bete!«, hatte er gebrüllt, und seine Stimme war durch die Kirche gebraust wie ein Orkan. »Bete!«

Pia hatte mit den Tränen gekämpft und ein Schluchzen unterdrückt. Doch Vero war mit seinen Gedanken schon ganz woanders gewesen, in einem Bereich der Finsternis, der so schrecklich war, dass er allen Mut zusammennehmen musste, um ihn zu betreten.

*

Der Raum war erfüllt von Stimmen und Frühstücksgeräuschen. Aus einem CD-Player auf einem gläsernen Sideboard floss klassische Musik, die jedoch keine Chance hatte, sich gegen den Lärmpegel durchzusetzen. Das helle Licht der Deckenlampen ließ Regenspuren an den Fensterscheiben sichtbar werden.

Ein üppiges, köstliches Frühstücksbüfett, und Calypso bekam kaum einen Bissen herunter. Er war so nervös, dass er schon mehrmals zur Toilette geflüchtet war. Jedes Mal war es blinder Alarm gewesen.

Anderen schien es ebenso zu ergehen.

Sie saßen alle in einem Boot.

An diesem Wochenende würden sie erfahren, ob ihr Talent für eine Ausbildung hier ausreichte. Die beiden Besten würden außerdem ein Stipendium ergattern.

Am Vorabend hatte der Leiter der Schauspielschule eine kurze Rede gehalten und sich für Fragen zur Verfügung gestellt. Das meiste jedoch hatte Calypso im Vorfeld schon herausgefunden.

Die Schauspielschule *Orson* (nach dem Schauspieler Orson Welles benannt) war eine private Einrichtung. Die Ausbildung dauerte vier Jahre. Die Schüler konnten BAföG beantragen (das im Gegensatz zum Studenten-BAföG nicht zurückgezahlt werden musste) und ab dem dritten Jahr einen davon unabhängigen Bildungskredit. Die Unterrichtszeiten waren so gelegt, dass Nebenjobs sich bequem damit vereinbaren ließen.

Das alles kam Calypso sehr gelegen, denn es gab niemanden mehr, den er um Unterstützung hätte bitten können.

»Ich hab echt Schiss, du auch?«

Das Mädchen neben ihm schien ebenfalls keinen Appetit zu haben. Sie knabberte schon die ganze Zeit an einem halben Brötchen herum. Die eine Hälfte ihres Kopfs war rasiert, die andere mit stachlig abstehenden, pechschwarzen Haaren bedeckt. Ihre Unterlippe war gepierct, ebenso wie ihr linker Nasenflügel, und auch auf ihrer Zunge hatte Calypso ein Piercing entdeckt.

»Man weiß nie, wie die auf eine wie mich reagieren.«

Sie trug ein gemäßigtes Gothic Outfit. Ihr weiß geschminktes Gesicht schimmerte wie das einer Geisha, Lippen und Nägel hatten die Farbe von Auberginen, und ihre silbernen Ketten und Armreifen klackerten bei jeder Bewegung aneinander.

»Das geht hier bestimmt jedem so.«

Calypso probierte ein zuversichtliches Lächeln, das sie tapfer erwiderte.

»Ich bin Lusina.«

Sie hielt ihm die Hand hin.

»Calypso.«

Ihre Hand war noch kälter als seine eigene.

»Abgefahrener Name.« Lusina grinste ihn an. »Selber ausgesucht?«

»Von einem Mädchen geschenkt gekriegt.«

Calypso grinste zurück.

»Und deiner?«

»Eigenkreation. Was bleibt dir anderes übrig, wenn du nach deiner Oma Herta heißt.«

Der Bann war gebrochen. Calypso biss in sein Brötchen, dass es krachte. Wenigstens waren sie jetzt schon zu zweit.

*

Gregory Chaucer nahm einen Schluck Kaffee, verbrühte sich die Lippen und fluchte. Seit sie den neuen Kaffeeautomaten hatten, war der Kaffee nicht nur genießbar, sondern auch tatsächlich heiß. Daran waren sie alle noch nicht gewöhnt. Jahrelang hatten sie lauwarme Plörre aus den Warmhaltekannen der unterschiedlichsten Kaffeemaschinen getrunken, abgestanden und bitter wie Galle. Und nun das.

Ihm dämmerte, dass nicht nur der Kaffee ihn verärgert hatte. Er war gereizt, und das mochte er überhaupt nicht.

Langsam schlenderte er mit dem dampfenden Becher durch die verwaiste Redaktion. Nur an den Wochenenden war es möglich, hier Ruhe zu finden. Gregory nutzte sie hin und wieder, um Arbeiten zu erledigen, zu denen er im Trubel der Wochentage nicht gekommen war.

Er liebte diese Stunden, in denen er sich auf seine Gedanken konzentrieren konnte, ohne dass man ihm ständig Entscheidungen abverlangte und ohne dass ihm der Zeitdruck im Nacken saß.

Vor Romys Schreibtisch blieb er eine Weile stehen.

Sie hatte Blut geleckt. Er hatte es am Ausdruck in ihren Augen erkannt.

»Ich bin so nah dran«, hatte sie beim letzten Gespräch gesagt und eine winzige Spanne zwischen Daumen und Zeigefinger angedeutet. »Lass mir noch ein bisschen Zeit, Greg.«

»Tage? Wochen?«

»Ich schwöre dir, Greg, irgendwann wirst du mir die Füße küssen für diese Story.«

Sie hatte das ironisch gemeint, aber Gregory hatte mit einem Schaudern gespürt, dass sie recht hatte. Wenn ihre Ahnung sich bewahrheitete, wenn die Morde, die sie recherchierte, wirklich zusammenhingen, dann wäre das eine Sensation.

Wie die Tatsache, dass eine Volontärin die Verbindung aufgedeckt hatte.

Ihm war unbehaglich zumute. Es war eine Sache, sich voller Begeisterung in eine Recherche zu stürzen. Eine andere war es, dabei die Kontrolle zu verlieren.

Romy war im Begriff, genau das zu tun.

Die Story fraß sie auf.

Es gab diese Geschichten, die einen schluckten, verdauten und wieder ausspuckten. Die das Maß der Dinge veränderten und auch einen selbst.

In seinem Büro stellte Gregory den Becher ab und wanderte umher, die Hände auf dem Rücken.

Wie ein alter Mann.

Er fühlte sich auch so.

Vielleicht hätte er Romy doch bremsen sollen, egal, wie sie sich darüber aufgeregt hätte. Sie war noch so jung. Ihr ganzes cooles Gehabe war doch bloß aufgesetzt.

Was, wenn es wirklich einen Serienmörder gab? Und sie ihm auf die Spur kam?

Er fragte sich jetzt, warum er nicht nachgebohrt hatte, und nahm sich vor, das nachzuholen. Längst hätte er darauf bestehen müssen, dass sie ihn über den Stand ihrer Recherchen auf dem Laufenden hielt. Mit wem hatte sie gesprochen? Was hatte sie herausgefunden?

Welche Spuren hatte sie hinterlassen?

Jeder in der Redaktion träumte von der ganz großen Story. Doch bei den meisten zeichnete sich deutlich ab, dass es beim Träumen bleiben würde.

Romy stand am Anfang ihrer Laufbahn. Sie war voller Begeisterung und voller Elan. Es war Gregorys Aufgabe, sie unter seine Fittiche zu nehmen und dafür zu sorgen, dass sie vorsichtig und ungefährdet ihre Fühler ausstrecken konnte in einer Welt, der sie noch nicht gewachsen war.

Keine Alleingänge mehr, schwor er sich. Keine gefährlichen Unternehmungen. Er würde ihr ab jetzt auf die Finger sehen. Zufrieden setzte er sich wieder an den Schreibtisch, um ein paar Mails zu schreiben.

Eine halbe Stunde später schmunzelte er über sich selbst. In was verrannte er sich da? Romy war erwachsen und konnte sehr gut die Verantwortung für ihr Tun übernehmen. Wollte er ihr ausgeprägtes Selbstbewusstsein im Keim ersticken? Sie nach eigenem Gutdünken gängeln und bremsen?

Kopfschüttelnd griff er nach dem Telefon, um ein Gespräch zu führen, das für heute auf seiner Liste stand. Er würde Romy schenken, was für sie im Moment am wichtigsten war – sein Vertrauen. Voll und ganz und ohne Wenn und Aber. Nur so würde er sich im Gegenzug ihr Vertrauen erhalten.

Auch sein eigener Mentor hatte es vor vielen Jahren so mit ihm gehandhabt.

Es war der einzig richtige, der anständige Weg.

*

Für diesen Samstag hatte Romy sich vorgenommen, die Stellen aufzusuchen, an denen die Toten gefunden worden waren. Ihr war mulmig zumute, und sie hätte das am liebsten noch eine Weile vor sich hergeschoben. Wenn sie ehrlich war, musste sie zugeben, dass sie richtige Angst davor hatte.

Ein Verbrechen veränderte den Ort, an dem es begangen wurde, davon war sie fest überzeugt. Niemals wieder würde er derselbe sein, der er vorher gewesen war. Immer blieb ein Teil des Toten dort zurück, wo man ihn ermordet hatte.

Sein Geist. Seine Seele. Oder was auch immer.

Und nun war Romy zum ersten dieser Orte unterwegs. Auch sie selbst würde sich verändern. Niemand, der mit einem Mordfall zu tun hatte, kam ungeschoren davon. Sie fragte sich, wie Polizisten das aushalten mochten und Gerichtsmediziner.

Vor allem jedoch die Täter.

Wurden sie von ihrer Tat verfolgt? Von ihrem Opfer? Konnten sie durch einen dunklen Park gehen, ohne Schritte hinter sich zu hören? Abends nach Hause kommen, ohne die letzten Meter in Panik zu rennen?

Und was war nachts? Ließen sie das Licht an, um bloß nicht zu tief in ihren Träumen zu versinken?

Der Stadtwald verlor auch im Winter nicht seine Anziehungskraft. Romy begegnete Joggern, Fahrradfahrern und Spaziergängern. Ein Mädchen machte selbstvergessen Tai-Chi. Jungen spielten an einer verlassenen Feuerstelle.

Romys Handy meldete sich.

Björn.

»Hallo, Bruderherz.«

»Hi, Sweetie.«

Es tat so gut, seine Stimme zu hören.

»Wir sollten uns mal wieder treffen«, sagte Romy. »Ich hab Sehnsucht nach dir.«

»Wenn ich aus Berlin zurück bin.«

»Du fährst nach Berlin?«

»So einfach geb ich mich nicht geschlagen. Maxim ist nicht bi. Das redet er sich bloß ein.«

»Kennst du die Frau?«

»Nicht persönlich. Aber ich hab schon mit ihr gesprochen. Sie geht an Maxims Telefon! Stell dir das vor! Als wär sie bei ihm zu Hause.«

Und wenn sie das ist?, dachte Romy, doch sie sprach es nicht aus. »Mach dich nicht verrückt«, sagte sie stattdessen.

»Er ist nicht bi«, beharrte Björn. »Er steckt in einer Krise, das ist alles.«

»Und das willst du ihm klarmachen?«

»Ich werde die Wohnung betreten, er wird mich sehen und in seinen Gefühlen für mich ertrinken.«

Romy lachte leise. »Da wett ich drauf.«

»Und ich werde dastehen und ihn gnadenlos ersaufen lassen.«

»Wirst du nicht.«

»Natürlich nicht.« In Björns Stimme vibrierte die ganze Zärtlichkeit, die er für Maxim empfand. »Ich werde die Frau rauswerfen, in unserem Leben aufräumen und Maxim zu einem Neuanfang überreden.«

Björn war der geborene Optimist. Probleme? Waren dazu da, gelöst zu werden. Wann? Sofort. Der Einzige, der ihn ins Straucheln bringen konnte, war dieser verdammte Maxim.

»Er ist der Mann deines Lebens«, sagte Romy.

»Das ist er«, antwortete Björn. »Aber jetzt erzähl von dir. Was machst du gerade?«

»Ich bin auf dem Weg zu dem Ort, an dem eine Frau ermordet worden ist.«

Romy hörte, wie Björn scharf die Luft einsog.

»Keine Angst. Hier ist jede Menge los. Schon fast wie auf einem Volksfest. Ich gehe gerade durch den Stadtwald.«

»Da bin ich ja erleichtert.« Die Ironie war nicht zu überhören. »Gibt dir das einen Kick oder was?«

»Ich sitze an einer Story.«

»Über einen Mord im Stadtwald?«

»Über mehrere Morde. In Köln.«

»Du meinst das ernst?« Jetzt hörte Romy noch etwas anderes in Björns Stimme. Besorgnis. Björn fühlte sich immer verantwortlich. Er betrachtete sich als ihr großer Bruder, dabei war er gerade mal zwei mickrige Minuten älter als sie.

»Und wann fährst du los?«, versuchte sie abzulenken.

»Du mischst dich in *Mordfälle* ein?« Ein wesentlicher Charakterzug Björns war seine Hartnäckigkeit. »Bist du wahnsinnig?«

»Ich mische mich nicht ein. Ich recherchiere. Das tun Journalisten und solche, die es werden wollen.«

»Und jetzt spazierst du durch den Stadtwald und ziehst dir einen Tatort rein?«

Allmählich reichte es Romy.

»Das gehört zu meinem Job, Björn.«

»Ich dachte, es wär der Job von den Bullen.«

»Das verstehst du nicht.«

»Nee. Tu ich echt nicht.«

»Du, ich muss Schluss machen«, log Romy. »Ich hab kaum noch Empfang.«

»Aber du passt auf dich auf!«

»Jaaa. Küsschen, du Langweiler.«

»Selber!«

Romy war an der Stelle angelangt, die Ingo Pangold ihr im *Alibi* beschrieben hatte. Sträucher, Bäume, verkümmertes Gras und braunes Laub. Ein Geruch nach Wald und Winter. Einsamkeit.

Mona Fries musste auf der Bank gesessen haben. Es war ein schöner Tag im Mai gewesen. Anscheinend hatte sie gelesen, denn neben der Bank war ein Buch gefunden worden. Ein Thriller, hatte Ingo gesagt.

Ein Thriller. Ausgerechnet.

Es hatte deutliche Schleifspuren gegeben. Und Anzeichen für einen Kampf. Der Mörder hatte Mona von der Bank gezerrt und ins Unterholz geschleppt. Dort hatte er sie erdrosselt. Mit ihrem eigenen Halstuch.

Das war für Romy am schwersten zu verdauen.

Ihr eigenes Halstuch.

Romy schloss die Augen.

Bestimmt hatte Mona die Absätze in den Boden gestemmt, vergebliche Linien in die Erde gepflügt. Einen Schuh verloren. Sich steif gemacht. Sich gewunden.

Hatte sie geschrien? Hatte irgendjemand sie gehört? Und den Schrei nicht ernst genommen? Ihn für Spaß gehalten und sich nicht weiter darum gekümmert?

Der Ausdruck in Monas Augen. Das Begreifen. Das Entsetzen.

Die Hilflosigkeit.

Ein Windstoß fegte über Romys Gesicht. Sie stolperte rückwärts. Keine Sekunde länger hielt sie es hier aus.

Ein gellender Pfiff.

»Rooomeo! Hiiierher!«

Romy sah einen aschefarbenen Hund über die Grasfläche jagen, hochgewachsen und athletisch gebaut, nur Muskeln und Sehnen. Sein Herr, der ihm nachsetzte, war das exakte Gegenteil. Er machte kleine, plumpe Schritte und rang nach Luft.

Romeo aber war wie entfesselt. Er lief, sprang, flog. Seine Pfoten berührten den Boden kaum. Sein begeistertes Bellen war weithin zu hören.

Rasch trat Romy wieder auf den Weg. Sie verließ den Stadtwald und warf keinen Blick zurück.

*

Vero hatte sich in seine Räume zurückgezogen, ohne Pia zu entlassen, ohne ihr Anweisungen zu geben, ohne ein einziges Wort an sie zu richten.

Hatte er sich das als Strafe ausgedacht?

Sie zu ignorieren?

Sollte sie heute keine Aufgabe übernehmen? Dabei gab es so viel zu tun.

Pia hatte die vergangenen Stunden in einem Zustand zwischen Schlaf und Wachen verbracht. Sie sehnte sich nach ihrem Bett, doch als sie ihr Zimmer betrat, merkte sie, dass es ihr schwerfallen würde, Ruhe zu finden. Snoop, den sie aus dem Schrank befreit hatte, führte einen Freudentanz auf.

Sie hielt ihm das Maul zu.

»Pscht! Sei still! Sonst finden sie dich.«

Sie wusste nicht, was sie tun sollte. Hatte sie Hausarrest oder durfte sie das Zimmer verlassen?

In Gedanken sah sie den Lesesaal der Unibibliothek vor sich, doch bevor die Sehnsucht danach sie überwältigen konnte, blendete sie das Bild rasch wieder aus.

Snoop lief winselnd zwischen Tür und Fenster hin und her. Es dauerte eine Weile, bis Pia begriff, was er von ihr wollte. Er hatte die ganze Nacht hier verbracht und musste dringend raus.

Und wenn Vero sie draußen entdeckte?

Na und?

Pia merkte, wie ihr Mut zurückkehrte. Ihre Bereitschaft, für das zu kämpfen, was richtig war. Es war richtig, willkürliche, absurde Verbote nicht zu akzeptieren. Es war richtig, Fragen zu stellen. Wie konnte Vero erwarten, dass sie plötzlich aufhörte zu denken?

Wollte Gott eine Herde lammfrommer Jasager, die sich um ihn scharte?

Wollte Vero das?

War es nicht sinnvoller, Menschen von der Kraft des Glaubens zu überzeugen, statt sie zum Nachplappern irgendwelcher Glaubenssätze zu zwingen?

Entschlossen holte Pia ihre warme Jacke aus dem Schrank und verließ das Zimmer mit dem Hund an ihrer Seite. Sie hob den Kopf und streckte den Rücken, als sie den Hof überquerte. Obwohl ihr bang zumute war. Würde Vero sie zurückrufen? Erwartete er, dass sie in ihrem Zimmer ausharrte, bis er ihr Absolution erteilte?

Absolution? Wovon?

Sie hatte nichts Falsches getan. Sie war ein freier Mensch mit einem freien Willen und konnte sich aufhalten, wo und wann und wie lange sie wollte.

Autosuggestion, dachte sie. Wenn ich noch ein bisschen übe, klappt es vielleicht.

An jedem dritten Baum hob Snoop das Bein, um das neue Revier zu markieren. Er tat geschäftig und wichtig, lief kreuz und quer, die Nase über hochinteressante Spuren gebeugt.

Niemand hielt Pia zurück. Niemand verscheuchte den Hund. Niemand schien sie beide überhaupt zu bemerken.

Zum ersten Mal seit Tagen, so kam es ihr vor, standen keine Wolken am Himmel. Ein kräftiges, kaltes Blau spannte sich über ihr. Es würde ein schöner Tag werden. Vom höchstgelegenen Punkt des Parks aus konnte Pia in der Ferne die Türme des Doms erkennen. Die Stadt war in rötlichen Dunst getaucht, der Rhein ein silbernes, glitzerndes Band.

Pia liebte Köln. Sie liebte das Leben in der Stadt und das Leben hier. Das alte Kloster. Die uralte Kirche. Den wundervollen Park.

Und sie liebte Vero.

War es so unbescheiden, das alles auf einmal zu wollen?

Snoop scharrte im Winterlaub unter den hohen Buchen. Er knurrte vor Wohlbehagen. Sein Fell sah aus wie gebürstet. Als hätte die Zuwendung, die er von Pia erfuhr, es geglättet. Und als hätte er Pias Blick gespürt, schaute er auf.

Sein Blick war voller Vertrauen.

Eine Weile hielt er so inne, dann stürzte er sich mit erhöhtem Eifer auf die Stelle, die er gerade freigelegt hatte. Vielleicht war er einer Wühlmaus oder einem Maulwurf auf der Spur. Vielleicht hatte ein anderer Hund hier einen Knochen vergraben. Vielleicht wollte er einfach Spannung abbauen.

Pia lehnte sich gegen einen Baumstamm. Sie wollte Snoop noch ein wenig Zeit lassen, bevor sie ins Haus zurückging und nach etwas Essbarem Ausschau hielt. Bruder Miguel, der für die Küche zuständig war, würde sie vielleicht noch frühstücken lassen, obwohl es dafür eigentlich zu spät war. Es gab strenge Regeln im Klosteralltag.

Vero und die Brüder nahmen die Mahlzeiten im Refektorium ein, dem Speisesaal im Haupthaus des Klosters. Sie frühstückten gleich nach der Morgenandacht, die schon um fünf Uhr begann. Pia und die übrigen Mitglieder des inneren Kreises, die wie sie im Kloster lebten, aßen in einem kleinen Speiseraum des Gästehauses. Sie trafen sich um sieben zum Frühstück. Für Gäste gab es zwischen acht und neun ein Frühstücksbüfett in der Cafeteria.

Jetzt war es kurz vor zehn. Da begannen in der Küche schon die Vorbereitungen für das Mittagessen.

Als Snoop sich ausgetobt hatte, waren seine Schnauze und die Vorderpfoten schwarz von der Erde. Er schüttelte sich zufrieden.

»Hunger?«, fragte Pia.

Er legte den Kopf schief.

»Dann komm.«

Gemächlich überquerten sie die weite, moosige Grünfläche und spazierten an den Hauswirtschaftsräumen entlang auf das Gästehaus zu. Eine friedliche, vollkommene Stille lag über den Gebäuden.

Und dann hörte Pia den Schrei.

Abrupt blieb sie stehen. Auch Snoop stand da wie erstarrt, den Kopf lauschend erhoben.

Die Stille, die folgte, war schmerzlich dicht.

Pia hatte das Bedürfnis, sich die Ohren zuzuhalten, um sich zu wappnen. Doch sie tat es nicht.

Diesmal hörte der Schrei gar nicht mehr auf. Er drang in Pias Kopf ein, und sie wusste, dass sie ihn nie mehr vergessen würde.

Sie stand da, an diesem Tag, der so schön zu werden versprach, und war unfähig, sich zu bewegen.

Sie wusste instinktiv, dass etwas Unaussprechliches geschah.

In einem dieser Gebäude.

Dass es einem andern geschah.

Und dass sie die Nächste sein würde.

14

Schmuddelbuch, Samstag, 15. November

Sitze im *Dinea.* Mein Zuckerspiegel ist abgesackt. Das passiert manchmal, und wenn ich dann nichts zu mir nehme, kriege ich das große Flattern.

Sie haben hier ein tolles Büfett. Kuchen. Desserts. Salate. Aber allein beim Anblick der Sachen dreht sich mir der Magen um.

Wie kann man zwischen zwei Tatorten essen?

Ich habe mich schließlich für ein Käsebrötchen und ein Glas Tee entschieden. Kaue jeden Bissen ewig. Mir graut vor dem Aufbruch.

Denn dann werde ich mir anschauen, wo Ingmar Berentz ermordet wurde. Hier im Parkhaus, ein Deck unter dem, wo jetzt mein Wagen steht.

Weiche Knie. Fluchtgedanken. Warum tu ich mir das an.

Als Nächstes werde ich nach Sülz fahren, wo Alice gestorben ist. Und dann zum Fühlinger See.

Sie sind unserer Alice sehr ähnlich.

Möchte ich deshalb den Hinterhof des *Rainbow* lieber nicht betreten? Weil ich befürchte, dort meinem eigenen Tod zu begegnen?

Scheißescheißescheiße.

Noch am Nachmittag der Beerdigung hatte Bert versucht, Romy Berner telefonisch in der Redaktion zu erreichen. Er hatte dort erfahren, dass sie zu Recherchen unterwegs war.

»Recherchen?«, hatte er gefragt. »Als Volontärin?«

Das Schweigen am anderen Ende der Leitung war ihm Antwort genug gewesen. Es deutete auf Kompetenzgerangel hinter den Kulissen hin.

»Wann erwarten Sie Frau Berner denn zurück?«

»Das kann ich Ihnen beim besten Willen nicht sagen. Sie kommt und geht, da gibt es keine festen Zeiten.«

Die freundliche Dame am Telefon hatte ihm Romy Berners Handynummer genannt. Doch in den folgenden Stunden war Bert zu beschäftigt gewesen, um einen zweiten Versuch zu starten. Als er endlich die Nummer wählen wollte, hatte Rick ihm abgeraten.

»Du kannst Journalisten nicht in ihrer Arbeit behindern, Bert.«

»Stimmt.«

»Du kannst sie höchstens bremsen, wenn sie unseren Ermittlungen in die Quere kommen.«

»Stimmt.«

»Und ihnen Schwierigkeiten machen, wenn sie Informationen zurückhalten, die zur Aufklärung eines Falls beitragen könnten.«

»Stimmt.«

»Also lass das Mädchen ruhig herumschnüffeln. Es wird eh nichts dabei rauskommen.«

»Bist du dir da sicher?«

»Nein. Aber beim Schattenboxen mit der Presse holen wir uns nur unnötig blutige Nasen.«

Auch damit hatte Rick recht gehabt, und Bert hatte beschlossen, Romy Berner nicht anzurufen. Stattdessen hatte er sich für den nächsten Tag selbst mit ihrer Informationsquelle verabredet.

Zu ihr war er nun auf dem Weg.

Corinna Wagner wohnte in einem Haus in der Luxemburger Straße, das vom Erdgeschoss bis unters Dach an Studenten vermietet war. Ihr Apartment lag im ersten Stock, war groß, ungemütlich und unaufgeräumt. Es roch nach kaltem Zigarettenrauch.

»Kaffee?«, fragte Corinna Wagner. »Tee? Oder lieber Wasser?«

Bert warf einen Blick auf die kleine Küchenzeile, den Berg ungespülten Geschirrs, die Frühstücksreste und den vollgestopften Aschenbecher.

»Kaffee wäre schön.«

Er vertraute darauf, dass Keime in kochend heißen Getränken nicht den Hauch einer Überlebenschance hatten.

»Tut mir leid, dass es hier so aussieht.« Corinna Wagner machte sich an der Kaffeemaschine zu schaffen. »Ich bin ein bisschen unorganisiert, seit …«

Sie war so mager, hielt sich so gebeugt, wirkte so ungeschützt, dass Bert den Impuls verspürte, sie in die Arme zu nehmen.

»Schon in Ordnung«, sagte er.

Dabei war nichts in Ordnung für diese junge Frau. Phrasen, dachte er beschämt. Lauter blöde Phrasen.

»Ich wusste nicht, dass die Polizei auch am Wochenende arbeitet.«

Sie stellte sich auf die Zehenspitzen und nahm zwei geblümte Tassen aus einem Hängeschrank. Neben ihr fing die Kaffeemaschine an zu gurgeln und zu spucken. Dampf breitete sich im Zimmer aus.

»Ich hätte Sie gern schon gestern gesprochen.« Bert versank in der einzigen Sitzgelegenheit, auf der nicht irgendetwas abgelegt war, einem modischen, aber höchst unbequemen Sessel. »Doch da waren Sie anscheinend mit einer Reporterin verabredet.«

Corinna Wagner schob die Zeitungen auf dem niedrigen Ikeatisch zusammen und warf sie auf das Sofa, zu den übrigen Sachen, die sich dort angesammelt hatten. Kleidungsstücke, Bücher, Kugelschreiber, eine aufgerissene Tüte Erdnüsse, ein angebissener Apfel.

»Das war keine Verabredung, das war Zufall.«

»Worüber haben Sie sich unterhalten?«

Ein verwunderter Blick traf ihn. »Ist das nicht meine Privatsache?«

»Beantworten Sie meine Frage trotzdem?«

Sie ging zur Küchenzeile und fing an, in dem Chaos zu kramen. »Hier müssten irgendwo noch Kekse …«

»Für mich nicht«, beeilte Bert sich zu sagen. »Machen Sie sich bitte keine Umstände.«

»Aha.« Sie reagierte nicht auf seinen Einwand. »Wusst ich's doch.«

Mit spitzen Fingern zog sie eine knisternde Tüte unter irgendwelchem Zeug hervor. Sie nahm eine Glasschale aus einem der Schränke und gab die Kekse hinein. Die leere Tüte ließ sie einfach auf das übrige Tohuwabohu fallen.

Es waren Weihnachtskekse. Spritzgebäck, das Bert seit seiner Kindheit verabscheute, weil es sich für ihn hauptsächlich mit Erinnerungen an verwitwete, zänkische, übelriechende Großtanten verband. Er war Corinna Wagner dankbar dafür, dass sie ihn nicht zum Zugreifen nötigte, sondern die Schale kommentarlos auf den Tisch stellte.

Wenig später hatte sie sich den zweiten Sessel freigeräumt und Kaffee eingeschenkt und sie saßen einander gegenüber.

»Ich stand noch so sehr unter dem Eindruck der … der …«

Ihre Lippen bebten, als sie sich vergebens bemühte, das Wort auszusprechen.

»... verzeihen Sie ...«

Das Papiertaschentuch, das sie aus ihrer Hosentasche nestelte, war schon durchweicht von Tränen. Sie tupfte sich die Augen und schnäuzte sich kräftig.

»... der Beerdigung. Deshalb haben wir eigentlich kaum geredet. Ich habe von Thomas erzählt und davon, dass er mich ver ...«

Sie gab auf, knetete das Taschentuch in den schmalen Händen, rang um Fassung.

»Darf ich Ihnen einige Fragen stellen?«, fragte Bert nach einer Weile behutsam. »Ich weiß, dass es dafür noch zu früh ist, aber wir suchen den Mörder Ihres Freundes, und jeder Tag, den wir verlieren, ist ein Tag für ihn.«

Sie nickte. Gefasst sah sie ihm ins Gesicht.

»Hatte Ihr Freund Feinde?«

Sie schüttelte den Kopf. »Thomas ... war ein sehr umgänglicher Mensch. Die meisten mochten ihn.«

»Gab es Fans, die ihm nachstellten?«

»Ich glaube nicht. Dazu war die Band noch nicht bekannt genug.«

»Keine Groupies?«

Du liebe Güte, dachte Bert, kaum dass die Worte aus seinem Mund waren. Sagt man so was heutzutage überhaupt noch?

Tatsächlich lächelte sie ein wenig.

»Thomas war nicht der Typ dafür. Er hielt sich lieber im Hintergrund. Robin hätte sich eher dazu geeignet. Fast alle Mädchen fliegen auf die Sänger.«

»Ihr Freund trug ein Tattoo. Können Sie mir sagen, welche Bedeutung es hatte?«

Sie senkte den Blick. Ihr Gesicht verlor jeden Ausdruck und wurde weich und schlaff. Es dauerte lange, bis sie antwortete.

»Irgendwann war es da und Thomas hat jede Frage danach abgewehrt.«

»Warum?«

Sie hob den Kopf und funkelte ihn beinah wütend an.

»Das ist es ja gerade – er hat mir *nichts*, überhaupt *gar nichts* mehr gesagt. Nicht wann, nicht warum und nicht wo er es sich hat stechen lassen. Und zu dem Motiv hat er sich erst recht nicht geäußert. Das Tattoo war da und Punkt.«

»Haben Sie denn eine Vermutung?«

»Thomas und Tattoos, das war wie … Allergiker und Frühlingswiese. Er konnte diese Dinger eigentlich überhaupt nicht leiden.«

»Das ergibt doch keinen Sinn.«

»Nein. Es ist völlig absurd.« Sie war aufgestanden und zum Fenster gegangen. Ihr Gesicht lag jetzt im Schatten. »Es ergibt höchstens dann einen Sinn, wenn er sich damit zu etwas bekennen wollte. Oder … ich weiß es einfach nicht.«

»Hatte Ihr Freund sich verändert?«

Sie nickte und kehrte zu ihrem Sessel zurück.

»Von heute auf morgen. Komplett. Lässt sich ein dämliches Tattoo stechen und gibt mir den Laufpass.«

Bert ließ sie weinen. Er trank seinen Kaffee, der durchsichtig war bis auf den Grund. Und wartete. Erst als Corinna Wagner sich beruhigt hatte, stellte er seine letzte Frage.

»War Ihr Freund religiös?«

Sie sah ihn mit rot geweinten Augen an. »Ja und nein. Thomas glaubte an Gott, aber er hatte ihn verloren. Er suchte nach ihm.«

Bert verabschiedete sich und stieg die knarzende Holztreppe hinunter. Wo würde ein junger Mann Gott suchen, den er verloren hatte?

Dort, wo andere ihn gefunden hatten.

Wo sie anboten, ihre Heilserfahrung zu teilen.

Endlich gerieten die Dinge in Bewegung.

*

Vero war vollkommen erschöpft. Die Dämonen forderten seine ganze Kraft.

Es war jedes Mal dasselbe.

Gott, dachte er, steh mir bei.

Wie lange hatte der Herr ihm jetzt schon nicht mehr geantwortet? Vero konnte sich nicht erinnern. Früher hatte er in ständiger Zwiesprache mit dem Schöpfer gelebt. Er hatte seine Stärke daraus bezogen.

Gott war um ihn gewesen. Die ganze Zeit.

Vielleicht wollte er ihn prüfen. Wissen, ob er auf Vero bauen konnte.

»Ich nehme jede Prüfung an, Herr«, murmelte Vero.

Doch die Prüfungen wurden immer schwerer. Die Dämonen zögerten nicht, beim ersten Anzeichen von Schwäche anzugreifen.

Die schwächsten Glieder der Gemeinschaft waren die Zweifelnden.

Wenn ein Dämon sich erst einmal eines Menschen bemächtigt hatte, dann war er schwer wieder zu vertreiben. Da reichte es nicht, seinen Glauben dagegenzusetzen. Dazu brauchte es einiges mehr.

»Satan! Luzifer! Beelzebub!«

Vero presste die Namen voller Abscheu hervor. Sein Leben erschien ihm als ein einziger Kampf gegen das Böse.

Es gab nur noch wenige Momente, in denen er aufatmen konnte.

Unwillkürlich ballte er die Hände zu Fäusten. Immer wieder nistete sich das Böse ein. Zerstörte Körper und Geist. Machte aus den Menschen leere Hüllen.

Meistens bemerkte man es zu spät. Und es begann der lange, harte, so oft aussichtslose Kampf um die Seele.

Sallys Augen. Er sah sie vor sich. Voller Tränen. Voller Zutrauen.

Und im nächsten Moment voller Hass.

Sie hatte nach ihm getreten und versucht, ihn zu beißen. Als ihr das nicht gelungen war, hatte sie ihn angespuckt. Drei Mitbrüder waren nötig gewesen, um sie zu bändigen, denn das Böse verfügte über ungeheure Kräfte.

Noch immer hatte es sich nicht zu erkennen gegeben, aber Vero würde nicht lockerlassen. Er würde in Erfahrung bringen, welcher Dämon sich in dieser jungen Frau verbarg. Es war alles nur eine Frage der Zeit.

Müde öffnete er die Tür zu seinem Schlafraum. Er brauchte Ruhe, und wenn es nur für ein paar Minuten wäre.

Das Problem Pia schob er erst einmal beiseite. Er konnte sich nicht um alles gleichzeitig kümmern.

Doch in seinem Unterbewusstsein lauerte die Gewissheit, dass Pia die bisher größte Herausforderung werden würde.

*

Ein Hinterhof mit Mülltonnen, Stapeln von Getränkekästen, ausrangiertem Mobiliar und einem deprimierenden Ausblick auf graue, triste Häuserfassaden. Der Betonboden rissig, kaputt, von Moos überzogen. An der Mauer, die den Hof umschloss, rankte robuster Efeu, der seine Finger schon nach den abgestellten Sachen ausgestreckt hatte. Zwei nasse, verfilzte Teppiche, die zusammengerollt und mit Klebeband verschnürt in einer Ecke lehnten, waren bereits nur noch zur Hälfte zu sehen.

Der obere Rand der Mauer war mit aufgestellten Glasscherben beklebt. Um wen abzuhalten?, fragte sich Romy. Einbrecher etwa? Was gab es in dieser Gegend schon zu stehlen?

Sie schaute am Haus hoch. Über den Räumen der Disko schmucklose, nackte Fenster, kein Zeichen von Leben, nichts, was darauf schließen ließ, dass sich in diesen Zimmern jemand aufhielt.

Romy hatte die Tür zum *Rainbow* offen vorgefunden. Eine Putzfrau war damit beschäftigt gewesen, den Boden zu wischen. Romy hatte ihr erklärt, dass sie einen Artikel über Kölner Hinterhöfe schreiben wollte. Sie hatte sich gehütet, Alices Namen auch nur zu erwähnen.

»Is auf.«

Die Frau hatte gutmütig ins Innere des Saals gedeutet.

Romy war durch die düstere, schwarze Kulisse der Disko gegangen, die bei Tageslicht allen Glanz verloren hatte und nur noch wie ein trauriges, mieses Loch wirkte. Sie war froh gewesen, niemanden hier anzutreffen, der ihr Spiel durchschaut und sie wieder rausgeworfen hätte.

Und nun stand sie hier. Im Sonnenlicht fielen all die Scheußlichkeiten noch mehr ins Auge. Die durchweichten Zigarettenkippen. Das modernde Laub von den beiden Bäumen, die jenseits der Mauer standen. Eine tote Maus, die wie schlafend auf einem umgedrehten Blumentopf lag.

Von irgendwoher hörte Romy Topfklappern und Lachen. Der süße Duft von Gebackenem lag in der Luft. Und der Gestank von Urin.

Hier war Alice gestorben.

Jemand hatte ihr in dieser trostlosen Umgebung die Kehle durchgeschnitten.

Wie lange hatte ihr Todeskampf gedauert? War Alice mit ihrem Mörder allein gewesen? Hatten andere zugesehen? Mitgemacht?

Romy schaute an den Häusern empor. So viele Fenster. Auch in den umliegenden Häusern. Und dann gab es noch die Bediensteten in der Disko. Die Gäste.

Und niemand hatte etwas mitbekommen.

Laute Musik. Dunkelheit. Alkohol. Bewohner, die an grölende Diskogäste gewöhnt waren. Gar nicht so unvorstellbar, dass in einer finsteren Ecke des Hofs unbemerkt ein Mord geschehen konnte.

Natürlich war kein Blut mehr da. Auch die Kreidemarkierungen der Polizei waren längst verschwunden. Seit dem Tod des Mädchens waren Monate vergangen.

Romy ließ den Blick ein letztes Mal über den Dreck und das Gerümpel wandern. Was nachts hier ablief, war ein grandioses Spiel mit der Illusion. Und es funktionierte anscheinend so gut, dass das *Rainbow* seit Jahren zu den angesagten Diskos in Köln gehörte.

Die Welt ist ihr immer fremd geblieben.

Hatte Alice in dieser Umgebung versucht, das Fremde verstehen zu lernen? Oder brauchte sie ab und zu einfach eine Gegenwelt? Konnte die Assistentin eines Tanzlehrers sich hier endlich einmal spontan und ungezwungen bewegen?

Oder war sie gar nicht freiwillig hierhergekommen?

Diesmal nahm Romy den Weg durch das Treppenhaus. Wahrscheinlich war auch der Täter so verschwunden.

Ich bewege mich in den Fußspuren eines Mörders, dachte Romy.

Der Anblick des letzten Tatorts steckte ihr noch in den Knochen. Lange hatte sie auf dem Parkdeck gestanden und die Stelle angestarrt, an der Ingmar Berentz wieder und wieder überrollt worden war. Sie hatte die Brutalität und die Erbarmungslosigkeit des Mörders gespürt.

Genau wie hier.

Zu viel.

Sie beeilte sich, ins Freie zu gelangen.

Zu viele Gefühle. Zu viele Gedanken.

Draußen sog Romy hungrig die Luft ein. Hielt das Gesicht in die bleiche Wintersonne. Sie hatte keine Lust, noch zum Fühlinger See hinauszufahren. Wusste nicht, ob sie das aushalten würde.

Wie brachte man es fertig, einen Menschen zu ertränken? Und warum? Was hatte Thomas Dorau getan, um so getötet zu werden? Wieso …

Erregt blieb Romy mitten auf der Straße stehen.

Getan …

Das Wort fiel in ihr nieder und zog seine Kreise.

Was, wenn Thomas Dorau seinen Tod tatsächlich provoziert hatte? Wenn auch Alice, Mona und Ingmar ihren Mörder herausgefordert hatten?

Getan …

Konnte das das Bindeglied zwischen den Morden sein? Hatten die Toten etwas getan, für das sie … bestraft worden waren?

Romy spürte ihren Herzschlag. Fast konnte sie ihn hören.

Wie krank musste jemand sein, dass er sich anmaßte, Richter und Henker zu sein? Und was, um alles in der Welt, hatte der Mörder den Opfern vorgeworfen?

*

»Kind, du siehst aber gar nicht gut aus!«

Bruder Miguel warf sich das Geschirrtuch über die Schulter und zog Pia in seine geräumige Küche. Es duftete nach Ingwer und Mandelöl. Bruder Miguel war eigentlich gar kein Koch, sondern ausgebildeter Konditor und verwöhnte andere gern mit seinen Kreationen.

An diesem Wochenende waren keine Gäste im Haus. Solche Tage nutzte er häufig, um unbekannte Rezepte auszuprobieren und neue zu erfinden. Bruder Miguel war ein Künstler. Er schuf Kunstwerke aus Sahne, Creme und Teig, kandierten Früchten, Karamellgittern und Marzipan.

Pia war süchtig nach seinen Desserts, seinen Torten und Kuchen. Und sie mochte Bruder Miguel. Er hatte immer ein offenes Ohr für die Nöte seiner Mitmenschen, war einfach, freundlich und bescheiden. Wenn er lächelte, wurde einem warm ums Herz.

Besorgt musterte er Pias Gesicht.

»Alles in Ordnung mit dir, Mädchen?«

Pia nickte. »Ich hab bloß noch nicht gefrühstückt und bin halb verhungert.«

Bruder Miguel schnalzte nachdenklich mit der Zunge. Er warf einen Blick auf die große Uhr an der Wand. Seine Stirn legte sich in Falten.

»Bitte, Bruder Miguel. Ausnahmsweise.«

Er stellte keine Fragen, seufzte nur und schritt zur Vorratskammer, mit den fleischigen Fingern auf seinen mächtigen Bauch trommelnd.

Pia sah ihm an, dass er Bescheid wusste. Normalerweise fand die Morgenandacht der Brüder in der Kirche statt. Heute jedoch hatten sie wegen Vero und Pia in den Versammlungsraum ausweichen müssen.

Bruder Miguel klapperte mit Besteck und raschelte mit

Papier. Er stellte die Kaffeemaschine an und begann vor sich hin zu summen. Wenig später hatte er ein leckeres Frühstück auf den Tisch gezaubert.

»Lass es dir schmecken«, sagte er und widmete sich wieder seiner Arbeit.

Pia aß, so schnell sie konnte. Sie hatte Snoop in ihrem Zimmer zurückgelassen und ihm eingeschärft, sich ruhig zu verhalten, aber der Hund war hungrig wie sie. Und wenn er auch den Eindruck machte, jedes Wort zu verstehen – er war ein Tier und folgte seinen Instinkten.

Es gab eine Reihe von Schuppen und Nebengebäuden auf dem Klostergelände. Vielleicht war es den Versuch wert, ihn dort irgendwo unterzubringen.

Der Einfall beflügelte Pia. Sie verspeiste in Windeseile das zweite Brötchen, wickelte das dritte mit ein paar Wurstscheiben in ein Papiertaschentuch und stopfte es sich in den Hosenbund. Dann zog sie den Pulli darüber und trug Teller und Tasse zum Geschirrspüler.

»Lass mal«, brummte Bruder Miguel. »Ich mach das schon.«

Er schob sie eilig zur Tür. Das verspätete Frühstück war ein Regelverstoß und konnte für sie beide unangenehme Folgen haben.

Snoop schien Pia sehnsüchtig erwartet zu haben. Er verschlang Wurst und Brötchen, leckte sich das Maul, machte es sich auf dem Bett bequem und schlief zufrieden ein.

Pia setzte sich im Schneidersitz neben ihn. Sie war kurz davor gewesen, Bruder Miguel nach den Schreien zu fragen, doch dann hatte sie es bleiben lassen.

Diese Schreie. Sie hatten kaum menschlich geklungen.

Vielleicht ist es ein Tier gewesen, dachte Pia und fühlte schon Erleichterung aufkeimen. Dann aber wurde ihr klar, dass sie sich bloß selbst beschwichtigte. Sie kannte kein Tier, das solche Geräusche machte.

Die Haut in ihrem Nacken zog sich zusammen.

Es hielt sie nicht länger in ihrem Zimmer. Anscheinend hatte Vero sie vergessen. Gut. Vielleicht vergaß er auch, sie zu bestrafen.

»Jetzt finden wir erst mal ein sicheres Versteck für dich«, flüsterte sie Snoop zärtlich ins Ohr. »Sorgen machen wir uns später.«

*

Romy stand am Fühlinger See und schaute auf das gegenüberliegende Ufer. Wind war aufgekommen und trieb über das graue Wasser. Das stetige Rauschen der nahe gelegenen Autobahn erstickte jeden Gedanken an eine Idylle im Keim.

Es wäre ohnehin eine beschädigte Idylle gewesen. Befleckt vom Tod eines Studenten, der in diesem See ertränkt worden war.

Um die Stelle zu finden, hätte Romy Ingos Angaben nicht unbedingt gebraucht. Reste der polizeilichen Absperrung hingen noch an den Sträuchern und Baumstämmen wie traurige Überbleibsel eines Kindergeburtstags.

Romy hatte zwei plaudernde alte Damen überholt, war einem Walker begegnet und hatte weit entfernt eine Gruppe von Jungen und Mädchen herumhängen sehen. Erstaunlich wenig Betrieb für einen Ort, an dem sich sonst sämtliche Hundebesitzer der Gegend ein Stelldichein gaben.

War es in den Abendstunden des sechsten November auch so einsam gewesen? Hatte niemand die Mörder beobachtet, keiner sie gestört? Oder hatte ein möglicher Augenzeuge ihr

Treiben für einen übermütigen Streich gehalten und gleich wieder vergessen?

Romy blickte sich aufmerksam um.

Etwas war anders an diesem Tatort.

Er war noch frisch.

Der Mord war erst vor neun Tagen geschehen.

Sie verschränkte die Arme vor der Brust. Ihr war schrecklich kalt. Die Kälte kroch ihr wie Gift durch die Adern.

Vor neun Tagen erst.

Romy spürte die Gegenwart des Toten. Die Anwesenheit seiner Mörder. Einen Teil ihrer bösartigen Energie.

Und sie spürte noch etwas. Eine Trauer, die ihr die Tränen in die Augen steigen ließ.

Aber sie war nicht hier, um sich durch ihre Betroffenheit lähmen zu lassen. Sie war hier, um ihre Arbeit zu tun.

Und um diesem Irren das Handwerk zu legen, dachte sie und zog ihr Diktiergerät aus der Tasche.

Angenommen, die Toten sind von ihrem Mörder wirklich bestraft worden, was kann der Grund dafür gewesen sein? Haben sie ihn erpresst? Verraten? Betrogen?

Vier völlig verschiedene Menschen. Vier völlig verschiedene Lebenshintergründe.

Und vier vollkommen unterschiedliche Todesarten.

Ein Täter, der Gott spielt und mit einer perversen Lust die Requisiten auswählt.

Alle Opfer hatten sich verändert. Alle hatten sich zurückgezogen. Alle hüteten ein Geheimnis. (Auch Ingmar Berentz, da bin ich mir sicher. Vielleicht finde ich noch einen, der ihn gut genug kannte, um es zu bemerken.)

Alle waren auffallend viel unterwegs.

Wohin?

Romy schaltete das Diktiergerät wieder aus. Der Wind hatte gedreht und kam jetzt vom Wasser her. Er klatschte ihr kalte Nässe ins Gesicht.

Nie mehr, dachte sie. Nie mehr werde ich unbefangen in ein Parkhaus fahren. Oder in einem See schwimmen. Ich werde nie mehr ohne Unbehagen im Stadtwald spazieren gehen oder eine Disko betreten.

Sie hatte etwas verloren, ohne dass ihr je bewusst gewesen wäre, es besessen zu haben.

Vertrauen.

Langsam wandte sie sich um und kehrte zu ihrem Wagen zurück. Irgendwo knackte ein Zweig. Sie wollte losrennen. Aber ihr Körper reagierte nicht. Sie schleppte sich dahin und ihre Glieder wurden immer schwerer.

*

Pia entschied sich für den Schuppen, der am weitesten von den übrigen Gebäuden entfernt lag. Er war aus Holz gebaut und ziemlich verwittert. Die ursprüngliche Farbe hatte sich in ein trockenes Silbergrau verwandelt. Efeu umspielte das kleine Fenster, dessen Glasscheibe blind war von Schmutz. Spinnweben hingen unter dem niedrigen Dach, über das die umgebenden Sträucher und Bäume schützend ihre Äste und Zweige gebreitet hatten.

Das perfekte Versteck.

Ganz kurz fragte Pia sich, warum sie sich überhaupt die Mühe machte, warum sie die Heimlichkeiten auf sich nahm.

Warum sie nicht einfach ging. Solange noch Zeit dafür war.

Dann schob sie die Fragen beiseite. Wie die meisten Fragen in den vergangenen Monaten.

Wer fragt, zweifelt.

Wer zweifelt, gerät auf Abwege.

Wer in die Irre geht, ist verloren.

Was Vero ihr vermittelt hatte, widersprach fast allem, was Pia in ihrem früheren Leben wichtig gewesen war. Sie hatte sich sehr bewusst für Philosophie als Studienfach entschieden. Sie hatte wissen wollen, was das ist – das Leben, die Liebe, der Tod. Sie hatte erfahren wollen, ob es auch nach dem Tod noch ein Leben gab.

Und Gott?

Ihr war klar gewesen, dass sie sich, was die Existenz Gottes betraf, auf den Glauben verlassen musste. Sie war dazu bereit gewesen.

Und sie hatte geglaubt. Innig und voller Hingabe.

Wann hatte das aufgehört?

Vero nannte es eine Krise.

»Selbst die Jünger haben gezweifelt«, hatte er sie getröstet. »Denk an Paulus. Oder sieh dir Petrus an. Er hat den Herrn sogar verraten. Nicht nur einmal, nein, gleich dreimal hintereinander.«

Man konnte aus einer Krise gestärkt hervorgehen. An diesen Gedanken hatte Pia sich geklammert. Sie tat es noch immer. Obwohl die Zweifel in ihr wuchsen.

Warum schaffte sie es nicht, alle und alles hinter sich zu lassen, in eine andere Stadt zu ziehen und von vorn anzufangen?

»Weil man kein neues Leben beginnen kann, bevor man mit dem alten fertig ist«, erklärte sie Snoop und drückte die altersschwache Klinke herunter, die so gar nicht zu dem massiven Riegel darüber passen wollte.

Erwartungsvoll schaute Snoop zu ihr auf.

Die Klinke quietschte, die Tür knarrte. Wie in einem Horrorfilm.

Pia schaute Snoop nach, der neugierig zwischen ausrangierten Blumenkübeln, verrosteten Fahrrädern und staubigen Möbelstücken verschwand. Zögernd folgte sie ihm.

Die Tür fiel fast lautlos hinter ihnen zu.

Mit einem Schlag war es so düster, dass Pia warten musste, bis ihre Augen sich an die veränderten Lichtverhältnisse gewöhnt hatten.

Der Raum war etwa zwanzig Quadratmeter groß. Hier waren über Jahre Sachen abgestellt worden. Offenbar hatte man sie inzwischen vergessen oder aufgegeben. Zwischen den Speichen der alten Fahrräder hatten Spinnen ungestört ihre Netze gesponnen, und an der Decke wehten Staubfäden im Luftzug.

Der Efeu hatte sich in die Ritzen gedrückt und war ins Innere gelangt. Doch dort hatte ihm das Licht gefehlt und er war verkümmert. Blass und dürr hing er überall herunter.

Pia begann, sich mit dem Versteck anzufreunden. Ihr Blick fiel auf eine Decke, die in der hintersten Ecke auf dem Boden lag. Der Hund würde es hier durchaus gemütlich haben.

»Guck mal, Snoop.« Sie ging in die Hocke und klopfte einladend auf die Decke. »Wie findest du das?«

Snoop kam angelaufen. Vor der Decke blieb er abrupt stehen. Er fing an zu knurren.

»Willst du lieber woanders …«

Pias Blick fiel auf die Holzwand und sie verstummte. Da waren Striche eingeritzt. Immer vier nebeneinander und einer quer darüber. Viele Striche. Je dreißig oder einunddreißig zu einem Päckchen zusammengefasst.

Ein Kalender.

»Mein Gott«, flüsterte Pia.

Snoops merkwürdiges Verhalten verunsicherte sie. Er hatte aufgehört zu knurren und schnüffelte vorsichtig um die Decke herum, sorgsam darauf bedacht, nicht mit ihr in Berührung zu kommen.

Und jetzt erst bemerkte Pia es.

Die Ordnung der Dinge.

Jemand hatte versucht, in diesem Chaos ein Minimum an Behaglichkeit zu schaffen. Zwei hochkant gestellte Obstkisten dienten als Regal. In der einen waren Zeitschriften untergebracht, in der anderen eine abgebrannte Kerze, ein roter Becher mit Fliegenpilzpunkten und ein altmodischer Teller mit Goldrand.

Über allem lag eine feine Staubschicht.

Pias Blick fiel auf das Fenster, an dem ein kleines Schloss befestigt war.

Ein verlassener Ort.

Oder ein Gefängnis.

Snoop fing wieder an zu knurren. Anders diesmal, leiser und tiefer. Drohend.

Mit aufgestelltem Nackenfell starrte er zur Tür.

Dann hörte Pia das Knarren. Sie fuhr herum.

Jemand stand auf der Schwelle. Gegen das Licht konnte Pia sein Gesicht nicht erkennen, doch es musste einer der Brüder sein, denn er trug ein Ordensgewand.

Der Hund schoss auf ihn zu und sprang kläffend vor ihm hin und her.

»Hau ab!«

Pia erkannte die Stimme von Bruder Darius. Sie sah, wie er nach Snoop trat.

Ein helles Winseln.

Die Tür fiel zu.

Bruder Darius kam näher, und jetzt konnte Pia auch sein Gesicht sehen. Der Ausdruck darin gefiel ihr nicht.

»Na, wen haben wir denn da?«

Pia rannte los, ohne zu überlegen. Sie war an ihm vorbei, bevor er reagieren konnte. Doch gerade als sie die Tür aufgerissen hatte, griff er mit beiden Händen nach ihr.

Sie versuchte, sich loszureißen, doch er war stärker als sie.

»Jetzt mal schön langsam«, sagte er und hielt sie wie eine Puppe im Arm.

Und Pia wusste, sie hatte verloren.

15

Schmuddelbuch, Montag, 17. November

Dass Viren einen so umhauen können! Als ich vom Fühlinger See nach Hause fuhr, ging es los. Mir schlotterten die Glieder, dass ich kaum das Lenkrad halten konnte, meine Zähne klapperten aufeinander, und mein Kopf dröhnte zum Zerspringen.

Als ich mich die Treppe hochschleppte, kam mir Helen entgegen.

»Du liebe Güte«, sagte sie und musterte mich kritisch. »Gib mir fünf Minuten, dann bring ich dir was rauf.«

Helen sollte Ärztin werden, statt ihr Talent in diesem Esoterikladen zu vergeuden. Sie versteht was von Krankheiten und Heilpflanzen und besitzt eine Notfallapotheke, mit der man locker ein Jahr im Urwald überleben könnte.

Ich war gerade ins Bett gekrochen, als sie mir schon eine heiße Wärmflasche unter die Decke schob und anfing, einen höchst verdächtigen Tropfencocktail zu mixen. Nachdem ich ihn brav geschluckt und mich kurz geschüttelt hatte, rieb sie mir Brust und Rücken mit Tigerbalsam ein, legte mir zwei Heilsteine auf den Bauch, drückte mir einen mit irgendwas Magischem getränkten Waschlappen auf die Stirn, stellte mir ein Glas Holunderblütensaft hin und ließ die Rollos runter.

»Versuch zu schlafen«, sagte sie. »In einer Stunde gibt's die nächste Ration.«

Mit diesen Worten war sie verschwunden. Ich wollte noch ein bisschen nachdenken, doch dabei fielen mir die Augen zu.

Im Traum watete ich durch einen Fluss. Am Ufer empfingen mich seltsame Gestalten. Sie hatten Tierkörper und menschliche Gesichter. Es waren die maskenhaften Gesichter von Toten.

Auf einem schwarzen Hügel stand Cal, in ein Hermelincape gehüllt, die Wangen weiß wie Schnee.

»Ich spiele um mein Leben«, sagte er.

Während ich mich noch über diese Bemerkung wunderte, wurde ich wach. Ich war nass geschwitzt und sämtliche Glieder taten mir weh. Ein Schwall von Übelkeit stieg in mir hoch. Ich schaffte es gerade noch, mich aus dem Bett zu beugen, bevor ich mich heftig erbrach.

Calypso machte sich Vorwürfe. Und er sprudelte über vor Glück.

Vorwürfe machte er sich, weil er sich das ganze Wochenende nicht bei Romy gemeldet hatte. Er hatte nicht mal daran gedacht, sein Handy einzuschalten.

Glücklich war er, weil die Schauspielschule ihn angenommen hatte. Im Januar würde es losgehen. Die Zeit bis dahin musste er irgendwie überbrücken. Aber er war optimistisch. Irgendeinen Job würde er schon finden.

Er fühlte sich, als wären ihm Flügel gewachsen.

Sein Vorsprechen war phänomenal gewesen. Er hatte alles abgelegt, alles vergessen, was nicht zu seinem Text gehörte, hatte sich selbst zurückgelassen und war zu Dorian Gray geworden.

Nach dem letzten Satz hatte jemand applaudiert, verhalten, weil es eigentlich nicht üblich war. Aber Calypso hatte es gehört. Zentner waren ihm von der Seele gefallen, und für einen Moment hatte er gespürt, wie es sich anfühlte, in Einklang mit sich selbst zu sein.

Erst auf dem Weg nach Hause hatte er versucht, Romy anzurufen. Als sie das Gespräch nicht annahm, hatte sein schlechtes Gewissen ihm zugesetzt. Ein ganzes Wochenende lang nichts von sich hören zu lassen! Er hatte nicht mal seine Mailbox gecheckt (auf der, wie er in der Straßenbahn festgestellt hatte, kein Anruf von Romy gespeichert war).

Und das musste ausgerechnet ihm passieren, der vor Eifersucht die Wände hochging, wenn Romy zu Recherchen unterwegs war und längere Zeit nichts von sich hören ließ.

Als sie ihm aufgemacht hatte, blass, mit fiebrigen Augen und laufender Nase, zu krank, um sich mit ihm zu streiten, da war er so erleichtert gewesen, dass er am liebsten angefangen hätte zu heulen.

»Glaub bloß nicht, dass alles okay ist«, hatte sie geröchelt und war wieder ins Bett geschlüpft. »Ich bin stinksauer auf dich.«

Sie hatte die Decke ans Kinn gezogen und tapfer versucht, die Augen offenzuhalten, doch dann war ihr Kopf zur Seite gesunken und sie war eingenickt.

Das war gestern Abend gewesen. Helen hatte ihn keines Blickes gewürdigt. Vorwurfsvoll war sie mit ihren Pillen, Tees und feuchten Umschlägen hin und her gewieselt und hatte ihm das Gefühl vermittelt, überall im Weg zu sein.

Gegen zehn hatte sie ihn rausgeworfen.

»Romy braucht Ruhe«, hatte sie ihn angepflaumt. »Also verzieh dich bitte in dein eigenes Zimmer.«

Er hatte sich gefügt, war aber am nächsten Morgen mit frischen Brötchen wieder in Romys Wohnung erschienen und hatte Frühstück gemacht. Er hatte Eier gekocht, Apfelsinen ausgepresst und die drei letzten noch nicht verblühten Rosen, die er aus dem Vorgarten der Nachbarn geklaut hatte, in einem Wasserglas auf den Tisch gestellt.

Romy, eingemummt in ihren dicken Bademantel, hatte ihm schniefend dabei zugesehen.

Er goss einen von Helens Tees ein.

»Darf ich dir jetzt erzählen …«

»Schieß endlich los.«

Während er von dem Workshop berichtete, kehrte ein bisschen Farbe auf Romys Wangen zurück. Ihre Augen leuchteten. Und Calypso wusste wieder, warum er dieses Mädchen so liebte.

Es sollte bloß keiner wagen, ihr wehzutun.

*

Vero kniete vor dem Kreuz in seinem Schlafraum. Er hatte die halbe Nacht hier auf dem kalten Fußboden verbracht. Nachdem sich die Schmerzen in seinem Körper ausgetobt hatten, spürte er seine Gelenke und seine Muskeln jetzt gar nicht mehr.

Als hätte sein Geist das Gefängnis aus Haut und Knochen verlassen.

Vero hatte um Sallys Seele gerungen. Monat um Monat, Woche um Woche, Tag um Tag.

Und sie verloren.

Er hatte nicht anders handeln können. Auch wenn es ihn zerriss.

Sally …

Er hatte seinen Leib gegeißelt. Bei offenem Fenster im ungeheizten Zimmer Buße getan.

Mea culpa, mea culpa, mea maxima culpa.

Getrauert.

Aber er sollte keine Ruhe finden.

»Lass diesen Kelch an mir vorübergehen! Du weißt, dass ich dir mit aller Inbrunst diene, Herr. Du hast gesehen, wie ich gekämpft habe. Doch jetzt bin ich erschöpft. Auch meine Brüder sind erschöpft. Verlange nicht das Unmögliche.«

Gott schwieg.

Sonnenstrahlen malten Muster auf den Boden. So schön und so vergeblich.

»Nicht Pia«, flüsterte Vero und hob den Blick. »Nicht auch noch sie.«

Er stellte sich die Qualen des Gekreuzigten vor und erschauerte.

»Bitte, Herr! Nicht dieses Mädchen!«

Pia war ihm nähergekommen als irgendjemand sonst. So nah, dass er sich an ihr verbrennen konnte. Er liebte ihre Ernsthaftigkeit. Ihre Klugheit. Und ihre Reinheit.

»Überlasse sie nicht IHM! Sie ist deine Tochter! Sie verdient deinen Schutz!«

Vero senkte den Blick. Wie konnte er sich anmaßen, so einen Ton anzuschlagen. Verzeih mir, dachte er reumütig. Ich habe das nur aus Sorge getan.

Es war, als wäre die Stille noch dichter geworden. Das Schweigen des Herrn lastete auf Veros Schultern.

Wenn du mich gehört hast, Herr, dann gib mir ein Zeichen!

Nichts geschah.

Herr! Lass mich nicht vergeblich flehen!

In Vero regte sich heftiger, unheiliger, gewaltiger Zorn.

Auch auf Gott.

Er schluckte. Biss die Zähne zusammen.

Verzeih ...

Demut. Er hatte Demut und Gehorsam gelobt. Egal, was

Gott geschehen ließ, Vero war ihm unbedingte Ergebenheit schuldig.

Der Herr schwieg.

Auch das war eine Antwort.

Vero stöhnte auf. Kaum hatte es geendet, sollte es schon wieder von vorn beginnen.

*

Mit dem Arzt, der zum Tatort kam, hatte Bert zuvor noch nichts zu tun gehabt. Er war mürrisch und zugeknöpft, ließ sich jedes Wort aus der Nase ziehen und machte den Eindruck, als sei er im Moment überall lieber als hier.

Da erging es Bert nicht anders. Aber es gab einen erheblichen Unterschied zwischen ihnen, und das war die Art ihrer Routine. Bert betrat jeden Tatort mit Respekt vor dem Toten und tat alles, um seine Würde zu wahren.

Auch in diesem Fall.

Doktor Kahn hingegen ging beinah ruppig mit der Toten um. Als mache er sie persönlich dafür verantwortlich, dass er sich in dieser Einöde die Schuhe ruinierte. Denn er legte allem Anschein nach großen Wert auf sein Äußeres. Das dichte graue Haar war perfekt geschnitten, der Oberlippenbart exakt gestutzt. Für den Chefarzt einer Fernsehserie wäre er die ideale Besetzung gewesen.

Sie befanden sich im Dünnwalder Wald. Um hierher zu gelangen, hatten sie das letzte Stück zu Fuß zurücklegen müssen. Das war nicht angenehm gewesen, denn in der Nacht war wieder Regen gefallen, vermischt mit Schnee, und Erde und Gras hatten sich mit Nässe vollgesogen.

Man konnte auf der einen Seite den Verkehr auf der Berliner Straße hören, auf der anderen das Rattern vorbeifahrender Güterzüge. Die lähmende Stille, die Bert spürte, war nur in seinem Kopf.

Die Tote sah aus wie ein Kind, doch Doktor Kahn schätzte sie auf Anfang zwanzig. Sie war erschütternd mager. Ihre fahle Gesichtshaut spannte sich über stark hervortretenden Wangenknochen. Die Handgelenke waren so schmal, als könnte man sie wie Hühnerknochen zwischen zwei Fingern zerbrechen.

In ihrem hellblonden Haar, das schmutzig und nass war, hatte sich ein schwarzes Blatt verfangen.

»Der Tod trat …«

Doktor Kahn zog die Einweghandschuhe mit einem flappenden Geräusch aus und richtete sich aus der Hocke auf. Er runzelte die Stirn, die knittrig wurde wie Pergament.

»… er trat vor zirka acht, neun Stunden ein.«

Bert schaute auf seine Armbanduhr. Kurz nach neun. Der Todeszeitpunkt lag demnach zwischen Mitternacht und ein Uhr. Geisterstunde.

Während der Arzt seine Tasche packte, fasste er die vorläufigen Ergebnisse seiner Untersuchung noch einmal zusammen.

»Die Tote war extrem unterernährt. Hätte man sie nicht erschossen, wäre sie in absehbarer Zeit vermutlich an Mangelernährung gestorben.«

»Verhungert«, sagte Bert.

Doktor Kahn ließ den Verschluss seiner Tasche zuschnappen und knöpfte seine Jacke zu.

»Sie wurde aus nächster Nähe erschossen. Von vorn. Der Schuss ging direkt ins Herz. Sie war sofort tot. Sonst noch Fragen?«

Bert hatte jede Menge Fragen, aber die würde ihm der Arzt nicht beantworten können. Das war Sache der Spurensicherung, die den Tatort bereits abgeriegelt hatte und jetzt damit beschäftigt war, jeden Grashalm umzudrehen und in jedem Moospolster zu stochern.

Er nickte dem Doktor dankend zu und ging neben der Toten in die Hocke.

Ihre Körperhaltung wirkte entspannt. Als hätte sie sich zum Schlafen niedergelegt. Dabei war sie hierher geschleppt worden. Und sie hatte sich gewehrt. Der Boden war zertrampelt. Hier und da waren Schleifspuren zu sehen. An den Schuhen des Mädchens befanden sich Erde und Gras, ebenso wie unter ihren Fingernägeln.

Im Moment des Todes hatte sie die Augen geschlossen.

Wieso?

Hatte sie sich in ihr Schicksal ergeben? War der Tod eine Erleichterung für sie gewesen?

Oder hatte ein anderer ihr die Augen zugedrückt?

Bert griff nach ihrer linken Hand und drehte sie behutsam um.

Adrenalin schoss durch seine Blutbahn. Sein Herz pochte. Der Mund wurde ihm trocken.

Die Tote trug am Handgelenk ein Tattoo. Wie Thomas Dorau.

Allerdings war es diesmal kein aufgeklapptes Buch.

Es war ein stark vereinfachter Fisch.

»Ein Fisch?«

Ächzend ging Rick neben Bert in die Hocke.

»Auch schon da?«

»Sternzeichen Fisch«, murmelte Rick, ohne auf Berts Frage einzugehen.

»Sicher?«

»Machst du Witze?«

Rick untersuchte das rechte Handgelenk der Toten. Es war nicht tätowiert.

»Wann können wir uns jemals sicher sein?«

Mit einer berührenden Zartheit bettete er die Hand des Mädchens wieder auf die Erde.

»Ich weiß nur eines ohne jeden Zweifel: Ich will diesen Scheißkerl hinter Gittern sehen.«

»Es geht hier nicht um *einen* Täter«, sagte Bert leise. »Guck dir die Fußspuren an. Es waren mehrere, wie bei …«

»… Thomas Dorau.«

Während Rick sich vorsichtig selbst ein Bild vom Tatort verschaffte, betrachtete Bert noch einmal das Gesicht der Toten, das so verstörend erlöst wirkte.

Ich werde deine Mörder zur Strecke bringen, dachte er. Das verspreche ich dir.

Er rappelte sich mit steifen Knochen auf. Die Männer vom Bestattungsunternehmen standen schon bereit. Sollten sie ihre Pflicht tun. Das Institut für Rechtsmedizin war kein anziehender Ort, aber man würde dort Antworten finden.

Und Antworten brauchten sie dringend. Ein weiterer Mord in so kurzer Zeit, das konnte bedeuten, dass die Täter nervös wurden, wer immer sie auch sein mochten.

*

Sie hatten sie eingesperrt. In ein schäbiges Zimmer im ältesten Teil des Haupthauses. Niemand lebte in diesem Bereich des Klosters. Niemand verirrte sich hierher. Niemand würde sie rufen hören. Niemand sie herausholen.

Pia war fassungslos. Passierte ihr das wirklich?

»Hier wirst du bleiben, bis wir einen geeigneten Ort für dich gefunden haben«, hatte Vero gesagt. »Wir werden dich von dem Bösen befreien, das dir die Sinne verwirrt.«

»Ich bin nicht verwirrt«, hatte sie geantwortet.

Er hatte sie lange angeschaut. Sie hatte väterliche Sorge in seinem Blick gelesen und kurz Hoffnung geschöpft. Doch dann hatte sich seine Miene verschlossen.

»Was hattest du in dem Schuppen zu suchen?«

»Einen Schlafplatz für den Hund«, hatte sie aufrichtig geantwortet. Es war zu spät gewesen für Ausflüchte.

»Für den Hund …«

»Er weiß doch nicht, wohin.«

»Ein räudiger Straßenköter!«

»Ist er denn nicht auch ein Geschöpf Gottes?«

Veros Augen hatten sich verdunkelt.

»Du wagst es, den Namen des Herrn in den Mund zu nehmen? Du?«

Erst in diesem Moment hatte Pia richtig Angst bekommen.

»Wieso dieser Schuppen? Warum ausgerechnet dieser Ort?«

»Er ist … am weitesten vom Haupthaus entfernt.«

Vero nickte nachdenklich, und Pia glaubte schon, die Befragung hinter sich zu haben, doch sie hatte sich geirrt.

»Warum musstest du den Hund verstecken?«

Pia fühlte, wie ihr die Röte in die Wangen stieg.

»Weil du ihn … nicht hier haben wolltest.«

»Du hast mir also nicht gehorcht.«

Pia senkte den Kopf.

Eine Weile sagte Vero nichts. Pia horchte, doch da draußen war kein Geräusch. Als hätte die Welt sich plötzlich in Luft aufgelöst. Als wären nur noch sie beide da.

Eine Ewigkeit verging.

Dann zog Vero Pia in seine Arme. Sie legte das Gesicht an seine Brust und atmete seinen Geruch ein, der so tröstlich war. Vielleicht wurde ja doch noch alles gut. Vielleicht würden ihre Zweifel ein Ende finden. Vielleicht schenkte Gott ihr einen ruhigen, unangreifbaren Glauben.

»Ich werde mich um dich kümmern«, versprach Vero ihr leise.

Sie fühlte seinen Atem an ihrem Ohr. Und ihr wurde bewusst, dass sie Vero mehr liebte, als ein Mädchen einen Priester lieben durfte.

»Ich werde die Dämonen aus deinem Kopf vertreiben.«

Dämonen, dachte Pia. In meinem Kopf.

»Und aus deinem Herzen.«

Dämonen.

»Ich werde dich dem Fürsten der Finsternis nicht kampflos überlassen.«

Fürst der Finsternis.

Pia hatte das Gefühl, neben sich zu stehen und die Szene zu beobachten. Ein absurdes Theaterstück.

Vero küsste sie auf die Stirn und ließ sie mitten im Zimmer stehen. Mit schweren Schritten ging er zur Tür.

»Tue Buße und faste. Bete. Dafür ist es nie zu spät.«

Doch, dachte Pia. Dafür ist es längst zu spät.

Sie hatte das Lager im Schuppen gesehen. Den eingeritzten Kalender an der Wand. Sie hatte die Schreie gehört. Und sie sah Veros Entschlossenheit.

Dämonen.

Pia sank auf das Bett und starrte aus dem Fenster in den grauen Himmel. Eingesperrt. In einem besonderen Raum. Einem Raum für Abtrünnige. Gefährdete. Und sie würden ganz sicher einen für sie finden, der noch *geeigneter* war.

In einem Moment erschreckender Klarheit wusste sie, dass sie das Kloster nur als Bekehrte verlassen würde.

Oder tot.

16

Schmuddelbuch, Mittwoch, 19. November

Wenig Konkretes über den *Dünnwalder Mord,* wie er in fast allen Blättern heißt. Die Identität der jungen Frau ist noch nicht bekannt. Klar ist nur, dass sie erschossen wurde. Forstarbeiter haben die Leiche entdeckt und dieses Detail freimütig ausgeplaudert.

Die Polizei hält sich bedeckt. Sie behauptet nach wie vor, es gebe keinen Zusammenhang zwischen den mittlerweile fünf Morden.

Die Kollegen seltsam zahm. Niemand zweifelt das an.

Niemand außer Ingo:

Unter der Bevölkerung geht die Angst um. »Und wenn doch ein verrückter Serienkiller in Köln und Umgebung sein Unwesen treibt?«, beklagt sich die Studentin Lilo K. »Dann kann jeder der Nächste sein.« Auch Frührentner Bruno G. ist nicht wohl bei diesem Gedanken. »Die Polizei, dein Freund und Helfer? Dann soll sie uns gefälligst auch schützen.« (Kölner Anzeiger, Dienstag)

Ingo, du alter Fuchs! Es gibt keine Lilo K. und keinen Bruno G. Du spielst nur dein Spiel. Lässt Andeutungen fallen und distanzierst dich von ihnen, indem du sie erfundenen Figuren unterschiebst. Lenkst alle damit ab. Dabei bist du der Wahrheit längst auf der Spur …

Ich schäme mich. Statt Entsetzen über den neuen Mord zu empfinden, habe ich vor allem Angst, dass Ingo mit seinem fantastischen Riecher und seinen Beziehungen mich um meine Story bringt …

Seit mehr als zwei Stunden irrte Bruder Arno nun schon durch den Wald. Er fror entsetzlich und sein Magen brachte ihn fast um.

Bruder Arno kämpfte mit den Gespenstern.

Immer wieder kehrte er zu der Stelle zurück.

Lief davon.

Kehrte zurück.

Er hatte Schuld auf sich geladen. Es gab keine Rettung für ihn.

Wie sie ihn angeschaut hatte. Er war dem Flehen in ihren Augen ausgewichen und hatte den Blick gesenkt.

Verzeih mir. Verzeih mir.

Gott!

Der Reif des bitterkalten Morgens hatte den Wald in glitzerndes Weiß getaucht. Vor dieser reinen Kulisse war seine Schuld noch ungeheuerlicher.

Er war verdammt. In alle Ewigkeit.

*

Es hatte Romy nur ein paar Anrufe gekostet, um die Waldarbeiter, die das tote Mädchen entdeckt hatten, ausfindig zu machen. Einen Zwanziger hatte sie allerdings berappen müssen, um einen von ihnen zu überreden, sie mit einem klapprigen Renault Kangoo zum Fundort zu lotsen.

Die letzten Meter gingen sie zu Fuß, und Romy, die noch

ein bisschen wacklig auf den Beinen war, hatte Mühe, seinem Tempo zu folgen. Aber schließlich waren sie am Ziel.

Der Mann wies mit ausgestrecktem Arm auf den moosigen Boden.

»Da hat sie gelegen. Fast sind wir drübergestolpert.«

Er zog seine abgetragene Kappe vom Kopf, drehte sie befangen in den Händen und setzte sie wieder auf.

»Wenn Sie mich hier nicht mehr brauchen …«

»Fahren Sie ruhig«, sagte Romy. »Ich würde mir gern Zeit lassen. Vielen Dank, dass Sie mich hergeführt haben.«

Und dann war sie allein.

Frost knisterte in der Luft. Romy schob sich den Schal über die Nase.

Déjà-vu, dachte sie.

Und wünschte sich woandershin.

Der platt getrampelte Grasteppich ließ keine Rückschlüsse auf das Geschehen zu. Hier war inzwischen die halbe Welt herumgelaufen.

Wer mochte das Mädchen gewesen sein? Würde ihre Identität Licht ins Dunkel der Fälle bringen?

Romy blieb eine ganze Weile stehen, wandte sich dann ab und ging langsam zum Weg zurück, als sie den Mann zwischen den Baumstämmen erblickte. Er stand ein Stück abseits und starrte zu ihr herüber.

Romys Herz begann wild zu klopfen.

Um zu ihrem Wagen zu gelangen, musste sie an ihm vorbei. Wenn sie den Weg mied und einen Bogen um ihn machte, würde er sofort erkennen, warum sie das tat.

Zeige einem potenziellen Angreifer niemals deine Angst.

Romy steckte die Hand in die Jackentasche und umklammerte ihren Schlüsselbund. Eine lächerliche Waffe, aber besser als nichts.

Der Mann trat auf den Weg und kam ihr nun entgegen.

Oh Gott! Wie war das gewesen in diesem Selbstverteidigungsvortrag? Dem Angreifer die Daumen in die Augen drücken? Ihm das Knie zwischen die Beine rammen? Und wenn sie nicht richtig traf? Und er wütend wurde?

Blickkontakt? Weggucken? Verdammt!

»Hallo«, sprach er sie an, als sie noch etwa drei Meter voneinander entfernt waren. Seine Stimme war dunkel und weich.

»Hi.«

Romy wurde langsamer.

»Ich habe dich beobachtet.«

Er blieb vor ihr stehen. Sein Lächeln über den schiefen weißen Zähnen war überwältigend. Es ließ Romys Misstrauen dahinschmelzen wie einen Schokoriegel in der Mittagssonne.

»Wie lange schon?«

»Nur kurz. Ich kam vorbei, entdeckte dich und fragte mich, was ein Mädchen allein in diesem Wald tun mag.«

»Und Sie? Was haben Sie hier verloren?«

Es war reiner Reflex, dass sie bei jeder auch nur ansatzweise diskriminierenden Äußerung die Krallen ausfuhr.

»Du.«

»Wie bitte?«

»Du brauchst mich nicht zu siezen.«

Romy schwieg abwartend. Sie sah sein Lächeln verblassen. Traurigkeit kam darunter hervor. Ein anderer ihrer Reflexe, den sie aber diesmal erfolgreich unterdrücken konnte, war der Impuls, traurige Menschen auf der Stelle trösten zu wollen.

»Ich musste nachdenken«, sagte er.

»Hier?«

»Im Wald geht es am besten.«

Er schaute nach oben, wo zwischen den Baumkronen der Himmel sichtbar war. Dabei verrutschte sein Schal, und Romy erkannte den Priesterkragen unter dem dunklen Pullover.

»Sie … du bist Priester?«, fragte sie.

Er nickte und schob sich den Schal wieder zurecht.

»Ich hoffe, das stört dich nicht.«

Seltsame Äußerung, dachte Romy. Warum sollte mich das stören? Überhaupt kam dieser Priester ihr sonderbar vor. Es war etwas in seinen Augen, das in den Augen eines Geistlichen nicht sein sollte. Etwas … Unbeugsames? Trotziges?

Und war er für einen Priester nicht viel zu jung?

»Hier ist ein Mädchen ermordet worden«, sagte sie.

»Wie schrecklich.«

Sie standen in der Kälte, von einem Fuß auf den andern tretend, die Hände in den Taschen. In der Ferne jaulte eine Motorsäge auf. Die Waldarbeiter hatten ihre Frühstückspause beendet.

»Mein Name ist Arno.«

»Ich heiße Romy.«

Was tat sie hier? Wieso blieb sie bei ihm stehen? Was kümmerten sie sein Lächeln und seine Traurigkeit und der immer wieder verrutschende Schal?

Seine Lippen waren blau von der Kälte. Er zitterte.

»Kann ich … dich mitnehmen?«, hörte Romy sich fragen. »Wir müssen nur meinen Wagen finden. Er steht irgendwo dahinten.«

Kurz sah es aus, als verkniffe er sich ein Schmunzeln, dann nickte er.

Sie gingen nebeneinander durch den Wald. Und der Frost knirschte unter ihren Schritten.

*

»Das gefällt mir gar nicht«, sagte Vero mit besorgter Miene.

Er legte die Hand auf Pias Stirn.

»Du hast Fieber.«

Er musterte Pia von Kopf bis Fuß.

»Und dünn kommst du mir vor. Wie ausgezehrt.«

»Weil ich nichts zu essen bekomme«, sagte Pia. »Ich habe seit drei Tagen nur Tee und Wasser getrunken.«

»Das ist notwendig. Du musst dich reinigen.«

Vero setzte sich zu ihr auf die Bettkante.

»Du bist krank, mein Kind.«

Pia schüttelte den Kopf. Tränen liefen ihr über die Wangen. Sie sehnte sich nach Snoop.

»Ich bin nicht …«

»Ein gesunder Körper ist ein Tempel des Herrn«, erklärte Vero leise. »Nur in einem geschwächten Körper können die Dämonen nisten.«

»Mein Körper ist nicht …«

»Er ist geschwächt durch deine Zweifel und dein Aufbegehren. Indem du den Herrn mit deinen argwöhnischen Fragen verleugnest, öffnest du dem Teufel sämtliche Türen.«

»Aber warum hat Gott mir meinen Verstand gegeben, wenn er nicht will, dass ich ihn benutze?«

Pia, die angezogen auf dem Bett gekauert hatte, setzte sich aufrecht hin und stellte die Füße auf den Boden. Sie fühlte das Fieber in ihrem Körper glühen. Gleichzeitig war ihr so kalt, dass sie sich verzweifelt nach einem heißen Bad sehnte. Doch hier gab es nur ein Klo und ein Waschbecken.

Vero schüttelte missbilligend den Kopf.

»Begreifst du denn nicht, was ich meine? Erkennst du nicht deinen Trotz, deine Ablehnung? Merkst du nicht, wie du die Liebe des Herrn zurückweist?«

»Ich spüre sie nur manchmal nicht«, flüsterte Pia.

»Weil Satan dich blind macht.«

Vero legte ihr den Arm um die Schultern, und Pia musste sich zusammenreißen, um sich nicht bei ihm anzulehnen und die Augen zu schließen, um endlich Ruhe zu finden.

Sie meinte draußen ein Bellen zu hören, aber vielleicht bildete sie sich das auch bloß ein. Das Hungern löste Halluzinationen aus. Oder aber, dachte sie, Bruder Miguel hat mir irgendwas in den Tee getan.

Beschämt biss sie sich auf die Lippe. Bruder Miguel war so ein feiner Mensch. Es war gemein, ihn zu verdächtigen.

»Du warst geschwächt durch deine Zweifel und bist jetzt ernstlich krank geworden. Geistig krank, Pia. Du stehst dem Bösen schutzlos gegenüber. Das darf ich nicht zulassen.«

Er ist wahnsinnig, dachte Pia. Ich muss hier raus.

Doch sie blieb apathisch neben ihm sitzen. Jede Bewegung schmerzte. Ihre Fähigkeit, klar zu denken, löste sich allmählich auf. Ihre Wahrnehmungen spielten ihr seltsame Streiche.

Das Zimmer schwankte vor ihren Augen.

»Gib mir was zu essen«, bat sie. »Und wenn es nur ein Stück Brot ist. Bitte, Vater!«

Sie spürte, wie die Matratze sich hob, als Vero aufstand. Sie hörte seine Schritte, als er zur Tür ging. Riss die Augen auf, als sich die Umrisse seines Körpers verwischten.

Und wenn sie wirklich verrückt wurde?

»Ich werde dir helfen«, versprach Vero und ließ sie allein.

*

Giulio und Glen hatten das Vorstellungsgespräch mit Calypso gemeinsam geführt.

»Hast du Erfahrung im Service?«, hatte Glen gefragt.

»Leider nicht«, hatte Calypso ehrlich geantwortet.

»Ja und?« Giulio hatte ihm verschwörerisch zugeblinzelt. »Der Junge wird Schauspieler, mein Lieber. Er kann dir garantiert jeden Kellner spielen.«

Nach einer Viertelstunde hatte Calypso den Job im *Alibi*.

Draußen hatte er sofort versucht, Romy zu erreichen, zuerst in der Redaktion, wo man ihm sagte, sie sei unterwegs, dann auf ihrem Handy. Aber es war ausgeschaltet.

»Super Neuigkeiten«, sprach er ihr auf die Mailbox. »Ich hab einen Job! Lass uns feiern, wenn du nach Hause kommst, ja? Ich freu mich auf dich.«

Romy würde Augen machen. Wenn sie demnächst im *Alibi* saß, würde *er* sie bedienen. Zufrieden grinste er wildfremde Leute an. Seine Heiterkeit verstärkte sich noch, als ihm sein Vater einfiel.

Erstick doch an deiner Knete, dachte er. Ich komme prächtig ohne sie klar.

*

Es war falsch gewesen, an den Tatort zurückzukehren. Jeder Krimileser wusste das. Warum hatte er es dennoch getan?

Weil es ihn magisch dorthin gezogen hatte.

Er litt wie ein Hund. Seit … jener Nacht. Bekam die Bilder nicht aus dem Kopf. Hörte immer noch ihre Schreie. Er hatte seitdem kein Auge mehr zugetan.

Zweimal war er dort gewesen. Beide Male hatte er gehofft, Linderung zu finden.

Vergeblich.

Und dann musste dieses Mädchen da auftauchen.

Bruder Arno war sich nicht sicher gewesen, ob sie ihn entdeckt hatte. Aber er durfte kein Risiko eingehen. Also hatte er sie angesprochen.

Sie hatte rasch Vertrauen gefasst. Nach dem Schock, ihm mutterseelenallein mitten im Wald gegenüberzustehen, hatte die Erleichterung darüber, dass er Priester war, ihre sämtlichen Befürchtungen hinweggeschwemmt, und sie hatte ihm den Grund ihrer Anwesenheit verraten.

Sie schrieb für das *KölnJournal* …

Zwar als Volontärin, aber das machte die Sache nicht weniger gefährlich. Ihr Ehrgeiz war enorm, das hatte er sofort gespürt.

»Sie ist erschossen worden«, hatte sie auf dem Weg zu ihrem Wagen gesagt.

Als ob er das jemals vergessen könnte!

Seine Augen hatten sich mit Tränen gefüllt, und er hatte geblinzelt und den Kopf weggedreht.

Und da hatte sie ihm anvertraut, dass sie an einer Story arbeitete. An einer Story über Gewaltverbrechen, hatte sie gesagt, ganz allgemein. Aber er hatte so eine Ahnung gehabt, dass sie ihm nicht die Wahrheit sagte.

Das hatte den Ausschlag gegeben.

»Weißt du was?« Er hatte sie leicht am Ärmel berührt. »Ich lade dich zu einer Tasse Tee in unser Kloster ein. Was hältst du davon?«

Sie hatte ihn nachdenklich betrachtet. Sich wohl insgeheim gefragt, was sie dadurch gewinnen mochte. Anscheinend genug, denn sie hatte genickt.

»Gern. Vielleicht gelingt es dir ja, mich ein paar unschöne Erlebnisse aus meiner Zeit in der Klosterschule vergessen zu lassen.«

»Möglicherweise. Unsere Gemeinschaft ist etwas Besonderes. Wenn du möchtest, erzähle ich dir unterwegs davon.«

Keiner von ihnen spielte mit offenen Karten. Doch nur für

einen von ihnen würde das dramatisch enden, und das war nicht er.

Romy sah ihn erwartungsvoll an.

»Gut«, sagte Bruder Arno. »Dann lege ich einfach mal los.«

17

Schmuddelbuch, Mittwoch, 19. November, Diktafon

Im Kloster St. Michael. Einer der Pater hat mich zum Tee eingeladen, so richtig schön gemütlich und englisch, wie bei Agatha Christie. Er ist kurz weg, musste sich um irgendwas Wichtiges kümmern.

Ich sitze in der Cafeteria des Gästehauses, mit Blick auf den wunderschönen Innenhof, der sogar im November an den Süden erinnert. Wie muss das hier erst im Sommer aussehen?

Der Tee schmeckt nicht, aber ich trinke ihn trotzdem. Ich will Bruder Arno nicht vor den Kopf stoßen.

Bruder Arno.

Der erste Priester, den ich duze. Es kommt mir komisch vor. Geistliche sind doch Respektspersonen.

Etwas an ihm beunruhigt mich. Etwas macht mir Herzklopfen …

Eine Viertelstunde später: Er hat mir von der Bruderschaft erzählt und von der Gemeinschaft der *Getreuen*, die sie um sich versammelt haben. Mir gefällt die Idee von der Rückkehr zum Urglauben.

Der Tee schmeckt wirklich Scheiße.

Noch ein bisschen später: Im Augenblick scheint hier nichts los zu sein. Kein Gast außer mir.

Vielleicht hat Bruder Arno mich vergessen.

Warum bin ich so müde? Ich hab doch lange genug geschlafen. Ob das noch an der Grippe liegt?

Heißer Kopf und kalte Füße. Ein Zeichen fürs Verliebtsein (hat mein Opa immer behauptet).

Verliebt? In wen?

Allmählich könnte er aber zurückkommen. Ich warte jetzt bestimmt schon eine Stunde. Die ganze Kanne habe ich leer getrunken, und jetzt ist mir schlecht. Vielleicht sollte ich aufstehen und nach Hause fahren.

Lieber noch ein bisschen ausruhen.

Ich war tatsächlich eingenickt.

Ab und zu höre ich Stimmen und Geräusche, aber niemand lässt sich blicken. Irgendwie sitze ich hier neben der Welt.

Schöner Ausdruck. Neben der Welt.

Bruder Arno hat Augen, die einen nicht mehr loslassen, selbst wenn er gar nicht bei einem ist.

Schade, dass er ein Bruder ist.

Bin ich das, die da kichert?

Jetzt reicht's. Außerdem muss ich aufs Klo. Weiß bloß nicht, wo es ist.

Hab versucht aufzustehen. Ging nicht, weil sich alles gedreht hat.

Arno, Süßer, komm und geleite mich zu meinem Wagen.

Und vorher zeigst du mir bitte das Klo.

Packe das Dikta...dingens jetzt weg. Oooh, ist mir schlecht. Ich muss hier raus, bevor ich alles vollkotze.

Und da ist ja auch mein Handy. Hab lange nicht mehr mit meinem Zwill... mit Björn gesprochen.

Ups... Irgendwie klebt mir die Zunge am Gaumen. Es ist wahnsinnig schwer, mit einer festgeklebten Zunge an den Zähnen vorbeizusprechen. Zwill...llings...bru...der.

Geht doch.

Kein Netz. So'n Mist! Geh jetzt Bruder Arno suchen...

Bert hatte sich über Sekten und religiöse Gruppierungen im Großraum Köln informiert und sich mit dem Tattoo der ermordeten jungen Frau beschäftigt, deren Identität noch immer nicht bekannt war. Sie hatten ein Foto der Toten an die Presse gegeben und die Bevölkerung um Hinweise gebeten.

Die trudelten jetzt ein.

Rick sichtete die neuesten, während Bert das Internet nach dem Symbol Fisch durchkämmte. Ricks Vermutung, die Tote könnte vom Sternzeichen Fisch gewesen sein, war nur eine der möglichen Erklärungen.

Bert tendierte zu einer anderen.

Der Fisch galt als Erkennungszeichen der frühen Christen.

Bert erinnerte sich an einen Aufkleber, den er vor Kurzem an einer Heckscheibe gesehen hatte. Darauf war ein Fisch abgebildet gewesen und daneben hatte gestanden: ***F**ahrer **I**st* ***S**chon **C**hrist*. Bert hatte bei dem Anblick schmunzeln müssen.

Es gab auch die Theorie, dass es sich bei dem Symbol des Fischs um ein Geheimzeichen aus dem babylonischen Mysterienkult handelte, aber Bert beschloss, sie zu vernachlässigen.

Sie hatten zwei Tote mit Tätowierungen am Handgelenk:

Ein aufgeklapptes Buch bei Thomas Dorau.

Ein Fisch bei dem unbekannten Mädchen.

Corinna Wagner hatte ausgesagt, Thomas Dorau habe nach Gott gesucht (und Tattoos eigentlich gar nicht ausstehen können).

Zwei Tage später entdecken Forstarbeiter ein totes Mädchen mit dem Symbol der frühen Christen am Handgelenk.

Zufall?

Bert nahm sich die Liste der religiösen Gemeinschaften vor. Sie war überraschend lang und reichte von den Zeugen Jehovas über die Christliche Wissenschaft und die Neuapostolische Kirche bis zu ernsthaften Bibelstudien-Vereinigungen und abstrusen Gebetszirkeln.

Es würde Wochen dauern, die alle abzuklappern.

Er wollte gerade Rick anrufen, um ihm die Ergebnisse der Spurensicherung mitzuteilen, die er vor ein paar Minuten erhalten hatte, als Rick an die Tür klopfte und hereinkam. Er warf Bert den Obduktionsbericht auf den Schreibtisch, schob einen Aktenstapel beiseite und fläzte sich auf die freie Fläche.

»Und?«, fragte Bert gespannt.

»Unterschiedliche DNA unter den Fingernägeln des Mädchens. Keine davon stimmt mit der der anderen Fälle überein.«

»Mist! Und der Abgleich mit der Kartei von LKA und BKA?«

»Negativ.«

Bert stieß einen langen Seufzer aus.

»Was sonst noch?«

»Abwehrspuren, die auf einen erbitterten Kampf schließen lassen. Ausgerissene Haare. Hämatome am ganzen Körper. So zahlreich, dass wir definitiv von mehreren Tätern ausgehen können.«

»Dafür sprechen auch die Fußspuren am Tatort.« Bert schob Rick den Bericht der Spurensicherung hin. »Einige deutliche Abdrücke. Unterschiedliche Größe. Unterschiedliches Profil. Mit sehr hoher Wahrscheinlichkeit Männerschuhe. Es dürfte sich um drei Täter handeln.«

»Komm«, sagte Rick. »Lass uns das beim Essen vertiefen. Aber woanders, nicht hier. Ich hole nur eben meine Jacke.«

Bert fuhr bereitwillig den PC herunter und schnappte sich seinen Mantel. Er hatte einen Tapetenwechsel genauso nötig wie Rick.

Wenig später saßen sie bei Tapas und Salat im *Café Marie*.

»Das bringt uns keinen Schritt weiter«, sagte Rick frustriert. »Ein Zusammenhang unserer Fälle miteinander lässt sich nicht beweisen. Erst recht nicht ein Zusammenhang mit den drei früheren Mordfällen.«

Darüber hatte Bert sich lange den Kopf zerbrochen.

»Alice Kaufmann«, sagte er, »wurde auf dem Hinterhof einer Disko getötet. Da wimmelt es doch bloß so von Spuren.«

»Bei Ingmar Berentz war es ähnlich«, setzte Rick die Überlegung fort. »Es gibt ja kaum öffentlichere Plätze als Parkhäuser.«

Bert vergegenwärtigte sich die Fakten im Fall Mona Fries.

»Außer dem Stadtwald natürlich.« Rick war nicht zu bremsen. »Nur war nach dem Mord an Mona Fries noch nicht die Rede von einer möglichen Serie oder mehreren Tätern. Vielleicht hätte man die Spuren damals sonst anders gedeutet.«

Bert ließ Messer und Gabel sinken.

»Nehmen wir an, es handelt sich um Serienmorde. Und gehen wir nur von unseren Fällen aus. Was wissen wir? Es gibt beide Male mehrere Täter. Unterschiedliche DNA. Und vielleicht einen religiösen Hintergrund …«

»… vor dem sich die unterschiedliche DNA möglicherweise erklären würde.«

Sie verzichteten auf den Kaffee und zahlten. Auf dem Weg zum Präsidium hing jeder seinen eigenen Gedanken nach.

*

Es war Romy peinlich, von Bruder Arno geweckt zu werden. Sie war tatsächlich eingeschlafen, die Arme auf dem Tisch, den Kopf auf ihren linken Unterarm gebettet.

»Oh Gott«, sagte sie und strich sich verlegen übers Gesicht.

»Nicht Gott.« Bruder Arno lächelte. »Ich bin's bloß.«

Humor hatte er auch noch. Romy musterte ihn von der Seite, während er das Geschirr zusammenräumte, um es zur Theke zu tragen. Er war sympathisch, er war klug, er hatte eine hinreißende Stimme und ein umwerfendes Lächeln.

Wieso trat so einer in einen Orden ein?

»Warum bist du Priester geworden?«

Die Frage war kaum heraus, da hätte Romy sich am liebsten die Zunge abgebissen.

Doch Bruder Arno schien ihre Frage nicht indiskret zu finden.

»Freundinnen hatte ich genug«, sagte er. »Aber ich habe immer gespürt, dass da etwas fehlte.«

Er balancierte Tassen und Untertassen zur Theke und kam zurück, um den Rest zu holen.

»Und dann habe ich eine Fotoreportage über dieses Kloster hier gemacht. Dabei habe ich Vero und die andern kennengelernt. Und da ist es mir wie Schuppen von den Augen gefallen.«

Von diesem Vero und seinen Visionen hatte er bereits auf der Fahrt erzählt. Von dem Ziel der Gemeinschaft, das wahre

Christentum zu leben. Von den Schwierigkeiten, die auf diesem Weg zu überwinden waren.

Er saß ihr jetzt wieder gegenüber und Romy sah ihm in die Augen und sie waren goldgesprenkelt und die Wimpern viel zu lang.

Cal, dachte sie, verzeih mir.

Sie war sich selber fremd.

Verstand nicht, was in ihr vorging.

»… und jeder Mensch ist uns willkommen«, sagte er gerade und strahlte sie an.

Jeder Mensch, dachte Romy mit einem elektrisierenden Glücksgefühl. Auch ich.

Seine Hand legte sich auf ihre. Romy fühlte die glatte, kühle Oberfläche des Holztischs. Und auf dem Handrücken die Wärme von Bruder Arnos Haut.

Er ist ein Priester, dachte sie.

Dennoch überließ sie ihm ihre Hand, genoss seine Nähe und sogar den leichten Schwindel in ihrem Kopf. Und als Bruder Arno sagte, jeder könne jederzeit ein neues Leben beginnen, da nickte sie und wusste, sie würde ihm überallhin folgen.

*

Vero bereitete sich vor. Er betete und hielt Einkehr, versuchte, den Lärm des Alltags abzustreifen. Doch das war gar nicht so einfach.

Bruder Arno hatte ihm gestanden, dass er an den unseligen Ort zurückgekehrt war. Dass eine junge Frau ihn dort überrascht hatte. Und dass er sie kurzerhand mitgebracht hatte.

Hierher.

Um die Verantwortung abzugeben, dachte Vero verächtlich.

Es war nicht irgendeine junge Frau. Es war eine Volontärin, die für das *KölnJournal* arbeitete. Eine Journalistin! Ausgerechnet!

Der Schwachkopf hatte ihr Tee serviert und sie hatte ihn getrunken.

»Sie ist Wachs in meinen Händen«, hatte Bruder Arno versichert, doch Vero hatte das Glitzern in seinen Augen bemerkt. Wer war da Wachs in wessen Händen?

Bruder Arno hatte eine enorme Wirkung auf Menschen. Selbst Vero war seinem Charisma anfangs erlegen.

Man sah diesen Mann an und glaubte ihm jedes Wort.

Führe mich, Vater. Begleite mich auf dem schweren Weg, den ich gehen muss. Lass mich stark genug sein, um deine Dienerin Pia vor dem Einfluss deines ärgsten Widersachers zu beschützen.

Wie konnte Bruder Arno nur so unbeschreiblich dumm sein und diesen Wald noch einmal betreten? Sein Versagen war unverzeihlich. Es zog einen Rattenschwanz an Reaktionen nach sich, die sie alle Kopf und Kragen kosten konnten.

Er hatte die Volontärin hierher gebracht. Er hatte ihr mit dem Tee die Drogen verabreicht. Sie hatten keine Wahl. Sie mussten das Spiel zu Ende spielen.

Es war nicht schwer, einen Menschen umzukrempeln. Ihm eine Gehirnwäsche zu verpassen und ihn gefügig zu machen.

Aber diese junge Frau war von der Presse.

Vero erhob sich. Wie sollte er Ruhe finden, wenn von allen Seiten die Probleme auf ihn einstürmten? Wie konnte er die Kräfte aktivieren, die er brauchte, um sich Satan zu stellen?

Denn das musste er tun, um Pia zu retten.

Bruder Arno würde diesmal nicht dabei sein. Er hatte nicht die Nerven. Er war ein Schwächling und zu so etwas nicht zu gebrauchen.

*

Sie kamen in der Dämmerung.

Sie waren zu viert, und Pia konnte ihre Gesichter nicht erkennen, weil sie sich die Kapuzen ihrer Gewänder tief in die Stirn gezogen hatten.

Ku-Klux-Klan, dachte sie und wich zurück bis an die Wand.

»Komm«, sagte Vero und streckte die Hand nach ihr aus.

Sie hatte das Gefühl zu schweben.

»Komm«, wiederholte Vero.

Seine Stimme war zärtlich und kalt.

Willenlos, dachte Pia. Ein schrecklicher Zustand.

Es war der Tee. Sie war sich inzwischen ganz sicher. Sie hatte ihn nicht mehr angerührt, doch da war es schon zu spät gewesen.

Alles war zu spät.

Sie hatte etwas gesehen, das sie nicht hätte sehen dürfen. Und sie hatte etwas gehört, das sie nicht hätte hören dürfen. Dafür würde sie jetzt bezahlen.

War es Sally gewesen, die sie hatte schreien hören? War sie es gewesen, die man im Schuppen gefangen gehalten hatte?

Sally, die so plötzlich verschwunden war.

Immer wieder hatte Pia sich diese Fragen zwischen den Fieberschüben gestellt. Dabei hatte sie die Antwort von Anfang an gekannt.

Und nun war sie an der Reihe.

Sie legte ihre Hand in Veros Hand. Sie hatte keine andere Wahl. Vielleicht konnte sie unterwegs entkommen. Irgendwie.

Gebt mir Tee, so viel ihr wollt, dachte sie. Meinen Geist könnt ihr nicht knebeln.

War das wirklich so?

Veros Hand zu berühren, war schrecklich schön.

Pia stolperte und er fing sie auf. So nah. So nah.

Wohin wurde sie gebracht?

Aus den Augenwinkeln suchte sie nach Anhaltspunkten. Sie spannte jeden Muskel an, um bereit zu sein.

Doch als sie dann loslief, geschah es wie in Zeitlupe. Ihre Beine waren zu schwer, zu weich. Sie folgten ihrem Willen nicht.

Einer der Brüder lachte. Die Tränen, die Pia über die Wangen rollten, waren wie Honig, langsam und zäh.

Die Zeit blieb stehen.

*

Bruder Arno zeigte Romy das Kloster und den prachtvollen Park, dessen Schönheit nicht einmal der November etwas anhaben konnte. Den ganzen Tag über war es klirrend kalt gewesen, und der Raureif hatte sich gehalten. Er ließ die Bäume und Sträucher im Dämmerlicht leuchten.

TausendundeineNacht.

Romy schaute sich mit großen Augen um. Sie hatte in seiner Abwesenheit die ganze Kanne Tee ausgetrunken und ihre Bewegungen waren langsam geworden und ungenau. Die ganze Kanne! Das war nicht so geplant gewesen, doch nun mussten sie da durch.

Er ließ sich über die Bruderschaft aus, philosophierte über Gott, das Leben und die Ewigkeit. In den Augen des Mädchens konnte er erkennen, wie seine Leidenschaft sie packte.

Wie leicht es ist, die Menschen zu manipulieren, dachte er mit einem kurzen Erschrecken, das sich in der nächsten Sekunde in wohlige Genugtuung verwandelte.

Sie schlenderten durch den Park, Seite an Seite, und Bruder Arno vergaß darüber beinah, wie sehr er Vero verärgert hatte.

Eine Journalistin? Und du bringst sie hierher?

Noch nie war ihm ein so kapitaler Fehler unterlaufen. Er hatte in Panik gehandelt und überreagiert. Aber es war kein Weltuntergang. Er konnte das wieder in Ordnung bringen. Er musste das Mädchen nur eine Weile beschäftigen, bis ihr Kopf wieder klar war und sie ins Auto steigen und nach Hause fahren konnte. Nach der Menge an Tee, die sie intus hatte, würde sie sich im Nachhinein kaum an etwas erinnern.

Aber eigentlich wollte er gar nicht, dass sie das Kloster schon wieder verließ. Es machte ihm Freude, sich mit ihr zu unterhalten. Er betrachtete sie gern. Er fühlte sich von ihr … angezogen.

Konnte es denn nicht sogar nützlich sein, jemanden von der Presse ins Boot zu holen? Sie hatten Mitglieder aus sämtlichen Schichten der Bevölkerung gewonnen. Warum nicht eine Journalistin?

»Ich glaube, ich sollte allmählich …« Sie blieb stehen, und für einen Moment saugten sich ihre Blicke aneinander fest. »… nach Hause fahren.«

Die kalte Luft hatte Wunder bewirkt, aber Romy sprach immer noch sehr langsam und überdeutlich, als müsse sie sich gewaltig konzentrieren.

»Warum so eilig?«

Noch ein, zwei Runden, dachte er, dann konnte er sie guten Gewissens zu ihrem Wagen begleiten.

»Wenn ich den Tag vertrödle, muss ich am Abend arbeiten.«

Sie zögerte. Taumelte ein wenig.

»Kannst du schweigen?«

Bruder Arno legte drei Finger auf die Brust und machte ein angemessen feierliches Gesicht.

Romy stellte sich auf die Zehenspitzen, um ihm ins Ohr zu flüstern.

»Die fünf Morde …«

Über ihren Kopf hinweg erblickte er Vero und drei Mitbrüder, die Pia in Richtung Nebengebäude führten. Instinktiv fasste er Romy an den Schultern, um sie daran zu hindern, sich umzudrehen.

Doch damit erreichte er genau das Gegenteil. Romy drehte sich um.

»Das ist doch …« Sie stutzte. »Pia? Hallo! Piiia!«

Keiner der Mitbrüder reagierte. Auch Pia nicht, dem Himmel sei Dank. Es kam Bruder Arno so vor, als hätte Vero das Tempo unmerklich beschleunigt.

»Wer … ist das Mädchen?«, fragte Romy verunsichert.

»Ein Mitglied unserer Gemeinschaft«, sagte Bruder Arno betont gleichgültig und beobachtete erleichtert, wie der kleine Trupp um die Ecke verschwand.

»Ich dachte …« Romy war sichtlich verwirrt. »Aber sie war irgendwie anders … dünner …«

Bruder Arno behauptete nicht, dass Romy sich getäuscht hätte. Er nannte ihr keinen falschen Namen. Er war kein Lügner.

Ein Mörder, ja, aber kein Lügner.

Erst jetzt wurde ihm die ganze Tragweite des Geschehens bewusst. Die Mädchen kannten einander! Sein Herzschlag setzte aus.

»Eigentlich hätte ich dir gern noch mein Atelier gezeigt …«

Sag Ja! Mach es mir nicht unnötig schwer.

Langsam wandte Romy sich zu ihm um. Sie nickte gedankenverloren. Als sie auf das Haupthaus zugingen, schaute sie immer wieder über die Schulter zurück.

Bruder Arno hatte keine Ahnung, wie er mit der Situation umgehen sollte. Er versuchte Zeit zu schinden. Und hoffte, alles andere würde sich dann von selbst ergeben.

*

Erst jetzt fiel Romy auf, wie merkwürdig diese Begegnung gewesen war. Pia hätte in jedem Fall reagieren müssen. Man drehte sich doch instinktiv um, wenn jemand rief.

War es möglich, dass sie sich geirrt hatte? Dass das Mädchen im Park gar nicht Pia gewesen war?

Auch die Mönche hatten sich verhalten, als wären sie taub gewesen. Kapuzenmänner. Unheimlich.

Fang nicht an zu spinnen, dachte Romy. Du bist ein bisschen durch den Wind. Vielleicht zu früh wieder zur Arbeit gegangen nach der heftigen Grippe.

»Voilà!«

Bruder Arno stieß eine mächtige Flügeltür auf und ließ ihr den Vortritt.

Die hohen Wände waren mit gerahmten Fotografien bedeckt. Gesichter. Hände. Wasser. Wolken. Sonnenstreifen, die schräg in ein Zimmer fielen.

Bildermelodien.

Sie fanden ihren Weg in Romys Kopf, und Romy wusste, sie würde sie nicht mehr vergessen. Die alte Frau mit dem zahnlosen Lächeln. Die Speichelblase vor dem Mund eines Säuglings.

»Wow«, sagte sie.

Überall standen Körbe und Kisten, in denen Bruder Arno Materialien sammelte. Steine. Holz. Bunte Stofffetzen. Bizarr verdorrte Blumen. Auf einem langen Holztisch sah Romy Kästchen mit Muscheln, Knöpfen und Schneckenhäusern. In einem Keramikbecher steckten Vogelfedern.

»Für meine Kompositionen«, erklärte Bruder Arno.

Romys Blick fiel auf eine riesige Collage, und es war, als hätte sie Bruder Arno ins Herz geschaut. Es schien ihr nicht nötig, ihn kennenzulernen. Wusste sie nicht schon alles über ihn?

Blödsinn, sagte etwas in ihr, aber sie hatte keine Lust, sich das hier kaputt machen zu lassen.

Er war Priester. Na und? Sie hatte ja nicht vor, ihn zu verführen. Sie wollte bloß noch eine Weile in seiner Nähe sein.

Sie entzifferte die schwungvolle Signatur am unteren Rand der Collage.

Arno Paashaus.

Der Name aus seinem früheren Leben.

Er war nicht immer Priester gewesen.

*

Sie hatten Pia wieder in das schäbige Zimmer zurückgebracht.

»Wir müssen es verschieben«, hatte Vero zu den Brüdern gesagt, und seine Stimme hatte sehr verärgert geklungen. »Es ist zu unsicher.«

In Wellen war der Schwindel durch Pias Kopf geflossen. Die Stimmen der Männer waren laut und leise geworden, laut und leise, als hätte einer den Ton rauf und runter gedreht.

Jemand hatte ihren Namen gerufen. Weit weg. Oder vielleicht bloß in einem entlegenen Winkel ihres Gehirns. Pia hatte sich nicht umgedreht.

Sie sehnte sich nach Schlaf, nach Vergessen. Ohne sich auszuziehen, fiel sie auf das Bett.

18

Schmuddelbuch, Freitag, 21. November

Cal ist sauer auf mich, wieder mal. Er fühlt sich unbeachtet und unverstanden. Stimmt. Ich habe wenig Zeit für ihn. Und wenig Aufmerksamkeit. Meine Gedanken sind mit den Morden beschäftigt, mit Pia und dem Kloster.

Irgendwas habe ich dort wahrgenommen …

Irgendwas beunruhigt mich …

Aber ich kriege nicht raus, was es war. Mein Unterbewusstsein hat dicht gemacht.

Gestern hatte ich den ganzen Tag lang einen fürchterlichen Brummschädel. Und ein schlechtes Gewissen.

Ich habe Cal nichts von Bruder Arno erzählt.

Wieso? Was ist los mit mir?

Hab mich krankgemeldet und im Internet nach Informationen über die *Getreuen* gesucht, jedoch nichts Bemerkenswertes gefunden. Dann habe ich Bruder Arnos bürgerlichen Namen in die Suchmaschine eingegeben.

Arno Paashaus. 70735 Einträge.

Er scheint ziemlich gut zu sein. Ich wusste nicht, dass ein Priester auch Aktfotos ausstellen darf.

Mit Björn telefoniert. Er hängt in Berlin rum und kämpft um Maxim. Die Frau hat gute Karten. Sie ist reich, und Maxim ist geldgierig ohne Ende.

Maxim ist ein Schwein.

Noch eine Stunde, dann werde ich ins *Alibi* gehen. Wenn Cal schon nicht mit mir spricht, dann muss er mich wenigstens bedienen. Anschließend werde ich noch einmal zum Kloster fahren. Und danach *nie wieder.*

Sie zwangen sie, niederzuknien. Vero hatte das Messgewand angelegt.

Es schimmerte wie Gold.

Den Ausdruck auf Veros Gesicht kannte Pia nicht. Nie hatte sie ihn so gesehen, so gesammelt, würdig und streng.

Hände hielten sie an Schultern und Armen fest, drückten sie zu Boden.

Pia roch Weihrauch. Von Weihrauch wurde ihr immer schlecht.

Vero griff nach einem Buch und schlug es auf.

»Oh Herr und Gott, Licht des Himmels und der Erde …«

Was war das hier? Wieso war sie die Einzige, die knien musste? Warum zeigten die andern ihre Gesichter nicht? Sie hatte sie doch längst erkannt.

Aus welchem Grund wurde sie festgehalten?

»… der du die Sünden der Menschheit auf dich genommen hast …«

Pia wehrte sich.

Sie versuchte, die Hände abzuschütteln.

Duckte sich.

»… der du Satan im Staub zertreten hast, ich flehe dich an, erlöse mich von jeder bösen Anwesenheit …«

Von jeder bösen Anwesenheit? Was, zum Teufel …

Nein. Sie durfte diesen Namen nicht einmal denken. Sie würden es merken. Und dann …

Sie konnte nicht glauben, was ihr geschah.

»… befreie mich von den Einflüsterungen des Bösen …«

»Lasst mich los!«

Sie reagierten darauf, indem sie ihren Griff verstärkten. Abgesehen davon zeigte nichts, dass sie Pia gehört, ihre Anwesenheit überhaupt zur Kenntnis genommen hatten.

»… ich bitte dich im Namen der Dreieinigkeit um deinen Beistand und deinen Segen, bitte dich um deiner Wunden und deines Leidens willen …«

Das war kein Gebet.

Lieber Gott, dachte Pia, das ist doch kein Gebet!

»Nein! Lasst mich los!«

»… durch die Fürsprache der heiligen unbefleckten Jungfrau Maria …«

»LASST MICH LOS!«

Veros Stimme blieb fest und bestimmt. Vielleicht wurde sie ein wenig lauter.

Drängender.

»… verteidige mich gegen jeden Angriff des Bösen …«

»IHR SOLLT MICH LOSLASSEN!«

Die Hände stießen sie zu Boden. Pressten ihr Gesicht auf die eiskalten Fliesen.

»… um mich zu reinigen und zu stärken und zur Errettung meiner unsterblichen Seele …«

Pia fing an zu schreien.

Sie schrie seine Stimme nieder.

Für einen Moment hörte sie nur ihren Schrei, doch als er verebbt war, merkte sie, dass Vero unbeirrt weitergeredet hatte. Der Schweiß brach ihr aus sämtlichen Poren. Ihr Herzschlag raste. Sie bekam keine Luft.

»… und zertrete das Haupt Satans …«

Sie schrie. Schrie. SCHRIE.

»… der das Licht ins Dunkle verkehrt und Gottes vollkommene Schöpfung …«

Keine Luft. Es flirrte Pia vor den Augen. Blitze zuckten über ihr Gesichtsfeld. Die Zunge klebte ihr am Gaumen.

Sie hatte so laut geschrien, dass es ihr die Stimme zerbrochen hatte.

»Bitte …«

Ein heiseres Flüstern, zu mehr war sie nicht mehr imstande.

»… deshalb flehen wir in aller Demut …«

Pia zwang sich, tief einzuatmen. Und aus. Ein.

»… sende uns die himmlischen Legionen zu Hilfe, auf dass sie die Dämonen verfolgen …«

Dämonen.

Himmlische Legionen.

Jemand lachte.

Pia bemerkte, dass sie selbst es war, die lachte. Bestimmt bemerkte Vero es ebenfalls. Doch er zeigte es nicht.

»… und in den finstersten Abgrund schleudern. Amen.«

Amen.

Die Stille war eine Wohltat. Pia entspannte sich. Sie fühlte, wie ihr Speichel aus dem Mundwinkel rann. Tränen traten ihr in die Augen. Sie musste dringend aufs Klo.

»Bitte«, flüsterte sie. »Darf ich auf die Toilette gehen?«

Sie gaben ihr keine Antwort.

»Wer seid ihr?«, fragte Vero.

Aber er kannte die Brüder doch. Sie hießen Gunnar, Milo und Sandro. Verwirrt wartete Pia darauf, dass einer von ihnen antwortete. Erst als das nicht geschah, wurde ihr bewusst, dass Vero die Frage an andere gerichtet hatte.

Es war jedoch niemand sonst im Raum.

»Im Namen aller Heiligen befehle ich euch, mir eure Identität zu verraten!«

Pias Blase entlud sich.

Voller Scham fühlte sie die warme Nässe an den Beinen.

Die Hände ließen ihre Schultern los.

Jemand fluchte.

Und Pia erkannte, an wen sich Veros Fragen richteten.

Sie glaubten tatsächlich, dass Dämonen von ihr Besitz ergriffen hatten.

*

Das war das erste Zeichen. Der Dämon hatte Pia vollständig in seine Gewalt gebracht. Er kontrollierte ihre Körperfunktionen.

Vero lächelte zufrieden in sich hinein. Der erste Versuch, ihn zu provozieren. Das war gleichbedeutend mit dem ersten Kontakt.

Nach ihrem Toben und Schreien war Pia nun sanft wie ein Lamm. Sie kniete vor ihm, den Kopf gesenkt, ganz Demut und Ergebenheit. Doch das täuschte. Der Dämon sammelte Kräfte für seinen nächsten Angriff.

Der Dämon. Oder die Dämonen, denn mitunter rotteten sich mehrere in dem Besessenen zusammen. Weil das Böse feige war, wenn es darauf ankam. Weil es vor dem aufrechten Glauben zurückwich wie der Vampir vor der Knoblauchknolle.

Aber es war ein langer, beschwerlicher Weg bis dahin.

Vero wusste das besser als jeder andere. Er hatte schon zu oft gegen das Böse verloren. Das sollte ihm nicht noch einmal passieren.

Nicht bei diesem Mädchen. Nicht bei Pia.

Er hatte den Blick des Dämons in ihren Augen gesehen. Er hatte seine Stimme aus ihrem Mund gehört. Er hatte seine teuflischen Kräfte gespürt.

»Weiche von diesem Mädchen!«, befahl er ihm. »Lass ab von ihr!«

Pia warf den Kopf zurück und starrte ihn an.

Sie riss den Mund auf.

Und der Dämon brüllte.

*

Der Name der Toten war Sally Jensch. Sie war einundzwanzig Jahre alt geworden. Ihre Eltern hatten sich gemeldet und ihre Leiche identifiziert.

Sie waren sehr gefasst gewesen und hatten keine Träne vergossen. Doch das musste nichts heißen. Es gab Menschen, die das Herz nicht auf der Zunge trugen, und manchmal waren Beziehungen auch so verwoben und belastet, dass es keine Tränen mehr gab.

»Unsere Tochter hat uns nur Kummer bereitet«, hatte der Vater gesagt. »Wir kamen nicht mehr mit ihr zurecht.«

Sally hatte seit ihrem fünfzehnten Lebensjahr auf der Straße gelebt. Sie hatte sich nicht einsperren lassen, nicht von ihren Eltern und nicht vom Jugendamt. Immer wieder war sie von der Polizei aufgegriffen worden, immer wieder war sie ausgerissen.

Ihre Eltern wohnten in Frankfurt. Die Tochter hatte einige Zeit in Hamburg verbracht, die letzten anderthalb Jahre dann in Köln. Sie war nicht drogenabhängig gewesen. Sie hatte sich mit Almosen über Wasser gehalten und war für ein paar Scheine auch schon mal zu einem Mann ins Auto gestiegen.

»Es war dieser elende Freiheitsdrang«, hatte die Mutter mit leiser Stimme geklagt. »Sie hielt es in geschlossenen Räumen einfach nicht aus.«

Bert konnte nachvollziehen, dass jemand Wind, Regen und

Sonne auf dem Gesicht fühlen musste. Dass er hinter geschlossenen Fenstern und Türen einging wie eine Primel. Es gab diese Menschen, und wenn sie niemanden hatten, der das verstand, war ihr Untergang vorprogrammiert.

Diese Eltern hatten ihr Kind aufgegeben, obwohl es ihr einziges gewesen war. Der tote, kalte Körper unter dem Laken der Gerichtsmedizin war nichts weiter als eine Erinnerung, von der sie sich abwenden konnten, um die Beerdigung vorzubereiten.

Sie hatten nichts Erhellendes zu berichten. Bert und Rick hatten ihnen höflich zugehört und die Befragung zu Ende gebracht, so rasch es der gute Ton erlaubte.

Mehr Zeit nahmen sie sich für Rita Hayworth, eine Obdachlose, die sich aufgrund des Fotos im *Kölner Anzeiger* gemeldet hatte. Sie war siebenundsechzig Jahre alt, groß und hager, eine ehemalige Schauspielerin, die früher eine frappierende Ähnlichkeit mit der amerikanischen Hollywood-Diva gehabt haben sollte, der sie ihren Spitznamen verdankte.

Ihren richtigen Namen kannte mittlerweile keiner mehr. Vielleicht hatte sie selbst ihn ebenfalls längst vergessen.

»Sally hat Angst gehabt«, sagte sie. »Aber ich hab nicht rausgekriegt, wovor. Sie hat ja mit keinem mehr richtig geredet.«

»Seit wann war sie so ... verändert?«, fragte Rick, der sich bisher zurückgehalten hatte. Er fühlte sich Frauen wie dieser nicht gewachsen und strahlte das auch aus.

Rita hob die Schultern.

»Schwer zu sagen. Sie kam und ging und war dann ja auch 'ne ganze Weile weg.«

»Allein?«, hakte Bert nach.

»Vielleicht«, antwortete sie unbestimmt. »Vielleicht auch nicht.«

»Und dann tauchte sie plötzlich wieder in der Szene auf?«, fragte Rick.

»Szene!«

Rita spie ihm das Wort ins Gesicht und mit ihm ein paar Tropfen Speichel.

Rick saß da wie in Stein gemeißelt. Mit keiner Regung ließ er Ekel oder Widerwillen erkennen. Bert bewunderte ihn.

»Das würde euch so passen, was? Szene! Klingt schick und macht was her, und nicht mal eure feinen Wörter müssen mit unserm Dreck in Berührung kommen.«

Bert wusste, sie meinte nicht nur den oberflächlichen Schmutz. Ihm war auch klar, dass er leicht selbst anstelle dieser Frau sein könnte, wenn sein Leben anders verlaufen wäre.

»Wo tauchte Sally wieder auf?«, fragte er.

»Bei mir.«

Rita spielte mit dem Saum ihrer wattierten Jacke, die sie trotz der stickigen Luft hier im Einkaufscenter nicht abgelegt hatte. Sie hatten sich in den *Arcaden* verabredet, weil Rita nicht dazu bereit gewesen war, das Präsidium zu betreten. Es war ihr schon schwer genug gefallen, mit ins Eiscafé zu kommen.

»Sie kannte meine Stellen und hat mich aufgestöbert, wenn sie mich suchte. Wir sind ja früher oft zusammen rumgezogen. Ein bisschen war sie mein Kind. Ich hab auf sie aufgepasst.«

Die teils befremdeten, teils belustigten Blicke der übrigen Gäste prallten an ihr ab.

An Bert nicht.

Er erwiderte sie voller Zorn. Hätte er Rita damit nicht bloßgestellt, wäre er aufgestanden und hätte die Gaffer zur Schnecke gemacht.

»*Ich hab ein warmes Plätzchen gefunden*, hat sie gesagt. *Ich würd dich ja mitnehmen, Rita, aber es würde dir da nicht gefallen*. Ich hab gespürt, dass sie nicht mehr erzählen wollte, und hab nicht nachgefragt. Sally hat gewusst, wo ich es aushalte und wo nicht.«

Bert hatte Rita ein Kännchen Kaffee bestellt und ein Viertel Wein. Seine Einladung zum Essen hatte sie abgelehnt. Den Kaffee hatte sie bisher kaum angerührt, den Wein jedoch fast ausgetrunken.

Draußen war es dunkel wie am späten Nachmittag, dabei war es erst kurz nach elf. Der graue Himmel senkte sich immer tiefer auf die Stadt. Die Fingerspitzen, die aus Ritas giftgrünen Stulpen hervorschauten, hatten sich in der plötzlichen Wärme gerötet. Ihre Nägel waren komplett abgekaut.

»Sie war so blass«, sagte Rita. »Und so schrecklich dünn. Warum, frage ich mich, wenn sie doch gut untergekommen war? Aber natürlich hab ich die Klappe gehalten.«

»Wieso natürlich?«, fragte Rick.

Sie strafte ihn mit einem langen Blick.

»Glauben Sie, Sally war krank?«, lenkte Bert sie ab.

»In der Seele.« Rita nickte. »Sie war in der Seele krank. Verlassen und allein.«

»Aber sind das nicht all …«

Bert versetzte Rick unter dem Tisch einen Tritt.

»Sally hatte Angst«, erinnerte er Rita. »Haben Sie eine Vermutung, wovor sie sich gefürchtet haben könnte?«

Sie schüttelte den Kopf so heftig, dass Bert sich fragte, ob sie nicht selbst Angst vor etwas hatte. Oder vor jemandem. Was verständlich war, wenn man Sallys Ende bedachte.

»Ihr letzter Besuch war ein Abschied.«

Sie widmete sich jetzt dem Kaffee, schaufelte löffelweise Zucker in ihre Tasse.

»Da war Sallys Haut so durchscheinend, dass man die Adern drunter erkennen konnte.«

»Ein Abschied?«

Allein vom Zuschauen fiel Bert fast ins Zuckerkoma.

»*Glaubst du an ein Leben nach dem Tod, Rita*? Das hat sie mich gefragt.«

Ritas Finger zitterten, als sie die Tasse anhob. Kaffee schwappte über. Sie wischte ihn mit dem Ärmel ihrer Jacke auf.

»Du weißt, dass ich an gar nichts mehr glaube, hab ich gesagt. *Ich schon*, hat sie geflüstert. *Ich schon. Sonst ist doch alles verloren.*«

Rita starrte vor sich hin, die Tasse in der Hand.

»Und dann?«, fragte Rick.

Sie beachtete ihn nicht, als sie antwortete.

»Ich habe Sally nie wieder gesehen.«

»Wie lange ist das her?«, fragte Rick. »Ihr letzter Besuch, meine ich.«

Ebenso gut hätte er sie fragen können, an welchem Tag Barack Obama Präsident der Vereinigten Staaten von Amerika geworden war oder wann sie zum letzten Mal eine Arztpraxis von innen gesehen hatte.

Rita lebte außerhalb der Zeit.

Sie zuckte mit den Schultern, doch ihr angespannter Gesichtsausdruck verriet, dass sie alles dafür gegeben hätte, Sallys Mörder mit präzisen Erinnerungen ans Messer zu liefern.

»Das Tattoo an ihrem Handgelenk«, gab Bert ihr die Gelegenheit, »wann hat Sally sich das zugelegt?«

Rita fixierte angestrengt einen Punkt an der Wand. Horchte in sich hinein. Dann sackte sie enttäuscht in sich zusammen.

»Tut mir … ich weiß es nicht. Irgendwann war's da. Großes Geheimnis. Sie wollte nicht drüber reden.«

»Hat sie gebetet?«, fragte Bert.

Seine Frage überraschte sie.

»Gebetet? Sally?«

Rita lachte, doch das Lachen erstarb auf ihren Lippen.

»Sally hat keinen Cent um irgendeinen Gott gegeben. Sie hat bloß an die Ewigkeit geglaubt.«

Bert beugte sich vor. »Sind Sie sicher, Rita?«

»Sicher?«

Sie grinste abfällig.

»Sicher, mein Lieber, ist nur der Tod.«

*

Romy hatte Glück. Ihr Lieblingsplatz am Fenster war gerade frei geworden, und sie ließ sich zufrieden auf einen der Stühle fallen. Während sie Tasche und Laptop abstellte, sah sie sich nach Cal um.

Er war ganz in Schwarz gekleidet und hatte sich eine dunkelrote Schürze um die Hüften geschlungen. Sie reichte ihm bis zu den Knöcheln und stand ihm verdammt gut. Wäre Romy nicht bereits seine Freundin gewesen, sie hätte sich glatt in ihn verlieben können.

Auch seine Kollegin trug eine solche Schürze. Und darunter einen schwarzen Minirock und ein schwarzes T-Shirt, beides so knalleng, dass Romy sich fragte, wie sie es schaffte, sich zu bewegen, ohne sich dabei die Luft abzuschnüren.

»Bitte?«, fragte Cal von oben herab.

»Wenn der Prophet nicht zum Berg kommt, dann muss der Berg eben zum Propheten kommen«, sagte Romy. »Ich hätte gern einen Cappuccino und ein großes, leckeres Käsesandwich.«

Er drehte sich so schwungvoll um, dass der Luftzug Romys Wange streifte. Sie hatte vorgehabt, mit ihm zu reden, denn zu Hause ging er ihr aus dem Weg. Doch jetzt merkte sie, dass sie den falschen Ort dafür gewählt hatte.

»Sei doch nicht so«, sagte sie, als er ihr den Cappuccino hinstellte.

»Wie bin ich denn?«

Er blickte auf sie herunter. Noch nie hatte Romy sich so weit von ihm entfernt gefühlt.

»Schrecklich empfindlich und … unnahbar. Ich habe einen Job, Cal. Und dafür muss ich ab und zu unterwegs sein. Daran kann ich nichts ändern.«

Und ich will es auch nicht, dachte sie, beschloss jedoch, das für sich zu behalten.

»Du meldest dich nicht, rufst nicht zurück, wenn ich dir Nachrichten hinterlasse. Ist doch klar, dass ich mir da Sorgen mache.«

»Ich hatte kein Netz.«

Romy trank einen Schluck und verbrühte sich die Zunge. Schnell stellte sie die Tasse wieder ab.

»Außerdem hast du es gerade nötig! Wer hat denn bei seinem ach so tollen Workshop den kompletten Rest der Welt vergessen?«

»Zahlen!«

Cal eilte davon, um an einem Tisch bei der Theke zu kassieren. Romy rührte in ihrem Cappuccino und kämpfte gegen das Bedürfnis an, in Tränen auszubrechen. Sie fühlte sich auf einmal sehr allein. In ihren Gliedern regte sich das vertraute Grippefrösteln. Anscheinend war sie immer noch nicht richtig gesund.

Als Cal ihr das Käsesandwich auf den Tisch stellte, hielt sie seine Hand fest.

»Sprich mit mir, Cal.«

Sie sah den Ärger aus seinen Augen schwinden. Er verzog den Mund zu der Andeutung eines Lächelns.

»Bist du heute Abend zu Hause?«, fragte er leise.

Romy nickte. Ihr Ausflug ins Kloster würde sicher nicht lange dauern. Sie wollte sich nur vergewissern, dass das Mädchen im Park wirklich nicht Pia gewesen war. Und herausfinden, ob sie sich bloß einbildete, dort irgendetwas gesehen zu haben, an das sie keinerlei bewusste Erinnerungen hatte.

Vor allem aber wollte sie Bruder Arno noch einmal gegenüberstehen. Etwas hatte bei ihrem ersten Besuch ihr Wahrnehmungsvermögen beeinträchtigt. Die Auswirkungen ihrer Grippe. Oder die Nebenwirkungen der Medikamente.

Sie wollte sich davon überzeugen, dass an ihrer Beunruhigung, sooft sie an das Kloster dachte, nichts dran war. Und dass dieser Bruder Arno sie im Normalzustand absolut kaltließ. Das war sie sich selbst schuldig.

Und Cal.

»Dann koche ich uns was Gutes, wenn hier Schluss ist.«

Cal fuhr mit den Fingern zart über ihren Handrücken.

Ein feiner Schmerz lief über Romys Haut. Als wäre es nicht Cal gewesen, der sie berührt hatte, sondern einer, der sie niemals im Leben berühren durfte.

*

Pia hatte von der Existenz dieses Raums keine Ahnung gehabt. Es gab so viele Zimmer auf dem alten Klostergelände. Es gab Schuppen und Scheunen, Keller und Speicher, Neben- und Anschlussräume, Abstellkammern und was nicht sonst noch alles.

Und es gab diesen Raum.

In einem kleinen gemauerten Haus am Ende des Anwesens, über dessen Verwendungszweck Pia sich nie Gedanken gemacht hatte. Wenn sie es getan hätte, wäre sie wohl auf die

Idee gekommen, dass hier Gartengeräte aufbewahrt wurden und Dinge, die repariert werden mussten.

Doch sie hatte das Häuschen nicht einmal wahrgenommen. Es stand einfach da, halb von wildem Wein überwuchert, von dem jetzt im November nur das kahle Astwerk übrig geblieben war, das Mauern und Dach wie ein schwarzes Adergeflecht überzog.

Ein vielleicht sechzehn Quadratmeter großer Raum, spartanisch eingerichtet mit einem Tisch und vier Stühlen. Daran anschließend ein winziges Bad mit Toilette und Waschbecken.

Als Erstes hatte Pia sich zum Waschbecken geschleppt. Gierig hatte sie getrunken, getrunken und getrunken. Vielleicht, hatte sie gedacht, würde das kalte Wasser ihr Fieber ein wenig senken. Doch es lag ihr wie ein Stein im Magen und gluckerte bei jeder Bewegung.

Dann hatte sie sich gewaschen und umgezogen. Die schmutzigen, stinkenden Sachen hatte sie zusammengefaltet und im Bad in eine Ecke geschoben.

Jalousien aus einem transparenten Stoff hielten das Draußen fern, ohne das Licht auszuschließen, doch hierher, unter die hohen Tannen, gelangte ohnehin kaum Sonnenlicht.

An der Stirnwand hing ein großes Kreuz. Ein Symbol des Glaubens, hatte Pia früher gedacht. Doch seit einiger Zeit war es für sie hauptsächlich ein Symbol ihrer Zweifel gewesen.

Und nun empfand sie es als Symbol ihrer Ohnmacht.

Erst jetzt wurde ihr bewusst, dass die Fenster mit Eisengittern versehen waren. Weiße, anmutig ineinander verschlungene Linien aus hartem, unnachgiebigem Eisen. Ein Widerspruch.

Wie alles andere in diesen Mauern auch.

Sie hatten ihr saubere Kleidung gegeben. Aber nichts zu essen und zu trinken. Dann hatten sie sie allein gelassen.

»Ruh dich aus«, hatte Vero gesagt, bevor er als Letzter das Zimmer verlassen hatte. Sein Blick war voller Güte gewesen und voller Verständnis.

Doch wo sollte Pia sich ausruhen? Die Stühle waren die einzigen Sitzgelegenheiten, und sie fühlte sich so schwach, dass sie sich lieber hingelegt hätte. Nachdem sie eine Weile dagesessen und versucht hatte nachzudenken, hatte sie die Sitzkissen von den Stühlen genommen und sich daraus ein Lager auf dem Fußboden bereitet.

Da lag sie nun und versuchte zu begreifen. Ihr Hals war rau vom Schreien. Sie sehnte sich nach einer heißen Dusche. Ihren Hunger spürte sie kaum noch. Ihr war bloß übel.

Sie würden wiederkommen.

Darauf musste sie sich einstellen.

Sie musste das Spiel mitspielen.

Aber wie spielte man dieses Spiel?

Das ist kein Spiel, sagte ihre innere Stimme.

Versuche es, widersprach eine andere Stimme in ihrem Kopf.

Spiel um dein Leben.

19

Schmuddelbuch, Freitag, 21. November, Diktafon

Es hat mich zwanzig Minuten gekostet, das Eis von den Scheiben meines Wagens zu kratzen. Weitere zwanzig Minuten habe ich mich über die Aachener Straße gequält. Ich hätte daran denken können, dass der Feierabendverkehr am Freitag schon kurz nach Mittag anfängt.

Ich bin auf dem Weg zum Kloster. Ursprünglich fand ich meinen Plan, unangemeldet dort aufzutauchen, grandios. Jetzt kommen mir Bedenken. Was, wenn ich Bruder Arno nicht finde? Wie soll ich einem Mitbruder meinen Besuch begründen?

Und was, *wenn* ich ihn finde?

Bruder Arno war mit der Kamera unterwegs. Nur beim Fotografieren konnte er loslassen. Wenn er sich auf die Motive konzentrierte, hörten die quälenden Gedanken in seinem Kopf auf, einander zu jagen.

Mit Mühe hatte er sich selbst davon abgehalten, wieder nach Dünnwald zu fahren.

Angestrengt hatte er auch jeden Gedanken an Pia verdrängt.

Und doch hatte er gewusst, dass es wieder geschah. Vielleicht gerade jetzt, während er durch die Eifeldörfer fuhr, um Stoff für seine geplante Fotoreportage zu sammeln.

Aber damit wollte er sich jetzt nicht belasten. Er hatte zu tun. Er konnte sich Skrupel nicht leisten.

Alt und jung war das Thema, das er sich ausgesucht hatte, und sein Kopf war schon voller Ideen. Abnehmer für seine Arbeiten hatte er mehr als genug. Er würde der jenigen Zeitschrift den Zuschlag geben, die ihm am meisten zahlte.

Sie brauchten Geld. Es gab so viele Projekte, die sie unterstützten. Die Obdachlosenhilfe. Einrichtungen für Drogenabhängige. Die Kölner Tafel. Außerdem verschlangen die denkmalgeschützten Klostermauern Unsummen. Jede Renovierungsarbeit kostete dreimal so viel wie üblich, weil man sich bei allem an strenge Auflagen halten musste.

Ohne Geld war man nichts.

Ohne Geld kein Einfluss. Ohne Einfluss keine Macht.

Noch war die Gemeinschaft nicht unantastbar. Es gab eine Reihe von Leuten, die jede Möglichkeit nutzten, um ihnen ans Bein zu pinkeln.

Vero duldete keine Kompromisse. Er legte sich, wenn er es für richtig hielt, mit jedem an. Das hatte ihre Sache Sympathien gekostet.

Auch die Kirche war in letzter Zeit unmerklich auf Distanz gegangen. Veros Konzept war ihr zu aggressiv. Zu radikal. Gleichzeitig versuchte Rom, die Gemeinschaft einzubinden. Sie war schon zu groß geworden und die Bruderschaft zu stark. Der Vatikan konnte sie weder ignorieren, noch konnte er es sich leisten, eine Abspaltung zu riskieren.

In Monschau stellte Bruder Arno den Wagen ab und schlenderte die lange, kopfsteingepflasterte Straße hinunter, die ins Zentrum führte. Es waren nicht so viele Touristen unterwegs wie an den Wochenenden, und das schlechte Wetter hatte wohl auch den einen oder anderen Wanderer abgeschreckt, aber es herrschte immer noch reger Betrieb in dem kleinen Ort.

Bruder Arno entschied sich für ein Café am Markt und bestellte sich zwei belegte Brötchen und ein Kännchen Kaffee. Während er aß, ließ er das Gemurmel der übrigen Gäste an sich vorüberziehen, ohne darauf zu achten. Dann und wann drang ein einzelnes Wort in sein Bewusstsein und verschwand sofort wieder daraus.

Sallys Gesicht tauchte vor ihm auf. Lachend. Unbeschwert. So jung.

Doch als Vero mit ihr fertig gewesen war, hatte man das Mädchen kaum wiedererkannt. Bis auf die Knochen abgemagert, die riesigen Augen tief eingesunken, hatte sie einen angeschaut mit einem Blick, der alles Leid gesehen hatte.

Manchmal hatte sie noch zu lächeln versucht, doch sie hatte ihrem eigenen Lächeln nicht mehr getraut.

Die kleine Sally.

Zum Schluss hatte sie nur noch grobe, obszöne Beleidigungen ausgestoßen und Vero ins Gesicht gespuckt.

Sally.

Sie war nicht die Erste gewesen.

Aber sie war die Erste gewesen, bei der er Zeuge geworden war.

Und an der er sich selbst die Hände schmutzig gemacht hatte.

Nein, hatte Vero ihm vehement widersprochen. *Wir haben ihre Seele gerettet*.

In Wirklichkeit waren sie an diesem Mädchen gescheitert. Sally war zu stark gewesen. Sie hatte sich Veros Kraft nicht gebeugt, ebenso wenig wie der Kraft seiner Gebete.

Nicht Sally war stark, hörte er Veros Stimme in seinem Kopf. *Es war die Stärke des Dämons, die wir gespürt haben.*

Ein einziger Dämon war es gewesen, der Sallys Körper und Geist besetzt hatte. Trotz aller Aufforderungen und aller Drohungen hatte er ihnen seinen Namen nicht genannt.

Vero hatte vermutet, es sei Luzifer selbst gewesen.

Es hatte Ruhephasen gegeben, in denen der Dämon sich zurückgezogen zu haben schien. Da war Sally wieder zu dem Mädchen von früher geworden.

Oder doch beinah.

In ihren Augen war jetzt etwas Dunkles, Abgründiges gewesen, das Bruder Arno zuvor dort nicht bemerkt hatte.

Bruder Arno war Skeptiker. Seine Brüder wussten das und hatten es akzeptiert. Es gab jedoch Grenzen, die keiner von ihnen überschreiten durfte, Grenzen, die Skepsis zum Verrat an der Sache machten.

Sally hatte ihn über eine dieser Grenzen gestoßen.

Er hatte angefangen zu zweifeln.

Schon in der Bibel war von Exorzismen die Rede. Jesus gab seinen Jüngern die Vollmacht, die unreinen Geister auszutreiben. Er forderte sie ausdrücklich dazu auf.

Heilt Kranke, weckt Tote auf, macht Aussätzige rein, treibt Dämonen aus!

Jesus selbst war Exorzist gewesen, darauf berief Vero sich immer wieder. Er hatte einen Stummen geheilt, indem er ihn von einem Dämon befreite, er hatte sieben Dämonen aus Maria aus Magdala ausgetrieben.

Also taten die offiziell ausgebildeten Exorzisten der katholischen Kirche nichts weiter, als Jesu Werk fortzuführen. So jedenfalls sah Vero das. Mehrere Hundert Exorzisten wirkten allein in Italien. Und der Papst hatte angekündigt, dreitausend weitere ausbilden zu lassen.

Exorzismus war kein totes Ritual. Er wurde tagtäglich ausgeübt. Jede Taufe in einer katholischen Kirche enthielt einen sogenannten *kleinen Exorzismus*. Die Paten wurden aufgefordert, anstelle des Säuglings öffentlich dem Satan zu widersagen.

Teufelsaustreibungen gab es in vielen Religionen, in zahlreichen Kulturen. Bruder Arno hatte sich intensiv damit beschäftigt. Er hatte immer wieder die Auseinandersetzung mit Vero gesucht, war schier daran verzweifelt.

Und schließlich ein Gegner des Exorzismus geworden.

Vero wusste das. Alle wussten es.

Doch Bruder Arno allein hatte nichts ausrichten können. Er hatte versucht, Überzeugungsarbeit zu leisten. Lediglich Bruder Matteo war von Anfang an auf seiner Seite gewesen. Bruder Matteo, der alte, weise Mann mit dem schwachen Herzen. Ein Mann mit einem kranken Herz war kein idealer Verbündeter.

Bruder Arno schaute sich um. Jeder Tisch im Café war besetzt. Die Feuchtigkeit im Raum schlug sich auf den Fensterscheiben nieder. Ein kleiner Junge hatte sich auf seinem Stuhl vorgebeugt und leckte das Schwitzwasser ab. Er kassierte dafür eine Schimpftirade seiner Mutter.

Jung und alt.

Es reizte Bruder Arno nicht, diese Familie zu fotografieren. Er zahlte, zog die Jacke an, schnallte sich den Rucksack auf dem Rücken fest und verließ das Café.

Draußen empfing ihn die nasse, neblige Novemberluft. Die Rur führte Hochwasser und schoss schäumend unter der Brücke her, die Bruder Arno gerade überquerte.

Seine Stimmung war dunkel wie der Tag. Man würde es den Fotos ansehen, später, wenn sie ihre Geschichte erzählten.

Bruder Arno nahm sich vor, bei Gelegenheit Bruder Matteo zu fotografieren. Und mit einem Mal bedauerte er es mehr als alles andere auf der Welt, kein Foto mehr von Sally machen zu können.

»Mörder«, flüsterte er vor sich hin. »Mörder. Mörder.«

Zwei Mädchen, die ihm fröhlich schwatzend entgegenkamen, beobachteten ihn aus den Augenwinkeln und brachen hinter seinem Rücken in Gelächter aus.

*

Jeder Knochen im Leib schmerzte sie, und in ihrem Körper tobte das Fieber. Trotzdem schnatterte Pia vor Kälte.

Sie hatte nichts zum Zudecken und es gab keine Heizkörper.

Vielleicht war der Raum mit Fußbodenheizung ausgestattet. Pia betastete das Laminat, doch alles, was sie mit ihren fiebrigen Hände berührte, fühlte sich eisig an.

Einige Male war sie trotz der unbequemen Lage weggedämmert, doch gleich hatte sie die Augen wieder aufgerissen. Sie wehrte sich gegen das Einschlafen. Sie hatte Angst, nicht wieder aufzuwachen.

Oder in dieser hilflosen Lage überrascht zu werden.

Was sie neben ihrer Angst quälte, war die Scham. Sie hatten sie auf die Knie gezwungen. Gegen ihren Willen festgehalten. Sie hatten ihren Kopf so fixiert, dass Vero seine Stola über sie breiten und die Hand darauf legen konnte.

Noch jetzt hatte sie das Gefühl, zu ersticken. Wieder keimte Panik in ihr auf.

»Pschsch«, flüsterte sie. »Pschsch.«

Thomas fehlte ihr. Sie vermisste die Gespräche mit ihm, die Luftschlösser, die sie gebaut hatten, seine Musik, sein Lachen und sogar seine Traurigkeit.

Ob er sie sehen konnte von dort aus, wo er jetzt war?

Pia war sich nicht darüber im Klaren, ob sie an ein Leben

nach dem Tod glaubte. Sie hatte bisher nicht einmal gewusst, ob sie sich ein solches Weiterleben überhaupt wünschte. Erst nachdem Thomas gestorben war, hatte sie die Frage mit Ja beantworten können.

Immer schon hatte das Unerklärliche sie fasziniert, war Neugier ihre stärkste Charaktereigenschaft gewesen.

Und dann war sie Vero begegnet.

Sie hatte einen seiner Vorträge besucht und ihn danach angesprochen. Allen Mut hatte sie damals zusammennehmen müssen. Doch Vero hatte sie dafür belohnt. Er hatte sie ins Kloster eingeladen, hatte ihr die Brüder vorgestellt, ihr Zeit gewidmet und ihr geduldig zugehört.

Er hatte ihr Antworten gegeben.

Zu spät hatte sie erkannt, dass es die falschen Antworten waren.

Die Zunge klebte Pia am Gaumen, aber sie war zu schwach, um aufzustehen und etwas Leitungswasser zu trinken. Ein bisschen ausruhen, dachte sie. Kraft sammeln.

Eine Strategie zurechtlegen.

Eine Strategie. Das war es, was sie brauchte, um das hier zu überleben.

Sie konnte den Schrei des Mädchens immer noch hören.

Sally …

Ihre Augenlider waren so schwer, und der Gedanke an ein paar Minuten Schlaf war so verführerisch, so gut, so …

Die Dunkelheit, die sie empfing, war tief und weich und still. Pia seufzte und hörte auf, sich dagegen zu sträuben.

*

»Bruder Arno? Der ist leider nicht da. Waren Sie verabredet?«

Mit allem hatte Romy gerechnet, nicht jedoch damit, dass

sie Bruder Arno tatsächlich nicht antreffen würde. Die Pforte war nicht besetzt gewesen und weit und breit hatte sich keine Menschenseele gezeigt, deshalb war sie direkt zum Atelier gegangen. Doch sie hatte die hohe Flügeltür verschlossen vorgefunden.

Meine Tür ist immer offen. Sie hatte die Stimme von Bruder Arno noch im Ohr. *Besucher sind mir jederzeit willkommen*.

Es war unüberlegt von ihr gewesen, einfach hier aufzukreuzen. Sie hätte ihn vorher anrufen sollen.

Romy sah dem alten Mönch, den sie in der Leseecke der Cafeteria aufgestöbert hatte, in die wässrigblauen Augen. Ein freundliches Lächeln breitete sich in einem Kranz feiner Fältchen darum aus. Er wartete immer noch auf ihre Antwort.

»Nein. Ich war gerade in der Gegend und … Sie wissen nicht zufällig, wann er zurückkommt?«

»Schwer zu sagen, wenn er mit der Kamera unterwegs ist.« Er schaute auf seine Armbanduhr. »In einer Stunde? Vielleicht auch früher.«

»Darf ich solange auf ihn warten?«

»Aber sicher. Sie können in der Kirche warten oder hier. Und wenn Sie einen Kaffee möchten, hole ich Ihnen gerne einen.«

»Danke.« Romy erwiderte sein Lächeln. »Ich würde am liebsten ein bisschen herumlaufen.«

»Tun Sie das. Es gibt kein schlechtes Wetter – es gibt nur die falsche Kleidung. Heißt es nicht so?«

Fast tat es Romy leid, den liebenswürdigen alten Mann zu verlassen, aber sie war nicht zum Vergnügen hier, sondern weil sie etwas herausfinden wollte. Sie stellte den Kragen ihrer Jacke hoch und trat wieder in die Kälte hinaus.

Während sie durch den Park schlenderte, wurde ihr bewusst, dass Bruder Arnos Abwesenheit ein Glücksfall für sie war. In seiner Gegenwart hätte sie sich nicht frei bewegen können.

Sie hatte keine Ahnung, wonach sie suchte und ob sie überhaupt etwas suchte. Sie folgte einfach ihrer Intuition. Inzwischen war sie sich sicher, dass es Pia war, die sie gesehen hatte. Und sie wusste, dass sie sie nicht hatte sehen sollen.

Warum nicht? Wieso hatten die Mönche Pia abgeschirmt wie Bodyguards? Das ergab doch überhaupt keinen Sinn.

Das Kloster stammte aus dem achtzehnten Jahrhundert, das hatte sie recherchiert. Damals hatte sich hier ein Mönch im Glockenturm der Kirche erhängt. Bruder Ignatius. Doch die Umstände seines Todes waren immer rätselhaft geblieben, und es hielt sich hartnäckig das Gerücht, dass er ermordet worden war.

Das war jetzt gut dreihundert Jahre her, und noch immer behaupteten die Leute, in den alten Gemäuern spuke es. Jetzt, allein im Park und ohne die anregende Gesellschaft von Bruder Arno, überlief Romy ein Frösteln. Die Tannen standen drohend aufgerichtet vor ihr. Kein Laut unterbrach die Stille. Die Gebäude wirkten kalt und abweisend. Nirgends war auch nur eine Spur von Leben.

Allmählich fragte Romy sich, was sie bewogen hatte, diesen Ausflug überhaupt zu unternehmen. Was hatte sie zu finden gehofft? Hatte sie nicht in Wirklichkeit hauptsächlich Bruder Arno wiedersehen wollen?

Immer noch flatterte etwas in ihrem Magen, wenn sie an ihn dachte.

Doch mittlerweile war ein dumpfer Eindruck von Bedrohung hinzugekommen.

Wieder hatte sie das Gefühl, dass in ihrem Unterbewusstsein etwas verborgen lag, ein Gedanke, den sie nicht zugelassen hatte und der jetzt, in der Kälte des grauen Novembernachmittags, an die Oberfläche drängte.

Romy blieb stehen.

Warum war Bruder Arno am Mittwoch eigentlich genau an der Stelle gewesen, an der das Mädchen ermordet worden war?

Sie blickte auf die fernen Türme des Doms. Irgendwo da unten war das *Alibi*. Irgendwo da unten befand sich Cal und hatte keine Ahnung von ihrem seltsamen Spaziergang und seinen Hintergründen.

Irgendwo da unten war Cal.

Der ihr vertraute.

Und dem sie Bruder Arno verschwieg.

Genauso, wie auch Alice ein Geheimnis aus ihrem *Liebsten* gemacht hatte.

Sie sind unserer Alice sehr ähnlich.

Es gab tatsächlich etwas, das Romy mit Alice verband:

Ein Geheimnis.

Und Mona? Thomas?

Auch sie hatten ein Geheimnis gehütet.

Romy fühlte sich mies. Sie fühlte sich schuldig. Und in ihrem Inneren begann sich ein Gefühl des Unbehagens auszubreiten. Sie wollte nicht länger hier sein. Sie wollte zurück.

Sie steigerte sich da in etwas hinein.

Und das Mädchen war bestimmt doch nicht Pia gewesen.

Sie hatte Pia ein einziges Mal in ihrem Leben gesehen. So genau hatte sie sich dabei ihr Äußeres nicht einprägen können. Außerdem war sie bei ihrem ersten Besuch hier noch nicht richtig gesund gewesen. Da konnte sie sich doch leicht eingebildet haben, Pia zu erkennen.

Und ihre innere Stimme?

Die konnte sich auch mal irren.

Nachdem sie sich zugestanden hatte, dass sie einer Sinnestäuschung aufgesessen war, fühlte Romy sich enorm erleichtert. Sie warf einen letzten Blick auf die Silhouette von Köln und trat von der Grasfläche auf den Weg zurück.

Ihre Schritte waren leichter jetzt, fast beschwingt, und den rot leuchtenden Stoffzipfel, der sich in der schütteren Ligusterhecke verfangen hatte, hätte sie beinahe übersehen. Erst als sie davor in die Hocke ging und vorsichtig daran zog, erkannte sie, was es war.

Das rote Dreieckstuch war mit weißen Sternen gesprenkelt.

Pias kleiner Hund hatte ein solches Tuch getragen.

*

Sie schlich auf dem Gelände herum! Diese junge Journalistin, die Bruder Arno unvorsichtigerweise angeschleppt hatte. Und der große Künstler war natürlich wieder mal unterwegs, um Fotos zu machen, statt sich darum zu kümmern, seinen Fehler zu korrigieren.

Vero war außer sich. Wieso hatte niemand das Mädchen gestoppt?

Fassunglos beobachtete er, wie sie in der Cafeteria verschwand und kurz darauf mit Bruder Matteo wieder herauskam.

Matteo! Dieser alte Narr!

Eben noch hatte Vero vorgehabt, die Sache selbst in die Hand zu nehmen, doch Bruder Matteo war schneller gewesen. Er brachte die Kleine zum Ausgang und winkte ihr nach. Kurz darauf hörte Vero den Motor eines Autos brummen.

Wütend stürmte er auf den Hof.

»Was hat sie gewollt?«

Bruder Matteo starrte ihn verblüfft an.

»Wer? Das Mädchen?«

»Ist sonst noch jemand hier?«

Vero musste sich zusammenreißen, um den alten Mann nicht anzuschreien.

»Sie wollte zu Bruder Arno. Doch der ist nicht da.«

»Ich weiß. Hat sie verraten, warum sie ihn sehen wollte?«

»Nein. Danach habe ich sie nicht gefragt.«

Bruder Matteo blickte unschlüssig zum Tor.

Durch das, wenn es offen und die Pforte unbesetzt war, jeder x-Beliebige fröhlich hereinspazieren konnte, um seine Nase in fremde Angelegenheiten zu stecken.

Vero hatte Mühe, sich zu beherrschen. Wo trieb sich eigentlich Bruder Calvin herum? War die Sicherheit des Klosters nicht wichtiger als ein tropfender Wasserhahn?

»Das Mädchen ist von der Presse! Und keiner hält sie auf!«

»Sie wollte auf Bruder Arno warten und hat sich die Füße ein wenig im Park vertreten. Ich kann mir nicht vorstellen, dass sie Hintergedanken hatte.«

Diese Unbekümmertheit war schon fahrlässig. Vero überlegte sich gerade eine passende Erwiderung, als ihm einfiel, dass Bruder Matteo ja noch nichts von der Sache mit Pia wusste. Vero hatte diesmal nicht alle Mitbrüder eingeweiht. Sie hatten noch an Sallys Tod zu knabbern. Manche hätten Bedenken gehabt.

»Zukünftig bleibt das Tor geschlossen, wenn die Pforte nicht besetzt ist.«

»Und wenn jemand in der Kirche beten möchte?«

»Wir können den Nebeneingang öffnen.«

»Aber man betritt das Haus Gottes doch nicht durch eine Seitentür!«

Bruder Matteo war wirklich ein schwieriger Fall. Zu jedem

Thema musste er seinen Senf geben. Keine Entscheidung konnte er widerspruchslos hinnehmen. Genau wie Bruder Arno.

»Warum nicht? Haben wir uns nicht zusammengetan, um dem falschen Pomp abzuschwören und zur Quelle unseres Glaubens zurückzukehren? Brauchen wir prächtige Portale, um das Gespräch mit Gott zu suchen?«

»Du musst mich nicht belehren, Vero.«

Der alte Mann trotzte seiner Arthrose und richtete sich langsam auf. Sie befanden sich jetzt auf Augenhöhe.

»Ich bin schon ein paar Jahre länger auf der Welt als du, mein Sohn.«

Seine Herablassung war ungeheuerlich.

Vero trat so nah an ihn heran, wie es möglich war, ohne dass ihre Körper sich berührten. Ihre Augen waren keine zwanzig Zentimeter mehr voneinander entfernt.

Bruder Matteo wich nicht zurück. Ruhig erwiderte er Veros Blick.

Ohne zu blinzeln.

In seinen Pupillen erkannte Vero sein eigenes Spiegelbild.

»Wage es nicht«, stieß er leise zwischen den Zähnen hervor. »Wage es nicht, mich herauszufordern.«

Der alte Mann lächelte.

Vero ballte die Hände zu Fäusten. Der Anfang der *Mondscheinsonate* ertönte.

»Willst du nicht rangehen?«, fragte Bruder Matteo, ohne den Blick zu senken.

Vero tastete nach seinem Handy, ließ den alten Trottel stehen und nahm das Gespräch an.

*

Sallys Foto war schon durch so viele Hände gegangen, dass es ganz abgegriffen war. Niemand erkannte sie, zumindest gab es keiner zu. Selbst unter den Obdachlosen war die junge Frau eine Außenseiterin gewesen.

Außer Rita Hayworth war ihr niemand nähergekommen. Vielleicht hätte der eine oder andere sonst ausnahmsweise sogar den Bullen Auskunft gegeben – um demjenigen das Genick zu brechen, der eine von ihnen ermordet hatte.

Blieben die Kirchen, die christlichen Vereinigungen, die religiösen Zirkel. Doch auch dort konnte man Sally nicht einordnen. Bert und Rick waren in so vielen Versammlungsräumen, Sälen und Gebetskellern gewesen, hatten sich mit so vielen Priestern, Gurus und Predigern unterhalten, dass sie allmählich den Überblick verloren und auf ihre Protokolle angewiesen waren.

Wenige Orte und Befragte blieben in Berts Erinnerung haften, diese jedoch umso deutlicher. Indizien hatten sie nicht gefunden. Also hieß es weitersuchen, weiter Klinken putzen und nach der Nadel im Heuhaufen stochern.

Bert war sich absolut sicher, auf der richtigen Spur zu sein. Die wenigen Anhaltspunkte, die sie hatten, deuteten sämtlich in Richtung Religion. Thomas Dorau und Sally Jensch hatten einander gekannt, darauf wäre er jede Wette eingegangen. Sie waren Mitglieder einer Glaubensgemeinschaft gewesen oder hatten zumindest Kontakt mit einer solchen gehabt.

Rick teilte seine Vermutung, doch beiden war klar, dass es auch ganz anders sein konnte. Dass die Toten nie miteinander zu tun gehabt hatten. Dass die Morde nicht zusammenhingen. Dass sie einer Chimäre nachjagten.

An diesem Nachmittag hatte Bert sich wieder eine Reihe von Telefonnummern vorgenommen, die er nacheinander abarbeitete. Zwei Termine hatte er bereits vereinbart, und so, wie es aussah, würden noch einige hinzukommen.

Seufzend wählte er die nächste Nummer.

»Kloster St. Michael«, hörte er eine wohlklingende Männerstimme. »Bruder Rafael am Apparat. Was kann ich für Sie tun?«

20

Schmuddelbuch, Freitag, 21. November, Diktafon

Das Tuch liegt neben mir auf dem Beifahrersitz. Es war feucht, als ich es aus der Hecke gezogen habe. Jetzt ist es fast schon wieder trocken. Es hat ein bisschen nach Hund gerochen, aber inzwischen ist der Geruch verflogen.

Auf dem Stoff sind dunkle Flecken, wahrscheinlich Erde. Oder Blut?

Ich fahre und fahre.

Egal, wohin.

Mir ist schlecht. Ich muss mich beruhigen.

Das kann kein Zufall sein. Das Tuch *muss* Pia gehören.

Warum hat sie nicht auf mein Rufen reagiert?

Warum wurde sie von den Mönchen so abgeschirmt?

Was hatte sie überhaupt in dem Kloster zu suchen?

Und was war der wirkliche Grund für Bruder Arnos Anwesenheit im Dünnwalder Wald?

Pia machte die Augen auf und wusste im ersten Augenblick nicht, wo sie war. Dann holte die Erinnerung sie wieder ein. In ihrem Magen war ein schmerzhaftes Rumoren und sie verspürte einen starken Druck auf der Blase.

Mühsam rappelte sie sich hoch. Ihr war entsetzlich kalt und

sie hätte gern geweint, aber es kamen keine Tränen, nur ein trockenes Schluchzen, das ihr in der Lunge wehtat.

Im Schloss der Badezimmertür steckte kein Schlüssel. Das irritierte sie, war jedoch nicht zu ändern. Mit einem erleichterten Seufzen sank sie auf die Klobrille. Sie lauschte angestrengt, damit sie bloß kein Geräusch aus dem Nebenzimmer überhörte.

Als sie fertig war, wusch sie sich Hände und Gesicht.

Und dann erblickte sie sich in dem Spiegel, der über dem Waschbecken hing.

Fast hätte sie sich selbst nicht erkannt. Die Haare hingen ihr wirr um den Kopf. Ihre Augen hatten einen fiebrigen Glanz. Die Lippen waren zerbissen und geschwollen und ihre Haut wirkte stumpf und grau.

Am schlimmsten jedoch war ihr gehetzter Blick.

Weit entfernt bellte ein Hund. Pia stieß sich vom Waschbecken ab und eilte zum Fenster. Sie zog die Jalousien im Bad hoch, danach die im Zimmer. Doch der Blick aus den Fenstern zeigte ihr nur den winterlichen Park, auf den sich schon die Finger der Dämmerung legten.

Die Fenster ließen sich nicht öffnen. Und selbst wenn – da waren immer noch die Gitter, die, so heiter und verspielt sie auch wirkten, aus diesem kleinen Haus ein Gefängnis machten.

»Snoop …«

Pia hatte niemanden mehr außer ihm.

Falls er noch am Leben war.

»Pass auf dich auf, Snoop«, flüsterte sie.

Sie legte die Stirn an das kalte Glas, und endlich konnte sie weinen.

*

Bruder Arno kam frustriert von seiner Fototour nach Hause. Seine Ausbeute war mager. Nichts hatte gepasst. War das Licht gut gewesen, hatte das Motiv nicht gestimmt, war das Motiv perfekt gewesen, hatten die Lichtverhältnisse nicht gestimmt.

Er hatte nur noch das Bedürfnis nach einer heißen Dusche, einem starken Tee und etwas Nahrhaftem aus der Küche.

Normalerweise nahmen die Brüder die Mahlzeiten gemeinsam im Refektorium ein. Das war wesentlicher Bestandteil ihres Tagesablaufs. Doch heute war ihm danach, in seinem Atelier zu Abend zu essen. Allein.

Bruder Arno hatte längst aufgehört, sich wegen solcher Bedürfnisse mit Selbstvorwürfen zu quälen. Er war immer Einzelgänger gewesen und das auch im Kloster geblieben. Konnte man Gott nicht auch dienen, ohne dem Ideal eines Gemeinschaftswesens zu entsprechen?

Er stellte den Rucksack mit den Kameras und den übrigen Utensilien neben seinem Schreibtisch ab. Gerade wollte er sich auf den Weg zur Küche machen, um sich fürs Abendessen abzumelden und Bruder Miguel eine Extramahlzeit abzuluchsen, als Vero das Atelier betrat.

Das war ungewöhnlich. Vero bestellte die Leute eher zur Audienz, als sie höchstpersönlich aufzusuchen.

Er hielt sich nicht lange mit Höflichkeitsfloskeln auf.

»Sie war hier.«

»Wer?«, fragte Bruder Arno, obwohl er sofort wusste, wen Vero meinte.

»Stell dich nicht dumm!«

»Du meinst diese kleine Volontärin?«

»Wen sonst?«

»Das tut mir lei…«

»Sie war ÜBERALL! Mein Gott, dieses Mädchen ist von

der Presse! Und dir fällt nichts anderes ein, als zu versichern, dass es dir leidtut?«

»Hat sie gesagt, was sie wollte?«

Der Schrecken war Bruder Arno in die Glieder gefahren. Was hatte er da angerichtet?

»Sie hat sich nach dir erkundigt, und Bruder Matteo, dieser, dieser … Einfaltspinsel erlaubt ihr, auf dich zu warten.«

Bruder Matteo war alles andere als ein Einfaltspinsel. Er war unter ihnen wahrscheinlich derjenige, der seinen Glauben am authentischsten lebte. Niemals hätte er jemanden weggeschickt, der an seine Tür klopfte. Doch das sagte Bruder Arno nicht laut.

»Bei der Gelegenheit hat sie in aller Gemütsruhe das Klostergelände inspiziert.«

»Und dann?«

»Und dann! Und dann! Ist sie wieder verschwunden! Ich weiß nicht, ob sie etwas gesehen hat.«

»Ob sie …«

Bruder Arno hatte sich also nicht getäuscht. Es ging wieder los. Die Abstände waren immer kürzer geworden, und nun gab es so gut wie gar keinen Abstand mehr. Sally war tot und Vero hatte sich sogleich Pia zugewandt.

»Pia … Wo ist sie?«

»Wir haben uns für das kleine ehemalige Gerätehaus entschieden. Wir sollten überlegen, ob wir sie nicht ganz dort unterbringen, solange es dauert.«

Solange es dauert.

Es konnte Wochen dauern, Monate.

Vero hatte sich auf einen Stuhl gesetzt. Er wirkte erschöpft und hatte dunkle Ringe unter den Augen. Bruder Arno wusste, dass Vero selten schlief. Wann auch immer er in der Nacht aus dem Fenster schaute, sah er bei ihm Licht.

Vero war Asket. Er war streng mit den Menschen und geradezu unbarmherzig mit sich selbst.

»So leben Heilige«, hatte einmal ein Gast über ihn gesagt.

»Oder Teufel«, hatte ein anderer erwidert.

Die Worte waren in allgemeiner Heiterkeit untergegangen. Erst jetzt fielen sie Bruder Arno wieder ein.

»Wer ist dabei?«, fragte er.

»Gunnar, Sandro und Milo«, antwortete Vero müde.

Die Brüder, die die meiste Erfahrung mit Teufelsaustreibungen besaßen. Bruder Arno wusste nicht, ob ihn das beruhigte, denn diese drei Brüder befürworteten Exorzismen nicht nur, sie traten fanatisch dafür ein.

»Sollten wir nicht zunächst einmal herausfinden, was bei Sally schiefgelaufen ist, bevor wir uns auf einen neuen Exorzismus einlassen?«, fragte er.

»Ich habe nie behauptet, dass der Kampf gegen das Böse ein Kinderspiel ist.« Vero setzte sich aufrecht hin. Als müsse er seine Kampfbereitschaft demonstrieren. »Jeder von uns weiß, dass er tödlich enden kann.«

»Für den Besessenen.«

Vero maß Bruder Arno mit einem kalten Blick.

»Der Teufel kann von jedem Besitz ergreifen. Niemand ist dagegen gefeit. Am wenigsten wir Priester. Der Teufel hasst uns mit ganzer Inbrunst. Jeder Geistliche, über den er Gewalt erlangt, ist ein weiterer Schritt nach vorn in seinem Kampf gegen Gott.«

Bruder Arno kannte die Argumente und hatte sich einmal von ihnen überzeugen lassen. Die meisten Exorzismen, die er miterlebt hatte, waren relativ harmlos gewesen, ein paar Befreiungsgebete, ein paar Segnungen. Die Besessenen hatten sich anschließend erleichtert und belebt gefühlt.

Allerdings waren all diese Teufelsaustreibungen auf eigenen Wunsch derer zustande gekommen, die sich für besessen gehalten hatten.

Sally hatte nicht darum gebeten, exorziert zu werden.

Sie hatte auch nicht um ein Leben im Kloster gebeten.

Vero hatte sie eines Tages irgendwo aufgelesen und mitgebracht. Sie war seine Eliza Doolittle geworden. Mit einem wesentlichen Unterschied:

Sally hatte sich nicht formen lassen.

Eine Besessenheit konnte sich auf unterschiedlichste Weise zeigen. Depression, Erschöpfung, Angst, Krankheit oder das Gefühl, überfordert und ausgebrannt zu sein, das alles konnten Anzeichen sein.

Genauso wie Sallys Widerspenstigkeit.

Sally kam von der Straße. Sie hatte gelernt, dort zu überleben. Wenn Worte nicht ausreichten, setzte sie ihre Fäuste ein. Und wenn sie Hunger hatte, verdiente sie sich ein paar schnelle Scheine, indem sie sich prostituierte.

Vero hatte sie aufgenommen und ihr verziehen. Doch Sally wollte seine Vergebung nicht. Sie warf Vero Scheinheiligkeit vor, schrie ihn an, drohte ihm, ihr altes Leben wieder aufzunehmen. Sie kam und ging, wie es ihr gefiel.

Sie weigerte sich, ihn *Vater* zu nennen.

Doch Bruder Arno hatte beobachtet, wie ihr Gesicht weich und verletzlich geworden war, sooft Vero ihr ein Lächeln geschenkt hatte. Und dass sie die Stacheln aufgestellt hatte, um sich zu schützen.

Es war ihr nicht gelungen, sich zu schützen.

Nicht vor ihrer Liebe und nicht vor ihrem Hass.

»Es ist zu früh für eine neue Austreibung«, warnte Bruder Arno jetzt, die versteckte Warnung in Veros letzten Worten ignorierend. »Sally ist noch nicht mal … unter der Erde. Wir dürfen das Schicksal nicht herausfordern, Vater.«

Veros Blick war herablassend und kühl.

»Du hast gewusst, worauf du dich einlässt«, entgegnete er. »Ich habe keinen Hehl aus meiner Gesinnung gemacht. Warum hast du dich mir angeschlossen?«

Aus Überzeugung, dachte Bruder Arno. Und daran hat sich nichts geändert. Ich würde für dich durchs Feuer gehen. Aber mir fehlt deine Entschlossenheit.

Er drehte sich zum Fenster. Draußen sank die Dämmerung nieder.

»Ich wollte meinen Glauben leben, ehrlich und rein und ohne Kompromisse.«

Im Spiegelbild auf der Fensterscheibe konnte er Vero lächeln sehen.

»Das wollte ich hören, mein Bruder.«

Der Holzboden knarrte, als Vero aufstand. Dann tauchte sein Gesicht über Bruder Arnos Schulter auf. In der Fensterscheibe sahen sie einander an.

»Ich liebe dich, Bruder«, sagte Vero.

Bruder Arno schloss die Augen. Er hörte, wie die Tür ins Schloss fiel. Dann war er wieder allein.

*

Calypso saß rittlings auf einem Küchenstuhl, die Arme auf der Rückenlehne verschränkt, und betrachtete unbewegt den gedeckten Tisch. Der Auflauf war mittlerweile kalt geworden, das Fett auf dem Käse erstarrt, der Salat in Essig und Öl ertrunken. Die Weinflasche hatte er allein geleert. Der Alkohol war ihm zu Kopf gestiegen und hatte ihn matt und traurig gemacht.

Romy hatte die Verabredung nicht eingehalten.

Calypso hatte bei ihr geklingelt, hatte ständig versucht, sie übers Handy zu erreichen, doch sie war wieder mal abgetaucht.

Tonja und Helen waren nicht da. In der leeren Wohnung kam ihm jedes Geräusch wie eine kleine Explosion vor. Er starrte auf die flackernde Kerze, die Schatten auf den Wänden tanzen ließ, und fragte sich, was mit Romy und ihm geschah.

Etwas ließ sie auseinandertreiben.

Ihm fiel auf, dass er nicht eine Sekunde daran gedacht hatte, dass Romy etwas passiert sein könnte. Sollte er sich nicht lieber Sorgen machen, als hier nörgelnd herumzusitzen? Unnötig. Er spürte ganz einfach, dass Romy ihn und das Essen vergessen hatte, so, wie er bei seinem Workshop Romy vergessen hatte.

Als er aufstand, knackten seine Gelenke vorwurfsvoll. Er reckte sich, bewegte den Kopf im Kreis, um seine Nackenmuskeln zu entspannen, beugte sich vor und berührte den Boden mit den Händen. So blieb er eine Weile. Danach fühlte er sich besser.

Er nahm die Auflaufform und schüttete den Inhalt in den Abfalleimer. Der Salat wanderte hinterher. Er räumte das Geschirr weg und pustete die Kerze aus. Als Letztes stopfte er die Tischdecke in den Wäschekorb. Er wollte nicht, dass irgendetwas übrig blieb, das an diesen Abend erinnerte.

In seinem Zimmer machte er kein Licht, sondern stellte sich im Dunkeln ans Fenster. Dicke Schneeflocken wirbelten umher. Die Autos fuhren langsam und vorsichtig. Die Strahlen der Scheinwerfer blieben im dichten Schneetreiben stecken. Nachbarn fegten die Wege frei. Vor dem Haus bewarfen sich Joy und eine Freundin kreischend mit Schnee.

Noch einmal wählte Calypso Romys Handynummer. Dann packte er seinen Rucksack, holte seine gefütterte Jacke aus dem Schrank, schrieb ein paar Zeilen auf einen Zettel, warf ihn in Romys Briefkasten und verließ das Haus.

*

Vero hatte Pia ein Klappbett ins Zimmer stellen lassen. Er hatte sie mit Bettzeug, Handtüchern, Kleidung und den nötigsten Toilettenartikeln versorgt. Es war besser für sie, wenn sie in dem kleinen Haus blieb. Sie würde ihre Kräfte noch brauchen.

Er hatte Bruder Miguel gebeten, ihr etwas zu essen zu bringen. Das Mädchen hatte lange genug gefastet. Sie hatte sich auf diese Weise gereinigt.

Auch er hatte auf Nahrung verzichtet und auf Schlaf, hatte gebetet und gebüßt. Sein Körper war übersät mit blutigen Striemen, sein Geist wach und klar. Er war gestärkt aus den Qualen hervorgegangen.

Er war dem Teufel gewachsen.

Dieser Abend und diese Nacht sollten der Kontemplation gehören, während draußen der Schnee fiel und still und sacht eine Decke der Unschuld über die Sünden der Menschen breitete.

*

Bruder Miguel betrat das Zimmer und brachte den köstlichen Duft von gebratenem Hähnchen mit herein. Er balancierte das große Tablett auf der linken Hand, griff mit der rechten nach der Türklinke, drehte den Schlüssel im Schloss und zog ihn ab, bevor er auf den Tisch zuging.

»Ich bringe dir etwas zu essen«, sagte er und sah Pia endlich an.

Sie konnte das Erschrecken in seinen Augen erkennen, dann das Bedauern und schließlich das Mitgefühl.

»Lass mich gehen«, flehte sie ihn an, obwohl der Duft der Speisen ihr beinah den Verstand raubte. »Bitte!«

Er zog die Schultern ein wenig hoch, als wollte er sich in sich selbst verkriechen. Nichts hören, nichts sehen, nichts fühlen.

»Bruder Miguel …«

Sie trat auf ihn zu. Die Furcht, die sie in seinen Augen las, erschütterte sie. Er würde ihr nicht helfen.

Der Schlüssel baumelte, zusammen mit vielen anderen, an seinem Gürtel. Bruder Miguel trug noch seine Arbeitskluft, weiße Hose, weißer Kittel, weiße Gummischuhe. Seine Wangen waren von der Küchenarbeit gerötet und glänzten.

»Hier sind lauter leckere Sachen, die du gern isst«, sagte er mit einer Stimme, in der sein schlechtes Gewissen mitschwang. »Hähnchen, kleine gebackene Knoblauchkartoffeln, Selleriesalat. Und griechischer Joghurt mit Honig und Nüssen.«

Während er sprach, hatte er mit raschen Handgriffen den Tisch gedeckt. Er hatte sogar eine Tischdecke mitgebracht. Pia mochte Bruder Miguel. Sie schätzte seine sanfte, fürsorgliche Art und seine freundliche Schüchternheit.

Aber jetzt ist er dein Feind.

Sie bemühte sich, nicht ständig auf seinen Schlüsselbund zu starren, an dem der Schlüssel zu ihrer Freiheit hing.

Du kannst dir Sentimentalität nicht leisten.

Bruder Miguel faltete eine blaue Serviette und legte Messer, Gabel und Löffel darauf. Pia stand neben ihm und sah ihm zu. Seine Finger waren flink und zuverlässig. Ein Schweißfilm bedeckte sein dickes Gesicht. Sein Atem ging schwer. Er hatte mindestens zwanzig Kilo Übergewicht.

Pia fragte sich, ob es ihr gelingen würde, ihn niederzuschlagen. Sie fragte sich, ob sie überhaupt fähig war, jemanden anzugreifen.

Zögere nicht länger. Tu es.

Sie griff sich an die Schläfen und massierte sie mit leichtem Druck. Ihr Kopf fühlte sich an, als würde er jeden Moment explodieren.

Sie konnte nicht denken.

Ihr Körper verlangte nach Nahrung. Ihre Beine zitterten. Wie einfach wäre es, sich auf den Stuhl zu setzen und endlich, endlich wieder zu essen.

Bruder Miguel goss dampfenden Pfefferminztee in die Tasse. Der köstliche Duft stieg Pia verlockend in die Nase. Sie hielt die Luft an.

»Bitte sehr!«

Bruder Miguel wandte sich zu ihr um und machte eine einladende Bewegung mit der Hand.

»Greif zu.«

Pia reagierte schnell. Sie schnappte sich die Thermoskanne und zog sie ihm über den Kopf.

Ein grässlich dumpfes Geräusch.

Dann sank Bruder Miguel fast lautlos zu Boden.

Vorsichtig stupste Pia ihn mit der Schuhspitze an. Als der massige Leib sich nicht rührte, ging sie neben ihm in die Hocke. Sie hatte Glück. Der Schlüsselbund lag so, dass sie ihn bequem erreichen konnte, ohne Bruder Miguel herumwuchten zu müssen.

Sie löste den Gürtel und zerrte ihn aus den Schlaufen des Hosenbunds. Die Schlüssel klimperten verheißungsvoll. Pia zog sie vom Gürtel ab und lief zur Tür. Mit bebenden Fingern probierte sie einen Schlüssel nach dem andern im Schloss.

Hinter ihr stöhnte Bruder Miguel auf.

»Bitte, lieber Gott, hilf mir!«, wisperte Pia. »Lass mich den richtigen Schlüssel finden!«

Es war der vorletzte.

Ein Klacken und die Tür sprang auf. Pia spähte hinaus. Niemand zu sehen.

Danke, lieber Gott!

Sie warf einen Blick zurück auf Bruder Miguel, der sich noch immer nicht regte, vergewisserte sich, dass draußen alles still war, dann hastete sie zum Tisch zurück, schnappte sich eine Handvoll Kartoffeln und stopfte sich gierig die erste in den Mund.

Als sie sich wieder umdrehte, stand Vero in der Tür. Seine breiten Schultern füllten den Türrahmen beinah vollständig aus.

Pia hatte keine Zeit zum Nachdenken. Sie rannte los und rammte ihn mit ganzer Kraft.

Es war, als wäre ein Floh gegen den Bauch eines Pferds gehüpft. Vero ließ sie einfach von sich abprallen. Sie fiel zu Boden, und die kleinen, runden, fettglänzenden Kartöffelchen kullerten Vero vor die Füße.

21

Schmuddelbuch, Montag, 24. November

Wieder ein Wochenende ohne Cal.

Er hat mir einen läppischen Zettel in den Briefkasten gesteckt:

Hab keinen Bock, ewig alleine rumzuhängen. Bin mit ein paar Leuten aus dem Workshop auf einem Bauernhof in Lindlar. Hab Montag und Dienstag frei. Bis Dienstagabend dann. Cal.

Lindlar liegt im Oberbergischen. Da, wo sich Fuchs und Hase gute Nacht sagen.

Prima Wahl, Cal. Große Klasse.

So also fühlt es sich an, wenn man auf eine Katastrophe zusteuert.

Liebster Cal, du kannst mich mal.

Das rote Sternentuch liegt auf meinem Schreibtisch und beschäftigt mich.

Warum hat es sich in der Hecke verfangen? Hat Snoop es sich abgestreift, als er versuchte, sich durch die Äste zu zwängen?

Wenn ja, warum hat er das getan?

Panik?

Die Polizei hat Namen und Alter der Toten aus dem Dünnwalder Wald bekannt gegeben.

Sie hieß Sally Jensch und war einundzwanzig Jahre alt.

Sonst nichts Neues.

Und wenn wirklich alles miteinander zusammenhängt?

Mona. Alice. Ingmar. Thomas. Sally. Pia und Snoop.

St. Michael.

Ich sollte mit Greg darüber reden. Aber der wird mir höchstens verbieten, das Kloster noch einmal zu betreten. Dabei werde ich genau das tun.

Die Antwort auf meine Fragen finde ich hinter den Klostermauern.

Bruder Miguel lag mit einer Gehirnerschütterung im Bett. Er wurde von Bruder Benno behandelt, der als Internist in der Uniklinik arbeitete. Es war ein Glücksfall, einen Mediziner in der Bruderschaft zu haben. So konnte man es vermeiden, in gewissen Situationen Aufsehen zu erregen.

»Absolute Ruhe«, hatte Bruder Benno verordnet, und alle hielten sich daran.

Der Speiseplan litt darunter, doch Bruder Miguel hatte Bruder Lars, der ihm in der Küche zur Hand ging, im Laufe der Jahre so viel beigebracht, dass er ihn durchaus für ein paar Tage vertreten konnte.

Bruder Miguel hatte darum gebeten, Pia nicht zu bestrafen. Er hatte Vero das Versprechen abgenommen, kaum dass er wieder bei Bewusstsein gewesen war.

Um ihn nicht zusätzlich aufzuregen, hatte Vero genickt.

»Lass das Mädchen gehen«, hatte Bruder Miguel gesagt.

Als ob es Pia gewesen wäre, die ihm das angetan hatte!

Vero hatte den Blick des Bösen in ihren geweiteten Augen erkannt. Für einen kurzen Moment hatte der Dämon ihn angestarrt, bevor er sich wieder in das Mädchen zurückgezogen hatte.

Den ganzen Samstag und den ganzen Sonntag hatten sie mit ihm gekämpft. Aber er war immer noch da. David gegen Goliath.

Pia war bleich und teilnahmslos. Als hätte sie aufgegeben. Als wäre sie lieber tot.

Es schien, als hätten ihr die Exorzismen alle Kraft genommen. Doch das täuschte. Es war der Dämon, der ihr die Kraft geraubt hatte. Geduldig hockte er in seinem dunklen Versteck und wartete.

Vero erhob sich mit steifen Knien. Er legte sich die Stola um und machte sich auf den Weg. Diesmal, das hatte er sich geschworen, würde er nicht verlieren.

*

Pia hörte sie kommen. Schon von Weitem knirschten ihre Schritte auf dem gefrorenen Schnee. Noch ein wenig Zeit, um sich zu wappnen. Wie stellte man sich auf das Grauen ein?

Sie hatte einen Teil der Nacht genutzt, um ihre Gedanken zu sortieren. Immer wieder waren sie zu Sally zurückgekehrt.

Pia war sich mittlerweile sicher, dass die Spuren in dem kleinen Schuppen – das notdürftige Regal, der eingeritzte Kalender, das Geschirr, die Kerze – von Sally stammten. Das legte den Schluss nahe, dass Vero und die Brüder auch sie für besessen gehalten und auch an ihr Teufelsaustreibungen vorgenommen hatten.

Oh Sally, dachte sie. Arme Sally.

Niemand schien etwas davon gewusst zu haben, denn niemand hatte je ein Wort darüber verloren. Doch was hieß das schon bei Menschen, die gelobt hatten, über alles, was sie hier erfuhren, absolutes Stillschweigen zu bewahren?

Die Schritte waren jetzt vor der Tür. Schlüssel klimperten.

Pia wünschte, sie wäre wieder ein Kind und könnte die Welt verschwinden lassen, indem sie einfach die Augen schloss. Aber sie war kein Kind mehr. Und die Welt war gegen Magie immun geworden.

»Gelobt sei Jesus Christus«, sagte Vero.

Pia schwieg.

»In Ewigkeit. Amen«, antworteten die Brüder an ihrer Stelle.

Ein eisiger Luftschwall fegte hinter ihnen herein. Ihre Schuhe hinterließen kleine Pfützen auf dem Boden.

»Knie nieder«, befahl Vero.

Pia rührte sich nicht. Sie spürte, wie sich die Angst in ihrem Magen zusammenballte.

Bruder Gunnar zerrte sie in die Mitte des Zimmers, stieß sie zu Boden und hielt sie an den Schultern fest. Vero legte das Ende seiner Stola über sie. Dann fühlte sie das Gewicht seiner Hand auf dem Kopf.

Pia wollte der Panik nicht erlauben, von ihr Besitz zu ergreifen. Sie konzentrierte sich auf ihr Atmen. Ein und aus und ein und aus.

»Im Namen des Vaters und des Sohnes und des Heiligen Geistes«, betete Vero. »Herr Jesus Christus, der du uns alle durch deinen Tod erlöst hast. Du hast deinen heiligen Aposteln die Macht verliehen, die Dämonen in deinem Namen auszutreiben …«

Pia versuchte, die Hände abzuschütteln. Es schienen immer mehr zu werden.

»… Herr, steh uns bei in dieser Stunde. Heilige Jungfrau Maria, steh uns bei. Heiliger Erzengel Michael, steh uns bei. Helft diesem Mädchen, das in der Macht des Bösen gefangen ist …«

Die Worte versickerten im schweren Stoff der Stola. Pia

konnte nicht atmen. Sie hustete. Würgte. Ihre Augen begannen zu tränen.

»… geheiligt werde dein Name, dein Reich komme, dein Wille geschehe, wie im Himmel, so auf Erden. Unser tägliches Brot gib uns heute, und vergib uns unsere Schuld, wie auch wir vergeben unseren Schuldigern, und führe uns nicht in Versuchung …«

Veros Stimme hob und senkte sich nicht. In einem unveränderlichen Rhythmus verlas er Gebete und Fürbitten.

Die Stimmen von Bruder Gunnar, Bruder Milo und Bruder Sandro fielen ein.

»… Erzengel Raphael …«

»… wir bitten dich, erhöre uns …«

»… Erzengel Gabriel …«

»… wir bitten dich, erhöre uns …«

»… ihr himmlischen Heerscharen …«

»… wir bitten euch, erhöret uns …«

Pia schrumpfte zu einem bitteren Kern. Sie löste sich auf.

Ging fort.

Die Stimmen wurden leiser. Pia spürte das Gewicht der Hände nicht mehr. Etwas drehte sich in ihrem Kopf und zog ihre Gedanken in einer langen, endlosen Spirale ins Nichts.

*

Das Tor zur Klosteranlage war geschlossen. Ratlos stand Romy davor. Sie starrte die hohe Bruchsteinmauer an, die sich mit Nässe vollgesogen hatte, dann den Klingelknopf unter der Gegensprechanlage. Sollte sie ihn drücken?

Etwas hielt sie davon ab.

Sie hatte gelernt, auf ihren Instinkt zu vertrauen. Ihren Wagen hatte sie auf einem Wanderparkplatz, etwa fünfhundert Meter entfernt, abgestellt. Sie wollte nicht, dass Bruder Arno von ihrer Anwesenheit Wind bekam, bevor sie bereit war, ihm gegenüberzutreten.

Um ihm *was* zu sagen? Dass sie den Verdacht hegte, man halte hier ein Mädchen gefangen, das sie nur ein einziges Mal in ihrem Leben gesehen hatte (zweimal, wenn man die merkwürdige Begegnung vom Mittwoch mitrechnete)? Dass sie außerdem argwöhnte, die Kölner Morde könnten in irgendeiner Weise mit der Bruderschaft in Verbindung stehen?

Das Kloster, das wie eine Burg über der Ebene thronte, hatte keine Nachbarschaft. Die Siedlung lag weit unterhalb, am Fuß des Bergs, der eigentlich kein richtiger Berg war, eher ein mächtiger Hügel aus massivem Felsgestein.

Romy folgte dem Verlauf der Mauer und umrundete langsam das Klostergelände, um zu prüfen, ob sich nicht irgendwo eine Möglichkeit fand, einzudringen. Die hohen Tannen des angrenzenden Waldes auf der Nordseite schluckten das ohnehin spärliche Licht dieses eisigen Wintertags. Die Mauer war hier fleckig und feucht und bröckelte an zahlreichen Stellen. Der Boden fiel steil ab und erschwerte jeden Schritt.

Die Ostseite gab den Blick auf die Ebene frei. Die Türme des Doms ragten aus dem Einheitsgrau heraus, als wollten sie Romy Mut machen.

»Okay«, flüsterte sie. »Okay.«

Ihr Herz fing an, wild zu schlagen. Ihr Atem ging heftig. Sie schluckte, um den Druck in den Ohren loszuwerden, den sie plötzlich verspürte.

Die meisten Bäume des Mischwalds auf der Südseite hatten ihr Laub abgeworfen, nur an manchen hingen noch ein paar steifgefrorene Blätter. Eine Taube kam mit lautem Flügelschlagen angeschwirrt, erblickte Romy und flatterte in einer erschrockenen Schleife wieder davon.

Romy lehnte sich gegen die Mauer, zog ihr Handy hervor und machte es an. Sie überlegte gerade, ob sie Greg vorsichtshalber eine SMS schicken sollte, damit er wusste, wo sie sich befand, als sie hörte, wie sich ein Wagen näherte. Ein Lastwagen, dem Geräusch nach zu urteilen. Romy steckte das Handy wieder weg und huschte an der Mauer entlang bis zur Ecke. Dort beugte sie sich vor und spähte zum Eingang.

Es war tatsächlich ein Lastwagen. *Holz Kamphaus* stand in schrägen, verschnörkelten Lettern auf der schmutziggelben Plane. Der Fahrer war ausgestiegen und klingelte an der Pforte. Kurz darauf wurde das Tor geöffnet. Der Fahrer kletterte wieder ins Führerhaus und lenkte den Wagen auf den Hof.

Das Tor blieb offen.

Romy hörte Stimmen. Sie hörte Männer lachen. Blitzschnell schlich sie heran und riskierte einen Blick.

Der Fahrer stand am Wagen, ein weiterer Mann befand sich auf der Ladefläche. Sie hatten lange Holzbretter geladen, die der eine nun eines nach dem andern hinausschob, während der Fahrer sie annahm und auf einen Gabelstapler schichtete, der von einem Mönch gesteuert wurde. Sie waren so sehr auf ihre Arbeit konzentriert, dass Romy beschloss, es zu wagen. Sie klemmte sich ihre Tasche fest unter den Arm, duckte sich und rannte los.

Im Schutz eines mächtigen Nadelbaums wagte sie es, stehen zu bleiben und zu verschnaufen. Niemand hatte sie bemerkt. Die Männer setzten ihre Arbeit fort. Das Tor hatte sich wieder geschlossen.

Mit kurzem Erschrecken stellte Romy fest, dass sie auf dem Gelände gefangen war.

Rasch schaltete sie ihr Handy aus, damit es sie nicht verraten konnte. Dann versuchte sie abzuschätzen, wie lange die

Männer noch brauchen würden, bis sie den Wagen entladen hatten.

Schwer zu sagen. Eine halbe Stunde, schätzte Romy. Vielleicht auch eine ganze.

Sie schaute auf ihre Armbanduhr.

Elf Uhr fünf.

Eine halbe Stunde, dann würde sie wieder hier sein, um die Abfahrt des Lastwagens zu nutzen und von hier zu verschwinden.

*

Calypso lehnte sich auf seinem Stuhl zurück und hörte den anderen zu. Sie hatten die halbe Nacht geredet, lange geschlafen und saßen nun in der gemütlichen Wohnküche des Bauernhauses, das sie für ein langes Wochenende gemietet hatten.

Im Kamin prasselte ein Feuer, während draußen feuchte, kalte Luft die Landschaft verschleierte. Lusina, Mariel, Leon und Calypso. Vor einer Woche waren sie einander zum ersten Mal begegnet, und doch kam es ihnen so vor, als wären sie seit Jahren befreundet.

»Cool, unsere Namen«, sagte Lusina gerade. »Könnte ich mir gut auf einem Abspann vorstellen.«

»Dieser Fred aus Leverkusen offenbar auch.« Mariel zeigte dem nicht anwesenden Fred den ausgestreckten Mittelfinger. »Nachdem er abgelehnt worden ist, hat er uns dubiose Beziehungen angedichtet, ohne die wir es nie geschafft hätten. Und dann hat er über unsere *Künstlernamen* abgelästert.«

»Volltrottel.« Leon fläzte sich müde auf dem roten Sofa. Seine blonden Haare hatten dringend eine Wäsche nötig und ein Kamm hätte ihnen auch nicht geschadet.

»Na ja.« Lusina grinste. »Freddyboy jedenfalls ist dermaßen talentfrei, dass er keinen Künstlernamen brauchen wird.«

Sie alle waren von *Orson* angenommen worden.

»Wir werden unsere Ausbildung machen und uns niemals trennen«, sagte Mariel schwärmerisch. »Lasst uns schwören.«

»Auf immer …« Lusina ergriff Mariels ausgestreckte Hand.

»… und ewig!« Leon legte seine Hand auf die der Mädchen.

Die drei schauten Calypso abwartend an.

»Für alle Zeit«, sagte er und legte seine Hand auf Leons.

Lusina strahlte. Sie hatte sich schon vor dem Frühstück durchgestylt. Ihr schmales, weißes Gesicht wirkte beinah transparent. Sie hatte sich auf kunstvolle Weise ein schwarzes Tuch um den Kopf geschlungen, mit dem sie aussah wie eine spanische Gräfin.

Calypso war inzwischen so sehr an ihren zur Hälfte geschorenen Kopf gewöhnt, dass er sich von der verwandelten Lusina ein wenig irritiert fühlte.

Auch ihre Augen waren anders. Sie schienen ihre Farbe je nach Wetter und Stimmung zu verändern. Heute waren sie grau wie der Himmel draußen. Nur dass sie aus sich heraus zu leuchten schienen. Und ihre Hände …

Calypso hielt die Luft an, als ihm dämmerte, dass er im Begriff war, sich zu verlieben.

Er stand so abrupt auf, dass er dabei seinen Stuhl umwarf, der mit heftigem Getöse zu Boden ging. Erstaunt starrten die andern ihn an.

»Entschuldigt mich mal für einen Moment«, sagte Calypso und stürzte hinaus.

Er nahm sich nicht die Zeit, seine Jacke anzuziehen. So, wie er war, in Jeans und Pulli, marschierte er den Weg zum Wald hinauf. Sein weißer Atem schien in der kompakten kalten Luft für einen winzigen Moment stillzustehen, bevor er sich auflöste.

Je steiler der Weg wurde, desto verbissener stapfte Calypso voran. Er wollte nicht denken, nicht fühlen. Er wollte nur in Bewegung sein.

Erst oben an der Weggabelung blieb er keuchend stehen.

Er war allein. Kein Windhauch regte sich, kein Geräusch drang an sein Ohr. Unten konnte er den Bauernhof erkennen, der auf Spielzeuggröße geschrumpft war. Er konnte den Rauch aus dem Schornstein aufsteigen sehen.

Alles war in Ordnung, solange er nicht wieder hinunterging, sich an den Tisch setzte, Lusina anschaute und ihr Lächeln erwiderte.

Doch genau das würde er tun.

Es gab nur einen Menschen, der ihn daran hindern konnte.

Calypso zog das Handy aus der Hosentasche und drückte Romys Nummer.

Doch es meldete sich nur Romys Mailbox. Calypso steckte das Handy weg und verschränkte die Arme vor der Brust, um sich zu wärmen. Langsam trat er den Rückweg an.

Von Schritt zu Schritt wurde er schneller.

Bis er schließlich rannte.

*

Bert hatte Hunger. Sie waren nun schon am zweiten Café vorbeigelaufen. Rick brauchte immer ewig, um sich zu entscheiden, wo er essen wollte. Mal passte ihm dies nicht, mal jenes, und wenn sie sich endlich irgendwo niederließen, fand er garantiert ein Haar in der Suppe.

»Stopp«, sagte Bert und blieb vor dem dritten Café stehen. »Hier gehen wir rein.«

Rick spähte durch die Schaufensterscheibe. Lauter alte Damen, frisch onduliert und im Sonntagsstaat.

»Das ist nicht dein Ernst.«

»Und ob.«

Bert öffnete entschlossen die Tür. Allmählich war ihm alles egal. Hauptsache, er bekam etwas zwischen die Zähne.

Sie bestellten das große Frühstück für zwei Personen und ließen den Vormittag Revue passieren. Drei Befragungen hatten sie bereits hinter sich gebracht.

»Spitzenleistung«, sagte Rick. »Ich hab schon lange nicht mehr so viel Schwachsinn auf einmal gehört.«

Bert war derselben Meinung, hätte es nur anders ausgedrückt. Niemand war bereit gewesen, ihnen einfache Fragen einfach zu beantworten. Immer hatten sie einen Wust an religiösen Glaubensgrundsätzen mitgeliefert bekommen, um die sie nicht gebeten hatten.

»Die können gar nicht anders«, entgegnete er.

Rick stopfte sich ein Viertel Brötchen auf einmal in den Mund und verschlang es in Windeseile.

»Wie hat der eine sich noch mal genannt? Sprachrohr des Herrn?«

Bert nickte. Neben dem Sprachrohr des Herrn hatten sie sich mit dem Verkünder der Apokalypse und dem Diener des Ewigen unterhalten. Die Selbstgefälligkeit dieser Männer war unerträglich gewesen.

Bis jetzt war ihre Spur im Sande verlaufen. Niemand hatte Sally Jensch oder Thomas Dorau gekannt, außer aus Zeitungsberichten. Ebenso verhielt es sich mit den übrigen Opfern. Angeblich wusste keiner etwas über sie.

»Wir gehen bei Thomas Dorau und Sally Jensch von mehreren Tätern aus, die wir in einem religiösen Umfeld vermuten«, überlegte Bert.

Rick nickte zustimmend, ließ sich jedoch beim Essen nicht stören.

»Wenn die fünf Mordfälle zusammenhängen, muss das bei den ersten dreien genauso sein.«

Rick grunzte beipflichtend.

»Wieso hatten dann nur Thomas Dorau und Sally Jensch ein Tattoo?«

»Vielleicht standen die andern ganz einfach nicht auf tätowierte Bekenntnisse.«

Das konnte stimmen. Manchmal interpretierte man zu viel in einen Sachverhalt hinein. Bert beschloss, sich dem Frühstück zu widmen, bevor es vollständig in Ricks Magen verschwand.

In einträchtigem Schweigen verzehrten sie alles bis auf den letzten Krümel. Der Tag war noch lang, und wer wusste schon, wann sie wieder etwas in den Magen kriegen würden.

*

Benommen rappelte Pia sich auf. Sie war allein im Zimmer, aber sie konnte sich nicht daran erinnern, dass Vero und die andern gegangen waren.

Anscheinend hatte sie das Bewusstsein verloren.

Sie hatten sie auf das Bett gelegt und zugedeckt.

Wie fürsorglich.

Pia hatte einen bitteren Geschmack im Mund und taumelte ins Bad, um ihn loszuwerden. Sie putzte sich die Zähne und trank ein paar Schlucke Wasser. Dann wusch sie sich flüchtig, zog frische Wäsche und Kleidung an und kämmte sich die Haare. Sie bemühte sich dabei, dem verstörten Blick des fremden Mädchens im Spiegel auszuweichen.

Als sie wieder ins Zimmer trat, holte das Entsetzen sie ein.

Das Herz klopfte ihr bis zum Hals. Die Panik hielt ihren Brustkorb umklammert und schnürte ihr die Luft ab. Ihr Atem ging viel zu schnell. Keuchend lehnte sie an der kalten Wand.

Und wenn sie wirklich besessen war?

Wenn Vero recht hatte und ihr nur helfen wollte?

Sie hatte einmal einen schockierenden Film über eine Teufelsaustreibung gesehen. *Der Exorzist*. Sie hatte ihn für reine Fantasy gehalten. Doch dann hatte sie einen Artikel über Anneliese Michel gelesen, eine Studentin, die in den siebziger Jahren an den Folgen von mehr als sechzig Austreibungen gestorben war.

Der letzte Fall von Exorzismus in Deutschland, hatte die Überschrift gelautet.

Pia wusste jetzt, dass das ein Irrtum war.

Mühsam schleppte sie sich zum Fenster. Sie schlotterte am ganzen Körper. Vero hatte ihr einen kleinen Heizofen versprochen. Aber eine Weile musste sie die Kälte noch aushalten.

Er hatte ihr nicht erklärt, warum.

»Bitte, lieber Gott«, murmelte sie mit klappernden Zähnen. »Ich habe dich nie mit Kleinigkeiten belästigt. Aber heute wende ich mich an dich. *Hilf mir, hier herauszukommen!*«

Als sie nach draußen sah, zuckte sie zurück wie vom Blitz getroffen.

Im Schutz der Tannen schlich ein Mädchen durch den verschneiten Park. Immer wieder schaute es sich verstohlen um.

Pia kniff die Augen zusammen. Das konnte nicht sein. Das Fieber gaukelte ihr das bloß vor.

In diesem Moment zeigte das Mädchen für zwei, drei Sekunden sein Gesicht.

»Romy!«

Pia trommelte mit den Fäusten auf das starke Glas. Sie schrie und brüllte. Zog ihre Schuhe aus und hämmerte mit den Absätzen auf das Fenster ein.

Doch Romy war schon zu weit weg, um sie zu hören. Sie drehte sich nicht um.

Und dann war sie verschwunden.

22

Schmuddelbuch, Montag, 24. November, Diktafon

Ich trau mich nur zu flüstern und hoffe, das Gerät nimmt meine Stimme trotzdem auf. Wahnsinn. Ich bin wahnsinnig. Hab mich auf dem Klostergelände einsperren lassen. Das Tor ist zu.

Selber schuld, ich weiß. Vielleicht ist ja auch gar nichts dran an meinem mulmigen Gefühl, und an der nächsten Ecke begegnet mir ein lächelnder Mönch und lädt mich zu einem Stück Kuchen ein.

Keine Spur von Pia. Keine Spur von Snoop. Ich bräuchte mehr Zeit. Das Anwesen ist riesig. Es wimmelt bloß so von Gebäuden, Fenstern und Türen. Ich hatte mir das leichter vorgestellt.

Dahinten ist das Atelier von Bruder Arno. Und wenn ich einfach anklopfe und ihn in ein Gespräch verwickle? *Hallo, Bruder Arno, ich kam gerade hier vorbei, und da dachte ich mir, ich schleich mich mal rein und schnüffle ein bisschen herum. Und wo ich schon mal da bin – ihr haltet nicht zufällig Pia hier gefangen? Und könnt mir sagen, warum Alice Kaufmann hat sterben müssen?*

Ich wollte, ich wär schon wieder zu Hause.

Irgendwie war Bruder Arno vorbereitet. Etwas in ihm hatte auf Romy gewartet. Es überraschte ihn nicht einmal, dass sie sich auf dem Klostergelände befand, obwohl das Tor abgeschlossen war. Als er sie hinter seinem Atelier herumschleichen sah, zögerte er keine Sekunde, unterbrach seine Arbeit und ging auf sie zu.

Sie war reizend, wie sie da stand und ihn über die Entfernung hinweg unschlüssig anstarrte. Er wusste, dass man von Priestern erwartete, gegen sexuelle Anfechtungen immun zu sein, aber kaum jemand hatte eine Ahnung von den Qualen, die es bereitete, diesen Teil der Gefühle auszublenden.

Es gab Menschen, die eine unwiderstehliche Aura besaßen. Dieses Mädchen gehörte zu ihnen, auch wenn sie im Augenblick verzagt, fast ängstlich wirkte.

Bruder Arno blieb vor ihr stehen.

»Ich weiß«, sagte sie. »Ich hätte anrufen sollen.«

Und als hätte sie im selben Augenblick gemerkt, wie absurd dieser Satz nach ihrem unerlaubten Eindringen war, trat sie einen Schritt zurück.

»Möchtest du reinkommen?«, fragte Bruder Arno.

Die Gedanken schossen nur so durch seinen Kopf. Was sollte er tun? Was war das Richtige?

Was wollte sie hier?

Gleichzeitig betete er, dass Vero nicht auftauchte. Er konnte es sich nicht leisten, ihn wieder gegen sich aufzubringen. Schon vor langer Zeit hatte er sich eingestanden, dass er sich noch nie vor einem Menschen so sehr gefürchtet hatte.

Romy betrat das Atelier und blieb bei der Tür stehen. Weil der Tag trüb und düster war, hatte Bruder Arno das Deckenlicht eingeschaltet. Es floss auf Romy nieder und ließ ihr kurzes Haar silbern schimmern.

Sie hielt ihm ein zerknautschtes rotes Tuch hin.

»Ein Tuch.« Er schaute sie verständnislos an. »Was ist damit?«

»Es gehört Pia. Sie hatte es ihrem kleinen Hund umgebunden.«

Bruder Arno hatte von dem Hund gehört. Und davon, dass Vero ihn davongejagt hatte. Was bei Vero alles Mögliche bedeuten konnte.

»Weißt du, wie viele Tücher von dieser Sorte es gibt?«, fragte er. »Die findest du in jedem Laden.«

»Wo ist sie?«

Er hatte das Gefühl, den Boden unter den Füßen zu verlieren. Sie ließ nicht locker, verfolgte stur ihr Ziel. Eine ganze Kanne hatte sie von dem Tee getrunken. Ihre Erinnerungen an den Nachmittag mussten praktisch gleich null sein.

»Was ist mit Pia passiert?«

»Ich weiß nicht, wovon du redest.« Er wies auf die beiden Sessel. »Willst du dich nicht setzen, damit wir in Ruhe ...«

»Am Mittwoch im Park, da habe ich sie gesehen.«

»Bitte, Romy! Es gibt hier keine Pia und auch keinen Hund.«

Sie hielt ihm das Tuch vor die Nase.

»Das Mädchen im Park war Pia. Und das ist ihr Tuch. Ihr Hund trug es um den Hals.«

Hartnäckigkeit konnte ein gefährlicher Charakterzug sein. Bruder Arno wünschte, er wäre diesem Mädchen nie begegnet. Sie hatte ihn bisher nur in Schwierigkeiten gebracht und würde nicht damit aufhören.

»Warum glaubst du mir nicht?«, fragte er mit sanfter Stimme. »Ich dachte, zwischen uns sei etwas ... Besonderes.«

»Das dachte ich auch.«

Romy musterte ihn stumm. Dann stopfte sie das Tuch in ihre Tasche und wandte sich zur Tür.

»Du verrennst dich da in etwas«, sagte er. »Bitte bleib.«

Er musste ihr Vertrauen zurückgewinnen. Seinen geballten Charme in die Waagschale werfen. Und vorsichtig von vorn anfangen. Sie konnten hier keine neuen Probleme brauchen.

Waren das Tränen in ihren Augen? Erleichtert atmete er auf.

»Nein«, sagte Romy leise. »Ich *hatte* mich verrannt, aber das ist vorbei.«

Er hatte seine Wirkung auf sie verloren. Der Zauber, der zwischen ihnen geschwebt hatte, war verweht. Es machte Bruder Arno traurig, doch damit konnte er sich nicht aufhalten.

»Romy?«

Sie drehte sich zu ihm um. In ihrem Gesicht war so viel Hoffnung, dass es ihm richtig leidtat, sie enttäuschen zu müssen.

Langsam beugte er sich vor, griff an ihr vorbei und legte die Hand auf die Klinke.

»Ich kann dich nicht gehen lassen«, sagte er. »Jetzt nicht mehr.«

*

Gregory Chaucer war stinksauer. Es war Nachmittag und Romy hatte sich noch nicht in der Redaktion blicken lassen. Sie hatte sich nicht abgemeldet, hatte keine Mail geschickt und keine SMS. Wer, zum Teufel, glaubte sie zu sein? Miss Unersetzlich?

Er ließ seine schlechte Laune an den Kollegen und Kolleginnen aus, die ihm sämtlich aus dem Weg gingen, um bloß keine Angriffsfläche zu bieten. Wütend schickte er die vierte SMS los, diesmal mit nur drei Worten: *Melde dich gefälligst!*

Das hatte er von seiner Großzügigkeit. Romy tanzte ihm auf der Nase herum.

Was wusste er über die Ergebnisse ihrer Recherchen?

Nichts.

Er hatte geglaubt, ein großzügiger Vertrauensvorschuss seinerseits würde ihrerseits Vertrauen erzeugen, doch da hatte er sich getäuscht. Romy kochte ihr eigenes Süppchen und ließ niemanden in den Topf gucken.

Gregory holte sich einen Kaffee und klemmte sich ans Telefon. Nach dem ersten Gespräch hatte er Romy aus seinem Kopf verbannt. Er würde sich mit ihr auseinandersetzen, sobald sie es wagte, ihm wieder unter die Augen zu treten.

*

Pia hatte sich aufs Bett gesetzt. Ihr war abwechselnd heiß und kalt. In ihrem Hals brannte es wie Feuer, und in ihren Handgelenken hatte sie ein taubes Gefühl. Sie war ernstlich krank. Sie musste zum Arzt.

Würden sie ihr Bruder Benno schicken?

Sie sank zur Seite und blieb so liegen, unfähig, die Füße anzuheben und sich zuzudecken. Ihre Lider zitterten von der Anstrengung, sie offen zu halten.

Nicht schlafen, dachte sie. Bloß nicht schlafen.

Als würde es ihr etwas nützen, den Dingen ins Gesicht zu blicken.

Sie hatte kein Gefühl für die Zeit, die verstrich. Irgendwann hörte sie auf, sich gegen den Sog der Erschöpfung zu wehren. Bevor sie die Augen endgültig schloss, hörte sie wieder einen Hund bellen.

Snoop, dachte sie.

Er blieb in ihrer Nähe.

Obwohl sie ihn nicht sehen und berühren konnte, fühlte sie sich getröstet, und mit einem Lächeln ergab sie sich dem Schlaf.

*

Als Erstes nahm Bruder Arno ihr die Tasche ab, mit allem, was darin war, Geld, Schreibzeug, Schminkutensilien, Schlüsseln. Dann musste Romy ihm ihre Jacke geben. Er durchwühlte die Taschen – und fand ihr Handy.

Damit hatte er Romys Verbindung zur Außenwelt komplett gekappt.

Was ihm nicht in die Hände geriet, weil Romy es an einem Lederband um den Hals trug, war das Diktiergerät. Sie hatte es rasch unter ihren Pulli geschoben, und weil es so klein und flach war, fiel es Bruder Arno nicht auf.

Romy klammerte sich an dem Gedanken fest, wenigstens etwas zu haben, das er nicht kontrollieren konnte. Ihre Worte und die Möglichkeit, sie aufzuzeichnen, machten sie unabhängig, egal, was geschehen würde.

»Du musst das verstehen«, sagte Bruder Arno in bedauerndem Tonfall. »Wir können niemandem erlauben, seine Nase in unsere Angelegenheiten zu stecken.«

Romy starrte ihn an. Wo war der liebenswürdige, geistreiche, charmante Priester geblieben, der ihre Gedanken länger und intensiver beschäftigt hatte, als sie sich eingestehen mochte? Wo war der Mann, der die Welt für ein paar Stunden auf den Kopf gestellt hatte?

»Ich bringe dich jetzt zu Vero, und ich rate dir, keine Dummheiten zu versuchen. Ich habe kein Problem damit, dich zum Schweigen zu bringen, falls es nötig sein sollte.«

Daran zweifelte Romy keinen Moment.

Sie beschloss, zu tun, was er von ihr verlangte. Dadurch gewann sie Zeit zum Nachdenken.

Bruder Arno nahm sie fest beim Arm und führte sie in den Seitenflügel der Kirche. Vor einer Tür am Ende des langen Gangs blieb er stehen und klopfte an.

»Herein!«

Die Stimme klang herrisch und gereizt, und Romy hatte den Eindruck, als wäre Bruder Arno neben ihr kurz zusammengezuckt.

Er schob sie in ein karg eingerichtetes Zimmer, in dem ein Mann im Ordensgewand an einem Schreibtisch saß. Der Mann stützte die Ellbogen auf, legte die Fingerspitzen zusammen, dass sie ein Dreieck bildeten, und schaute Romy mit einem ironischen Lächeln darüber hinweg an.

»Ah, unsere kleine Reporterin«, sagte er spöttisch.

»Mein Name ist Romy Berner. Ich schreibe für das *Köln-Journal*. Und wer sind Sie?«

Romy war nicht bereit, sich von diesem Typen kleinmachen zu lassen.

Er antwortete nicht. Aber sie wusste auch so, wen sie vor sich hatte. Das also war der sagenhafte Vero, von dem Bruder Arno ihr vorgeschwärmt hatte.

»Mein Chef weiß, dass ich hier bin.«

Die Augen des Mannes verengten sich. Offenbar hatte ihr Bluff ihn irritiert. Doch dann lehnte er sich zurück und schmunzelte amüsiert.

»So, das weiß er also.«

»Ja.«

Greg, dachte Romy. Warum hab ich dich bloß nicht eingeweiht?

»Und aus welchem Grund genau bist du hier?«

Romy ließ sich widerspruchslos von ihm duzen, aber sie wich seinem Blick nicht aus.

»Kann nicht jede … große Sache ein bisschen Öffentlichkeit gebrauchen?«

»Du willst über unsere Ordensgemeinschaft schreiben?«

Er tauschte einen Blick mit Bruder Arno, und Romy erinnerte sich daran, dass sie ihm etwas ganz anderes erzählt hatte.

»Eigentlich recherchiere ich für einen Artikel über Gewaltverbrechen«, erklärte sie. »Aber ich könnte mir durchaus vorstellen …«

»Und diese Recherchen haben dich ausgerechnet hierher geführt?«

»Ich habe zufällig Bruder Arno getroffen …«

Veros Stirn legte sich in Falten, sein Gesicht lief rot an. Er war wütend, aber er versuchte, es nicht zu zeigen.

»… wir sind ins Gespräch gekommen, und er hat mich zum Tee ins Kloster eingeladen. Und da bin ich wieder.«

Romy entschied sich zu einem Lächeln, merkte jedoch sofort, dass es ihr nichts half.

»Letzte Woche warst du auch schon hier.«

»Ich wollte mich noch einmal mit Bruder Arno unterhalten. Ich fotografiere ebenfalls und dachte, er könnte mir ein paar Tipps …«

»Und heute hast du sogar ein verschlossenes Tor überwunden, nur um dir Tipps zu holen?«

»Verschlossen?« Mit gespieltem Erstaunen schaute Romy zwischen den Männern hin und her. »Als ich ankam, stand es weit offen.«

Ein kurzes Flackern seines Blicks zeigte ihr, dass es ihr halb gelungen war, sein Misstrauen zu zerstreuen, doch in diesem Moment legte Bruder Arno Snoops Tuch auf den Schreibtisch. Vero hob es auf und betrachtete es von allen Seiten. Dann kehrte sein Blick zu Romy zurück.

»Ich glaube«, sagte er zu Bruder Arno, ohne Romy aus den Augen zu lassen, »ich glaube, wir haben einen neuen Gast.«

Mehr als dieser Satz erschreckte Romy die Verwandlung Bruder Arnos. Demütig nickend stand er neben ihr, ein vollkommen anderer Mensch als der, dessen Seele sie nach dem Anblick seiner Bilder zu kennen geglaubt hatte.

*

Calypso war kein Wandervogel. Es hatte ihm noch nie Spaß gemacht, über Feld und Flur zu stiefeln, dem Gesang der Vögel zu lauschen und auf derben Holzbänken zu picknicken. Doch heute schwebte er fast über den weichen Waldboden.

Sie hörten auch bei diesem Spaziergang nicht auf zu reden. Zwischendurch waren sie ausgelassen wie Kinder, jagten einander um die Stämme der Bäume und bewarfen sich mit Tannenzapfen.

Lusinas Atemlosigkeit machte sie noch schöner.

Calypso war sich ihrer Nähe ständig bewusst. Sie war wie eine tausendfache flüchtige Berührung auf seiner Haut. Zweimal noch hatte er versucht, Romy zu erreichen. Zweimal versucht, sich auf diese Weise in Sicherheit zu bringen. Dann hatte er das Handy in seiner Tasche vergessen.

Der Wald war dicht und still. Nach jedem Rufen, jedem Lachen schien er stiller zu werden. Calypso fürchtete sich nicht davor, in ihm verloren zu gehen, solange nur dieses Mädchen bei ihm war.

Eine kleine, kaum wahrnehmbare Stimme in seinem Innern beschimpfte ihn als Idioten. Er schaltete die Ohren auf

Durchzug, und als Lusinas kalte, schmale Hand sich zögernd in seine schob, umschloss er sie fest mit seinen warmen Fingern.

*

Vero vergeudete keine Zeit. Er rief jeden einzelnen Mitbruder an und beraumte ein Treffen nach dem Abendessen an. Ihm war klar, dass er Widerstände würde überwinden müssen. So war es jedes Mal. Die meisten wusste er hinter sich, aber noch immer gab es hier und da Skrupel, wenn es um letzte Konsequenz und Härte ging.

Sie hatten einen Weg zurückgelegt, auf dem es keine Umkehr gab. Um ihre Ziele nicht zu gefährden, hatten sie Menschen zum Schweigen gebracht. Die Gesellschaft nannte so etwas Mord, und die Juristen versteckten sich hinter ihren Gesetzbüchern. Sie würden nicht einmal den Versuch machen, Veros Entscheidungen zu begreifen.

Die Bruderschaft hatte sich dem einzig wahren Christentum verpflichtet. Jeder von ihnen hatte geschworen, den Glauben zu schützen. Koste es, was es wolle.

Und manchmal war der Preis ein Menschenleben.

Was war das Leben eines einzelnen Menschen im Vergleich zu der Vision eines radikal fundamentalistischen Christentums? Immer mehr Gläubige würden sich ihnen anschließen, Angehörige aller Schichten Anhänger ihrer Ideale werden.

Noch hatte die Gemeinschaft der *Getreuen* eine überschaubare Größe. Mit dreitausend Mitgliedern konnte man nicht nach Rom ziehen und Bedingungen stellen. Aber man konnte das erstarrte System der Kirche von unten aufweichen und diesen Prozess mit einigen spektakulären Aktionen beschleunigen.

Dazu benötigte Vero furchtlose Gotteskrieger, Männer und Frauen, die er sorgfältig auswählte, um sie dann auf ihre Aufgabe vorzubereiten. Der Samen war aufgegangen. Bald würden Pflanzen daraus sprießen.

Vero würde nicht zulassen, dass *irgendjemand* seine Pläne durchkreuzte.

*

Ingo Pangold saß im *Alibi* und hoffte, dass Romy doch noch dort auftauchen würde. Er wartete nun schon seit einer Stunde, doch nichts tat sich. Auch ihr Freund, dieser Cal, war heute nicht zu sehen. Anscheinend hatte er seinen Dienst getauscht. Das Mädchen mit den endlos langen, blauschwarzen Haaren und den atemberaubend schönen Beinen, das ihn bedient hatte, ließ sich keinen Hinweis entlocken.

Er arbeitete, während er einen Kaffee nach dem andern trank, aber so ganz war er nicht bei der Sache. Dass Romy für einen Artikel über Wasserleichen recherchierte, war natürlich blanker Unsinn. Sein gesunder Menschenverstand sagte ihm, dass sie den Kontakt vor zwei Wochen nur aus einem einzigen Grund gesucht hatte: Sie war hinter einer großen Sache her.

Sie hatte ihn nach seinen Kenntnissen im Fall Thomas Dorau ausgefragt und die früheren Fälle ins Gespräch gebracht. Das konnte nur eines bedeuten: Romy Berner recherchierte die Kölner Morde, die ihn selbst beschäftigten.

Nachdem sie ihm offenbar eine Weile aus dem Weg gegangen war, hatte er beschlossen, sich für heute mit ihr zu verabreden, und sie hatte ohne Zögern zugestimmt.

Und da saß er nun und wartete.

Ingo hasste es, zu warten.

Nach einer halben Stunde hatte er in der Redaktion des *KölnJournals* angerufen, wo man ihm mitgeteilt hatte, Romy sei unterwegs. Seiner angeborenen Hartnäckigkeit hatte er es zu verdanken, dass man ihm eine zusätzliche Information gegeben hatte: Gregory Chaucer sei fuchsteufelswild, weil Romy den ganzen Tag noch nicht aufgekreuzt sei.

Ingo hatte es auf ihrem Festnetzanschluss und dann auf ihrem Handy versucht, war jedoch in beiden Fällen nur ihrer Stimme begegnet, die ihn gebeten hatte, eine Nachricht zu hinterlassen.

Draußen schwand das spärliche Novemberlicht, die Kerzen auf den Tischen warfen dramatische Schatten an die Wände des *Alibi*. Ingo bestellte sich einen weiteren Kaffee und ließ ihn dann kalt werden.

Man konnte Romy vorwerfen, was man wollte, Unzuverlässigkeit aber nicht. Und sie war heiß auf Informationen. Sie hatte ihn ganz sicher nicht versetzt.

Was, wenn sie in irgendeinen Schlamassel geschlittert war?

Die Nummer dieses Calypso herauszufinden, war ein Klacks.

»Ingo Pangold hier. Bitte ruf mich zurück. Es geht um Romy. Ich mache mir Sorgen um sie.«

Er nannte langsam und deutlich seine Nummer und legte das Handy neben seine Tasse. Ihm ging auf, dass er sich tatsächlich Sorgen um Romy machte. Für einen, der sich die halbe Welt zum Feind gemacht hatte, war das eine schockierende Erkenntnis. Er würde doch wohl nicht damit anfangen, ein Gewissen zu entwickeln?

*

Bruder Arno hatte Romy ins Haupthaus geführt und stieß sie nun unsanft in einen Raum im dritten Stock, der wie ein

Hotelzimmer eingerichtet war. Er lehnte die Tür an und wandte sich zu Romy um. »Fühl dich bei uns wie zu Hause«, sagte er. »Und spar dir den Atem – hier hinten hört dich kein Mensch schreien.«

In seiner Stimme schwang eine Spur Verachtung mit. Als hätte Romy ihr Recht auf seinen Respekt verwirkt.

»Was soll das?«, fragte sie. »Das ist doch lächerlich.«

»Du hast die Angewohnheit, dich zur falschen Zeit am falschen Ort aufzuhalten«, sagte er. »Das dritte Mal ist dir zum Verhängnis geworden.«

Er hielt inne und überlegte. Dann huschte ein Lächeln über sein Gesicht, und ganz kurz blitzte auf, was Romy zuvor so hinreißend gefunden hatte.

»Eine biblische Zahl übrigens. Denk nur an die Dreifaltigkeit.«

Er war irre. Weshalb war ihr das nicht aufgefallen?

Langsam näherte Romy sich der Tür. Wenn sie sich überraschend auf ihn stürzte, würde er vielleicht das Gleichgewicht verlieren, und der Weg nach draußen wäre frei.

»Vergiss es.«

Er drückte die Tür ins Schloss und stellte sich breitbeinig davor.

»Das ist nämlich deine zweite gefährliche Angewohnheit: Du legst dich mit den falschen Gegnern an.«

Das Fenster bot auch keine Fluchtmöglichkeit, dazu befand es sich zu weit oben. Es aufzureißen und um Hilfe zu schreien, war sinnlos. Wer sie hier schreien hörte, war einer von *ihnen* und würde ihr nicht helfen.

Romy betrachtete Bruder Arno, der so selbstherrlich vor ihr stand und ihr den Weg versperrte, nachdem er eben noch vor Vero gekatzbuckelt hatte.

Immerhin habe ich durch ihn Pia aufgespürt, dachte sie.

Pia wurde in einem der Gebäude gefangen gehalten. Vielleicht ganz nah. Vielleicht sogar in diesem Haus.

Aber weder sie noch Romy hatten etwas davon.

Ebenso gut könnte Pia in Timbuktu sein.

Erst als ihr das bewusst wurde, bekam Romy wirklich Angst.

*

Bert quälte sich im Feierabendverkehr über die Zoobrücke. Die Seilbahn hatte den Betrieb für die Dauer der Winterpause eingestellt. Er hatte sich noch nicht daran gewöhnt. Die Zoobrücke ohne Gondeln war wie der Rhein ohne Schiffe. Er vermisste sie.

Die Anstrengung steckte ihm in den Knochen. Auch Rick war von den vielen Gesprächen geschafft gewesen. Rick wollte immer alles und das sofort. Manchmal musste Bert ihn vorsichtig bremsen, weil er den Befragten zu schnell zu viel Druck machte.

Keine neuen Erkenntnisse. Der Tag war ohne einen einzigen Lichtblick vergangen. Für morgen hatten sie die nächste Runde eingeplant. Obwohl die erste Euphorie sich gelegt hatte, waren sie nach wie vor sicher, auf der richtigen Spur zu sein.

In seiner Wohnung angekommen, überfiel ihn Schwermut. Er hatte sich mit wenigen, rasch zusammengetragenen Möbeln eingerichtet, honigfarbenen Weichholzschränken, bunten Ikeasesseln und Kieferregalen, wenig originell, dafür jedoch praktikabel.

Bert beschloss, eine Kleinigkeit zu essen und danach noch eine Stunde zu laufen, um den Kopf freizukriegen. Aber zuerst würde er seine Kinder anrufen. Er hatte das dringende Bedürfnis, ihre Stimmen zu hören und sich zu vergewissern, dass mit ihnen alles in Ordnung war. Dass sie nicht gemobbt, erpresst oder bestohlen wurden. Dass Drogen für sie nicht existierten. Und dass sie das Wort *Sekte* nicht einmal buchstabieren konnten.

*

Niemand außer Bruder Arno kannte den Anlass für das Treffen. Zum Abendessen war Vero nicht erschienen. Wahrscheinlich fastete er wieder. Während er sich mit Exorzismen beschäftigte, nahm er kaum Nahrung zu sich, um seinen Geist zu stärken.

Bruder Arno wusste, dass er selbst den Willen zur Askese niemals aufbringen würde. Er war zu sehr von den schönen Dingen des Lebens abhängig.

Aus diesem Grund war er Künstler geworden. Und in den Orden war er nicht zuletzt auch deshalb eingetreten, weil das Klosterleben es ihm ermöglicht hatte, sich vollkommen seiner Kunst zu widmen.

Als Vero den Raum betrat, erstarb das Gemurmel. Aller Blicke richteten sich auf ihn.

Vero setzte sich und schaute ernst in die Runde.

»Es gibt ein Problem«, sagte er.

Eine feine, kaum wahrnehmbare Welle der Beunruhigung folgte dieser Äußerung. In den vergangenen Monaten hatte es diverse *Probleme* gegeben. Die Lösung dieser Probleme hatte sie alle in Gewissensqualen gestürzt.

»Eine junge Volontärin des *KölnJournals* ist unerlaubt bei uns eingedrungen. Durch das Fehlverhalten zweier Mitbrüder«, Vero warf erst Bruder Matteo, dann Bruder Arno einen kalten Blick zu, »hat sie Dinge gesehen, die nicht für die Augen Außenstehender bestimmt sind.«

Bruder Arno kam sich vor wie am Pranger. Alle hatten begriffen, dass Vero hauptsächlich ihn meinte, alle begafften ihn. Sie verurteilten ihn ohne Worte.

»Natürlich könnten wir auf bewährte Weise versuchen, sie an uns zu … binden«, fuhr Vero fort. »Aber sie ist von der Presse und kann unserer Sache ernsthaft schaden. Und gerade jetzt«, er nahm den Bleistift, der auf einem Notizblock vor ihm lag, und kritzelte etwas auf das oberste Blatt, »ausgerechnet jetzt hat sich die Polizei bei uns gemeldet, die ein paar Fragen hat.«

Das hatte sich übers Wochenende herumgesprochen, ebenso wie die Sache mit Pia. Nur Bruder Miguel, der noch mit seiner Gehirnerschütterung im Bett lag, wusste nichts davon.

»Ich möchte die Bruderschaft nicht unnötig belasten«, sagte Vero und drückte den Bleistift so stark auf das Papier, dass die Spitze mit einem lauten Knacken abbrach. »Wenn es allen recht ist, kümmere ich mich selbst um … die junge Dame.«

Sie nickten. Jeder war froh, dass Vero das Problem vom Tisch wischte. Jeder wollte so schnell wie möglich wieder zum normalen Alltag zurückkehren. Deshalb nickten sie auch weiter, als Vero sich Bruder Arno zuwandte.

»Auf deine Unterstützung allerdings werde ich nicht verzichten. Wir haben dich zu lange geschont. Nur dadurch sind wir in diese missliche Lage geraten.«

»Aber ich …«

»Du hast Skrupel entwickelt und bist … *dort* gewesen. Das hätte niemals geschehen dürfen.«

Bruder Arno senkte den Kopf. Es war gerecht. Er hatte einen schweren Fehler begangen und musste nun dafür geradestehen.

23

Schmuddelbuch, Dienstag, 25. November, Diktafon

Die längste Nacht meines Lebens.

Ich bin erschöpft und hungrig.

Aber hellwach, obwohl ich keine Sekunde geschlafen habe.

Vielleicht kann ich das Diktiergerät verstecken. Vielleicht findet es jemand. Eine Putzfrau, ein Besucher, irgendjemand, der außerhalb dieser Mauern lebt.

Bitte!!! Wende dich an die Polizei!!!

Ich könnte es in ein Gebüsch werfen, falls ich dieses Zimmer überhaupt noch einmal verlassen darf.

Ich habe Angst ...

Cal, verzeih mir! Ich war so eine Idiotin.

Entschuldige ... ich ... wollte nicht heulen.

Ich liebe dich.

Es war noch nicht hell, als sie ihr Zimmer wieder betraten. Pia war schon lange wach. Irgendwo hatte ein Hund gebellt. Danach hatte sie nicht mehr einschlafen können. Auf der Kante des Klappbetts sitzend und fest in die Bettdecke eingehüllt, hatte sie sich gefragt, wo Snoop wohl sein mochte. Vielleicht hatte er doch ein Zuhause gehabt und war dorthin zurückgelaufen.

Hoffentlich. Denn hier war er in Gefahr.

Wieder waren sie zu viert, Vero, Bruder Gunnar, Bruder Milo und Bruder Sandro.

Pia hatte nicht gewusst, dass sie zu solchem Hass fähig war.

Diesmal wich sie nicht zurück. Sie sprang auf und schrie sie an.

»LASST MICH IN FRIEDEN!«

Schon an der Tür begannen sie mit ihrer Litanei.

Heilige Maria, Mutter Gottes … Vater, Sohn und Heiliger Geist …

»GEHT WEG!«

Pia schleuderte ihnen ihr Kissen entgegen. Es verfehlte sein Ziel und fiel wie ein abgeschossener Vogel zu Boden.

Bruder Gunnar und Bruder Milo hielten Rosenkränze in den Händen, Bruder Sandro ein kleines silbernes Gefäß, aus dem ein glänzender dunkler Holzstiel ragte.

»FASST MICH NICHT AN!«

Sie schenkten ihr keine Beachtung. Als wäre sie gar nicht da.

Pia wich nun doch zurück. Sie wurde still.

Vielleicht gaben sie sich heute mit ein, zwei Gebeten zufrieden. Und ließen sie wieder allein.

Bittebittebitte, lieber Gott!

Vero trat einen Schritt auf sie zu.

»Vater«, bat sie leise. »Rede mit mir.«

Endlich schaute er sie an. Sein Blick war voller Abscheu.

»Ausgeburt der Hölle! Du willst mit mir reden? Du?«

Er lachte höhnisch auf.

»Welche Lügen hast du dir denn zurechtgelegt, um dich vor Gottes Zorn zu schützen?«

»Ich …«

Pia holte verzweifelt Luft. Vero war krank. Sie alle waren krank.

»Ich bin es doch. Pia.«

»Sanft wie ein Lamm.«

Aus Veros Augen sprach unverhüllter Hass.

»Aber mich kannst du nicht täuschen.«

Bruder Sandro hielt ihm das silberne Gefäß hin, und Vero zog einen Weihwasserwedel heraus, mit dem er Pia besprengte.

Das kalte Wasser brannte auf ihrem fieberheißen Gesicht und in ihren Augen. Pia hob schützend die Arme. In einer lautlosen Welle überrollte sie die Panik.

Und sie fing an zu schreien.

*

Vero ließ sich nicht beirren. Das Wesen, das ihn da anschrie und bespuckte, war nicht Pia.

ER war es.

In ihrer Gestalt.

Vero zitterte vor Entsetzen, aber er bot ihm die Stirn.

Dieses Mädchen würde er sich nicht entreißen lassen. Nicht von Satan und nicht von einem anderen Dämon.

Denn dieses Mädchen gehörte Gott.

Und irgendwann würde sie für ihn kämpfen.

Wie der Teufel sich unter dem Weihwasser drehte und wand! Wie er sich aufbäumte und brüllte!

Lag da nicht Brandgeruch in der Luft? Der Pestgestank der Hölle?

Hatte Vero jemals daran gezweifelt, dass dieses Mädchen besessen war – ihre Reaktion auf das Weihwasser überzeugte ihn endgültig.

*

»Hast du ein bisschen geschlafen?«, fragte Bruder Arno, verschloss die Tür und verstaute den Schlüssel in seiner Hosentasche.

Romy antwortete ihm nicht.

»Mach es dir und uns doch nicht unnötig schwer.«

»Unnötig schwer?«

Er stellte eine Kanne Tee auf den Tisch. Aus dem Korb, den er mitgebracht hatte, zauberte er Croissants, Butter und Himbeergelee hervor.

»Bist du ein Papagei?«

Er klapperte gereizt mit dem Geschirr.

»Du wirst doch verstehen, dass wir das Problem aus der Welt schaffen müssen.«

Diesmal fragte Romy nicht nach. Es war klar, was er meinte, und sie wollte sich mit ihm nicht unterhalten. Sie musste darauf achten, ihm nicht zu nahe zu kommen, weder körperlich noch mit Worten. Die Gefahr, die von ihm ausging, lag wie eine böse Schwingung im Raum.

»Greif zu.«

Er zeigte einladend auf den gedeckten Tisch.

Allein bei dem Gedanken an Essen wurde Romy schon schlecht. Ihr Magen hatte sich mit Angst gefüllt. Da war kein Platz mehr für Croissants.

»Ich hab keinen Hunger.«

Bruder Arno goss Tee in eine große Tasse und hielt sie ihr hin.

»Auch keinen Durst.«

»Trink!«

»Und was habt ihr mir diesmal untergemischt?«

Sicherheitshalber trat Romy einen Schritt zurück.

»Untergemischt?«

»Als ich zum ersten Mal hier war, habe ich eine ganze

Kanne von diesem Zeug getrunken. Anschließend hab ich mich ziemlich mies gefühlt.«

»Das lag nicht an dem Tee.«

»Lag es auch nicht an dem Tee, dass ich in der Cafeteria eingeschlafen bin und stundenlang benommen war? Dass ich am nächsten Tag einen Brummschädel hatte wie noch nie?«

Je länger Romy redete, desto sicherer fühlte sie sich. In ihren Worten war sie zu Hause, da kannte sie sich aus. Sie verdrängte die Erkenntnis, dass dieses Gefühl der Sicherheit genau das war – ein Gefühl. Nicht mehr.

Wieder hielt Bruder Arno ihr die Tasse hin.

»Und dass ich mich zu dir hingezogen gefühlt habe? Lag das auch nicht am Tee?«

Sie holte aus und schlug ihm die Tasse aus der Hand.

Der Tee spritzte umher. Die Tasse zersprang in Scherben.

Bruder Arno starrte auf die Lache zu seinen Füßen. Er nickte langsam, als würde er allmählich begreifen. Dann beugte er sich über den Korb auf dem Boden und zog eine Spritze heraus.

»Du hast es nicht anders gewollt«, sagte er.

*

Calypso wachte verkatert und unglücklich auf. Sein Mund war trocken, sein Gehirn leer.

Er hatte sich gestern von der Stimmung mitreißen lassen, hatte viel zu viel getrunken und musste jetzt dafür bezahlen.

Stöhnend wälzte er sich aus dem Bett und trat ans Fenster. Nebel hatte sich in den Bäumen verfangen. Darüber zeigte sich eine blasse Wintersonne.

Calypso sehnte sich nach der Stadt. Er zog die Schultern hoch. Fröstelnd angelte er nach seinen Sachen und schlüpfte hinein. Die Schlafräume waren ungeheizt. Die Temperatur lag schätzungsweise irgendwo bei null.

So ganz allmählich erinnerte er sich. Er hatte Lusina die Tür zu seinem Zimmer aufgehalten, doch sie hatte sich auf die Zehenspitzen gestellt, ihn umarmt und ihm einen Kuss auf die Wange gegeben.

Schwesterlich.

Calypso hatte ihr Gesicht in beide Hände genommen und ihr in die Augen gesehen.

»Lass uns nichts überstürzen«, hatte sie geflüstert. »Wenn es so sein soll, dann haben wir noch jede Menge Zeit.«

Wenn es so sein soll.

Sollte es?

Er musste unbedingt Romys Stimme hören. Jetzt erst fiel ihm ein, dass er das Handy ausgeschaltet hatte. Und dann hatte er vergessen, es wieder zu aktivieren.

Auf seiner Mailbox war eine Nachricht.

»Ingo Pangold hier. Bitte ruf mich zurück. Es geht um Romy. Ich mache mir Sorgen um sie.«

Er wählte die Nummer, die auf dem Display sichtbar war, und hatte Ingo sofort am Apparat. Der Journalist kam ohne Umschweife zur Sache.

»Ist Romy bei dir?«

»Nein. Wieso?«

»Weil man sie nicht erreichen kann, weder in der Redaktion noch zu Hause noch übers Handy, und im *Alibi* ist sie gestern auch nicht aufgetaucht, obwohl wir verabredet waren.«

Verabredet? Ingo und Romy?

Calypso wunderte sich.

»Manchmal hasst sie es, zu telefonieren. Ich hab sie gestern auch nicht erreicht.«

»Das heißt, du weißt genauso wenig, wo sie ist.«

Diese Bemerkung ärgerte Calypso, weil sie wie ein Vorwurf klang. Noch dazu wie ein berechtigter. Wenn einer wissen sollte, wo Romy sich aufhielt, dann doch ihr Freund.

Aber er hatte keine Ahnung. War am Freitag wie ein pubertärer Blödmann aus dem Haus gestürmt, ohne sich zu fragen, warum Romy aufgehalten worden war, und hatte sich mit Leuten, die er kaum kannte, in ein Bauernhaus in der Wildnis abgesetzt.

»Sie hat recherchiert«, sagte er. »War in den letzten Tagen so gut wie nonstop unterwegs.«

»Wegen ihrer Story über Wasserleichen.«

»*Wasserleichen*?«

»Dacht ich's mir doch.«

Ingos Stimme klang befriedigt. Als hätte er zumindest auf eine seiner Fragen eine Antwort gefunden.

»Wieso *Wasser*leichen?«

»Sie hat mir erzählt, dass sie über Wasserleichen recherchiert. Hab schon vermutet, dass sie bloß ablenken wollte.«

Dazu schwieg Calypso. Schließlich wussten alle, zu was Mister Größenwahn fähig war, wenn es um eine Story ging.

»Vielleicht verrätst du mir endlich mal, worüber du dir eigentlich Sorgen machst«, sagte er nach einer Weile.

»Ich glaube, dass Romy die Mordfälle recherchiert, die laut Polizei angeblich nicht zusammenhängen.«

Ingo legte eine kleine Pause ein, um Calypso eine Reaktion zu entlocken. Nachdem Calypso ihm den Gefallen nicht getan hatte, sprach er weiter.

»Ich bin mir da ziemlich sicher, weil ich für die Themen, an denen ich selber arbeite, einen sechsten Sinn entwickelt habe.«

»Okay …«

Calypso spürte ein Kribbeln auf der Kopfhaut, das nichts mit der Kälte in diesem fremden Zimmer zu tun hatte.

»Du weißt, wie das ist«, fuhr Ingo fort, »man fragt hier, bohrt da, sammelt Informationen. Und ein paarmal hat mir jemand verraten, es sei schon eine Kollegin vor mir da gewesen.«

»Und das war Romy.«

»Das war Romy. Eindeutig. Die Beschreibungen haben gestimmt.«

»Und weiter?«

»Ich bin davon überzeugt, dass sie der Sache auf die Spur gekommen ist.«

Calypso sank auf die Bettkante. Er presste das Handy ans Ohr. Am liebsten hätte er losgeflennt.

»Was weißt du darüber?«, fragte er mit gespielter Ruhe.

Ein kurzes Zögern, dann sprang Ingo über seinen Schatten und gab, vielleicht zum ersten Mal in seinem Leben, eine Information preis, ohne selbst einen Nutzen davon zu haben.

»Meine Spuren führen nach Husum. Es hat dort vor einiger Zeit eine Fotoausstellung verschiedener Künstler zum Thema *Kosmos Mensch* gegeben. Über Umwege bin ich an den Katalog geraten. Einer der Künstler hat Symbole fotografiert. In Baumrinde geritzt, in Sand gemalt. In die Haut gestochen.«

»Tattoos.«

Calypso saß wie erstarrt. Die Kälte verwandelte ihn allmählich in Stein.

»Richtig. Zwei der Toten aus Köln hatten solche Tattoos, einmal ein Buch, einmal einen Fisch. Beide fanden sich in dieser Ausstellung wieder.«

»Was sagt die Polizei dazu?«

»Das fragst du einen Journalisten? Wir haben eine äußerst gestörte Beziehung zu den Bullen. Wer selbst nur widerwillig mit Infos versorgt wird, geht im umgekehrten Fall nicht gern verschwenderisch damit um.«

So ähnlich hatte Romy sich auch schon geäußert.

»Wer ist dieser Fotograf?«, fragte Calypso.

»Ein Ordensbruder, der, aus welchem Grund auch immer, anonym bleiben möchte. Die Agentur hält dicht, da ist nichts zu machen.«

»Komisch.« Calypso bewegte die Beine, damit ihm wärmer wurde. »An einer Ausstellung teilzunehmen, bedeutet für einen Künstler doch, dass er sich der Öffentlichkeit stellt. Das tut er nicht, wenn er im Schutz der Anonymität bleibt.«

»Eben.«

»Und Romy ist diesem Typen auf die Spur gekommen und …«

»Romy hat sich der Story möglicherweise von einer ganz anderen Seite genähert.« Ingos Stimme verriet jetzt Unsicherheit. »Vielleicht mache ich mir auch völlig unbegründet Sorgen. Es ist nur sonderbar, dass wirklich niemand zu wissen scheint, wo sie steckt.«

»Lass uns in Verbindung bleiben.« Calypso zerrte seinen Rucksack aufs Bett und fing an, seine Sachen hineinzustopfen. »Ich komme so schnell wie möglich nach Köln zurück. Bis dahin fällt mir vielleicht ein, wo wir sie finden können.«

*

Bruder Rafael war wie seine Stimme, freundlich und ruhig. Für seine etwa fünfzig Jahre waren seine schulterlangen grauen Haare ein bisschen zu lang. Er trug sie im Nacken gebunden, dazu einen Ohrring, und wäre die braune Kutte nicht gewesen, hätte man ihn nicht für einen Mönch gehalten.

»Was kann ich für Sie tun?«, fragte er und sah abwartend von Bert zu Rick.

»Mein Kollege und ich«, sagte Bert, »ermitteln in zwei Mordfällen, zu denen wir Ihnen gern ein paar Fragen stellen möchten.«

Bruder Rafael hob abwehrend die Hände.

»Mord? Und da kommen Sie zu *uns*?«

»Kennen Sie diese beiden oder einen von ihnen?«

Rick hielt ihm ungerührt ein Foto von Thomas Dorau und eins von Sally Jensch unter die Nase.

»Ach, wissen Sie, ich bin für die Unterbringung der Gäste zuständig. Hier ist ein ständiges Kommen und Gehen – wie soll man sich da einzelne Gesichter merken?«

Er betrachtete die Fotos genauer. Dann schüttelte er bedauernd den Kopf.

»Tut mir leid. Ich kann Ihnen nicht helfen.«

»Vielleicht doch.« Bert setzte sich unaufgefordert auf einen der Stühle, die um einen runden Tisch standen. »Erzählen Sie uns ein bisschen über das Kloster und Ihre Gemeinschaft.«

Rick folgte seinem Beispiel, und Bruder Rafael kam gezwungenermaßen hinter seinem Schreibtisch hervor und tat es ihnen gleich.

»Wo soll ich da anfangen?«

Er rieb sich nervös die Hände.

»Die *Getreuen*«, kam Bert ihm zu Hilfe. »Was ist das für eine Gemeinschaft?«

Bruder Rafael begann zu erzählen. Bert lehnte sich zurück und hörte zu. Er beobachtete, wie Rick die Beine übereinanderschlug und mit dem Fuß wippte. So oder ähnlich hatten sie alle geredet. Doch in seiner Gesamtheit war das, was hier vor ihnen ausgebreitet wurde, am spektakulärsten.

Eine sogenannte Bruderschaft. Ein Abt mit dem sprechenden Namen Vero. Zwölf (!) Jünger an seiner Seite. Rückkehr zum Urchristentum. Und das Ganze unter dem schützenden

Mantel der katholischen Kirche, den man doch eigentlich lieber zerrissen hätte.

Ultrakonservativ, dachte Bert, auch wenn sie das Gegenteil behaupten. Diese Bruderschaft lehnt alles ab, was es an Neuerungen in den vergangenen Jahrhunderten gegeben hat.

»Wir würden uns gern ein wenig umsehen«, sagte er, als Bruder Rafael seinen kleinen Vortrag beendet hatte.

Bruder Rafael stand sofort auf und bot ihnen an, sie zu führen. Er wirkte gleichermaßen erleichtert und besorgt, eine Mischung, die Berts Interesse weckte.

Draußen erklärte er ihnen, welches Gebäude welchem Zweck diente. Er ließ sie einen Blick in das Foyer des Gästehauses werfen, das von drei überlebensgroßen Engelsstatuen beherrscht wurde, und in die Küche, in der ein Mann an dampfenden Töpfen werkelte. Er war etwa Mitte dreißig, klein und schmal, hatte schütteres blondes Haar und blinzelte durch die dicken Gläser einer funkelnden Goldrandbrille.

»Darf ich vorstellen: Bruder Lars. Er vertritt unseren erkrankten Bruder Miguel, der eigentlich für die Küche zuständig ist. Eine undankbare Aufgabe, denn Bruder Miguel ist ein Meister seines Fachs. Sie sollten einmal seine Süßspeisen probieren und vor allem seine selbst gemachten Pralinés.«

Bruder Lars lächelte schüchtern und wischte sich, bevor er Bert und Rick begrüßte, die Hände an einem Geschirrtuch ab, das er an seiner Schürze befestigt hatte. Er war mit Jeans und Turnschuhen bekleidet. Einzig der Priesterkragen unter seinem dunkelblauen Pullover verriet, dass er ein Geistlicher war.

Rick hielt ihm die Fotos hin.

Bruder Lars versuchte so krampfhaft, seinen Mitbruder nicht anzuschauen, dass es jedem auffiel. Er schüttelte den Kopf und wandte sich wieder dem Herd zu.

Eigenartig, dachte Bert auf dem Weg nach draußen. War

der Mann wirklich extrem schüchtern, war er stumm oder hatten die Mönche etwas zu verbergen?

Sie folgten Bruder Rafael in die Kirche, die bescheiden und schlicht war, ohne Pomp und Trara. Der große, lichte Raum war nicht zum Repräsentieren gedacht, sondern zum Beten, und dafür bot er alles, was nötig war.

»Welchem Zweck dient der Seitenflügel?«, fragte Bert.

»Der beherbergt unseren Vater«, erklärte Bruder Rafael. »Er hat eine tiefe und innige Beziehung zu Gottes Haus.«

Bert stellte fest, dass er die Sprache, die man in diesen Kreisen benutzte, nicht mochte. Sie umschrieb und bemäntelte und sagte nichts aus.

»Die übrigen Brüder haben diese Beziehung nicht?«, fragte Rick.

»Doch. Selbstverständlich.« Bruder Rafael lächelte. »Aber in unserer Bruderschaft hat Vero, unser Abt, eine herausragende Stellung. Er hat das Privileg, als Einziger ganz nah beim Herrn zu wohnen.«

»Wir würden ihn gern sprechen«, sagte Bert.

Er war neugierig geworden auf diesen Mann, der über einen direkten Draht zu Gott zu verfügen schien.

»Ich werde ihn holen. Wenn Sie bitte so lange in der Cafeteria Platz nehmen möchten?«

Bruder Rafael ging mit langen Schritten voran. Keine Menschenseele begegnete ihnen.

»Ziemlich leer hier, findest du nicht?«, flüsterte Rick. »Dafür, dass die Gemeinschaft aus ungefähr dreitausend Mitgliedern besteht.«

Darüber hatte Bert sich auch schon gewundert. Aber Bruder Rafael hatte ihnen erklärt, dass zwar ab und zu ein Gast für eine Weile bleibe, jedoch nur die Mönche ständig im Kloster lebten.

»Wenn Tagungen stattfinden, geht das hier bestimmt anders zu«, sagte er leise.

In der Cafeteria versorgte Bruder Rafael sie mit Kaffee und Wasser und machte sich dann auf den Weg zu seinem Abt.

»Dieser Vero muss ja eine enorme Ausstrahlung haben«, sagte Rick.

»Haben diese Sektenführer immer«, entgegnete Bert.

»Wobei es sich bei den ... wie war das noch ... den *Getreuen* ja streng genommen nicht um eine Sekte handelt.«

»Du irrst dich. Als Sekte bezeichnet man zunächst mal nur eine, in diesem Fall religiöse, Gruppierung, die mit herrschenden Überzeugungen in Konflikt steht. Und die *Getreuen* haben sich doch von der katholischen Kirche so gut wie abgespalten, wenn ich das richtig verstanden habe.«

»Nicht abgespalten«, ertönte hinter ihnen eine tiefe, selbstbewusste Stimme. »Wir sind lediglich zum Ursprung des Glaubens zurückgekehrt.«

Bert erhob sich und drehte sich zu dem Mann um, der sich den Namen der *Wahrheit* gegeben hatte und nun mit ausgestreckter Hand vor ihm stand.

»Bert Melzig«, stellte er sich vor. »Und das ist mein Kollege Rick Holterbach. Schön, dass Sie sich für uns Zeit nehmen können.«

»Behalten Sie doch bitte Platz.«

Vero setzte sich zu ihnen an den Tisch. Bruder Rafael brachte ihm eine kleine Flasche Wasser und ein Glas. Dann zog er sich dezent zurück.

»Und der Papst toleriert Ihre Sicht der Dinge?«, fragte Bert ehrlich interessiert.

»Er kann ein Leben im Glauben und nach den Regeln, die Jesus uns gegeben hat, schlecht kritisieren.«

Vero schenkte sich ein und trank einen Schluck Wasser, als wäre es Nektar. Behutsam setzte er das Glas wieder ab.

»Nein, die Kirche ist nicht an einer Spaltung interessiert.«

»Und Sie?«, fragte Rick.

Vero musterte ihn, als hätte er ihn eben erst entdeckt. »Wir?« Er hob die Augenbrauen. »Wir gehen unseren Weg, ohne nach rechts und links zu schauen.«

Er war groß und schlank und, wie Bert fand, gut aussehend. Sein Alter lag irgendwo bei vierzig, seine schwarzen Haare waren kurz geschoren, jeder Muskel seines Körpers schien trainiert. Solche Menschen waren Bert suspekt. Sie schienen jeder Verführung der Sinne abgeschworen zu haben und darin auch noch Erfüllung zu finden.

Rick schob Vero die Fotos hin.

»Haben Sie diese Menschen schon mal gesehen?«

Vero hob die Fotos auf und betrachtete sie. Dann legte er sie wieder auf den Tisch.

»Wenn man täglich mit so vielen Menschen zu tun hat«, sagte er, »dann kommt einem bald jedes Gesicht irgendwie bekannt vor. Und natürlich habe ich Zeitung gelesen. Aber nein. Ich kenne die beiden nicht persönlich.«

Er erwiderte Berts forschenden Blick, ohne mit der Wimper zu zucken.

Bert fand sein Verhalten eigenartig. Jeder normale Mensch hatte bei einer Befragung durch die Polizei mit einer gewissen Nervosität zu kämpfen. Die meisten gaben sich große Mühe, unschuldig zu wirken.

Für Vero schien überhaupt keine Rolle zu spielen, welchen Eindruck er auf sie machte.

»Jemand hat uns den Tipp gegeben«, bluffte Rick.

Vero nahm einen weiteren Schluck Wasser. Er ließ sich damit Zeit.

»Dann hat dieser Jemand ein Problem mit Ihnen oder mit uns, sonst würde er Sie nicht in die falsche Richtung schicken.« Er sah auf seine Armbanduhr. »Wenn ich sonst noch etwas für Sie tun kann …«

Vielleicht war es die unglaubliche Arroganz dieses Mannes. Vielleicht war es über die Jahre erworbenes gesundes Misstrauen. Jedenfalls schaute Bert genauer hin. Ihm fielen ein paar rote Kratzer auf Veros linkem Unterarm auf, als der Abt den Ärmel des Gewands hochschob, um auf die Uhr zu sehen.

»Haben Sie sich verletzt?«, fragte er beiläufig, obwohl sich sein Herzschlag beschleunigt hatte.

Ohne Eile ließ Vero den Ärmel wieder über das Handgelenk gleiten.

»Hier wimmelt es von Katzen«, erklärte er. »Manche davon sind ziemlich wild.« Er erhob sich von seinem Stuhl. »Darf ich Sie hinausbegleiten?«

Bruder Rafael hatte ihre Fragen bereits ausführlich beantwortet. Es gab für den Augenblick keinen Grund, länger zu bleiben. Bert und Rick standen ebenfalls auf.

Draußen schüttelte Vero ihnen die Hand, dann wandte er sich ab und ging auf die Kirche zu. Bert kramte in seiner Tasche nach dem Autoschlüssel. Dabei beobachtete er, wie ein kleiner weißer Hund aus dem Gebüsch schoss und kläffend auf Vero zulief.

»Nicht nur Katzen«, sagte er. »Hunde gibt es hier auch.«

Er warf sich neben Rick auf den Fahrersitz und startete den Motor. Beim Blick in den Rückspiegel sah er, wie Vero den Fuß hob und nach dem Hund trat, der aufheulend das Weite suchte.

Auch Rick hatte das im Außenspiegel verfolgt.

»Was war denn das?«, fragte er verblüfft.

»Ein Vater, dem seine Maske verrutscht ist«, antwortete Bert und gab Gas.

24

Schmuddelbuch, Dienstag, 25. November, Diktafon

Er hat mein Diktiergerät nicht gefunden. Ich hatte es unter der Matratze versteckt. Mir ist nicht gut. Hab den ganzen Tag geschlafen. Fühl mich … benommen. Als hätte ich zwei Gehirne, die unterschiedliche Befehle geben.

Es tut gut, eine Stimme zu hören, auch wenn es meine eigene ist. Das hält die Panik in Schach.

In meinem ganzen Leben werde ich nie wieder *Bruder* zu jemandem sagen. Außer zu Björn. Das schwöre ich.

Aufstehen. Die Flügel ausbreiten. Und wegfliegen.

Ein Menschheitstraum. Und meiner.

Fühl mich high. Was für ein Zeug war in der Spritze drin?

Arno. Ich mach dich fertig!

Typisch ich, was, Björn? Immer eine große Klappe, selbst wenn ich in der Scheiße sitze. War schon damals so, als wir Kinder waren.

Komisch, dass ich gerade jetzt an früher denken muss. Hab sogar die Gerüche von damals in der Nase. Die Rosenhecke beim Schwimmbad. Mamas Parfüm. Die Lakritzschnecken vom Kiosk.

Greg, du hattest recht. Du hast mich gewarnt.

Cal. Ich küsse dich in Gedanken.

Ich will das hier überleben.

Es wurde gerade dunkel, als Bruder Arno Romy abholte.

»Na?«, fragte er. »Wieder ansprechbar?«

Romy hatte das Bedürfnis, ihm einen Faustschlag auf die Nase zu verpassen, aber sie beherrschte sich.

»Zieh deine Jacke an«, befahl er ihr.

Sie erkundigte sich nicht nach dem Grund. Hauptsache, sie kam hier raus. Vielleicht ergab sich eine Möglichkeit zur Flucht. Oder sie konnte jemandem ihr Diktiergerät zustecken, einem, der vertrauenswürdig wirkte. Sie hatte es in ihren rechten Stiefelschaft gestopft. Da war es einigermaßen sicher aufgehoben.

Bruder Arno hielt ihren Arm fest umklammert. Sie überquerten den Hof. Das Tor war zu, an Flucht nicht zu denken.

»Wohin bringst du mich?«, fragte Romy, als sie die Unsicherheit nicht länger ertrug. So groß ihre Angst vor der Wahrheit auch war, sie wollte sie erfahren.

»Zu einer Gerichtsverhandlung.«

»Zu …«

»Wir werden entscheiden, was mit dir geschehen soll.«

»In einer *Gerichts*verhandlung?«

»Wie es sich gehört.«

Das wagten sie nicht! Sie konnten doch nicht ihre eigenen Gesetze erfinden.

Romy zog die Schultern zusammen. Die Temperaturen waren noch weiter gesunken. Ihre Schritte knirschten auf dem harten Schnee.

»Und wie lautet die Anklage?«

»Sei still! Ich möchte mich nicht mit dir unterhalten.«

»Aber ich …«

Er sah starr geradeaus.

»Du hast mich doch ein bisschen … gemocht«, wagte Romy sich noch einmal vor.

Er reagierte nicht.

»Wir haben geredet und gelacht und tausend Ähnlichkeiten entdeckt. Wie kannst du da …«

»Hör auf«, sagte er müde. »Es ist doch immer dasselbe. Kaum schenkt man euch einen Blick, da werft ihr euch einem schon an den Hals. In meinem ganzen Leben bin ich keinem Mädchen mit Format begegnet, einem, das unabhängig und stolz genug ist, um sich mir zu verweigern.«

»Aber ich habe mich dir nicht an den …«

Er schnitt ihren Einwand mit einer schroffen Handbewegung ab.

»Außerdem bin ich Priester! Ich habe mein Leben Gott geweiht. Ist dir nicht klar, wie sündhaft es ist, einen Priester zu begehren?«

Endlich schaute er sie an, aber als Romy die Wut in seinen Augen las, wünschte sie, er hätte es nicht getan.

»Und du?« Sie flüsterte fast. »Warum hast du dich mir genähert? Ist das keine Sünde? Ich habe einen Freund. Durch dich habe ich ihn vielleicht verloren.«

Sein Griff um ihren Arm verstärkte sich. Sie stöhnte leise auf. Er blieb stehen und zwang sie, ihn anzusehen.

»Das war dein größtes Vergehen.«

Er schoss die Worte ab wie Pfeile.

»Dass du mein Verlangen geweckt hast.«

Panik wirbelte in Romy auf. Er drehte die Wahrheit so, wie es ihm passte, und lud die ganze Schuld auf ihren Schultern ab.

Welche Schuld?

Den Rest des Wegs legten sie schweigend zurück.

*

Alles kam Pia sonderbar unwirklich vor. Die Kälte im Zimmer. Die Schatten der Dämmerung. Die Hitze in ihren Eingeweiden.

Inzwischen wusste sie nicht mehr, ob sie tatsächlich einen Hund hatte bellen hören oder ob sie es sich eingebildet hatte. Sie sah und hörte die merkwürdigsten Dinge.

Halluzinationen, dachte sie. Ich halluziniere.

Halluzinationen. Ein schönes Wort.

Einmal war es ein Licht, das in ihrem Kopf aufflackerte und sie mit tiefer Freude erfüllte. Einmal ein Ton, der in ihr schwang und sie beruhigte.

Als ob ich auf Drogen wäre, dachte sie.

Sie hatte geträumt, sie hätte Bruder Miguel niedergeschlagen. Den freundlichen, sanften Bruder Miguel, der keiner Fliege etwas zuleide tat. Und sie hatte geträumt, ihr lebloser Körper würde aus einem trüben See gefischt.

Aber sie war zu erschöpft, um sich vor ihren Träumen zu fürchten.

*

Bert saß in seiner Wohnung und schob die Zettel, die er auf dem Schreibtisch verteilt hatte, hin und her. Auf den Zetteln standen Namen, Orte, Daten und Fakten. Ab und zu nahm Bert einen Schluck Rotwein, machte sich eine Notiz.

Was, wenn alle Opfer mit der Gemeinschaft der *Getreuen* zu tun gehabt hatten? Nur mal angenommen, dachte er. Nur mal so ins Blaue gedacht.

Er vermisste Rick, der an diesem Abend etwas vorhatte. Und er vermisste Isa, die Polizeipsychologin, mit der er früher seine Fälle besprochen hatte. Zwar war mit Berts Versetzung ihre Freundschaft nicht zu Ende gegangen, aber für ein vernünftiges Brainstorming mussten alle Beteiligten mit sämtlichen Details der Fälle vertraut sein.

Was konnte in einer so rigiden Glaubensgemeinschaft wie den *Getreuen* der Grund dafür sein, ein Mitglied auszuschalten? Das, was auch die Mafia bewog, sich unbequemer Zeitgenossen zu entledigen.

Treuebruch. Verrat. Versagen.

Bert ließ den Blick über die Namen wandern.

Mona Fries. Alice Kaufmann. Ingmar Berentz. Thomas Dorau. Sally Jensch.

Was konnte ihr Vergehen gewesen sein?

Vielleicht hatten sie die Gemeinschaft verlassen wollen. Vielleicht hatten sie etwas beobachtet, das nicht für ihre Augen bestimmt gewesen war. Vielleicht hatten sie Vero den Gehorsam aufgekündigt.

Oder sie hatten einfach gezweifelt.

Nach Berts Erfahrung gehörten Bestrafungen zum System der meisten religiösen Randgruppen. Bestrafungen und ein Netz diffuser Emotionalität, aus dem die Mitglieder sich nicht befreien konnten.

Aber würde dieser Vero so weit gehen, einen Menschen für seine Verfehlungen zu töten?

Sogar gleich mehrere?

Nein, dachte Bert.

»Ja«, sagte er laut.

Er hatte mühsam lernen müssen, dass weit nichtigere Anlässe ausreichten, um Menschen zu Mördern zu machen. Ein schiefer Blick. Ein falsches Wort.

Eine Handvoll Kleingeld.

Daran würde er sich nie gewöhnen.

Bert konzentrierte sich wieder auf seine Überlegungen. Wenn die Opfer wirklich aus dem Weg geräumt worden waren – warum hatte man sich dann bei jedem für eine andere Todesart entschieden?

Er schob ein paar Zettel zusammen. Mona Fries: erdrosselt. Alice Kaufmann: Kehle durchgeschnitten. Ingmar Berentz: überfahren. Thomas Dorau: ertränkt. Sally Jensch: erschossen (halb verhungert).

Das ergab auf den ersten Blick keinen Sinn.

Bert lehnte sich auf seinem Stuhl zurück und hob das Weinglas an die Lippen. Nichts von alldem konnte er beweisen. Mit dem, was er sich da zurechtgelegt hatte, würde er keine Hausdurchsuchung genehmigt und erst recht keine Erlaubnis für einen DNA-Test bekommen.

»Noch mal von vorn«, murmelte er und beugte sich vor, um die Zettel erneut zu verschieben.

*

»Schuldig.«

»Schuldig.«

Ein Mönch nach dem andern erhob sich von seinem Stuhl und sprach Romy eines Vergehens schuldig, auf das, wie sie ahnte, eine sehr hohe Strafe stand.

»Schuldig.«

Ein einziger Stuhl war frei geblieben. Es war der Platz eines gewissen Bruder Miguel, der anscheinend krank im Bett lag.

»Nicht schuldig.«

Der Mönch, der diese beiden Worte mit ruhiger, fester Stimme ausgesprochen hatte, war Bruder Matteo. Gelassen erwiderte er Veros zornigen Blick, bevor er sich wieder hinsetzte und Romy ein trauriges Lächeln schenkte.

Lieber, lieber alter Mann, dachte Romy. Doch sie wusste,

dass seine Weigerung, sie schuldig zu sprechen, ihr nicht helfen würde.

Nachdem der letzte Mönch zu Wort gekommen war, breitete sich ein drückendes Schweigen aus. Alle beobachteten Vero, der am Kopfende des langen Tisches saß und etwas auf ein Blatt Papier schrieb.

Dann sah er Romy an, die am anderen Ende des Tisches stand und wartete.

»Wir haben unsere Entscheidung gefällt«, sagte er. »Morgen früh wirst du sterben. Nutze die Nachtstunden zum Gebet.«

Romy war wie betäubt. Die Worte hatten ihr Gehirn erreicht, aber sie konnte sie nicht begreifen.

Sie wollten sie *töten*?

»Das könnt ihr nicht tun«, stammelte sie. »Damit kommt ihr nicht durch.«

Niemand antwortete ihr. Vero schob seine Unterlagen zusammen und putzte sich die Nase geräuschvoll mit einem großen weißen Taschentuch. Die andern fingen an, sich leise miteinander zu unterhalten.

Romy wusste mit absoluter Sicherheit, dass sie kein Mitleid erwarten durfte. Von keinem außer Bruder Matteo, doch der allein würde nichts ändern können. Wie ein in die Enge getriebenes Tier ging sie zum Angriff über.

»Wer seid ihr, dass ihr über Leben und Tod bestimmt?«

Sie blickte um sich. Die einzige Waffe, die sie mühelos erreichen konnte, war eine etwa dreißig Zentimeter hohe Kristallvase, in der ein paar Tannenzweige mit Strohsternen steckten. Sie hob sie auf und hielt sie mit beiden Händen umklammert, bereit, damit zuzuschlagen.

Ohne die Mönche aus den Augen zu lassen, näherte sie sich rückwärts der Tür. Sie hörte auf zu atmen. Hörte auf zu denken. Überließ sich ihrem Instinkt.

Als einer der Mönche plötzlich aufsprang, nahm sie das wie in Zeitlupe wahr. Wie der Stuhl umkippte, der Mönch die Arme hochwarf und zu laufen begann. Wie er sich streckte und durch die Luft schnellte, direkt auf sie zu.

Romy hob die Vase über ihren Kopf, doch da prallte er schon gegen ihre Schulter, und sie gingen beide zu Boden. Die Vase zerschellte mit einem ohrenbetäubenden Knall. Die Tannenzweige und Strohsterne verteilten sich zwischen den Scherben.

Romy kam mühsam auf die Füße. Arno und zwei andere Mönche hielten sie fest. Sie trat nach ihnen und biss Bruder Arno so heftig in die Hand, dass sie Blut auf der Zunge schmeckte.

»Ihr seid Mörder!«, rief sie. »Feige, dreckige Mörder!«

Vero stand auf und gab damit das Zeichen zum allgemeinen Aufbruch.

»Habt ihr sie alle umgebracht? Mona? Ingmar? Thomas? Alice? Und … Sally?«

Tränen liefen Romy übers Gesicht. Tränen des Entsetzens und der Wut.

»Warum? Was haben sie euch getan?«

Bruder Arno zerrte an ihrem Arm. Er wollte sie aus diesem Raum entfernen. Seine linke Hand blutete. Romy setzte sich mit aller Kraft zur Wehr.

»Und was ist mit Pia? Was habt ihr mit Pia gemacht? Wo habt ihr sie versteckt?«

Sie schleiften sie zur Tür. Ihre Schuhe glitten mit einem schrillen Quietschen über den Boden.

»Ich werde euch das Handwerk legen! Ich werde berichten, was hinter diesen Mauern geschieht! Selbst wenn ihr mich umbringt – die Wahrheit kommt ans Licht, dafür habe ich gesorgt!«

Das Letzte, was sie von Vero erkennen konnte, bevor sie hinausgeschleppt wurde, war sein nachdenkliches Gesicht. Vielleicht hatte ihre Lüge doch etwas bewirkt. Aber tief im Innern wusste sie, dass sie sich da etwas vormachte.

*

Schon vor geraumer Zeit hatte Vero Vorkehrungen für den Ernstfall getroffen. Seitdem standen immer ein gepackter Koffer und eine Tasche mit wichtigen Papieren bereit. Daran musste er denken, als er die Versammlung verließ und zu seinen Räumen ging.

Es hatte bereits einige Male den Anschein gehabt, als sei die Sache in Gefahr. Doch es war ihnen immer wieder gelungen, aus jeder schwierigen Lage einen Ausweg zu finden. Deshalb machte er sich auch jetzt keine wirklichen Sorgen. Es war nur beruhigend, zu wissen, dass ihm nichts passieren konnte.

Für seine Mitbrüder hatte er keine Vorsorge getroffen. Im Fall einer Flucht wären sie bloß ein Klotz am Bein. Ebenso gut könnten sie sich gleich in friedlicher Eintracht verhaften lassen.

Es gab einen Plan A und einen Plan B.

Plan A bedeutete, dass Vero sich in Sicherheit bringen, eine andere Identität annehmen und irgendwo auf der Welt eine neue Gemeinschaft aufbauen würde.

Plan B wäre das endgültige Aus. Vero würde sich selbst, die Mitbrüder und das gesamte Kloster in die Luft jagen. Jede Spur auslöschen und jedes Zeichen von Leben.

Es kam darauf an.

Aber noch hielt er die Fäden in der Hand und seine Marionetten bewegten sich so, wie er es wollte.

*

Calypso wartete schon, als Ingo das *Alibi* betrat. Sie schüttelten sich die Hand und Ingo bestellte sich einen doppelten Espresso.

»Eine Idee, wo sie sein könnte?«, fragte er.

Calypso schüttelte den Kopf. Er hatte den ganzen Nachmittag herumtelefoniert und jeden mit Fragen gelöchert, der in irgendeiner Verbindung zu Romy stand.

Er hatte Tonja und Helen ausgequetscht und mit Gregory Chaucer telefoniert. Er hatte Björn angerufen und der hatte sich mit den Eltern auf Mallorca in Verbindung gesetzt. Es war nichts dabei herausgekommen.

»Wir sollten zur Polizei gehen«, sagte Calypso.

»Und Romy als vermisst melden? Und wenn sie lediglich bei ihren Recherchen aufgehalten worden ist? Was meinst du, wie die sich aufregt, wenn sie erfährt, dass wir ihr die Bullen auf den Hals gehetzt haben.«

»Das müssen wir riskieren.«

Ingo rieb sich nachdenklich das Gesicht. Er war blass und wirkte überarbeitet. Und auf eine unerwartete Weise sympathisch. Er trank seinen Espresso aus, dann hatte er eine Entscheidung getroffen.

»Okay«, stimmte er zu. »Morgen früh schalten wir die Bullen ein.«

»Warum nicht gleich? Wenn Romy Hilfe braucht, zählt jede Minute.«

»Wir haben nichts in der Hand.«

Ingo schien sich echte Sorgen um Romy zu machen. Das ganze Ich-bin-der-King-Gehabe war von ihm abgefallen.

»Romy ist verschwunden, und in einer Fotoausstellung sind ein Buch und ein Fisch als Tattoo aufgetaucht. Mehr haben wir nicht zu bieten. Das kann eine ziemliche Lachnummer werden.«

Er hatte recht. Sie sollten diese eine Nacht noch abwarten. Vielleicht kam Romy ja am Abend quietschvergnügt von ihren Recherchen zurück und lachte sich kaputt über die ganze Aufregung.

»Okay«, sagte Calypso. »Morgen früh. Ich rufe dich an.«

25

Schmuddelbuch, Dienstag, 25. November, Diktafon

So müde. So schläfrig. Er hat mir schon wieder diese verdammte Spritze gegeben.

Wie viel Zeit ist vergangen?

Keine Ahnung. Es ist dunkel draußen. Keine Geräusche.

Ein Gruselkloster.

Alles dreht sich in meinem Kopf. Nicht einschlafen. Ich muss … etwas tun … irgend … was …

Vero geißelte sich. Er nahm die heißen Wellen des Schmerzes, die über seine Haut leckten, tief in sich auf. Der Herr hatte sein Leben für die Menschheit gegeben. Was war dagegen ein bisschen Blut.

Seine Haut platzte auf. Die Hitze explodierte.

Gott, steh mir bei, steh mir bei, steh mir bei …

Er war davon überzeugt, dass all diese Prüfungen das Werk Satans waren. Der *Fürst der Finsternis* wehrte sich mit Zähnen und Klauen dagegen, sich die Seele, die er in Besitz genommen hatte, wieder entreißen zu lassen.

Er hatte ihnen Zweifel und Verrat geschickt.

Und nun diese Journalistin.

Steh mir bei, steh mir bei …

Vero betete um den Mut, weiter um Pia zu kämpfen. Sich nicht beirren zu lassen von dem Besuch der Polizisten. Auf Gottes Hilfe zu vertrauen und nicht nachzulassen in seinem Bemühen.

Wenn Pia schrie, dann tat sie es bereits mit der Stimme des Dämons. Es war das Gebrüll eines Ungeheuers, abgründig tief, unmenschlich, unsäglich, voller Hass und voller Wut.

… steh mir bei …

Wieder klatschte die Geißel auf seinen Rücken, seine Arme, seine Oberschenkel. Vero biss die Zähne zusammen. Er schwankte. Und als er fiel, schwand sein Bewusstsein.

… steh … mir … bei …

*

Das Licht lag hoch oben auf dem Hügel.

Es war überirdisch schön.

Pia hatte nur einen Wunsch – sie wollte es erreichen. Alle Schmerzen, irgendwie wusste sie das, würden verschwinden, sobald sie eins wurde mit diesem wundervollen Licht.

Jeder Schritt raubte ihr Kraft. Ihre Muskeln zitterten vor Anstrengung. Schweiß strömte ihr aus sämtlichen Poren. Ihr Keuchen begleitete sie wie eine Melodie.

Es dauerte eine Ewigkeit. Doch dann war es geschafft.

Gerade als Pia die Hand ausstreckte, um das Licht zu berühren, wurde sie wach.

Tränen der Enttäuschung und Verzweiflung rollten über ihre Wangen. Sie schloss die Augen, doch das Licht kehrte nicht zurück.

*

Romy warf sich auf dem Bett hin und her. Sie schwitzte stark, was vielleicht mit der Spritze zusammenhing, aber sie wollte sich nicht ausziehen. Die Haare klebten ihr im Nacken, ihr T-Shirt war klatschnass.

Angestrengt versuchte sie, die Müdigkeit abzustreifen. Sie hatte so viel zu tun. Sie musste sich eine Strategie zurechtlegen. Die einzige, winzige Chance zur Flucht, die sie vielleicht bekommen würde, nutzen.

Doch ihre Augenlider waren wie festgetackert.

Mit einem ungeheuren Kraftaufwand rollte sie sich auf die Seite und stemmte sich hoch. Sie richtete sich auf und wankte die paar Schritte zum Fenster.

Für einen Moment gelang es ihr, die Augen aufzureißen.

Rund und kalt stand der Mond am Himmel. Sein Licht machte die fransigen Ränder der Wolken sichtbar.

Und die Tiefe unter Romys Fenster.

Der Magen drehte sich ihr um.

An Flucht war nicht zu denken. Aber wenn sie es schaffte, das Diktiergerät weit genug zu werfen, konnte es sein, dass es jenseits der Mauer niederfiel.

Und dann musste es nur noch jemand rechtzeitig finden.

Ein Angestellter. Oder jemand, der gar nicht zum Kloster gehörte. Äußerst unwahrscheinlich bei dieser einsamen Lage. Doch es war ihre einzige Chance.

Romy öffnete das Fenster und zog sich das Diktafon, das um ihren Hals hing, über den Kopf. Sie holte aus und schleuderte es in die Kälte hinaus, so weit sie konnte. Dann drückte sie das Fenster zu, sank auf die Knie und rutschte zum Bett zurück.

Sie fragte sich, ob ihre Kraft ausgereicht hatte und ihr Wurf weit genug gewesen war.

Bitte, dachte sie. Finde es, wer immer du auch sein magst.

Sie schob sich das Kissen unter den Kopf und fiel augenblicklich in Schlaf.

*

Ingo Pangold wohnte in einem Loft am Rhein. Der große Raum, in den er Bert führte, war minimalistisch eingerichtet und wurde dominiert von einem riesigen schwarzen Ledersofa, einer zwei Meter hohen bunten Skulptur und einem Kamin in der Mitte des Zimmers.

Reporter müsste man sein, dachte Bert und betrachtete die Bücherstapel, die sich um den gläsernen Couchtisch herum auf dem Boden türmten. Auf dem Tisch stand aufgeklappt ein Laptop. Offenbar hatte Ingo Pangold sich nach dem Anruf bei Bert wieder seiner Arbeit zugewandt.

»Kaffee?«, fragte Ingo Pangold.

»Gern«, antwortete Bert, der sich schon eine ganze Weile nach einer Dosis Koffein sehnte. Er folgte Ingo Pangold in eine kleine, komplett schwarz gehaltene Küche. Man konnte sich in dem glänzenden schwarzen Granitboden spiegeln, und auch die schwarzen Wandkacheln waren hochglanzpoliert.

Bert registrierte erleichtert einen knallroten Topfhandschuh, der in Herdnähe an der Wand hing. Es war das einzige Anzeichen von Lebendigkeit in diesem Zimmer.

Ingo Pangold bereitete den Kaffee in einer dieser Maschinen zu, die mit Kapseln gefüttert wurden. Die Tassen waren, ebenso wie die Einrichtung, schwarz und hatten einen silbernen Henkel.

Sie trugen ihre Tassen ins Wohnzimmer hinüber, saßen eine Weile vor der großzügigen Fensterfront und schauten in die Dunkelheit hinaus, die von Lichtpunkten gesprenkelt war. Der Rhein schimmerte wie altes, mattes Glas. Bert hätte am liebsten die ganze Nacht so gesessen, ohne zu reden, ohne die Stille auch nur mit einer Bewegung zu zerstören.

Doch das war nicht möglich.

»Ich habe Ihnen den Katalog schon bereitgelegt«, brach Ingo Pangold schließlich das Schweigen. »Vielleicht irre ich mich ja auch. Hoffentlich.«

Bert hatte diesen Mann anders in Erinnerung. Glatt und gerissen und nicht bereit, auch nur die Andeutung einer Emotion zu zeigen. Möglicherweise empfand er mehr für Romy Berner, als er zugab, mehr sogar, als er sich selbst eingestand.

Er schlug den Katalog an der Stelle auf, die mit einem Lesezeichen markiert war.

Es durchfuhr ihn wie ein Stromstoß. Das waren die Tattoos, nach denen sie gesucht hatten.

Das aufgeschlagene Buch.

Der Fisch.

Es überrieselte ihn kalt, als ihm klar wurde, dass es sich hierbei wahrscheinlich sogar um Fotos der Handgelenke von Thomas Dorau und Sally Jensch handelte.

Das Buch und der Fisch waren nicht die einzigen Tattoos in diesem Kunstkatalog, und alles in Bert sträubte sich gegen die Ahnung, dass einige von ihnen auf der Haut weiterer Opfer gefunden werden würden.

»Sind es die Tattoos von Thomas Dorau und Sally Jensch?«, fragte Ingo Pangold.

Sie hatten die Presse zwar über die Motive der Tätowierungen informiert, jedoch keine Fotos herausgegeben.

»Ja«, antwortete Bert knapp.

Bei aller Euphorie, endlich einen schwachen Lichtschein am Ende des Tunnels zu erblicken, durfte er nicht vergessen, mit wem er hier zusammensaß. Ein Wort zu viel und Bert würde es morgen in der Zeitung lesen können.

»Was haben Sie über den Künstler in Erfahrung gebracht?«, fragte er.

Ingo Pangold hob die Schultern.

»So gut wie nichts. Er hat seine Identität nicht preisgegeben, und aus der Agentur, die ihn vertritt, habe ich nichts herausbekommen. Man war lediglich bereit, mir zu verraten, dass er als Mönch in einer Ordensgemeinschaft lebt.«

Es fiel Bert schwer, seine Aufregung zu verbergen.

»Wissen Sie, in welcher Stadt?«

»Die haben sich leider keine weitere Information entlocken lassen, obwohl ich alle Register meiner Überredungs- und Bestechungskunst gezogen habe.«

Das konnte Bert sich vorstellen.

»Ich werde mich gleich morgen früh darum kümmern«, sagte er. »Jetzt erreiche ich dort keinen mehr.«

»Und wenn es morgen zu spät ist?«

Ingo Pangold sah reichlich mitgenommen aus.

»Was verbindet Sie mit Romy Berner?«, fragte Bert. »Warum machen Sie sich Sorgen um sie?«

Es kam ihm so vor, als wäre Ingo Pangold bei dieser Frage blass geworden, aber vielleicht bildete er sich das auch nur ein.

»Sie ist ein feiner Kerl und hat das Zeug dazu, einmal eine echt begnadete Kollegin zu werden.«

Ein feiner Kerl, dachte Bert. Das glaubst du doch selber nicht.

Aber er hatte keine Zeit, sich darüber den Kopf zu zerbrechen. Er klemmte sich den Katalog unter den Arm, bat den Journalisten, sein Handy nicht auszuschalten, falls noch Fragen auftauchen sollten, gab ihm seine Karte und verabschiedete sich.

Als er im Wagen saß, zog er sein Handy aus der Tasche. Er hoffte inständig, dass Rick seines nicht ausgeschaltet hatte.

»Hallo, Bert.«

Es war noch der Rest eines Lachens in Ricks Stimme. Im Hintergrund hörte Bert Musik. Er unterbrach die Party nur ungern.

»Wo bist du, Rick? Wir müssen uns sehen.«

*

Calypso, Tonja und Helen saßen zusammen in ihrer Küche und warteten. Auf Romys Schritte im Treppenhaus, einen Anruf, irgendwas. Sie hatten längst aufgehört zu reden. Es gab nichts mehr zu sagen. Sie hatten alle Worte aufgebraucht.

Ab und zu nickte eins der Mädchen ein und riss sofort den Kopf wieder hoch. Schließlich holte Tonja ihren kleinen Fernseher aus ihrem Zimmer, stellte ihn auf die Kommode und schaltete ihn ein. Licht flimmerte und flirrte, während Tonja durch die Programme zappte, Satzfetzen zersprangen in kleinen Explosionen.

Bei irgendeinem Spielfilm blieb sie schließlich hängen.

Calypso hasste John Wayne.

Er konnte sich nicht vorstellen, in welcher Situation Romy sich gerade befinden mochte. Er hütete sich, seiner Phantasie auf die Sprünge zu helfen. Er sah immer nur ihr Gesicht vor sich.

Ingo hatte ihn nach dem Treffen mit dem Kommissar angerufen. Er hatte keinen Optimismus versprüht.

»Vor morgen wird die Polizei wohl nichts unternehmen«, hatte er gesagt. »Oder er hat mich grandios an der Nase herumgeführt mit seinem Pokerface.«

Das Indianergeheul fiel Calypso auf die Nerven.

»Müssen wir das gucken?«, fragte er.

Sofort zappte Tonja weiter. Helen musterte ihn verstohlen von der Seite.

Calypso hasste nicht nur John Wayne und Western. Er hasste es auch, von einem Moment auf den andern zu jemandem geworden zu sein, der seine Mitbewohnerinnen dazu brachte, ihn mit Samthandschuhen anzufassen. Er spürte, wie ihm die Tränen kamen.

Am meisten hasste er es, zur Untätigkeit verdammt zu sein.

*

Pia hörte das Geräusch ganz von fern.

Ein Kratzen. Ein Winseln.

Sie glühte vor Fieber und hörte sich selbst reden. In ihrem Kopf kreisten die Gedanken zusammen mit dem Schmerz.

Sie hob den Kopf und ließ ihn gleich wieder sinken.

Das Kratzen wurde drängender, das Winseln lauter.

Irgendwo hörte sie jemanden rasselnd atmen. Und sie wusste, das war sie selbst. Es klang nicht gut. Es klang überhaupt nicht gut.

Sterben.

Zum ersten Mal kam ihr dieses Wort in den Sinn.

Ihre Lippen waren geschwollen und aufgeplatzt. Sie fuhr mit der Zunge darüber.

Wüstensand.

Sie versuchte, sich aufzurichten. Endlich saß sie schwankend auf der Bettkante und öffnete vorsichtig die Augen. Ein kurzer Schwindel, dann blieben die Wände an Ort und Stelle.

Pia ließ sich auf die Knie nieder und kroch auf die Tür zu. Erst als sie mitten im Raum war, merkte sie, dass die Geräusche aufgehört hatten. Vielleicht waren sie auch nie da gewesen.

Erschöpft fiel sie zur Seite, rollte sich auf dem kalten Boden zusammen und sank hinab in eine Ebene der Wirklichkeit, in der ihr nichts und niemand etwas anhaben konnte.

*

Vero hatte seine Wunden versorgt und sich eine Weile im Spiegel betrachtet. Sein Körper war übersät mit Narben, gezeichnet vom Schmerz. Askese war der einzige Weg für ihn, Frieden zu finden. Und nur im Zustand der inneren Ruhe wagte er es, Satan herauszufordern.

Alte Narben neben neuen. Dazwischen die frischen Wundränder. Manchmal nässten die Wunden wochenlang, eiterten oder bluteten. Manchmal entzündeten sie sich so stark, dass der Körper sich mit Fieber wehrte.

Vero ertrug es, ohne zu klagen.

Er streifte sich Unterwäsche über und unterdrückte ein Stöhnen. Als er in sein Gewand schlüpfte, brach ihm der Schweiß aus und er taumelte.

Aber er hatte keine Zeit, sich um sich selbst zu kümmern. Er wollte noch nach den Mädchen sehen.

Das Treppensteigen fiel ihm schwer. Mit zittrigen Gliedern kam er im dritten Stock an. Er horchte an Romys Tür und schloss dann leise auf.

Es brannte kein Licht im Zimmer. Er blieb bei der Tür stehen, um seine Augen an die Dunkelheit zu gewöhnen. Schließlich konnte er das Mädchen erkennen. Sie lag im Bett und schlief. Er ging näher heran und horchte auf ihre Atemzüge.

»Du hättest nicht hierher kommen sollen«, sagte er leise.

Sie bewegte sich ein wenig, schlief jedoch weiter.

»Du hättest dich mir nicht in den Weg stellen dürfen.«

Das Mädchen öffnete die Augen. Sie blinzelte verwirrt, dann erkannte sie ihn, setzte sich abrupt auf, wich bis ans Kopfende des Betts zurück und presste sich die Bettdecke vor die Brust.

Vero verabscheute ängstliche Menschen.

Wortlos verließ er das Zimmer und schloss ab. Er empfand kein Bedauern für dieses Mädchen. Sie hatte ihr Recht auf Leben verwirkt. Jetzt musste sie die Konsequenzen ihres Handelns tragen.

Die Kälte draußen raubte ihm beinah den Atem. Eiszapfen wuchsen an den Schuppendächern. Der Mond goss silbriges Licht auf den Weg.

Die Stille war groß und dicht.

Vero empfand seine Schmerzen wie einen Schutzschild, als er die Tür zu Pias Zimmer aufschloss. Wolken hatten sich vor den Mond geschoben und verschluckten sein Licht, deshalb dauerte es eine Weile, bis Vero den leblosen Körper auf dem Boden entdeckte. Rasch schloss er die Tür, machte die Lampe an und beugte sich über das Mädchen.

»Pia. Hörst du mich?«

Sie reagierte nicht. Vero umschloss ihr Handgelenk mit den Fingern, um ihren Puls zu fühlen, doch da war nichts. Er hielt die Wange an Pias leicht geöffneten Mund und richtete sich erleichtert wieder auf. Er hatte ihren Atem gespürt.

»Pia?«

Er legte ihr die Hand auf die Stirn und erschrak. Sie war glühend heiß. Das Fieber musste sehr hoch sein. Wie lange hatte sie hier auf dem ausgekühlten Boden gelegen?

Er lief zum Bett und griff nach der Decke.

Es passierte manchmal, dass der Dämon sich solcher Mittel bediente, um an sein Ziel zu gelangen. Auch Sally hatte mit Fieberschüben reagiert. Mit der Zeit war sie immer dünner geworden. Sie hatte kaum noch Appetit gehabt und das wenige Essen häufig wieder erbrochen.

»Lass sie in Ruhe«, sagte er laut. »Wage es nicht, mir dieses Mädchen zu nehmen.«

Er warf die Decke über Pia, holte ein Handtuch aus dem Badezimmer und rubbelte ihr das schweißnasse Haar trocken. Dann schob er die Arme unter den reglosen Körper und hob ihn hoch.

Die Schmerzen in seinem Rücken explodierten.

Er unterdrückte einen Schrei, verwünschte Satan, verwünschte sich selbst, rannte, so schnell die Last auf seinen Armen es erlaubte, in Richtung Haupthaus. Er würde Pia dort unterbringen.

Wie er es zum Schluss auch mit Sally getan hatte.

Alles schien sich zu wiederholen.

Pias Atem ging rasselnd. Vero hoffte, dass sie keine Lungenentzündung hatte. Er würde Bruder Benno bitten, sie sich anzusehen. Jedenfalls war ihm wohler bei dem Gedanken, sie im Haupthaus zu wissen, wo sie es warm hatte und in seiner Nähe war.

»Du wirst sie nicht kriegen«, presste er zwischen zusammengebissenen Zähnen hervor. »Eher töte ich sie.«

*

Pia hörte seine Worte am Rand ihres Bewusstseins. Wie man Geräusche hört, wenn man sich unter Wasser befindet.

Er brachte sie weg.

Wohin?

Ein Hund bellte.

Snoop, dachte sie und wollte lächeln, doch ihr Gesicht, ihr ganzer Körper gehorchte ihr nicht.

Sie hatte Veros Worte nicht verstanden, doch sie wusste, es würde weitergehen, weiter und weiter.

Sie wusste auch, dass sie es nicht noch einmal ertragen würde.

Lieber Gott, dachte sie. Lieb…

Ihr Kopf hing über Veros Arm. Er baumelte haltlos im Rhythmus seiner Schritte. Das spürte sie noch, bevor Schwärze über ihr zusammenschlug.

26

…uddelbuch…letzter Eintr…

…dass jemand… Diktier… findet… es nicht kaputt… olizei… Hilfe für Pia und… dritter… ock… Vorsicht… Morde… Krrrzzzchch… Krrr…

Bruder Arno wurde nicht schlau aus den Wortfetzen, aber er erkannte Romys Stimme und wusste sofort, was er da in der Hand hielt. Er stopfte das Diktiergerät, das äußerlich fast unversehrt war, in die Tasche und kehrte in sein Atelier zurück. Der kurze Gang hatte ihn beruhigen sollen, doch tatsächlich hatte er ihn nur noch mehr aufgewühlt.

Ich bin kein Mörder.

Vero hatte ihnen noch nicht mitgeteilt, wie das Mädchen sterben sollte. Jeder Tod musste zu dem Opfer in enger Verbindung stehen. So war es immer gewesen.

Mona hatte versucht, bei den Mitgliedern des inneren Kreises Stimmung gegen die Teufelsaustreibungen bei Sally zu machen. Mit ihrem eigenen Halstuch hatte man ihr die Luft abgeschnürt.

Alice, die mit Sally befreundet gewesen war, wollte reden. Sie hatten ihr die Kehle durchgeschnitten.

Ingmar hatte vorgehabt, die Gemeinschaft zu verlassen.

Man hatte ihn überfahren, bis er reglos liegen geblieben war.

Thomas schließlich hatte gezweifelt. Sie hatten ihn ertränkt, und es war gewesen wie die letzte, die endgültige Taufe.

Bei Sally war es anders gewesen. Sie hatten sie aus Gnade getötet, schmerzlos und sanft, so, wie man ein krankes Pferd mit einem einzigen Schuss von seinem Leiden erlöst. Es war besser, tot zu sein, als dem Teufel endgültig zu verfallen.

Und nun Romy.

Bruder Arno würde das Diktiergerät verschwinden lassen. Vero brauchte nicht zu erfahren, dass er es bei Romys Durchsuchung übersehen hatte. Nicht auszudenken, wenn es jenseits der Klostermauern gelandet wäre.

Auch wenn die Worte nur bruchstückhaft zu verstehen waren, das Material hätte womöglich ausgereicht, um die Stimme des Mädchens zu identifizieren, den Sinn zu rekonstruieren und eine Verbindung zum Kloster herzustellen.

Noch war ein wenig Zeit. Zum Nachdenken. Zum Mutfassen. Noch war Zeit.

*

Calypso hielt das Warten nicht mehr aus. Er ließ Helen und Tonja vor dem Fernseher sitzen und ging in den Flur. In der obersten Schublade der Kommode verwahrten sie den Zweitschlüssel zu Romys Wohnung.

Für den Notfall.

Calypso war der Meinung, dass es kaum einen schlimmeren Notfall geben konnte. Er holte sich den Schlüssel und ging nach oben, um sich in Romys Wohnung umzusehen. Vielleicht fand er irgendeinen Hinweis, irgendetwas, das ihm verraten würde, wohin ihre Recherchen Romy geführt hatten.

Er war selten allein in diesen Räumen gewesen und hatte das Gefühl, nicht hierher zu gehören. Romys Parfüm hing in der Luft. Auf dem Küchentisch stand noch ihr Frühstücksgeschirr.

Calypso schluckte an dem Kloß in seinem Hals.

Zielstrebig steuerte er auf Romys Schreibtisch zu. Es war ein alter Küchentisch mit unzähligen Macken und Schönheitsfehlern. Sie hatte ihn auf einem Flohmarkt erstanden und hing an ihm, als wäre er ein unersetzliches Familienerbstück.

Bücher, Rechnungen, Kontoauszüge, Prospekte und Zeitungen waren wild verstreut. Neben einem noch halb vollen Glas Wasser lagen ein angebissener Müsliriegel und ein knallroter Lippenstift.

Nichts Außergewöhnliches. Nichts, was einem sofort ins Auge sprang.

Kein Kalender.

Romy notierte sich ihre Termine nicht. Dazu benutzte sie ihr Handy.

Aber Calypso dachte nicht daran, aufzugeben. Mit zusammengekniffenen Augen streifte er durch die Wohnung, ohne zu wissen, wonach er eigentlich genau Ausschau hielt.

Er wollte schon aufgeben, als ihm eine flüchtig hingekritzelte Notiz auffiel, die Romy als Lesezeichen in dem Buch verwendete, das sie gerade las.

St. Michael. Am Hügel.

Ein Ordensbruder, der anonym bleiben wollte, hatte Ingo gesagt.

Fünf Minuten später saß Calypso an seinem PC. Weitere fünf Minuten später hatte er Google Earth aufgerufen, eine Luftaufnahme von diesem St. Michael studiert und sich seine Jacke geschnappt.

Helen war sofort bereit, ihm ihren Autoschlüssel zu geben. Calypso bat die Mädchen, aufzubleiben, falls Romy zurückkam und sie brauchte. Dann stürmte er aus dem Haus.

In Helens Smart war die Heizung defekt. Es war so kalt, dass Calypso seinen Atem sehen konnte. Seine Finger schienen an dem eisigen Lenkrad festzufrieren. Er konnte nicht aufhören zu zittern.

Er suchte sich einen Parkplatz am Fuß des Klosterhügels und stieg aus. Während er sich dem Kloster näherte, wunderte er sich darüber, dass eine so absolute Stille möglich war. Kein Geräusch unterbrach die Nacht, nicht mal der Ruf eines Vogels oder das Rascheln einer Maus unter den gefrorenen Blättern.

Einen Moment lang blieb er unschlüssig vor dem Tor stehen und dachte nach. Wenn Romy hierhergekommen war, musste sie ihren Wagen irgendwo abgestellt haben, genau wie er. Sie war einem Mörder auf der Spur, da würde sie kaum auf dem Hof vorfahren.

Die Siedlung am Fuß des Hügels war nicht allzu groß. Er musste die Straßen nur systematisch durchkämmen. Erleichtert atmete er auf. Endlich gab es etwas zu tun. Die elende Warterei hatte ein Ende.

*

Bert kannte sich in Köln noch nicht allzu gut aus, deshalb war er froh über sein Navigationsgerät. Es lotste ihn sicher nach Junkersdorf und in den Kirchweg, wo Ricks Freundin in einem roten Backsteinhaus zur Miete wohnte.

Sie hieß Malina und feierte mit ein paar Freunden ihren Geburtstag. Voller Stolz stellte Rick sie vor.

Malina war Ende zwanzig, klein und rundlich und hatte das

Gesicht eines Schneewittchens. Ihre Haare waren rostrot und flossen ihr bis zu den Schulterblättern.

»Es tut mir leid, dass ich Ihre Feier störe«, sagte Bert.

»Ach was.«

Sie lächelte und zeigte dabei zwei reizende Grübchen.

»Daran bin ich allmählich gewöhnt. Wer traute Zweisamkeit sucht, darf sich nicht in einen Bullen verlieben.«

Ihre direkte Art gefiel Bert.

»Können wir irgendwo ungestört reden?«, fragte er.

Sie machte die Tür zum Schlafzimmer auf und zog sich diskret zurück.

»Darf ich mal sehen?«, fragte Rick.

Bert reichte ihm den aufgeklappten Katalog.

»Wow!«

Bert hatte ihm schon am Telefon von dem Gespräch mit Ingo Pangold berichtet.

»Er ist davon überzeugt, dass Romy Berner sich in Gefahr befindet«, sagte er. »Ich dachte, wir gehen noch mal unsere Gesprächsprotokolle durch. Vielleicht haben wir etwas übersehen.«

Es klopfte an der Tür und Malina kam herein.

»Möchtet ihr etwas trinken?«

Ihr Blick fiel auf den Katalog.

»Sind das ...«

Sie beugte sich über die Fotografien.

»Nein ... Im ersten Moment dachte ich ...«

»Was?«, fragte Rick.

»Ich dachte, es wären Arbeiten von Paashaus.«

Bert sah sie verständnislos an.

»Arno Paashaus. Ein ziemlich angesagter Fotograf. Aber der Stil ist irgendwie ... Wer ist denn der Künstler?«

»Erzähl ich dir später.«

Rick küsste sie überschwänglich.

»Dürfen wir mal kurz deinen Laptop benutzen?«

*

Die Medikamente, die Bruder Benno Pia verabreicht hatte, zeigten Wirkung. Pia schlief. Sie atmete ruhig und gleichmäßig. Das entsetzliche Rasseln hatte aufgehört.

Kaum zu glauben, dass dieses Mädchen besessen war. Wie sie so dalag, sah sie aus wie ein unschuldiges Kind.

Doch Vero wusste es besser.

Der Dämon hielt sich zurück.

Aber er war noch da.

Es ging ihm nicht um das Mädchen, davon war Vero überzeugt. Er wollte die Gemeinschaft schwächen. Die Bruderschaft vernichten.

Gott das Wasser abgraben.

Vero strich Pia übers Haar.

Dann zog er sich leise zurück, um sich mit seinen Mitbrüdern zum gemeinschaftlichen Gebet zu treffen.

*

Mitternacht. Die Lichter hinter den Fenstern der Siedlung erloschen eins nach dem andern, und Calypso hatte Romys Wagen noch immer nicht gefunden.

Das konnte bedeuten, dass sie zwar aus irgendeinem Grund diese Anschrift notiert hatte, sich jedoch nicht im Kloster aufhielt. Allerdings hieß es keineswegs, dass sie sich in Sicherheit befand.

Immer wieder hatte Calypso versucht, sie anzurufen, aber ihr Handy war weiterhin nicht eingeschaltet. Er kontrollierte die letzte Straße. Dann blieb er stehen und sah sich nachdenklich um. Vor ihm lag die Bundesstraße, die sich den Hügel hinauf und am Kloster vorbei wand. Rechter Hand erstreckte sich ein ausgedehntes Waldgebiet.

Ein Wagen näherte sich. Die Scheinwerfer tasteten den Asphalt ab und streiften über die Bäume, die der Straße am nächsten standen. In ihrem Licht erkannte Calypso einen Weg, der in den Wald hineinführte.

Und wenn Romy ihr Auto dort abgestellt hatte?

Calypso marschierte los.

Kurz bevor er den Waldweg erreicht hatte, entdeckte er das Schild. *Wanderparkplatz*. Und nach einigen Schritten hatte er Romys Wagen gefunden.

Er stand ganz allein auf dem Parkplatz und war von einer Eisschicht überzogen.

Calypso tippte ihn mit dem Zeigefinger an. Du stehst nicht erst seit heute Abend hier, dachte er.

Eine schreckliche Vorahnung überfiel ihn, und im nächsten Moment fing er an zu rennen. Er blieb erst stehen, als er das Kloster vor sich sah. Er stützte sich mit den Händen auf die Knie und rang nach Luft.

Dann zog er sein Handy aus der Jackentasche und wählte, weil er die Nummer des Kommissars nicht kannte, die von Ingo.

*

Bruder Arno liebte den Gesang seiner Mitbrüder. Ihre Stimmen waren kräftig und schön. Sie erfüllten die Kirche und stiegen empor zu den Buntglasfenstern – wann immer ihm Zweifel zu schaffen machten, brauchte er nur die Lieder zu hören, die sie in der Messe oder bei den Andachten sangen.

Heute war die Stimmung besonders. Es lag eine feierliche Zurückhaltung über allem. Ein tiefer Ernst, angesichts der schweren Aufgabe, die sie vor sich hatten.

Sie waren im Glauben aneinandergeschweißt.

Einer für alle, alle für einen.

Daran würde sich niemals etwas ändern.

Vor seinem inneren Auge sah Bruder Arno ein Spiel aus Farben. Er konnte das, Gefühle als Bilder in seinem Kopf entstehen lassen.

Das tiefe Blau und das Sonnengelb gaben ihnen recht.

Manchmal war es nötig zu strafen.

Manchmal war es unabwendbar, den Tod zu bringen.

Das Gesetz der Bruderschaft verlangte es.

Es stand über allem.

Allmählich breitete sich Zuversicht in ihm aus. Er schaute zu Vero hinüber, betrachtete sein Profil. Vero würde niemals zweifeln. Er kannte den Weg und leitete sie mit sicherer Hand.

Und auf einmal fühlte Bruder Arno eine tiefe Liebe zu ihm, den sie *Vater* nannten.

Er fiel in den Gesang ein und spürte, wie sich ein Lächeln auf seinem Gesicht ausbreitete.

*

Malinas Arbeitszimmer war klein und vom Boden bis zur Decke voller Bücher. Die einzigen Möbelstücke waren ein Schreibtisch und ein Bürostuhl, auf dem Rick Platz genommen hatte. Für Bert hatte er einen zusätzlichen Stuhl aus der Küche besorgt.

Seine Finger flogen nur so über die Tasten, während nebenan die Party ihren Höhepunkt erreichte. Die Musik wurde lauter. Gelächter drang zu ihnen herüber.

Rick schien das nichts auszumachen.

Das Fieber hatte ihn gepackt, ebenso wie Bert. In ihrem Job brauchten sie Ausdauer, Kreativität – und ab und zu ein Quäntchen Glück.

»Bingo!«

Rick strahlte übers ganze Gesicht.

»Hab ich nicht immer gesagt, dass du als Bulle eine Freundin brauchst, die Kunstgeschichte studiert hat?«

»Nein. Daran würde ich mich erinnern.«

»Dann sag ich's jetzt.«

Stolz wies er auf den Monitor.

»Arno Paashaus lebt im Kloster St. Michael, und wir können mit einer hohen Wahrscheinlichkeit davon ausgehen, dass er identisch ist mit dem anonymen Mönch, der die Tattoos fotografiert hat.«

»Die Betonung liegt auf *Wahrscheinlichkeit.* Das reicht nicht für einen Durchsuchungsbefehl, noch dazu mitten in der Nacht.« Bert seufzte. »Lass uns das gleich morgen früh mit der Agentur klären.«

Ihre Euphorie fiel in sich zusammen wie ein verunglücktes Soufflé.

Rick fing sich als Erster wieder.

»Okay«, sagte er. »Dann gehen wir jetzt rüber und trinken ein schönes kaltes Bier.«

Sie waren gerade im Begriff, das Arbeitszimmer zu verlassen, als Berts Handy klingelte.

»Melzig.«

»Ingo Pangold hier. Herr Kommissar, der Freund von Romy Berner hat ihren Wagen gefunden.«

*

In einer halben Stunde wollten sie sich treffen, um die junge Journalistin abzuholen. Vero hatte sich für sie etwas ganz Besonderes ausgedacht.

Romy Berner hatte versucht, sie auszuspionieren. Sie hatte vorgehabt, die Wahrheit über das, was sie *Morde* nannte, an die *Öffentlichkeit* zu bringen.

Was lag da näher, als ihre Neugier und ihre Geschwätzigkeit zu bestrafen?

Einer der Äbte von St. Michael hatte sich einen riesigen unterirdischen Weinkeller bauen lassen. Das Gewölbe lag zehn Meter tief unter der Erde und war nur über den Keller des Haupthauses zugänglich.

In diesem Keller würden sie die Journalistin ihrem Schicksal überlassen, und dieses Schicksal bedeutete:

Nichts sehen.

Nichts hören.

Nichts sagen.

Niemand von außerhalb und auch kein Mitglied der Gemeinschaft kannte diesen Keller. Der Plan war einfach und genial.

Vero war froh, dass er nun doch alle Mitbrüder einbezogen hatte. Bruder Matteo würde trotz seiner Skepsis wie jeder andere seine Pflicht erfüllen, und selbst Bruder Miguel würde für die Dauer des Rituals das Bett verlassen.

Der Tod dieses Mädchens war mehr als bloßes Sterben.

Er war in mehrfacher Hinsicht ein symbolischer Akt.

Er würde sie zusammenschweißen.

Ihre Bruderschaft brauchte diese Zeichen hin und wieder. Sie brauchte die Gewissheit, über die engen Grenzen des Daseins hinaus wirken zu können.

Der Herr hatte ihnen Macht über Leben und Tod verliehen.

Nur ihm waren sie zur Rechenschaft verpflichtet.

Vero glitt zu Boden. Er legte sich hin, das Gesicht nach unten, und breitete die Arme aus.

Gott, gib mir Kraft. Schenk mir Vertrauen und Zuversicht.

Er leerte seinen Kopf von allen Gedanken, die ihn ablenken könnten.

Wurde eins mit dem Gekreuzigten.

Verwandelte sich in sein Werkzeug.

Ein tödliches Schwert.

Unantastbar.

*

Die Klostermauern waren in Mondlicht getaucht. Das war ungünstig, doch Bert hatte keine Zeit für Bedenken. Er förderte einen Satz Dietriche aus den Tiefen seiner Manteltasche hervor und machte sich vorsichtig am Schloss zu schaffen.

Neben ihm sog Rick scharf die Luft ein.

»Wir sollten sie nicht vorwarnen«, flüsterte Bert. »Wenn dir das zu heiß ist … ich bin dir nicht böse, falls du lieber doch …«

»Willst du mich beleidigen?«

Rick grinste ihn an, doch Bert konnte seine Anspannung spüren.

Es dauerte keine Minute. Sie schlüpften durch das Tor und schlossen es sorgfältig hinter sich. Dann liefen sie geduckt auf die Nebengebäude zu.

Möglicherweise hatten sie inzwischen genug in der Hand, um einen Durchsuchungsbefehl zu bekommen, aber Bert hatte schon zu oft erlebt, wie belastendes Material im letzten Moment beiseitegeschafft, eine heiße Spur verwischt worden war.

Spezielle Situationen erforderten spezielle Mittel.

Bert war froh, dass von all seinen neuen Kollegen ausgerechnet Rick sein Partner geworden war.

27

Schmuddelbuch

Allerletzter Eintrag.
Im Kopf.
Jeden Moment werden sie kommen.
Paralysiert.
Björn.
Cal …
Scheißtränen.

Sie standen vor der Tür eines heruntergekommenen Holzschuppens. Von allen Gebäuden lag er am weitesten vom Haupthaus entfernt. Bert nickte und Rick öffnete die Tür, die zwar mit einem massiven Riegel gesichert, jedoch unverschlossen war.

Gerümpel. Staub und Mäusekot. Spinnweblicht.

Bert schaltete die kleine Taschenlampe ein, die er immer bei sich trug. Ihr Radius war gering, aber sie erfüllte ihren Zweck in Situationen wie dieser.

Nachdem er sich einen flüchtigen Überblick verschafft hatte, konnte er sich das Vorhandensein des Riegels an der Tür nicht erklären. Im Gegensatz zu den hier abgestellten Sachen hatte er einen relativ neuen Eindruck gemacht.

Er schien vor nicht allzu langer Zeit angebracht worden zu sein.

Ebenso wie das Sicherheitsschloss an dem kleinen Fenster.

Was gab es hier zu schützen?

»Bert«, rief Rick gedämpft.

Er stand da und sah auf ein Deckenlager hinunter, ein notdürftig hergerichtetes, verlassen wirkendes Nest, das sich jemand in diesem kalten Durcheinander geschaffen hatte.

Bert ließ den Strahl der Taschenlampe über den Boden und die Holzwand gleiten und beugte sich zu den eingeritzten Strichen vor.

Es dauerte eine Weile, bis er begriff.

Hier hatte jemand gegen das Vergessen angekämpft. Wochenlang. Monatelang.

Ihm war übel. Er verschob die Decke ein Stück, verrückte das provisorische Regal. Und dann starrte er ihn an.

Den Namen.

Sally.

Unbeholfen eingeritzt. Kraftlos. Wie ein Vermächtnis.

»Schau dir ...« Berts Stimme war rau. Er räusperte sich. »Schau dir das an!«

Rick streckte den Daumen in die Luft. Sie waren am Ziel. Endlich konnten sie ganz offiziell aktiv werden.

Bert riss sein Handy aus der Tasche und forderte Verstärkung an.

*

Romy hörte das feine, spitze Geräusch schon, noch bevor es ihre Ohren richtig erreicht hatte, und ihr wurde vor Entsetzen kalt.

Metall traf auf Metall.

Während sie gehetzt nach einem Versteck Ausschau hielt, presste sie die Hände vor den Mund, um sich bloß mit keinem Laut zu verraten. Als wäre das überhaupt noch von Bedeutung.

Wieder wurde ein Schlüssel in ein Schloss gesteckt, näher diesmal und überaus deutlich.

Wie laut ihr Atem in der Stille war! Sie lief ziellos im Zimmer umher, und ihre Angst wuchs mit jedem Schritt. Kein Versteck! Nirgends! Der Schrank, das Bett, die Vorhänge, mehr Möglichkeiten gab es nicht. Vor Anstrengung fing sie an zu keuchen.

Lieber Gott …

Sie warf sich auf den Boden, kroch unter das Bett und robbte gleich wieder darunter hervor. Zog verzweifelt die Schranktüren auf und machte sie wieder zu. Tränen ließen die Umrisse der Gegenstände vor ihren Augen verschwimmen.

Sie saß in der Falle.

Jetzt konnte sie die Schritte hören. Viele. Und sie waren unterwegs zu ihr.

Langsam wich sie zum Fenster zurück, öffnete es mit bebenden Händen und warf einen Blick in die Tiefe. Ein Schweißtropfen rann an ihrer Wirbelsäule hinunter.

Vor ihrer Tür machten die Schritte Halt.

Mit allerletzter Kraft schwang sie sich auf die Fensterbank, ohne die Klinke aus den Augen zu lassen. Lieber Gott, dachte sie. Gib mir den Mut zu springen …

Dann hörte sie den Schlüssel im Schloss.

*

Bruder Arno erfasste die Situation mit einem Blick. Er hob abwehrend die Hand.

Innerhalb weniger Sekunden lief ein Film in seinem Kopf ab, der ihm alles noch einmal zeigte.

Ihre erste Begegnung. Ihr erstes Gespräch.

Romys Ernsthaftigkeit. Ihr Lachen.

Dann schaute er Vero an, der unbeweglich neben ihm stand.

Veros Lippen waren zwei gerade, dünne Linien.

Bruder Arno hielt den Film an.

Wir brauchen uns die Hände gar nicht schmutzig zu machen, dachte er. Wenn sie springt, ist alles vorbei.

Und doch empfand er für einen kurzen Moment ein Gefühl von Liebe, das nicht Gott gehörte, sondern diesem Mädchen, das da auf dem Fensterbrett kauerte.

Er tat das, was er im Laufe der Jahre gelernt hatte. Er machte dicht. Schottete sich ab. Beobachtete, wie seine Gefühle sich ins Gegenteil verkehrten.

Wäre Vero nicht neben ihm gewesen, er hätte sich auf das Mädchen gestürzt und sie in die Tiefe gestoßen.

*

Romy verlagerte das Gewicht, stellte einen Fuß auf die Außenfensterbank. Mit kalten Fingern zerrte der Wind an ihrem Pulli. Er blies ihr ins Haar.

Die Wirkung der Spritze hatte nachgelassen. Romy hatte wieder Kontrolle über ihren Körper. Nur ihr Kopf schmerzte, dass es ihr vor den Augen flimmerte.

Sie hütete sich, hinunterzusehen.

»Geht weg! Sonst springe ich!«

Wie absurd, dachte sie. Genau das wollen sie ja. Meinen Tod.

Aber etwas sagte ihr, dass sie nicht nur ihren Tod wollten. Etwas sagte ihr, dass seine Inszenierung ihrem Drehbuch entsprechen sollte.

*

Damit hatte Vero nicht gerechnet. Das Mädchen würde wirklich springen, um ihnen zu entkommen. Und ihrer gerechten Strafe.

Er las es in ihren Augen.

Mit einer Handbewegung bedeutete er seinen Mitbrüdern auf dem Flur und Bruder Arno, der bereits neben ihm auf der Schwelle stand, sich ruhig zu verhalten.

»Ich komme jetzt herein«, sagte er zu dem Mädchen.

»Nein!«

Erkannte sie denn nicht, dass sie eine Figur in einem Spiel war, dessen Regeln Gott vor aller Zeit festgelegt hatte? Man konnte nicht vor seinem Schicksal davonlaufen. Jeder hatte seine Aufgabe zu erfüllen. Bis zum letzten Atemzug.

Doch wie sollte er ihr das erklären? In ihrem augenblicklichen Zustand würde sie es nicht begreifen. Er musste sie beschwichtigen. In Sicherheit wiegen.

Langsam trat er einen Schritt vor.

Er musste sie von diesem verfluchten Fensterbrett herunterkriegen!

*

Nicht nach unten sehen …

Romy schlotterte vor Kälte, Anspannung und Angst.

Der Abgrund lähmte sie.

Nicht mal den Kopf konnte sie bewegen.

Sie konnte an nichts denken. Außer an die bodenlose Tiefe.

Hilflos beobachtete sie, wie Vero einen weiteren Schritt ins Zimmer tat. Wie er ihren Blick mit seinem festhielt. Und immer näher kam.

Wie ein Raubtier schien er das Nachlassen ihrer Energie zu wittern, ihre Angst vor dem Abgrund zu spüren. Ein hässliches Lächeln zeigte sich auf seinem Gesicht. Wieder machte er einen kleinen Schritt.

Und dann schoss er plötzlich nach vorn.

*

Bruder Arno hielt sie an einem Arm, Bruder Darius am andern. Halb zogen, halb trugen sie Romy hinter Vero her, all die endlosen Flure entlang, die zahllosen Treppen hinauf und hinunter. Die stumme Prozession der Mitbrüder folgte ihnen.

Noch immer hatte Vero nicht verkündet, was mit Romy geschehen sollte. Sie wussten nicht einmal, wohin er sie führte.

Romy wehrte sich nicht. Schlaff hing sie zwischen Bruder Arno und Bruder Darius. Sie schien Mühe zu haben, die Füße zu heben.

Der Kraftakt auf der Fensterbank schien ihren Willen zum Widerstand gebrochen zu haben.

*

Ingo parkte seinen Audi TT mit so viel Schwung neben Helens Smart, wie es der vereiste Wanderparkplatz erlaubte.

»Wo sind Melzig und Holterbach?«

Höfliche Umwege lagen ihm anscheinend nicht.

»Oben«, erklärte Calypso. »Im Kloster.«

»Dann nichts wie hinterher.«

»Sie haben mit rechtlichen Konsequenzen gedroht, falls wir die Ermittlungen …«

»… stören«, beendete Ingo den Satz und winkte ab. »Das tun die immer. Mach dir nichts draus.«

Er öffnete den Kofferraum seines Wagens, beugte sich über einen Rucksack und zog eine Kamera heraus.

»Du willst *fotografieren*?«

»Was dagegen?«

Calypso schnatterte vor Kälte. Er hatte das Gefühl, keinen einzigen warmen Blutstropfen mehr im Körper zu haben. Diese Nacht machte ihn fertig.

»Romy ist da drin und du denkst an deine *Story*?«

»Das ist mein Job, Cal. Romy würde es umgekehrt genauso machen.«

Er schlug den Kofferraumdeckel wieder zu.

»Kommst du oder willst du brav hier warten?«

Das Blöde war, dass er recht hatte. Nichts und niemand würde Romy von einer guten Story abhalten. Seufzend zog Calypso sich die Kapuze über den Kopf und folgte Ingo zur Straße.

*

Der Keller war alt und feucht und roch, wie alte, feuchte Keller riechen. Bruder Arno und der andere blieben abrupt stehen, als Vero die Hand hob und sich vor einer Treppe zu ihnen umdrehte, die noch weiter unter die Erde führte.

Es wurde still. Auch die Schritte der übrigen Mönche verstummten.

»Meine Brüder …«, begann Vero.

Romy spürte, wie sich die Griffe um ihren Arm lockerten. Aller Augen waren auf Vero gerichtet.

»Jede Schuld verlangt ihre eigene Strafe«, sagte Vero, und seine Stimme hallte von den Wänden wider. »Wir sind hier zusammengekommen, um das Urteil zu vollstrecken, das wir über diese junge Frau gefällt haben.«

Romy merkte, wie die Panik sie wieder zu überwältigen drohte. Sie atmete tief ein und aus und lenkte die Energie in ihr Gehirn. Genau so, wie Helen es ihr beigebracht hatte.

Sie hatte nichts mehr zu verlieren. Sie konnte nur noch gewinnen.

Romy hatte Helens Glauben an die Kraft des Yoga nie so richtig geteilt. Jetzt hoffte sie, dass doch etwas daran war.

Sie wandte vorsichtig den Kopf, um sich zu orientieren. Ihr Blick begegnete dem von Bruder Matteo. Der alte Mann war bleich wie ein Laken, und wenn er nicht ein ebenso feiger Mörder gewesen wäre wie die andern Irren, dann hätte er ihr leidgetan.

Drei, vier Schritte bis zur Treppe nach oben. Allerdings wurde sie von Bruder Matteo als Letztem in der langen Reihe der Mönche versperrt.

Romy hatte keine Zeit für Skrupel. Vero würde nicht ewig reden.

Sie spannte sämtliche Muskeln an und hoffte inständig, dass ihr Körper ihr gehorchen würde. Dann senkte sie den Kopf, riss sich von ihren Bewachern los und stürmte auf Bruder Matteo zu.

Bruder Matteo war zu überrascht, um sie aufzuhalten oder ihr auszuweichen. Als sie ihn rammte, sackte er mit einem Ächzen zusammen. Romy blickte nicht zurück, sondern hastete die Treppe hinauf.

Sie rannte um ihr Leben.

*

Es dauerte ein paar Atemzüge, bis Vero begriff. Seine Mitbrüder starrten noch immer mit offenem Mund zur Treppe, auf der das Mädchen verschwunden war.

Verfluchte Volltrottel!

Bruder Arno stand da wie vom Donner gerührt. Nicht mal für die einfachste Aufgabe war er zu gebrauchen! Wollte er sich denn nicht endlich in Bewegung setzen und das Mädchen zurückholen?

Bruder Erik und Bruder Gunnar versuchten, Bruder Matteo auf die Beine zu helfen. Doch der alte Narr kippte immer wieder um. Es war erbärmlich.

Und dann liefen plötzlich alle wie aufgeregte Gänse durcheinander.

Vero begriff, dass er sich auf keinen von ihnen verlassen konnte. Er musste die Dinge selbst in die Hand nehmen.

Wütend bahnte er sich einen Weg zur Treppe.

Im Gegensatz zu dem Mädchen kannte er sich in diesen Mauern aus.

Sie hatte keine Chance.

*

Romy rannte. Sie wünschte, sie hätte ihre lautlosen Sneakers an statt der Lederstiefel mit den Absätzen. Es kam ihr so vor, als verursachte jeder Schritt einen Höllenlärm in dem stillen Gebäude.

Wohin? Wohin?

Sie versuchte, sich von dem Gewirr der Gänge nicht einschüchtern zu lassen, richtete sich nach ihrem Instinkt. Schwitzte. Bekam kaum Luft.

Sie rannte, rannte und rannte.

Ab und zu warf sie einen Blick über die Schulter.

Noch war ihr keiner auf den Fersen. Doch sie meinte, in der Ferne Schritte zu hören. Schnelle Schritte, die näher kamen.

Endlich erreichte sie das Erdgeschoss. Sie blieb kurz stehen, um zu überlegen, wohin sie sich wenden sollte.

Ihr Herzschlag dröhnte ihr in den Ohren.

Sollte sie nach draußen laufen?

Aber vielleicht rechnete Vero ja damit, dass sie das tun würde.

Und wenn sie sich hier im Haupthaus versteckte?

Würde der Löwe in der eigenen Höhle nach seinem Opfer suchen?

Romy beschloss, im Haus zu bleiben.

Und rannte weiter.

*

Alles wie ausgestorben. Kein Licht in den Fenstern.

Der Mond beschien eine gespenstische Kulisse.

Hatten die Mönche Wind bekommen von ihrem Besuch? Hatten sie das sinkende Schiff still und leise verlassen?

Bert sah, wie Rick neben ihm seine Waffe zog.

Er seufzte und tat es ihm nach.

Bert hasste es, eine Waffe zu tragen. Zum ersten Mal seit langer Zeit hatte er sich dennoch entschieden, sie mitzunehmen.

Eine Wolke glitt über den Mond.

Als wollte er ihnen den Schutz der Dunkelheit gewähren.

*

»Wie sind die da reingekommen?«

Ingo drückte noch einmal auf die Klinke. Das Tor war definitiv zu.

»Sie haben geläutet«, vermutete Calypso.

»Und jetzt sitzen sie da drin, trinken Tee und versuchen, den Mönchen zu erklären, warum sie ihnen auch ohne Durchsuchungsbefehl erlauben sollen, ein bisschen rumzuschnüffeln?«

Ingo schüttelte den Kopf.

»Nee, mein Lieber. Die haben sich illegal Zugang verschafft.«

»Bullen und illegal?«

»Hast du eine Ahnung.«

»Und jetzt?«

»Machen wir es genauso.«

Allmählich war es Calypso gleichgültig, ob sie Gesetze übertraten oder nicht. Er hatte eine Scheißangst um Romy und hätte dieses Tor sogar gesprengt, wenn er die Mittel dazu gehabt hätte.

Ungeduldig beobachtete er, wie Ingo in seiner Jackentasche kramte.

*

Romy musste einen Augenblick stehen bleiben, um Luft zu holen. Sie war schweißgebadet, ihre Muskeln brannten, und jedes Mal, wenn sie ausatmete, erklang ein beängstigendes Pfeifen.

Ihr Blick fiel auf eine massive Holztür, und sie erinnerte sich daran, dass sie zu dem Seitenflügel der Kirche führte, in dem sie Vero zum ersten Mal begegnet war. Musste man einem Verfolgten in einer Kirche nicht Asyl gewähren?

Sie hatte keine Wahl.

Geräuschlos öffnete sie die Tür und betrat den langen dunklen Flur.

*

Wie eine Katze fand das Mädchen sich in der Dunkelheit zurecht. Doch sie hatte keine neun Leben wie eine Katze.

Und sie trug das falsche Schuhwerk.

Vero musste nur dem Klack-Klack ihrer Stiefel folgen.

Das Laufen bereitete ihm keine Mühe. Sein Körper war an Strapazen gewöhnt.

Er beschleunigte das Tempo.

*

Dankedankedanke!

Die Kirche war nicht verschlossen.

Romy schlüpfte hinein und schaute sich um.

Ein Altar. Eine Kanzel. Ein Beichtstuhl. Auf einer Empore eine Orgel. Und lange Reihen von Bänken.

Unter den Bänken wäre sie zu leicht zu entdecken. Kanzel, Beichtstuhl und Empore konnten sich in ein Gefängnis ohne Ausweg verwandeln.

Romy warf einen Blick in die Sakristei.

Auch hier gab es kein Versteck, dem sie traute. Wie hatte sie sich nur entscheiden können, im Haus zu bleiben. Sie hätte in den Park laufen sollen.

Doch nun war es zu spät.

Lieber Gott! Wenn es dich gibt …

Warum sollte Gott jemandem helfen, der nicht an ihn glaubte?

Asyl?

Ein Wort aus einem Film.

Der Glöckner von Notre Dame.

Vero würde niemandem Asyl ge …

Romy fuhr herum.

Der Glockenturm!

Irgendwo musste eine Tür sein, die zum Glockenturm führte.

*

Vero riss die Tür zum Seitenflügel auf. Er war sich jetzt ganz sicher.

Romy kannte diesen Teil des Gebäudes, denn sie war in seinem Arbeitszimmer gewesen.

Ein Tier auf der Flucht hält sich an die vertrauten Pfade.

Er konnte sich nun Zeit lassen.

Die Tür nach draußen war zugesperrt, wie jede Nacht.

Das Mädchen saß in der Falle.

*

Calypso und Ingo hatten einen strategisch günstigen Platz ausgewählt und ein gutes Stück abseits unter einer hohen Thuja Position bezogen. Von hier aus hatten sie einen Großteil der Gebäude im Blick.

»Halt dich bloß zurück«, sagte Ingo leise. So oder ähnlich hatte er das schon ein paar Mal geäußert. »Die kriegen uns wegen Behinderung der polizeilichen Ermittlungsarbeit dran.«

Es fiel Calypso schwer, seinem Rat zu folgen, aber er hatte keine Alternative. Das Anwesen war riesig. Wo sollte er anfangen zu suchen? Außerdem wollte er ja wirklich die Arbeit der Polizei nicht behindern.

Er wollte nur eins: dass Romy gefunden wurde.

»Okay«, sagte er, und seine Stimme bebte in der klirrenden Kälte.

*

Bruder Arno war es gelungen, seine Mitbrüder um sich zu versammeln und das weitere Vorgehen mit ihnen zu besprechen.

Romy würde nicht weit kommen, erklärte er ihnen. Das Tor war zu, die hohe Mauer, die das Anwesen umschloss, unüberwindbar. Sie brauchten sich also keine Sorgen zu machen.

»Wir sollten nach oben gehen und warten, bis Vero das Mädchen zurückbringt«, sagte er. »Es hat keinen Sinn, wenn wir alle kopflos durch die Gegend laufen.«

Bruder Benno unterstützte seinen Vorschlag. Er wollte sich um Bruder Matteo kümmern, der über Schmerzen in der Brust klagte. Der alte Mann hatte sich zu sehr aufgeregt. Er brauchte seine Herztropfen und Ruhe.

Das überzeugte sogar Bruder Darius, den ewigen Zauderer. Wenig später brachen sie auf. Keiner von ihnen sprach auf dem Weg nach oben auch nur ein einziges Wort.

*

Im Glockenturm war es stockfinster. Eine Wendeltreppe aus Stein führte in engen Windungen aufwärts. Durch schmale Luken im Mauerwerk strömte die Kälte von draußen herein. Und hin und wieder ein Streifen Mondlicht, flüchtig und blass.

Die Glocken mussten sich rechts befinden, doch Romy konnte sie nicht erkennen. Vielleicht gab es auch gar keine mehr.

Ihr wurde schwindlig. Sie nahm die Stufen langsamer. Hielt sich krampfhaft am Geländer fest.

Ein lautes Geräusch ließ sie zusammenfahren.

Ihr Herz blieb stehen.

Doch dann hörte sie ein vertrautes Gurren. Sie hatte bloß eine Taube aufgeschreckt.

Erst jetzt fragte Romy sich, was sie am Ende der Treppe erwarten mochte. Würde sie sich dort verstecken können?

In diesem Augenblick schlug unten die Tür zu, und Romy wusste, sie war nicht mehr allein in diesem Turm.

*

Sie war flink wie ein Wiesel.

Aber das würde ihr nicht helfen.

Wie es aussah, hatte sie zwei Alternativen. Sie konnte ihn nach unten begleiten – oder springen.

Vero lächelte.

Sie litt unter Höhenangst.

Es war klar, wie sie sich entscheiden würde.

*

Die Anstrengung raubte ihr den Atem und machte ihr die Beine schwer. Romy schaffte es kaum noch, die Füße zu heben. Verzweifelt stolperte sie weiter.

»Sei nicht töricht«, hörte sie Veros Stimme. »Niemand entkommt seinem Schicksal.«

Aber es ist nicht mein Schicksal, hier zu sterben. Heute zu sterben.

Und durch dich.

Die Verzweiflung verlieh ihr neue Kraft. Romy atmete tief und gleichmäßig, konzentrierte sich auf ihre Schritte, nahm Stufe um Stufe um Stufe.

Die letzte führte sie ins Freie.

Kalter Wind schlug ihr ins Gesicht. Romy drückte sich mit dem Rücken gegen die Wand. Die Knie wurden ihr weich. Sie kniff die Augen zu.

Mach die Augen auf! Such dir ein Versteck!

Sie öffnete die Augen. In diesem Moment begann es überall blau zu flackern.

Romy tastete sich an die Brüstung vor und wagte es endlich, in die Tiefe zu blicken.

Polizeiwagen und Blaulicht.

»Hier oben!«, rief sie und winkte. »Ich bin hier oben!«

*

Als Bert die Hilferufe hörte, war Rick gerade damit beschäftigt, Ingo Pangold und diesen Calypso, die sich im Park herumgetrieben hatten, gegen ihren Widerstand zu entfernen und vor die Tür zu setzen.

Bert gab ihm ein Zeichen und spurtete los.

Die Kollegen waren bereits ins Haupthaus vorgedrungen, sodass Bert auf direktem Weg von dort in die Kirche gelangte. Es zahlte sich aus, dass er bei der Führung durch Bruder Rafael aufmerksam gewesen war. Und dass er unzählige Stunden mit Laufen verbracht hatte.

Er hielt seine Waffe in der Hand. Er hatte keine Ahnung, was er auf der Plattform des Glockenturms vorfinden würde.

*

Der Teufel hatte viele Namen.

Einer von ihnen war *Romy Berner*.

Sie würde bezahlen für das, was sie der Gemeinschaft angetan hatte.

Jetzt.

Diese Situation kam in Veros Planungen nicht vor. Er wusste nicht, wie er damit umgehen sollte.

Das Flackern des Blaulichts hatte aufgehört, doch die wirkliche Bedrohung hatte erst angefangen.

Da unten schwärmten sie aus, um jeden Winkel eines jeden Raums umzukrempeln. Sie würden Spuren finden, Untersuchungen anstellen, Anklage erheben.

Sein Werk zerstören, bevor es vollendet war.

»Dafür wirst du büßen«, sagte Vero.

Doch gerade als er den ersten Schritt auf die Plattform gemacht hatte, wo das Mädchen stand, hörte er ein Klicken hinter sich.

»Nehmen Sie die Hände hoch!«

Vero drehte sich nicht um.

Langsam und sicher setzte er einen Fuß auf die Brüstung.

Der Wind rauschte ihm in den Ohren. Mondlicht floss vom Himmel herab.

Vero richtete sich auf.

Kurz schwankte er, dann breitete er die Arme aus wie der Gekreuzigte.

Und fiel.

28

Schmuddelbuch, Mittwoch, 26. November

Lange geschlafen.

Cal weicht nicht von meiner Seite.

Björn ist auf dem Weg nach Köln.

Greg hat mir eine Standpauke angekündigt. Dabei war die Erleichterung in seiner Stimme nicht zu überhören.

Und Ingo! Mit einem Blumenstrauß stand er vor der Tür. Die Story werden wir uns teilen müssen. Ausnahmsweise.

Pia wird wieder gesund. Auch Snoop, den die Polizei mit schlimmen Prellungen und Rippenbrüchen im Unterholz des Klostergeländes gefunden hat.

Bruder Arno ist angeschossen worden. Er liegt im Koma. Die Ärzte haben keine große Hoffnung, dass er sich wieder erholen wird.

Bruder Matteo hat einen Herzinfarkt erlitten.

Alle sagen, das sei nicht meine Schuld. Aber ich weiß es besser.

Ab heute werde ich einen zweiten Geburtstag feiern. An jedem sechsundzwanzigsten November.

Mit nur zwei Gästen.

Pia und Snoop.

Das Bild ging Bert nicht aus dem Kopf. Immer wieder sah er Vero fallen.

Er fragte sich, ob er den Tod des Abts hätte verhindern können.

Wenn er schneller reagiert hätte. Wenn er ihn bei seinem Gewand gepackt und zurückgerissen hätte.

Wenn …

Auch Rick zerfleischte sich mit Selbstvorwürfen. Er war es gewesen, der den Schuss auf Bruder Arno alias Arno Paashaus abgegeben hatte. Der Mönch hatte einen Mitbruder als Geisel genommen und ihn mit einem Messer bedroht, um sich den Weg nach draußen zu erpressen.

Rick hatte auf seine Schulter gezielt, doch Arno Paashaus hatte sich in eben diesem Moment umgedreht, und die Kugel hatte seinen Kopf getroffen.

Ein Zusammentreffen unglücklicher Umstände.

Keines der Bilder dieser Nacht würde Bert jemals vergessen. Nicht den zerschmetterten Körper Veros. Nicht das blutüberströmte Gesicht Bruder Arnos und das tätowierte Kreuz auf seinem linken Handgelenk. Nicht die traumatisierte junge Frau, von der sie bislang nur den Vornamen – Pia – kannten. Nicht ihren kleinen, misshandelten Hund.

Und nicht Romy Berner, wie er sie auf der Plattform des Glockenturms gefunden hatte. Zusammengekauert in ihrem Entsetzen, ohne Jacke und halb erfroren.

Vorsichtig hatte er sie die enge Wendeltreppe hinuntergeführt, langsam, eine Stufe nach der andern, denn ihre Höhenangst hatte sie gelähmt.

Erst als sie unten angelangt waren, hatte sie ihn angeschaut.

»Werden Sie Ihre Story schreiben?«, hatte er sie gefragt.

Sie hatte genickt.

Eine Kollegin hatte ihr eine warme Decke um die Schultern gelegt, und Bert hatte dafür gesorgt, dass dieser Calypso hereingelassen wurde.

Dann hatte er sich anderen Aufgaben zugewandt.

Nichts davon würde er jemals vergessen.

Eine Romanwelt ist ein eigenes Universum, in dem eigene Gesetze gelten. Der *Teufelsengel* spielt in Köln, doch das Kloster *St. Michael,* das *KölnJournal* und der *Kölner Anzeiger* entstammen meiner Phantasie und suchten sich eher zufällig einen Platz in der Geschichte. Ebenso ist es mit den Figuren. Sollte sich irgendjemand in meinem Buch zu erkennen glauben, möchte ich ihm versichern, dass die Ähnlichkeit nicht beabsichtigt war.

Monika Feth

Das Zitat auf Seite 137 entstammt Oscar Wildes »Das Bildnis des Dorian Gray«, übersetzt von Botho Henning Elster, erschienen 1950 im Droste Verlag.

Die Liedzeile von Rosenstolz auf Seite 163 wurde dem Song »Ich hab genauso Angst wie du« entnommen.

Monika Feth

Nele oder Das zweite Gesicht

192 Seiten, ISBN 978-3-570-30045-9

Nele hat das zweite Gesicht. Sie sieht Dinge, die in der Zukunft liegen. Die Bilder ängstigen Nele, sie kann mit ihren übersinnlichen Fähigkeiten nicht umgehen. Ein Spezialist für Parapsychologie ist ihre letzte Hoffnung, doch dem Wissenschaftler geht es keineswegs um Neles Wohl ...

cbt

www.cbt-jugendbuch.de

6116